Ursula Körber-Schuhen

AF235389

Und sie lebt heute

meinen Traum

Roman

Nach den Erzählungen
von
Melanie Körner

Ganz schön vermessen

Viele urteilen lautstark mit
gewichtiger Miene
über Menschen in Situationen
in denen sie selbst
noch nie handeln mussten.

Kristiane Allert-Wybranietz

Kreativ Forum Westerwald

Es gibt Tage im Leben,
dann schaue
ich gerne zurück.

Es gibt Momente im Leben,
die schenken
mir wahres Glück.

Es gibt Augenblicke,
in denen
glaube ich daran,
dass ich mit
der Erinnerung
auch sehr
glücklich sein kann.

U.K.S.

Der Inhalt dieses Romans ist frei erfunden.
Ähnlichkeiten mit lebenden Personen
und Orten sind rein zufällig.
Ich habe einige persönliche Erinnerungen eingebracht.
Und diese aus meiner Sicht geschildert.

Wir über uns

Wir sind Autoren, die ihrem Hobby im Jahr 1999 einen Namen gegeben haben.

Kreativ Forum Westerwald.

Wir bringen unsere Gedanken zu Papier und schreiben das alles aus Spaß an der Freude auf.

Es ist unser Bedürfnis, Sie aus dieser von Stress und Hektik geprägten Zeit für einige Augenblicke zu entführen und in unsere Werke einzutauchen.

Bereits veröffentlichte Werke erscheinen demnächst auf der Homepage des Kreativ Forums Westerwald.

www.kreativforumwesterwald.de

Sie können uns aber gern wie folgt kontaktieren:

E-Mail: kreativforum@magenta.de

Unser Dank gilt all unseren Leserinnen und Lesern. und wir hoffen sehr, dass auch Ihr Interesse geweckt wurde.

Freundliche Grüße von den Autoren des
Kreativ Forums Westerwald

Roswitha Weber   Heinz Bördner   Ursula Körber-Schuhen

Melanie Körner möchte in ihren Erzählungen
Frauen in vergleichbaren Situationen vermitteln,
dass jeder Mensch die Chance zu einem Neubeginn hat.

Verluste werden tragbar durch das Bewusstsein,
dass Du die Freiheit und Energie hast
Neues jederzeit zu beginnen

Kristiane Allert-Wybranietz

Dieser Roman ist die Kurzform
und die Nacherzählung
von dem im Jahr 2000
erschienenen Erfolgstitel

Bis dass der Tod (oder die Geliebte) euch scheidet

Autorin: U.K. Schuhen

9 783753 401263

Impressum
Herstellung und Verlag:
BoD - Books on Demand, Norderstedt
1. Auflage Dezember 2008
2. Auflage Januar 2021

Titel des Werkes:
Und sie lebt heute meinen Traum
Ursula Körber-Schuhen
Kreativ Forum Westerwald
Im Buchhandel und bei www.BoD.de erhältlich

Vorwort

Im unerfahrenen Alter von zwanzig Jahren beneidete ich jene Frauen, welche mir reifer und klüger schienen als ich. Denn aus meiner damals sehr naiven Sichtweise heraus stellte ich mir vor, dass Frauen über 40 am Ziel ihrer Wünsche angekommen wären. Ich unterlag der wohltuenden Phantasie, dass sie nun den besinnlicheren Teil ihres Lebensweges gehen durften. In meinem damals von Stress, Unruhe und Problemen beladenen Alltag träumte ich mich oft dieser Erfüllung entgegen. Ich war bereit zu kämpfen und Leistung zu bringen. So schrieb es meine Erziehung vor. Und so stellte ich mich dieser schwierigen Aufgabe sorglos und unbefangen: Ein Haus bauen, Kinder erziehen, Berufsleben, Ehefrau und Geliebte - dies alles in einer Person. - Ja, im jugendlichen Alter von zwanzig Jahren spürte ich eine enorme Kraft in mir, welche mich zum Ziel führen sollte. ‚Später, wenn ich mal vierzig bin, dann würde ich mir Ruhe gönnen und meine Träume leben'. Denn schließlich hoffte auch ich auf Zufriedenheit, Geborgenheit, Sicherheit und Reife.
Aber in unserer Zeit bleibt dieser Traum häufig eine Illusion, von der man sich besser nicht beflügeln lässt. In den Zeiten der zunehmenden Trennungen wird dieses Bestreben nur noch wenigen Menschen zum Geschenk. Und manchmal lebt dann eine andere Frau den Traum von Deinem Glück.
Heute bin ich 45 Jahre alt. Die oben genannten Ziele habe ich erreicht. Ich habe dafür einen hohen Preis bezahlt. Doch es hat sich gelohnt. Ich werde meinen Weg gehen.

Ich schenkte meinem geschiedenen Mann meine Jugend, meine Unbekümmertheit und mein positives Denken.
Ja, eigentlich auch mich selbst.

Ich liebte ihn so sehr, dass ich allen Warnungen zum Trotz einen langen, beschwerlichen Weg mit ihm ging. Aus einer mädchenhaften Verliebtheit entstand eine Beziehung, welche von vielen Ängsten geprägt war.
Eine Ehe, deren traurige Bilanz heute vier Kinder tragen müssen. Denn diese inzwischen jungen Menschen wurden durch traumatische Kindheitserlebnisse geprägt.

Ich versuchte bisher, durch mein Verständnis und meine Liebe ihre Wunden zu heilen. Manchmal ist es fraglich, ob es mir jemals gelingen wird. Vor allem aber konnte ich Ihnen nicht den Vater ersetzen.

Ich teilte mit ihm gute und schlechte Zeiten. Die glücklichen Momente genoss ich sehr intensiv. Ich ertrug seine Suchtproblematik und die damit verbundenen physischen und psychischen Übergriffe. Aber ich verzieh ihm alles aus Liebe. Denn seine sichtliche Reue nach den Grenzüberschreitungen entfachte in mir stets neue Hoffnung.

Ich ermutigte ihn immer wieder und unterstützte ihn bei der Suche nach seiner Identität. Durch meine Akzeptanz und Hilfe fand er die Erfüllung in seinem Beruf. Ich schützte ihn vor jeglicher negativer Kritik. Über die tatsächlichen Geschehnisse in unserer Ehe schwieg ich beharrlich. Ja, ich scheute keine Lüge, um ihn zu verteidigen. Mein damaliges Verhalten war bereits die verzweifelte Flucht in eine Scheinwelt. In meiner eigenen Welt spaltete ich die für mich kaum erträglichen Erlebnisse ab. Ich erlebte den Ablauf der Dinge aus meinem engen Blickwinkel heraus. So sah ich nur das, was ich gerade sehen wollte.

Ich bemühte mich wie besessen um eine bessere Zukunft und verlor mich selbst dabei. Ich setze meine Stärken unermüdlich ein und erkannte nicht, dass ich meine Schwächen permanent verbarg. Frank nutzte diese für sich und baute sein Leben darauf auf. Denn meine größte Schwäche war nun einmal er. Unsere Beziehung glich einem bösartigen Tumor, der unaufhaltsam wuchs und alle Illusionen zerstörte.

Alle Hoffnungen, Einschränkungen und Mühen waren umsonst. Unsere Ehe endete in einer Katastrophe. Dennoch möchte ich durch meine Erlebnisse den Frauen Mut zusprechen, denen scheinbar durch eine gnadenlose Geliebte des Ehemannes alle Hoffnungen, Wünsche und Träume genommen wurden. Auch die Gesundheit, Selbstachtung, die finanzielle Sicherheit, der Vater der Kinder, ja zuletzt noch das Zuhause. Gedemütigt und verletzt, gefangen in ohnmächtiger Wut, Verzweiflung und Hoffnungslosigkeit. Belogen und benutzt. Das sind Emotionen, die kaum auszuhalten sind. Die Hölle auf Erden? Nein, so wollte ich nicht bis an das Ende meiner Tage leben. Und niemand muss in dieser Ausweglosigkeit verharren. Ich habe mich aufgerichtet und gefühlt, dass in mir etwas enorm Wichtiges gewachsen war: Mein tiefer Glaube an Gott und seine Gerechtigkeit.

Ich will und werde die große Trauer überwinden
und meinen Tiefpunkt als Chance
für einen Neubeginn sehen.
Das ist sehr schwierig – aber dennoch machbar.
Mein Verstand und meine Seele haben sich
in gesunder Einigkeit gefunden. Und ich verzeihe
den Menschen, von denen ich mich beherrschen ließ.

Den mühevollen Weg zu meiner eigenen Identität möchte ich schonungslos und offen beschreiben. Keine ‚gut gemeinten' Ratschläge, keine psychologischen Theorien, kein Selbstmitleid trösteten mich im Sumpf des negativen Denkens. Gott schenkte mir Kraft und einen eigenen Willen. Er begleitete mich auf meinem Weg und öffnete mir die Augen für den Blick in eine reale Welt.

Es gibt sicherlich kein Patentrezept. Aber mein Schicksal ist kein Einzelfall. Dennoch sollte sich keine Frau als Verliererin fühlen, weil die Geliebte ihres Ehemannes sich nur scheinbar überlegen fühlt.

Dieses Buch beschreibt die kleinen Schritte aus einer tiefen Verzweiflung heraus. Die ersten zarten Erfolgserlebnisse bis hin zu einem hoffnungsvollen Neubeginn. Es erzählt von dem Verlust jeglichen Selbstwertgefühles bis hin zur Neufindung der Selbstachtung und der eigenen Anerkennung. Ja, sogar mit der Fähigkeit das neue, gute Gefühl zu pflegen und es zu genießen.

Dem Schreckensgespenst von einst verdanke ich heute die positive Entwicklung meines Lebens. Diese Erkenntnis wurde deutlich, als ich es endlich zuließ, die Geschehnisse auch wirklich so zu sehen. Vorher war alles demütigend und häufig nicht zu ertragen. Menschenverachtend und unwürdig. Doch heute ist meine Seele frei von allen Zwängen. Ich möchte meiner Retterin danken. Sie hat mir, ohne es zu wollen ein gutes, lebenswertes Dasein geschenkt.

Ohne ihren beharrlichen, unfairen Kampf hätte ich meine Ziele niemals erreicht. Dank ihrer Ausdauer habe ich heute Reife, Zufriedenheit, Sicherheit und Selbstwertgefühl. Ich kann mich ausruhen von den Jahren, in denen die Schmerzgrenze oft überschritten wurde.

Mit meinem ehrlichen Verständnis, meinen bitteren und guten Erfahrungen möchte ich heute meinen Töchtern und meinem Sohn all das geben, was ihnen im Zusammenleben mit ihrem Vater und dieser

Frau sieben Jahre lang gefehlt hat: Ein respektvoller Umgang miteinander, Akzeptanz und Beständigkeit.

Ich habe mit meinem neuen Partner eine Hoffnung gefunden. Ich pflege diese Beziehung mit der gegenseitigen Achtung, des Respekts und des Vertrauens. Ich fand die Zufriedenheit in einer Partnerschaft, die Geborgenheit schenkt und eine gesunde Nähe zulässt. Aber dennoch die persönliche Freiheit nicht einschränkt.

Viele Frauen heißen Eva.
Aber diese Worte richte ich nur an Dich.

Sieben Jahre lang hast Du feige und hinterhältig aus dem Verborgenen heraus agiert und intrigiert. Dennoch warst Du stets existent und allgegenwärtig. Meine Gefühle für dich werden niemals frei sein von negativen Emotionen.

Ich habe erkannt, dass Menschen hinter einer biederen Fassade unter dem Deckmantel der Unnahbarkeit in ihrem Schattendasein unentdeckt Intrigen vorbereiten und ausführen können. Mir fehlte es dazu stets an Raffinesse und Mut. Im Nachhinein bin ich dankbar, dass ich Deinen Machenschaften nicht gewachsen war. Denn ich kann heute ohne Bedenken mein Spiegelbild betrachten.- Du und ich haben unsere Ziele erreicht. Du lebst nun an der Seite des Mannes, um den Du ohne Rücksicht auf die Beteiligten gekämpft hast.

Ich habe in meinem Partner einen guten Freund gefunden. Er lehrte mich wieder zu leben. Nur einer hat das Nachsehen: Frank – der Vater meiner Kinder!

Ein Mann, dessen Gefühle Dir niemals ganz gehören werden. Franks Gedanken werden heimlich bei seinem Sohn sein. Er wird den Alltag mit seinen wunderbaren Töchtern vermissen. Er sehnt sich nach zwei kleinen Mädchen und einem kleinen Jungen, die wehmütig nach ihrem Großvater fragen. Er darf ihren Alltag nicht teilen. Denn Du verhinderst in Deiner Selbstherrlichkeit jegliche konstante Bindung.

Vielleicht sehen diese Kinder Dich irgendwann fragend an? Dann fordern sie Antworten auf ihre vielen Fragen! - Was wirst Du Ihnen antworten? Oder hüllst Du Dich auch dann in feiges Schweigen?

Und eines darfst Du niemals vergessen. Wenn Du in die Augen meiner Töchter oder meines Sohnes schaust, werde auch ich Dich ansehen. Du hast die Macht besessen, eine Familie zu zerstören. Aber mich wird es immer geben.

Frank blendeten Deine Versprechen
auf ein ‚besseres' Leben,
welches ihm die Liebe der
Zurückgebliebenen ersetzen sollte.
Doch glaube mir: ‚Gestohlenes Glück stirbt Stück für Stück!

1. Kapitel

S p ä t e r - wann ist das?

29. Januar 1986

Die große Hektik im Raum lässt mich vor Erregung schneller atmen. Ich beobachte angespannt das Treiben um mich herum. Routiniert bereitet ein Operationsteam alles vor, um meinem kleinen Sohn den Start in sein Leben zu erleichtern. Und ich werde bald die Strapazen der letzten Stunden hinter mir lassen. Ich fühle mich ausgelaugt und am Ende meiner Kräfte. Der aufkommende Wirbel zeigt mir, dass der kleine Robin und ich nun bald erlöst sein werden. Ich möchte nun die letzte Hürde nehmen.

All' die Monate habe ich mich auf diesen Augenblick gefreut. Robin, mein Wunschkind! Im Alter von nur sechzehn Jahren brachte ich Zwillinge zur Welt Zwei süße Mädchen. In meinem jugendlichen und unerfahrenen Denken fand ich dieses Ereignis einfach nur wunderbar. Ich war verliebt in meine Kinder. Aber mir fehlte jegliche Reife für diese große Verantwortung. Ich liebte es, mit den Kindern zu spielen und mir war es gleichgültig, ob unsere Wohnung aufgeräumt war oder nicht. Für mich war es nur wichtig, wenn Sonja und Nathalie fröhlich lächelten.

Frank, mein Mann schien vom ersten Tag an mit der Situation überfordert zu sein. Er verbrachte seine Freizeit lieber im Kreise seiner Freunde, auf dem Sportgelände oder wo auch immer. Sonja und Nathalie hielten mich ständig auf Trab. Wir bewohnten damals eine kleine Wohnung im Haus meiner Schwester.

Doch Schwiegermutter „ordnete" schon bald an, dass wir ein Eigenheim bauen sollten. Selbstverständlich war ihr Wort für uns Gebot. Da unser neues Haus in unmittelbarer Nähe von Schwiegermama entstehen sollte, verbrachte Frank nun noch mehr Zeit außerhalb seiner kleinen Familie. Unsere Unterwürfigkeit gegenüber seiner Mutter wuchs mit der Abhängigkeit. Sie dachte, plante und organisierte für uns. Frank und ich wagten es nicht, dieser dominanten Frau zu widersprechen. In diesem Punkt waren wir uns einig. Schwiegermamas Wünsche waren Befehle.

Als unsere Zwillinge zwei Jahre alt waren, bezogen wir das neue Heim. Die enorme finanzielle Belastung erdrückte uns bereits vom ersten Tag an. Um unsere angespannte Lage zu entschärfen, musste ich weiterhin berufstätig bleiben. Die Kinder wurden von meiner Schwiegermutter betreut. Sie regierte unsere Ehe diktatorisch und gab zu jedem Anlass ihre Meinung preis. Doch Einfühlungsvermögen und Logik waren ihr fremd. Frank ertrank seine Unzufriedenheit im Alkohol. Seine Übergriffe mir gegenüber häuften sich. Ich wehrte mich nicht wirklich. Meist saß das Entsetzen so tief, dass ich mich außerstande fühlte, überhaupt noch zu reagieren. Ich verdrängte auch permanent die Tatsache, dass Frank bereits vor unserer Ehe die Hand gegen mich erhoben hatte. Denn er entschuldigte sich in dieser Zeit noch immer. Er flehte und beschwor mich, ihn nicht zu verlassen. Doch er vergaß seine Versprechen sehr schnell wieder. Ich wurde mehr und mehr zum Ziel seiner Aggressionen. Trank er mal vorübergehend weniger, gab ich mich gerne meinen Hoffnungen hin und vertraute auf eine bessere Zukunft.

Wir beide unterstrichen diese besseren Tage durch gemeinsame Aktivitäten. So kamen wir uns wieder näher und entflohen für einige Stunden dem schwierigen Alltag. Wir nahmen Abstand von unserer Problematik und verdrängten diese nur zu gern. Denn weder Frank noch ich wussten unsere Situation in Worte zu fassen.

Nach drei Jahren Ehe wurde ich mit neunzehn Jahren wieder schwanger. Die Zwillinge waren recht lebhafte Kinder. Oft fühlte ich, dass ich den beiden Mädchen gar nicht gerecht werden kann. Denn ich leistete tagsüber einen Vollzeitjob in der Firma. Endlich zu Hause angekommen warteten viele unterschiedlichen Aufgaben auf mich.

Ich fühlte meine physischen und psychischen Kräfte schwinden. Mein Verstand meldete mir in immer kürzeren Abständen die Gefahren, welche der Fortbestand meiner Ehe und den damit verbundenen Belastungen mit sich bringen würden. Aber eine andere Stimme in mir dominierte sehr stark: ,Drei Kinder würden ohne ihren Vater aufwachsen. Und da waren die Verpflichtungen gegenüber dem Haus …! ' Wenn ich auch in dieser Zeit Gedanken an eine Trennung hegte, verwarf ich diese sehr schnell wieder.

Ich wollte meinen Weg mit Frank gehen. Meine große Liebe würde Frank und mich irgendwann zusammenführen. Bei allem was geschah, zweifelte ich niemals an seiner Liebe zu mir. Ich wusste, dass er die Marionette seiner herrschsüchtigen Mutter war und ich wollte ihm beistehen. Ich verteidigte Frank, wann immer es notwendig war. Ich habe für ihn gelogen oder seine Eskapaden mit meist äußerst schwachen Argumenten abgeschwächt. Es ist verständlich, dass mich später niemand mehr ernst nehmen wollte.

Die Schwangerschaft und auch die Geburt der kleinen Marlene waren sehr beschwerlich für mich. Die Gewissheit, dass mein Kind im Haushalt meiner Eltern leben würde, brach mir beinahe das Herz. Aber wir waren auf meinen Verdienst angewiesen. Und Franks Mutter weigerte sich, unser drittes Kind zu beaufsichtigen. Mein Trost war, dass ich mein Baby zu jeder Zeit sehen konnte. Und an den Wochenenden würde ich es nach Hause holen. Mit der Gewissheit, dass es Marlene an nichts fehlen würde, fand ich mich irgendwann mit den Begebenheiten ab. Mir fehlte die Zeit, über einzelne Probleme nachzudenken. Ja, eigentlich bestand mein ganzes Leben aus einer riesigen Problematik.

Frank und ich verstanden es nicht, mit Nähe und Distanz umzugehen. In unserer Beziehung gab es nur schwarz oder weiß. Eine Grauzone sahen wir nicht. Entweder wir liebten oder wir hassten uns. Während der Phasen der Liebe waren wir uns so nah, dass ich oft das Gefühl verspürte, wir wären zwei ineinander verschmolzene Menschen. Niemals kam mir der Gedanke, dass Frank vielleicht anders empfinden könnte als ich.

In den Stunden der Zweisamkeit gaben wir uns alle Phantasien, die geheimen Wünsche und unsere Schwächen preis. So besaßen wir später das Wissen, mit dem wir uns in heftigen Auseinandersetzungen umso schmerzhafter verletzten. Wir beachteten absolut keine persönlichen Grenzen. Uns fehlte jede Möglichkeit zur Selbstkontrolle.

So zog die Zeit ins Land. Ich lernte nicht wirklich, mich mit meinem schwierigen Eheleben zu arrangieren. Aber die Trennung von meinem Kind belastete mich so sehr, dass ich Marlene nach Hause holen wollte. Sie war nun bereits vier Jahre alt und konnte die Kindertagesstätte besuchen. Frank versprach mir, mich in meinem Vorhaben zu unterstützen. Auch er vermisste unsere kleine Tochter sehr.

Aber Marlene wiederum litt unter der Trennung von meinen Eltern. Sie ängstigte sich in der ihr fremden Umgebung. Ich stand der Situation hilflos gegenüber. Wollte ich mein Kind in die Arme schließen, fing es laut an zu schreien. Nur in der Gegenwart von Oma und Opa fühlte sie sich sicher und geborgen. Ich weiß nicht meh, wie ich diese schwere Zeit damals überstanden habe. Ich dachte auch nicht darüber nach, wie sehr wir meine Eltern mit unserer Entscheidung verletzten. Sie liebten unser Kind über alles und der Abschied von Marlene war sehr schmerzlich für die beiden.

Sonja und Nathalie zeigten sich über die Ankunft ihrer Schwester ebenfalls nicht erfreut. Die beiden Mädchen lebten und spielten in ihrer eigenen kleinen Welt. Diese Zweisamkeit schenkte ihnen Stärke und meiner Zuneigung waren sie sich bis dahin sicher.

So kämpfte ich mich weiterhin durch ein Leben zwischen Beruf, Haushalt, Kindern, finanziellen Sorgen und einer schwierigen Ehe. Aber mein Glaube an Gottes Güte und an eine bessere Zukunft schob alle Zweifel beiseite. Ich wollte die Realität auf keinen Fall sehen und mich ihr erst recht nicht stellen. - Wenige Wochen nach meinem 24. Geburtstag saß ich eines Morgens versonnen am Frühstückstisch. Mein Blick folgte den feinen tänzelnden Schneeflocken vor dem Fenster. Frank und die Kinder schliefen noch. Eine selten verspürte Einsamkeit trübte meine Stimmung. Mir wurde bewusst, dass ich nun seit acht Jahren verheiratet war und meine Hoffnungen sich nicht annähernd erfüllten.

Ja, meine positiven Gefühle verkümmerten langsam, aber unaufhaltsam. Ich begann nun manchmal, wie heute an diesem kalten Wintermorgen tatsächlich über mein bisheriges Leben nachzudenken.

Auch Franks Veränderung bereitete mir Sorgen. Er zeigte in den vergangenen Monaten vermehrt eine negative Gefühlslage. Bis es dann eines Tages aus ihm heraus brach. Er erzählte mir, dass sein Berufsleben ihn nicht ausfülle und er sich nur zu gerne beruflich verändern würde. Er träumte davon, im sozialen Bereich zu arbeiten. Ich hing wie gebannt an seinen Lippen und war dankbar für seine Offenheit. Ich konnte seinen Kummer nachvollziehen und suchte sofort nach einer Lösung. Ich wollte meinem Mann helfen, sich seinen Wunsch zu erfüllen. Vielleicht würde diese Form einer Veränderung unser Familienleben stabilisieren.

Ich kannte einen netten Herrn mit grauen Haaren. Ihn traf ich manchmal während meiner Pause. Diesen Kontakt wollte ich nutzen, um Frank zu helfen. Denn ich wusste, dass dieser Mann in einer nahe gelegenen Klinik als Personalchef angestellt war. Als ich bereits wenige Tage später neben ihm auf einer Bank saß, trug ich ihm ohne zu zögern mein Anliegen vor. Nachdenklich und sichtbar interessiert hörte er mir zu. Manchmal unterbrach er mich mit gezielten Fragen. Diese Reaktion ermutigte mich, ihm zu verdeutlichen, dass es wohl niemals vorher einen besseren und klügeren Mitarbeiter in dieser Klinik gab als meinen lieben Frank. Wir trennten uns mit seinem Versprechen, meine Bitte zu überdenken.

An diesem Abend sprudelte es nur so aus mir heraus. Ich erzählte Frank von meiner Begegnung und dem Gespräch. Auch er gab sich nun seinen Überlegungen hin. Frank lobte mich für meine Hilfe. Und dieses Lob warf alle bisherigen Tadel hinter sich. Damals glaubte ich an eine Fügung des Himmels. War das nicht unsere Chance?

Wenige Tage später saß ich wieder allein auf meiner Wohlfühlbank. Sie zog mich mit ihrer idyllischen Lage immer wieder während meiner Pausen an. Zufrieden lehnte ich mich zurück. Ich zündete mir eine Zigarette an und zog genussvoll daran. Mein Blick streifte die Bäume, deren Laub sich langsam färbte. Zwar schien die Sonne noch warm an diesem Tag, aber der Herbst schickte bereits seine Boten. Dennoch fing ich jeden Sonnenstrahl auf. Aber nicht nur die Natur erfreute meine Seele, sondern auch der Ausgang des Gespräches mit Herrn Bild. Mit diesem Namen stellte sich der Mann heute vor, als er mir die Hand zur Begrüßung reichte. Ebenso vertraulich verabschiedete er sich mit dem Versprechen, dass er nach Eingang der benötigten Unterlagen alles tun würde um Frank den erwünschten Stellenwechsel zu ermöglichen.

Am gleichen Abend schrieb ich eine professionelle, aussagekräftige Bewerbung für Frank. Ich suchte eifrig die erforderlichen Dokumente zusammen und hegte keinerlei Zweifel an den Worten von Herrn Bild. Frank betrachtete die Situation eher mit mehr Skepsis. Aber nur zu gern ließ er sich von meiner Euphorie anstecken.

Mein mutiges Vorgehen erwies sich als eine gute Entscheidung. Denn Herr Bild stand tatsächlich zu seinem Wort und half uns in den kommenden Wochen mit all seinen Möglichkeiten. So hielten Frank und ich schon bald die positive Nachricht in den Händen.

Frank wechselte seinen Wirkungskreis im neunten Jahr unserer Ehe. Zu Beginn musste er sehr viel lernen. Die Arbeit in einer psychiatrischen Klinik war ihm bis dahin fremd. Wenn Frank über seinen Büchern saß, mussten die Kinder leise sein. Das war für mich gar nicht so einfach. Dennoch wuchs meine Hoffnung wieder.

Während dieser Zeit verzichtete Frank überwiegend auf Alkohol. Dies verringerte die Übergriffe mir gegenüber. Da dieser Beruf auch Wechseldienste vorschrieb, waren die Kinder und ich häufig allein zu Hause. Nach einem erfolgreichen Start entschied Frank sich kurzerhand zu einer Weiterbildung. Nun kam er nur noch am Wochenende nach Hause.

Mir erschien dieser Umstand überhaupt nicht tragisch. Ich pflegte meinen Freundeskreis und fühlte mich wohl dabei. Ich fand ein wenig von meiner jugendlichen Unbefangenheit wieder. Ich lernte wieder zu lachen und amüsierte mich gerne. Manchmal dachte ich, ich dürfe nun meine versäumte Jugend nachholen. Und mir tat diese Zeit so richtig gut.

Aber ich dachte nicht annähernd darüber nach, wie meine Schwiegermutter meine Aktivitäten in ihre Worte fasste. Es war mir eigentlich auch gleichgültig. Ich wollte unserer Ehe nicht schaden. Aber so sah das mein Umfeld nicht. Schwiegermutter spann ein Netz übler Intrigen. Frank glaubte ihr nur zu gern, wenn er nach Hause kam. Ich verstand ihn nicht und fand es nicht gut, mich ständig rechtfertigen zu müssen. Aber die Phantasien meiner Schwiegermutter fanden immer wieder neue Nahrung. Ja, ich ging gerne ab und an aus. Die Gegenwart meiner beiden Freundinnen erfüllte mich Frohsinn und einer lange nicht gekannten Leichtigkeit. Doch das Lachen sollte mir bald vergehen. Denn Schwiegermamas waches Auge interpretierte meine endlich gewonnene Eigenständigkeit völlig anders. Ihr waren Freundschaften fremd. Das Substantiv Geselligkeit verbannte sie aus ihrem Wortschatz. Die Mutter meines Mannes witterte die pure Sünde. Damals lächelte ich noch über ihre Sichtweisen. Doch die Zeit sollte mich lehren, dass ihre eher schmutzigen Gedanken fette Früchte trugen. Ich war jung und wollte das Leben trotz meiner vielfältigen Pflichten auch etwas genießen. Ich liebte enge Jeans und trug auch gerne einen gewagten Pulli. Auf meine kurzen Röcke wollte ich ebenfalls nicht verzichten. Dass diese mehr Bein zeigten als verdeckten, war für mich nicht tragisch. Mit einem breiten Stirnband und den tizianrot gefärbten Haaren zog ich so manchen missbilligenden Blick auf mich.

Heute weiß ich, dass mein provokantes Aussehen eine Flucht vor meinem traurigen Alltag war. Ich suchte permanent nach

Aufmerksamkeit. Doch mein Wunsch nach Anerkennung blieb mir versagt. Ich sorgte lediglich für negative Kritiken.

Meine Töchter wuchsen zu hübschen jungen Mädchen heran. Da ich selbst noch sehr jung war, verband uns eher eine geschwisterliche Beziehung. – Damals war mir nicht bewusst, dass ein sechzehnjähriges Mädchen überhaupt nicht in der Lage sein kann, ohne tatsächliche Hilfe zwei Babys mit der notwendigen Fürsorgepflicht zu bewahren bzw. verwahren. Obwohl ich eine abgeschlossene Ausbildung als Kinderpflegerin vorweisen konnte, half mir mein Wissen in meinem Alltag nicht. – Solche Überlegungen kamen mir zu dieser Zeit nicht in den Sinn. Diese Erkenntnis sollte ich erst viele Jahre später machen.

Nun lebte ich eben in einer Zeit, in der eine nicht annähernd erwachsene junge Frau drei pubertierende Töchter erziehen sollte. Das sah häufig so aus, dass wir gemeinsam Musik hörten und dazu durch das ganze Haus tanzten. Oder ich stritt mit den Mädchen auf der Ebene ihres Alters.

Wenn Frank zu Hause war, verhielten wir uns ernst und zurückhaltend. Wir mussten seine Stimmungslage immer erst testen, bevor wir uns wagten zu lächeln.

Ich erkannte sehr spät, dass Franks neuer Beruf ihn völlig vereinnahmte. Er investierte sehr viel Zeit und Motivation in sein Aufgabenbereich. Aber während seiner knapp bemessenen Freizeit begann er wieder häufiger zu trinken. Folglich verfiel er wieder in seine alten Verhaltensmuster. Diese äußerten sich in haltlosen Vorwürfen, Szenen, Eifersucht und Übergriffen.

Frank fügte seinen Mädchen niemals körperliche Schmerzen zu. Und in ihrer Gegenwart hielt er sich auch meistens zurück. Es ist nicht leicht nachzuvollziehen. Aber ich fühlte mich von meinen Töchtern beschützt. Wenn Frank alkoholisiert war, vermochten auch sie mir nicht helfen. Die Kinder mussten hilflos zusehen, wenn ihre Mutter der Gewalt des Vaters nicht entfliehen konnte.

Manchmal flüchtete ich in der Nacht mit den Mädchen zu meinen Eltern, um den Übergriffen zu entkommen. Aber wir kamen immer wieder zurück, weil Frank uns im nüchternen Zustand darum bat. Dem folgten die Tage, die mich erneut hoffen ließen. Er umsorgte uns liebevoll und fürsorglich. Wenn es nicht so schlimm gewesen wäre, würde ich heute sagen: ‚Die schönsten Stunden durfte ich erleben, nachdem ich verprügelt wurde. ' Und dennoch wogen diese Tage oder Wochen für mich alles auf.

Um Franks haltlosen Verdächtigungen und Schwiegermamas Unmut vorzubeugen, brach ich den Kontakt zu meinen Freundinnen schweren Herzens ab und verbrachte meine Freizeit zu Hause. Nun war ich abends wieder allein, wenn die Kinder schliefen. Anfangs ging ich ziellos durch die Räume. Zum ersten Mal seit all den Jahren erfüllte mich das Bedürfnis, unsere Wohnung zu verschönern. Was vorher für mich nicht wichtig war, besaß nun Priorität. Mir gefiel es, als ich meine hausfraulichen und handwerklichen Fähigkeiten entdeckte. Die Wände wurden mit neuen Tapeten versehen. Ich räumte die Möbel um und reinigte die Wohnung. Manchmal sogar bis spät in die Nacht. Aber mir war wieder nicht klar, dass ich nur die Fassade reinigte.

Meinen Töchtern gefielen die Veränderungen. Frank hingegen nahm mein Wirken nicht so wirklich wahr.

Unsere Gespräche waren eher oberflächlich. Wir unterhielten uns über die Kinder, das Haus, die organisatorischen Dinge, das Vereinsleben und nicht zu vergessen Franks Berufsleben. Für die anfallenden Arbeiten zu Hause war ich allein zuständig. Er benötigte seine Freizeit dringend, um sich und seine Interessen zu verwirklichen. Wie er mir in eindringlichen Erklärungen mitteilte, gehörte diese Selbstfindung zu seinem neuen Wirkungskreis. Er vermittelte mir immer deutlicher, dass seine berufliche Entwicklung für uns beide wichtig sei. Seine psychologischen Erkenntnisse sollten unseren gemeinsamen Weg vereinfachen. Mir fehlte zwar das logische Verständnis für seine Schilderungen, aber ich wollte ihm das mal so glauben. Also entwickelte ich meine häuslichen und handwerklichen Fähigkeiten und pflegte die Gartenanlage. Ich wusch und polierte Franks Auto. Meine Entwicklung verlief nicht schlecht und ich wurde immer ideenreicher und flexibler dabei. Frank pflegte sich und seinen Egoismus. Er trainierte seinen Körper im Fitness-Studio. Er verbesserte seinen Wortschatz und kam sich selbst dabei immer näher!

Frank sammelte viele neue Eindrücke. Er arbeitete überwiegend mit suchtkranken Patienten! Heute weiß ich, dass er schon damals wichtige Zusammenhänge für sich erkannte. Er dachte sicher über sich und sein Leben nach. Aber die Umsetzung im täglichen Leben schaffte er nicht. Schließlich musste Frank seine eigene Sucht permanent verbergen.

Frank und ich, verbunden durch die Worte des Priesters „bis dass der Tod euch scheidet". Die Pflicht und das Bedürfnis, Mutter und Vater zu sein. Wir beide hatten Monat für Monat das Bestreben, unser Haus abzubezahlen. Obwohl wir die enorme Belastung kaum tragen konnten. Ja, die finanzielle Situation bereitete mir lange und schlaflose Nächte. Oft fuhr ich zu meinen Eltern, damit sie den Tank unseres Autos fullten und mir Lebensmittel für die kommenden Tage schenkten. Auch bat ich meinen Vater häufig um Geld. Es lag nicht daran, dass wir nicht wirtschaften konnten. Vielmehr war die Baufinanzierung für das Haus von Anfang an eine Fehlkalkulation. Es wurde Eigenkapital eingesetzt, welches wir nie besaßen. Kostenfreie Eigenleistung wurde nur zum Teil gedeckt. Von zwei Verdiensten blieb uns nur wenig Geld zum Leben übrig. Wir waren beide zu unerfahren, um diese Fehler zu korrigieren. Wir glaubten den Menschen, die uns versicherten, dass alles seine Richtigkeit hat. Und so blieb ich auch hier meiner Devise treu: Wenn das Haus irgendwann einmal bezahlt ist, dann wird alles besser!

S p ä t e r, wenn ich mal 40 Jahre jung bin!

Ich war abhängig von Frank und er war abhängig vom Alkohol. Gemeinsam waren wir finanziell abhängig von unseren Müttern. Schwiegermutter beaufsichtigte die Kinder während ich arbeitete. Meine Mutter kleidete die Kinder ein und unterstützte uns materiell. Zwei Frauen, die sich ihres Stellenwertes bewusst waren. Aber für Frank, mich und unsere Kinder war der Preis dieser Hilfe sehr hoch.

Anna nahm sich grenzüberschreitende Äußerungen, Launen aller Art und Bitten, welche grundsätzlich Befehle waren, heraus. Einzelheiten möchte ich hier nicht erwähnen. Diese würden den Rahmen sprengen. An dieser Stelle möchte ich betonen, dass ich keinesfalls ‚Schuldige' für mein Scheitern oder Franks Verhalten mir gegenüber suchte. Ich sah mich zu keinem Zeitpunkt als Opfer. Nein, ich selbst war und bin für mein Handeln und Tun allein verantwortlich. Ich trug enorm dazu bei, dass mein Umfeld sich emotional von mir zurückzog. Es gab auch genügend Freunde, die mich immer wieder darauf hinwiesen, dass ich meine Situation doch endlich einmal etwas kritischer betrachten sollte. Aber ich ignorierte konsequent alles. Gut gemeinte Ratschläge interessierten mich nicht.

Die missbilligenden Blicke und Äußerungen der Verwandten waren für mich niederschmetternd. Doch trotz aller Hinweise und Warnungen reagierte ich nicht. Ja, sogar die Tatsache, dass einige mir wichtige Menschen sich von uns distanzierten, ließen mich nicht aufwachen. Ich ging zielsicher meinen Weg und dachte: S p ä t e r würde man uns akzeptieren und anerkennen. Ich würde allen Menschen beweisen, dass wir unser Leben ‚irgendwann' in positive Bahnen lenken würden.

Franks Beruf brachte uns diesem Traum vermeintlich etwas näher. Er beschäftigte sich nun intensiv mit den psychischen und physischen Auswirkungen im Hinblick auf unsere Situation. Er erzählte mir von der Übermacht mancher Mütter. Hier sah er sogar Zusammenhänge im Hinblick auf seine eigene Mutter. Er ließ zeitweilig nicht mehr alles mit sich machen. Desto fordernder und energischer reagierte Anna. Sie wollte ihren Frank nicht loslassen. Ihr Hass richtete sich nun noch intensiver gegen mich. Sie nörgelte stets an allem was wir taten herum. Sonja und Nathalie reagierten am gesündesten. Sie blieben, während ich arbeitete lieber allein zu Hause, als sich ständig von Oma tyrannisieren zu lassen. Diese Abwehrhaltung wurde als meine schlechte Erziehung gewertet. Ich weiß heute, dass sie mir die Heirat mit Frank nie verziehen hat. An dem Tag unserer Eheschließung verlor sie vermeintlich ihren Liebling an mich. Ihre Verbitterung, ihren Ärger und all ihre negativen Grundgedanken gehörten von nun an mir. Naiv, jung und ahnungslos bot ich mich ihr als Aggressor auch permanent an. Weil ich mich nie wirklich zu wehren wusste.

Dazu muss ich sagen, in mir regte sich häufig das zermürbende Gefühl der ohnmächtigen Wut. Meine eigenen Wünsche und Bedürfnisse meldeten sich unerfüllt an. Aber mir fehlte der Mut, diese auch wirklich durchzusetzen.

Ich hing bereits mit 14 Jahren wie eine Klette an Frank und er ertränkte seinen Kummer schon als Jugendlicher im Alkohol. Mein Wille war bereits gebrochen und den von Frank musste niemand brechen: Er besaß niemals wirklich Mut oder gar eine eigene Meinung! So wurden zwei junge Menschen in ein Leben ohne Fundament entlassen. Mit allen erdenklichen Defiziten. Wir wurden zwar bestens versorgt und ausgestattet, aber uns fehlte Liebe und Geborgenheit.

So taumelten wir durch ein Leben, auf das wir nicht vorbereitet waren. Frank stärkte sich mit Alkohol. Und ich begehrte auf, indem ich ständig gegen den Strom schwamm und durch Provokationen auf mich aufmerksam machte. Die Verzweiflung in unseren sensiblen

Seelen sah niemand. Man unterstützte uns schließlich, wann immer uns etwas Materielles fehlte. Ich bin davon überzeugt, dass Anna unser Scheitern gern forcierte. Schließlich wollte sie immer Recht behalten.   Sie gratulierte uns seinerzeit nicht einmal zu unserer Vermählung. Sie schaute uns verächtlich an und zischte nur zynisch: ‚Ihr beide kommt nie auf einen grünen Zweig'. Sie tat alles, um diese Aussage zu untermauern und uns davon zu überzeugen, dass wir ohne sie hilflos sind. Anna stellte die Weichen für den Hausbau. Sie traf alle Entscheidungen allein. Wir besaßen, wie bereits erwähnt nicht den Mut, uns dagegen zu wehren. Anna wusste genau, in diesem Moment hatte sie uns in der Hand und so war es auch. Es war nicht schwer, uns zu manipulieren. Wir waren an Gehorsam gewöhnt. Meine Mutter wollte auch keine Klagen hören. Kam ich mit sichtbaren Spuren unserer ehelichen Auseinandersetzungen, schien sie eher verlegen und ihr Trost klang so: „Das kommt auch in anderen Ehen vor. Ihr rauft euch schon irgendwann zusammen." Vielleicht befürchtete sie einfach nur, dass ich mit den Kindern bei ihr einziehen würde. So gab sie mir Geld statt Verständnis. Auch Franks Berufswahl wurde wohlwollend zur Kenntnis genommen. Mein Vater war bis zu seiner Pensionierung Beamter - also die notwendige Sicherheit!

Mein Vater begrüßte es, dass Frank nun außer der gesetzlichen Krankenversicherung auch die Zusatzversorgungskasse bediente. Das war für meine Eltern sehr wichtig. Auch Maria, meine Mutter, leistete sehr viel und wollte niemals auf ihre Berufstätigkeit verzichten. Schließlich bedeutet Geld auch Macht! Aber die verzweifelte Ohnmacht ihrer Tochter wurde niemals thematisiert. Maria suggerierte mir immer wieder ein, dass Frank mit zunehmender Reife sicher ruhiger und verlässlicher werden würde.

Doch als Frank während einem Familienfest im Hause meiner Eltern den Rahmen sprengte und meinen Vater attackierte, ja ihn sogar bedrohte, da durfte erstmalig über eine eventuelle Trennung nachgedacht werden. Meine Eltern fühlten sich vor den Verwandten bloßgestellt. Und dass unsere Ehe nicht den Normen meiner Familie entsprach, war nun für alle offensichtlich und nicht mehr zu leugnen. Die Kinder und ich blieben zu unserer Sicherheit einige Tage im Haus meiner Eltern. Vater beauftragte einen Rechtsbeistand und sicherte mir beruhigend die Kostenübernahme zu. Dies teilte er mir nüchtern und kühl mit. Doch Gespräche über wesentliche Dinge, wie zum

Beispiel meine Zukunft, meine Ängste, Gefühle und die Unsicherheit meiner kleinen Kinder fanden nicht statt. Ich spürte weder Verständnis noch Mitgefühl. Tröstende Worte wären Balsam für meine Seele gewesen. Doch ich wartete vergeblich darauf. Die Kinder brachten die sterile Ordnung und den strukturierten Tagesablauf im Haus meiner Eltern völlig durcheinander. Nach wenigen Tagen kam ich mir mit meinen Kindern bereits unerwünscht vor. Außerdem quälte mich die Sorge um Frank. Er bemühte sich täglich, uns nach Hause zu holen. Aber ich durfte nicht mit ihm reden.

Ich war erleichtert, als Frank sich den Verboten meiner Eltern widersetzte und eines Abends unangemeldet vor der Tür stand. Er entschuldigte sich in aller Form und gelobte Besserung. Ich sah nur den Glanz in seinen dunklen Augen, hörte seine geliebte Stimme, spürte die Kraft seiner Arme und hing an seinen Lippen, als er mir das alte, aber schöne Lied der besseren Tage sang.

Ich sah aber auch die Erleichterung in den Augen meiner Eltern. Meine Mädchen jubelten ihren Spielsachen entgegen und ich ließ mich aus den strengen Regeln und den Zwängen meines Elternhauses glücklich in die weit geöffneten Arme meines geliebten Mannes fallen.

Ich glaubte fest daran, dass Frank aus seinen Fehlern gelernt hat. Und der Seelenfrieden meiner Eltern war ebenfalls wiederhergestellt. Ihr einziges Problem war nun wieder vierzig Kilometer weit weg und für die nächsten Tage, vielleicht auch Wochen somit nicht existent.

Frank veränderte sich in der nächsten Zeit tatsächlich. Er formulierte seine Sätze gleich einem Lehrbuch. Selbst seine Körperhaltung wirkte fremd für mich. Mein lieber Frank strebte nach Wissen und Bildung. Zu diesem Zeitpunkt eignete er sich den später für mich oft vernichtenden Zynismus an. Ich war damals 28 und Frank fast 37 Jahre alt. Meine Liebe zu ihm war wie auch unsere Beziehung grenzenlos. Ein Leben ohne Frank war für mich noch immer unvorstellbar. Wir redeten über eine bessere Zukunft und ich hoffte weiterhin auf bessere Zeiten.

Diese leichte positive Entwicklung erreichte meinen Verstand. Aber mein Körper und meine Seele nahmen diese Erkenntnis nicht mehr an. Die schmerzlichen Erinnerungen, ständige Überforderung, die schlaflosen Nächte, die stundenlangen Auseinandersetzungen, der Arbeitsalltag, die Schuldgefühle gegenüber den Mädchen, für die viel zu wenig Zeit blieb. Die finanziellen Sorgen und meine unerfüllten

Träume...! Ich fühlte mich häufig unwohl, müde und kraftlos. Ich begann mich vor jedem neuen Tag zu fürchten und litt unter mangelnder Konzentration. Im Berufsleben musste ich aber gedanklich flexibel sein und überlegt handeln. Mir gelang das nicht mehr. So geriet ich mehr und mehr unter psychischen Druck. Meine Kraft und meine Hoffnung verließen mich. Übrig blieben Ängste, welche mich quälten und an der Realität vorbeiführten.

Mir blieb trotz meiner Problematik nicht verborgen, dass Frank während eines Seminars einer anderen Frau begegnet war. Seine telefonischen Kontakte mit ihr verrieten mir auch die Intensität dieser Beziehung. Doch ich spürte keinen Schmerz, keinen Zorn und keine Eifersucht. Ich hüllte mich in negative Gedanken ein und war nur noch müde. Müde von zwölf Jahren Eheleben zwischen Hoffen und Bangen. Ich stellte auf einmal so vieles in Frage. Nicht einmal meine Töchter konnten mich aufheitern. Von ihnen sprühte kein Lebensquell mehr zu mir über. Ich wollte nicht mehr kämpfen, nicht mehr beschuldigt und nicht mehr geschlagen werden.
Keine Demütigungen, keine sinnlosen Streitereien. Nein, ich wollte so nicht mehr weiterleben.
Sonja und Nathalie waren zwölf Jahre und Marlene gerade neun Jahre jung, als ich hoffnungslos versagte. Mit der Gewissheit, dass die Kinder selbständig und klug waren, traf ich eine Entscheidung. Meine Töchter würden selbstbewusst ihren Weg gehen. Ich redete mir ein, dass sie durch mein Vorhaben einer besseren Zukunft entgegensehen dürften.
An einem trüben Montagmorgen - nach einem schweigsamen, kühlen Wochenende sah ich in den Spiegel. Ich sah die frische Narbe an meiner Lippe und eine hässliche Zahnlücke. Frank hatte mal wieder die Kontrolle über sich verloren. Und ich stand ihm gerade im Weg. In meine Gedankengänge presste sich eine schmerzhafte Erinnerung. Einmal traf Franks geballte Faust mein Gesicht so unglücklich, dass mein Nasenbein brach. Ich war im fünften Monat schwanger. Gerade einmal 16 Jahre alt und mein Vergehen lag darin, dass ich die Türglocke nicht hörte, als Frank ohne Schlüssel nachts nach Hause kam. Da ich keine ärztliche Versorgung bekam sah ich an jenem Morgen, an dem ich beschloss aus dem Leben zu scheiden auch diese Spuren in meinem Gesicht. Meine Luftschlösser fielen in diesem

Moment wie Kartenhäuser zusammen. Für mich gab es keine bessere Zukunft.

Am Abend zuvor suchte ich Hilfe. Ich wollte mit jemanden reden. Zuerst rief ich meine Schwester an. Da ihr gerade die Zeit für ein Gespräch fehlte, empfahl sie mir höflich, mich doch zu einem günstigeren Zeitpunkt mal wieder melden. Mein Bruder stand gerade vor einem wichtigen Termin. Aber er versprach mir ganz sicher, sich irgendwann in den nächsten Tagen einmal intensiv Zeit für mich zu nehmen. Ich ging wie betäubt zum Medikamentenschrank und nahm alle Tabletten von denen ich glaubte, sie würden mein wundes Herz zum Stillstand bringen.

Die Zwillinge waren in der Schule und Marlene spielte in ihrem Zimmer. Ich nahm sie liebevoll in den Arm und sagte ihr mit leiser Stimme, dass ich lange schlafen möchte und bat sie, mich nicht zu stören. Ich weiß nicht mehr, wie viele der bitteren Pillen ich mit fahrigen Händen auflöste. Unter Tränen trank ich die vermeintliche Erlösung. Als ich in meinem Bett lag, spürte ich ganz langsam, wie meine Seele und mein Körper sich beruhigten. Ich fühlte ein klein wenig den Frieden. Ich wollte zu meinem Gott, wo auch immer er in den letzten Jahren war. In diesem Augenblick wusste ich, ER war bei mir!

Doch ich durfte den ersehnten letzten Weg noch nicht gehen. Die resolute Entschlossenheit meiner Mutter brachte mein Vorhaben zum Scheitern. Sie wollte mich telefonisch erreichen und erfuhr von Marlene, dass ich schlafen wolle. Mutter wollte die Information meiner Tochter nicht so einfach hinnehmen. Wie sie mir später berichtete, beschlich sie eine Vorahnung. Sie versuchte immer wieder erfolglos mich zu sprechen. Meine Mutter war verunsichert und informierte meine Schwester. Sie wohnte nicht weit von uns entfernt. Ich erfuhr nie, was im Einzelnen geschehen war. Jedenfalls erwachte ich auf der Intensivstation eines Krankenhauses. Man hatte mir den Magen ausgespült. - Frank saß betrübt an meinem Bett. Tränen liefen über seine blassen Wangen. Er wirkte verzweifelt und sagte leise zu mir, dass dieser Schritt keine Lösung sei. Frank sprach viel und suchte nach Erklärungen. Ihm fiel so manches ein was man sagt, wenn einem eigentlich die Worte fehlen.

Da Frank das Pflegeteam kannte, wurde ich vorsorglich isoliert. Niemand erfuhr von meinem Suizidversuch. Auch die Familie schwieg

über den peinlichen Vorfall. Frank verstand es, mein Handeln als einen Unfall zu deklarieren. Er überzeugte seine Kollegen von einem nicht beabsichtigten Missbrauch von Medikamenten. Er arbeitete schließlich täglich mit psychisch kranken Menschen und fand glaubhafte Erklärungen für mein ‚Versehen'.
Frank bemühte sich erfolgreich, sein Leben in der Öffentlichkeit zu verändern. Die Maske eines Biedermannes stand ihm gut. Er trug sie stolz und selbstbewusst. Frank trank nicht mehr in Kneipen, sondern nur noch zu Hause. Ein schicker Wagen umrahmte das attraktive Bild meines Mannes und niemand erahnte diese gelungene Fotomontage.

Die Kinder und ich trugen diese zusätzlichen finanziellen Belastungen. Frank kleidete sich von nun an gut und teuer. Er beeindruckte die Menschen mit klugen Sprüchen. Diese waren psychotherapeutisch untermauert. Er fühlte sich seinen Brüdern endlich ‚gleichgestellt'.
Die Menschen im Ort, unsere Familie, unsere Freunde und alle anderen glaubten diesen aufgesetzten Schwachsinn. Frank wusste, dass ich sein Bild kritischer fixierte. Denn ich kannte ihn nun wirklich besser. Aus diesem Grund musste er sich zwangsläufig von mir distanzieren.

Frank hatte seine Ziele erreicht und ich war irgendwo stehen geblieben! Er war der bedauernswerte Mann, der sich jetzt um die Kinder kümmern musste. Er versorgte den Haushalt und ging seinem Beruf nach. Zu Hause pflegte er seine kranke Frau, von der jeder Glanz abgefallen war. Trotzdem durfte ich ihn zu verschiedenen Anlässen begleiten. Die Gastgeber bewunderten diesen selbstlosen Menschen, der seine Frau in der Öffentlichkeit stützte und führte. Frank musste nichts mehr erklären. Und ich wehrte mich nicht einmal dagegen. Ich war auf ihn und seine Gnade angewiesen. An Depressionen erkrankt wollte ich nun langsam sterben. Der ‚Fachmann' an meiner Seite wusste schließlich, was zu tun war. Manchmal frage ich mich, ob Frank der Situation wirklich so gleichgültig gegenüberstand? Ich spürte keinerlei Mitgefühl von ihm. Vielleicht war er auch nur ratlos und konnte mir nicht beistehen. Ich würde lieber an die zweite Version glauben. Diese Variante wäre für mich erträglicher. - Krank, gedemütigt und ohne jegliches Selbstvertrauen glaubte ich nun nicht mehr daran, dass s p ä t e r mal alles besser sein würde!

2. Kapitel

Aus dem Chaos sprach eine Stimme,
lächele und sei froh,
es hätte schlimmer kommen können.
Ich lächelte und war froh und es kam schlimmer!

Nun endlich erwachten meine Eltern. Sie wurden aktiv und begleiteten mich zu Fachärzten. Ich war ihnen dankbar dafür. Sie versprachen mir, nun nicht mehr tatenlos zuzusehen. Eine Neurologin erkannte schnell, dass ich psychisch und physisch am Ende war. Mir wurde ein Aufenthalt in einer entfernten psychosomatischen Klinik ermöglicht. Solche Kliniken werden heute toleriert und akzeptiert. Auch in ländlichen Gegenden wie in unserem Dorf mit 200 Einwohnern. Dies war aber 1982 noch nicht der Fall. Damals stieß man eher auf Unverständnis und Vorurteile.

Die Klinik lag am Rande einer idyllisch gelegenen Kleinstadt. Mir gefielen die Räumlichkeiten, das Gebäude und die wunderschöne Lage. Die weiße Winterlandschaft nahe den Bergen faszinierte mich und schenkte mir angenehme Gefühle. Dennoch fiel es mir schwer, mich auf die neue Situation einzulassen. Wenn ich aus dem Fenster meines schönen Zimmers schaute oder auf dem Balkon saß, konnte ich bei klarer Sicht die Alpen sehen. Es war ein wundervoller Ausblick. Eine Zimmernachbarin bot sich gleich an, mit mir zu dem nur wenige Kilometer entfernten Bodensee zu fahren. Diesen kannte ich lediglich von Erzählungen. Aber ich konnte mir dennoch dieses unbekannte Erlebnis gut vorstellen.

Nie zuvor war ich auf diese Weise auf mich allein gestellt. Urlaubsorte kannte ich auch nicht. Was sollte ich hier mit mir anfangen? Da waren Ärzte, Pflegerinnen, Pfleger und ein Psychologe. Letzteren sollte ich nun mehrmals wöchentlich konsultieren. Ich verstand nicht so recht, was er von mir wollte. Also erzählte ich ihm auf Anfrage unbefangen meine Geschichte. Als er mich einmal vorsichtig fragte, ob ich denn mal über eine Scheidung nachgedacht hätte, reagierte ich empört und fühlte mich unverstanden und gekränkt.

Frank suchte täglich den Kontakt zu mir. Er ließ mich wissen, dass er seit meiner Abreise keinen Alkohol mehr getrunken habe. Ich glaubte ihm diese Aussage nicht wirklich. Ich fühlte mich von ihm noch in der Ferne kontrolliert und wollte mich unbedingt seinem Einfluss

entziehen. Im Verlauf der Therapie wurde mir so manches deutlich. Ich lernte nette Leute kennen. Alle sprachen von einem neuen, besseren Leben nach dem Klinikaufenthalt. Ich war tief beeindruckt. Menschen mit so viel Mut und Selbstvertrauen waren mir vorher nie begegnet. Das konnte ich nicht nachvollziehen. Ich ließ mich gern von deren Euphorie anstecken. Nach vier Wochen glaubte auch ich, die Welt erobern zu können. Zum ersten Mal in meinem Leben fühlte ich mich frei. Ich hörte progressive Musik über die Freiheit und ein Leben ohne Ängste und Zwänge. Ich ging zum Friseur, kleidete mich neu ein und schwebte in einer anderen Sphäre. Ein nie vorher spürbarer Nachholbedarf breitete sich in mir aus. In diesem Tagen der Selbstüberschätzung begegnete ich Kai! Er gefiel mir auf den ersten Blick. Ich dachte mir nichts dabei, als ich eines Morgens neben ihm aufwachte. Mit ihm wollte ich ein neues, besseres Leben beginnen. Nach elf Wochen Klinikaufenthalt glaubte ich meinen Weg ganz klar vor mir zu sehen. Ich war bereit, mich von Frank trennen.
Währenddessen lebte Marlene wieder bei meinen Eltern. Die starke Bindung der ersten Jahre bestand noch immer. Zielsicher und von meinen Plänen überzeugt ging ich meinen Weg. Ich holte zuerst Marlene ab und später dann meine persönlichen Sachen in unserem gemeinsamen Haus. Frank war sichtlich erschüttert. Er wollte meinen Entschluss nicht so einfach akzeptieren. Immer wieder versicherte er mir, dass er nicht mehr trinken würde und dies nun auch bereits viele Wochen durchgehalten habe. Er verstand meine Entscheidung nicht und wollte diese auch nicht hinnehmen. Er bat mich zu bleiben. Aber mich überzeugten seine Worte nicht. Ehrlich gesagt, ich wollte sie auch gar nicht hören. Ich war besessen davon, meinen Weg mit Kai zu gehen. Franks Versprechungen kannte ich zur Genüge. Ich glaubte ihm kein Wort mehr. Schließlich musste er künftig keine Affäre mehr vor mir geheim halten. Und ich musste seine Sachen nicht mehr panisch durchwühlen, um Beweise zu finden. Eigentlich sollte er doch mit dieser Entwicklung zufrieden sein.

Die Therapie zeigte ihre Wirkung. Mein Egoismus schien erstmalig erwacht zu sein. Mein riskanter Höhenflug begann!
Frank nutzte nun seinen Vorteil und verweigerte mir den Umgang mit den Zwillingen. Aber Sonja und Nathalie wollten auch nicht von zu Hause weg. Sie sahen mich verständnislos an. Hier lebten ihre

Freunde. Hier gingen sie zur Schule und hier war ihr Zuhause. Ich war enttäuscht von den beiden und ging mit Marlene zu Kai nach Hamburg. Dort bezog ich eine kleine Wohnung in seinem Haus. Da er einen eigenen Betrieb besaß, wartete bereits ein Arbeitsplatz auf mich. Ich war endlich frei. Das glaubte ich bis dahin auch wirklich. Kai war seit drei Jahren verwitwet. Seine Frau starb bei einem Autounfall und die drei kleinen Jungs lebten bei ihm. Als ich in Kai`s Haus einzog, entließ er erst einmal seine Reinigungskraft. Selbstverständlich übernahm ich auch die Arbeiten im Büro. Die Kinder mussten nicht mehr zur Tagesmutter - ich war ja da. Kai verfügte nun über eine ehrgeizige Allroundkraft. Sollte ich wirklich in meiner Verliebtheit über solche Dinge nachdenken?

Die neuen Eindrücke, die umfangreichen Aufgaben und die Großstadt schenkten mir neue Impulse. Ich kannte nur das Landleben und fand die nicht gekannten Erlebnisse prickelnd und aufregend. Kai war dienstlich oft außer Haus. Mir war das recht. Denn mein Aufgabengebiet band mich immer mehr ein. Er zahlte mir ein großzügiges Gehalt. Aber Marlene weinte viel und ihre traurigen, blauen Augen klagten mich an. Sie vermisste ihre Großeltern, die Schwestern und ihren Vater. Mir fehlte leider die nötige Zeit für mein unglückliches Kind.

Frank bemühte sich wieder einmal intensiv um eine Verbindung zu Marlene und mir. Dieses Verhalten war mir ja nicht fremd. Denn sein Lieblingsspielzeug drohte ihm zu entgleiten.

Anfangs verbat ich mir dieses Ansinnen noch. Aber schon bald fieberte ich jedem seiner Anrufe entgegen. Franks Neurosen und meine psychische Abhängigkeit malten in meinem Herzen wieder einmal die farbigsten Bildergeschichten.

Hinzu kam, dass seine finanzielle Lage sich verschärfte. Selbstverständlich machte Frank mich für seine missliche Situation verantwortlich Zu Beginn kümmerte mich das nicht besonders. Doch zunehmend wurden diese Gedanken zu einer Belastung für mich. Obwohl ich wusste, dass Frank die Unwahrheit sagte, dachte ich doch an Sonja und Nathalie. Die beiden würden unter Franks permanenten Selbstmitleid leiden. Und am Ende vielleicht seinen Aussagen noch Glauben schenken.

Frank genoss es sichtlich, sich von seiner Umwelt bedauern zu lassen. Seine Familie unterstützte ihn sehr, indem sie meine Entscheidung heftig verurteilten.

Ich hingegen verzichtete auf jeden Kontakt mit meiner Familie. Sie zeigten ebenfalls kein Verständnis für mein Handeln. Frank verstand es gut, die Menschen zu beeinflussen und zu manipulieren. Er machte sich sein erfolgreiches Studium zunutze. Das war aber auch mir nicht wirklich bewusst.

,Eine Mutter die ihre Kinder im Stich lässt, muss zwangsläufig schuldig am Scheitern einer Ehe sein. Sicher hat eine solche Frau schon immer Prügel verdient! '

Ich musste mir diese abstrusen Äußerungen anhören und litt erheblich darunter. Frank vergaß, unseren Bekannten gegenüber zu erwähnen, dass ich ihm einen Teil meines Einkommens überwies. Er genoss die Rolle des verlassenen Ehemannes in vollen Zügen. Deshalb verschwieg er bewusst meine monatliche, finanzielle Unterstützung. Auch dass er ständig zu mir Kontakt suchte und mich immer wieder bat zu ihm zurück zu kommen, das erwähnte er wohlweislich nicht.

So zogen drei Monate ins Land. Wochen, Tage, Stunden – in denen ich mehr und mehr begann, meine Entscheidung anzuzweifeln. Was hatte sich wirklich für mich verändert?

Ich betrachtete nun meine anfängliche Verliebtheit mit anderen Augen. Die Wärme und Geborgenheit, das unbeschwerte Leben fand ich auch bei Kai nicht. Er beanspruchte für sich eine Frau, die funktionierte. Und wieder arbeitete ich von morgens früh bis abends spät.

An einem regnerischen Morgen erhielt ich überraschend einen Anruf von Sonja. – Sie klang sehr erregt und verzweifelt und bat mich darum, nun doch zu mir zu kommen. Sie und Nathalie hielten die Situation zu Hause nicht mehr aus. Sonja teilte mir mit, dass Oma sie häufig beschimpfte. Sie seien die Töchter einer Hure. Franks jüngster Bruder habe Nathalie sogar geschlagen. Dies und vieles mehr erschütterte mein neues Leben sehr. Kurz entschlossen vereinbarte ich mit den Zwillingen, dass ich die beiden am nächsten Morgen abholen vor Beginn der Schule abholen würde.

An diesem Tag wurde mir bewusst, dass ich mein Leben wieder einmal in eine falsche Richtung gelenkt habe. Doch nun musste ich meinen Töchtern ein Zuhause geben. Vielleicht würde das Marlene helfen, endlich in Hamburg anzukommen. Später einmal fragte ich mich, wie mein Kind sich eingewöhnen und wohlfühlen sollte, wenn ich ihm etwas völlig anderes suggerierte?

Doch Nathalie und Sonja kamen nicht zu uns nach Hamburg. Frank überraschte die beiden beim Packen. Er hielt sie mit Nachdruck von ihrem Vorhaben ab. Seine Reaktion war natürlich recht heftig. Sein Anruf zerschmetterte mir beinahe das Trommelfell. Die Beschimpfungen wollte ich mir gar nicht länger anhören. Als er mir mit einem Gerichtsverfahren droht, legt ich den Hörer einfach auf.

Dass Frank seine Drohungen wahr machte, bekam ich kurze Zeit später zu spüren. – Ein Familiengericht entschied nüchtern, dass Frank das Sorgerecht für die Zwillinge erhielt. Marlene durfte bei mir bleiben. Frank und ich beachteten während dieses Verfahrens keine persönlichen Grenzen. Es begann ein schmutziger Rosenkrieg.

Mein schöner Traum von der Unabhängigkeit war ausgeträumt. Ein Leben so ganz ohne meine Zwillinge konnte ich mir nicht vorstellen. Ich vermisste sie jeden Tag mehr. Ihr fröhliches Lachen, die strahlenden blauen Augen – unsere gemeinsamen Stunden. Ich hielt diese Trennung nicht aus. Der verzehrende Schmerz und die nagende Sehnsucht nach meinen Kindern wurden immer quälender. Als Frank einige Wochen später während eines Telefonates mit Marlene ähnliche Gefühle äußerte, waren für mich die Weichen gestellt.

Alle negativen Aspekte entfernten sich und rückten erneut in den Hintergrund. Ich wollte nur noch nach Hause!

Es blieb auch Kai nicht verborgen, dass ich häufig den Kontakt mit meiner Familie suchte. Unsere Verliebtheit war längst dem nüchternen Alltag gewichen. Er konnte damit nicht so recht umgehen und reagierte schroff. Manchmal ängstigte er mich regelrecht. Nachts hörte ich ihn in seiner Wohnung auf und ab gehen. Mein Gefühl sagte mir, dass unsere Situation sich drastisch zuspitzte. Dachte ich anfangs noch, er würde mich mit Verständnis gehen lassen, so wurde ich doch in den nächsten Tagen eines Besseren belehrt. Kai wurde zunehmend aggressiv und unberechenbar. All meine Versuche, ihm meine Situation zu erklären, scheiterten bereits im Ansatz meiner Worte. Auch meine Gefühle interessierten ihn nicht. Kai sprach nicht von

Liebe oder von einer gemeinsamen Zukunft. Nein, er wollte sein gut strukturiertes Leben nicht aufgeben. Und dazu gehörte nun mal auch ich.

Wo sollte das alles noch hinführen? Meine Kräfte schwanden von Tag zu Tag. Diese von vielen Streitereien geprägten Tage und Wochen gingen auch an Marlene nicht spurlos vorbei. Sie bat mich immer wieder darum, doch nach Hause zu dürfen. Ja, und eigentlich wünschte ich mir auch nichts anderes mehr.

Frank wurde unterdessen mein telefonischer Vertrauter und Berater. Die Zeit der Feindseligkeiten schien erst einmal vorbei zu sein.

Schon sehr bald folgte ich Franks Wünschen und plante die Trennung von Kai. Ich war fest davon überzeugt, dass ein Neubeginn mit Frank und unseren Töchtern das einzig Richtige sei. Nun fieberte ich dem Tag entgegen, an dem wir alle wieder zusammen waren. Vielleicht war der Tag X bald gekommen und wir würden für immer als Familie zueinander finden?

Als ich Nathalie und Sonja meine Heimkehr ankündigte, zeigten sie sich eher bedrückt. Ihre gesenkten Blicke ließen mich vermuten, dass sie mich nicht mehr mochten. Aber ihr Verhalten stellte eine völlig andere Problematik dar. Die Kinder sahen neue Konflikte auf uns zukommen. Denn sie wussten weitaus mehr als ich auch nur ahnte. Frank hatte mir verschwiegen, dass er während meiner Abwesenheit nicht allein geblieben war. Sonja erzählte mir später, dass Franks junge Freundin meinen Platz sehr schnell eingenommen habe. Die nette Kollegin war zu meinen Kindern nur dann höflich, bis sie deren Vater für sich gewonnen hatte. So begann ein neuer Leidensweg für die Zwillinge. Denn Anja, fast zwanzig Jahre jünger als Frank, behandelte die Mädchen lediglich nur noch dann korrekt, wenn Frank in der Nähe war. Doch während seiner Abwesenheit tyrannisierte sie die verstörten Mädchen. Sonja teilte mir unter Tränen mit, dass Frank alles für Anja tat. Gleich welche Lügen sie auch erfand – er glaubte Anja mehr als seinen Kindern. Frank verwöhnte Anja mit Mitteln, welche ihm gar nicht zur Verfügung standen. Und die Zwillinge mussten auf die dringend notwendigen Winterschuhe verzichten! Die Verzweiflung meiner Kinder stieg ins Unermessliche. Diese Informationen zwangen mich zu schnellem Handeln. Ich musste nach Hause, um meinen Töchtern zu helfen. Niemand durfte Sonja und Nathalie schlecht behandeln. Das wollte ich nicht zulassen. Die junge

Dame würde bereuen, dass sie meine Töchter gedemütigt hat. Ich dachte wie so oft nicht weiter nach. Sah auch keine ernsthafte Gefahr in dieser viel jüngeren Frau.

– Wie naiv ich doch war. –

Frank appellierte überzeugend an mich, dass ich Sonja und Nathalie nicht immer Glauben schenken solle. Die beiden seien eifersüchtig und unzufrieden. Mich brachten seine Worte völlig durcheinander. Natürlich waren die Mädchen in einem Ausnahmezustand. Diesen wollte ich auch zeitnah beenden. Frank versprach mir hierbei alle erdenklichen Hilfestellungen. Auch, dass er die Beziehung zu Anja längst beendet habe. Ich glaubte ihm nur zu gern.

Doch Kai reagierte auf mein Vorhaben völlig anders als ich es erwartete. Er war zuerst seltsam ruhig. Doch dies stellte sich schnell als eine Täuschung heraus. Eines Morgens war die Tür verschlossen. Ich durfte sein Haus nicht verlassen. Wenn er anwesend war, überschüttete er mich mit heftigen Vorwürfen. Ich bekam tagelang nichts zu essen und wenig zu trinken. Kai fühlte sich hintergangen und gedemütigt. Er schlug und erniedrigte mich. Ich weiß es nicht mehr ob es zwei, drei oder vier Tage waren. Ich sah keine Möglichkeit mich zu befreien. Kai brachte seine Kinder zu Verwandten. Zugang zu einem Telefon hatte ich nicht. Ich durchlebte grausame Tage und Nächte und dachte, dass ich diesem Martyrium nicht lebend entkommen würde. - Doch aufmerksame Nachbarn reagierten auf meine Hilferufe. Ich wachte in einem Krankenhaus auf. Meine körperlichen Wunden waren heilbar Aber meine Seele wurde von diesen Ereignissen regelrecht gefoltert. Von diesem Trauma erholte ich mich eine sehr lange Zeit nicht.

Frank wurde von den behandelnden Ärzten informiert. Er war mein Ehemann uns somit mein nächster Angehöriger. Man stellte mir Fragen. Doch ich war nicht in der Lage, über das Unfassbare zu reden. Der Schock saß zu tief in mir. Er lähmte mein Erinnerungsvermögen. Mehr als zuvor wollte ich nur noch nach Hause.

Zwei Wochen später holte Frank mich in Hamburg ab. Er nahm mich in seine Arme und versicherte mir, dass nun alles gut würde. Er versprach ehrlich und eindrucksvoll, mir zu helfen und beizustehen. Der einzige Trost in dieser schweren Zeit waren meine drei Mädchen und Frank. Er ermutigte mich immer wieder und ging mit mir durch so manchen trüben Tag.

Ich fand schnell wieder eine neue Stelle und fügte mich ins Familienleben ein. Doch meine von früher gekannte temperamentvolle Persönlichkeit war zerstört. Mit Anfang dreißig war ich zu einer eher nachdenklichen Frau geworden. Mein unbekümmertes, eher naives Urvertrauen sollte ich nicht wiedergewinnen. Ich distanzierte mich im privaten Bereich mehr und mehr von der Außenwelt. Deshalb kann ich nicht beschreiben, dass diese Zeit immer einfach und gut für mich war.
Sonja, Nathalie und Marlene entwickelten sich zu lebhaften, hübschen Teenagern. Aber auch an den Mädchen sind all die problematischen Jahre nicht spurlos vorübergezogen. Trotz alledem leisteten auch sie bereits in diesen Jahren schon sehr viel. Sie besuchten weiterführende Schulen und erzielten regelmäßig gute Noten. Sie unterstützten mich im Haushalt und wo immer sie sich nützlich machen konnten. Und doch war nichts mehr so, wie es einmal war.

Während meiner Abwesenheit war sehr viel liegen geblieben und ich begann erst einmal äußerlich aufzuräumen.

3. K a p i t e l

L i e b e, G l a u b e, H o f f n u n g

Mich erwarteten unterschiedliche Aufgaben. Aber trotz der Vielseitigkeit begann ich systematisch vorzugehen. Ich kämpfte mich durch einige ungeöffnete Briefe und beantwortete diese. Ein Gespräch mit dem Kundenberater unserer Sparkasse war unumgänglich. Denn auch hier bestand dringend Handlungsbedarf. Jeder kleine erfolgreiche Schritt ermutigte mich zu weiteren Klärungen. Manchmal fragte ich mich, was Frank in den letzten Monaten überhaupt erledigte. Meine Schulgefühle hinderten mich daran, ihn direkt darauf anzusprechen. Denn Frank ließ keine negative Kritik zu. Meine Töchter unterstützten mich bei der erforderlichen Grundreinigung aller Räume im Haus. Der gemeinsame Hausputz vom Keller bis zum Dachboden brachte uns wieder näher. Wir scherzten und lachten dabei. Wir waren sicher, dass wir mit dieser Säuberungsaktion nun für immer jeden ‚Schmutz' beseitigen würden. Für die Arbeiten im Vorgarten und der Grünanlage benötigte ich mehrere Wochen. Aber diese abwechslungsreichen Tätigkeiten erstickten die aufkommenden traurigen Gedanken direkt im Keim.

Viel schlimmer traf mich das Unverständnis und die Verachtung von Franks Familie. Sie ließen mich ihre Ablehnung lange und heftig spüren. Ich litt unter den Demütigungen und üblen Nachreden von Anna. Aber meine Schulgefühle ließen mich schweigen und verboten mir, mich zu wehren. Ich war fast noch ein Kind, als ich in diese Familie kam. Jeder wusste auch, dass Anna oft schwer zu ertragen war. Und mit Frank gab es schon lange vor meiner Zeit schwerwiegende Probleme. Na ja, die Familie suchte einen ‚Schuldigen' und ich bot mich mit viel Elan dazu an.

Anna tobte und schrie hysterisch vor unserem Haus herum. Mal mehr, mal weniger. Je nach ihrer nicht kalkulierbaren Tagesverfassung. Sie beachtete weder persönliche Grenzen noch war sie sich dessen bewusst, wie sehr sie mit ihren widerlichen Attacken auch ihren Sohn verletzte und kränkte. Sie missachtete unsere Kinder und mich. Jede Form von Ignoranz wäre erträglicher gewesen. Dies alles erleichterte uns den ohnehin schwierigen Alltag nicht. Die Wurzeln der zarten Pflanze unserer zerbrechlichen Beziehung fanden kaum eine Möglichkeit, sich zu stärken und sich in fruchtbarem Boden zu festigen.

Auch meine Eltern warfen mir ungehalten vor, dass man eine langjährige Ehe nicht für eine Kurbekanntschaft aufgibt. Meine sanften Versuche von schwachen Rechtfertigungen und Erklärungen gab ich schnell wieder auf. Denn an das schreckliche Ende meiner verhängnisvollen Affäre wurde ich nicht gerne erinnert. Denn hier lag momentan mein größter Schwachpunkt. Ja, die klaffende Wunde in meinem Inneren wollte sich nicht schließen. Diese Schwäche erkannte auch meine Mutter relativ schnell. Sie riet mir, nicht auf Anspielungen und Vorhaltungen zu reagieren. Sie sagte, dass die Menschen schneller vergessen, wenn ich mich nur ruhig verhalten würde. ‚Na dann verhalte ich mich besser mal wieder ruhig! '

Das Jahr 1984 neigte sich dem Ende zu. Die Wogen glätteten sich langsam. Organisatorische und finanzielle Dinge waren geregelt. Meine Eltern halfen uns mal wieder mit einer finanziellen Zuwendung. Dafür fühlte ich mich auch wieder einmal zum Dank verpflichtet.

Nachdem wir endlich alle äußeren Schäden unserer mehrmonatigen Trennung verwischt hatten, sah auch unsere finanzielle Perspektive ebenfalls etwas besser aus.

Frank trank nun seit zwei Jahren nicht mehr. Ich durfte endlich ohne Angst vor körperlichen Übergriffen leben. Und manchmal waren die Schrecken der Vergangenheit sehr weit weg. Ja, kaum noch spürbar. Wir mieden nach wie vor den Kontakt zu Anna. Diese Entscheidung bescherte uns eine gute Zeit.

Frank wünschte sich nach den drei Mädchen nun einen kleinen Stammhalter. Als er mich mit diesem Wunsch überraschte, spürte ich ein lange nicht empfundenes Glücksgefühl. Ich beschäftigte mich schließlich mit dem Wunsch nach einem weiteren Kind. Der Gedanke gefiel mir mehr und mehr. Dieses Begehren reifte und wurde zu einem enormen Bestandteil unserer Zukunftsplanung. Wir waren beide sicher, dass uns nichts mehr trennen kann.

Nach wenigen Monaten erschien es uns nicht mehr zu riskant, den Familienzuwachs zu planen. Frank wünschte sich einen Sohn. Die Zeit war reif, unseren gemeinsamen Traum zu verwirklichen.

Franks angestrebter Karriere in der Klinik stand nun auch nichts mehr im Wege. Seine beruflichen Erlebnisse teilte er mir oft und ausführlich mit. Ich hörte ihm gerne und interessiert zu. Wir wurden nun auch hin und wieder zu Familienfesten eingeladen. Frank war aktiv in seinem Sportverein und wir engagierten uns gemeinsam für politische Zwecke. Es war eine gute und schöne Zeit. Die Mädchen blühten regelrecht auf. Sie entwickelten sich völlig unproblematisch und lernten fleißig für die Schule. Ein netter Freundeskreis brachte die von mir ersehnte Lebendigkeit in unser Haus. Auch die Mädchen fühlten sich weitgehend von den Lasten befreit. Die Nachricht über den Wunsch nach einem Baby schlug bei unseren Töchtern wie ein Blitz ein. Sonja und Nathalie zeigten große Freude. Marlene hingegen wehrte sich mit aller Macht gegen die Vorstellung, dass wir eine Familie mit vier Kindern werden wollten. Sie fand unser Vorhaben vor ihren Freundinnen diskriminierend und peinlich. Eine kinderreiche Familie passte nicht in ihr soziales Bild. Wir lachten darüber und amüsierten uns über ihre Einwände. Doch ich hoffte sehr, dass Marlene ihre Meinung ändern würde.

Marlene war überhaupt die einzige von uns, welche nicht ganz an einen dauerhaften Frieden glauben wollte. Sie liebte ihren Vater sehr und fand es bewundernswert, dass er ohne therapeutische Hilfe keinen Alkohol mehr trank. Sie vertraute mir einmal unter Tränen an, dass sie noch immer ein schlechtes Gewissen plagte. Sie habe ihren Vater in einer kritischen Zeit allein gelassen, um mit mir nach Hamburg zu gehen. Sonja und Nathalie erklärten ihr, dass sie beide während dieser Zeit gern mit Marlene getauscht hätten. Aber Marlene entwickelte sich immer mehr zur Tochter ihres Vaters. Ich denke manchmal, dass sie regelrecht um seine Zuneigung bettelte.

Ferner erinnerten wir uns oft an die schwierige Zeit, in der Marlene lebensbedrohlich erkrankte. Sie war damals nicht einmal fünf Jahre alt. Der Biss einer Zecke erwies sich als die Ursache für eine Enzephalitis, welche sie auch linksseitig lähmte. Ihr langer Krankenhausaufenthalt und die Ungewissheit über den Verlauf der Erkrankung waren für uns beängstigend. Frank verbrachte viele Stunden an Marlenes Krankenbett. Auch in den Monaten nach Marlenes Heimkehr benötigte sie sehr viel Aufmerksamkeit und Pflege. Sie musste wieder laufen lernen wie ein Kleinkind. Zahlen und Buchstaben, welche sie bereits kannte, waren ihr entfallen. Hinzu kam, dass Marlene jegliche Orientierung fehlte. Ihre Kopfschmerzen linderten wir mit leichten Schmerzmitteln. Nachts eilte ich häufig zu meinem schreienden Kind, da sie von Alpträumen aufgeschreckt wurde. Meine physischen und psychischen Kräfte wurden damals stark strapaziert. Schließlich musste ich täglich acht Stunden in der Firma arbeiten. Der Lohn der vielen Ängste war, dass Marlene wieder gesund wurde. Entgegen aller ärztlichen negativen Prognosen konnte Marlene nach der 10. Klasse sogar das Gymnasium besuchen. Sie arbeitete sehr ehrgeizig und wollte unbedingt dieses Ziel erreichen. Frank und mich verband während dieser Zeit die Sorge um unser Kind.

Der Wunsch nach einem weiteren Kind nahm viel Raum in unserem Leben ein. Alle negativen Ereignisse rückten auf einmal in den Hintergrund. Wir freuten uns auf jeden neuen Tag. Sicherheit und Geborgenheit, ein respektvoller Umgangston und ein liebevolles Miteinander schenkten mir Stunden des unvergesslichen Glücks. Nichts auf dieser Welt würde uns diese Einigkeit nehmen. Wir schenkten uns eine gesunde Nähe und schmiedeten Pläne für eine

Zukunft, in der nichts und niemand uns trennen sollte. Wir unternahmen fröhliche Ausflüge mit den Kindern und genossen die gemütlichen Abende vor dem Fernseher. Ein Lebensgefühl, das ich nie wieder verlieren wollte.

Im Juni 1985 war es endlich soweit! Unser Nachwuchs meldete sich an. Es fällt mir schwer, dieses Glücksgefühl in Worte zu fassen. Sonja und Nathalie tanzten und sangen vor Freude. Frank war fasziniert von dem Gedanken an einen Sohn. Er sah seinen kleinen Jungen bereits vor seinem geistigen Auge im Garten spielen.

Der Schwangerschaftsverlauf zeigte sich von Beginn an als äußerst schwierig. Wie vor vielen Jahren bei den Mädchen würde ich diese unangenehmen Begleiterscheinungen in Kauf nehmen. Doch die Freude auf unser Wunschkind wurde durch diese Begleitumstände nicht getrübt. Frank kochte für mich und übernahm nun auch andere Pflichten, welche vorher stets zu meinem Aufgabengebiet gehörten. Er besorgte die notwendigen Lebensmittel und mähte den Rasen. Ich schonte mich und freute mich auf das Baby. Sonja und Nathalie planten bereits ein Kinderzimmer, welches im jetzigen Arbeitszimmer eingerichtet werden sollte. In diesem gemütlichen Raum spielten auch die Mädchen, als sie noch klein waren. Das ungeborene Kind war der sprühende Mittelpunkt all unserer Gedanken, Gespräche und Planungen.

Als es bereits im Frühstadium der Schwangerschaft zu Komplikationen kam, reagierten wir alle sehr ängstlich. Panik beherrschte die nächsten Stunden. Frank brachte mich ins nächstgelegene Krankenhaus. Der Gynäkologe betrachtete den Zustand des Kindes als kritisch. Ich betete und flehte zu Gott, mir dieses Baby nicht zu nehmen. Ich bat wie so oft um Vergebung all meiner Sünden und versprach im Gebet, dass ich keine Mühe scheuen würde, dem ungeborenen Kind all das zu ersparen, was seine Schwestern erdulden mussten. Ich blieb ständig im Zwiegespräch mit Gott. Da ich viele Wochen in stationärer Behandlung verbrachte, nutzte ich die Zeit meinen vorhandenen Glauben zu intensivieren. Ich las in der Bibel und versuchte zu verstehen, was sie uns Menschen mitteilen möchte. In diesen Wochen erfüllte mich ein tiefer und fester Glauben und ich bin dankbar, dass ich diesen nie wieder verlor. Das Wissen um die Existenz des allmächtigen Gottes war und bleibt meine Stütze.

Es kamen noch mehr Komplikationen hinzu, welche mich permanent um mein Kind bangen ließen. Mein behandelnder Arzt empfahl mir bis zum Ende der Schwangerschaft in stationärer Behandlung zu bleiben. Frank besuchte mich täglich. Er verwöhnte und umsorgte mich rührend in dieser schwierigen Zeit. Die beiden anderen Frauen in meinem Zimmer beneideten mich um diesen liebevollen werdenden Vater. Nichts deutete darauf hin, dass unsere traurige Vergangenheit noch nicht allzu lange zurück lag. Ich dankte meinem Schöpfer täglich und bat ihn inständig, dass unser großer Feind, der Alkohol uns niemals wieder heimsuchte. Wir wünschten uns eine Befreiung von all dem, was wir aus Erfahrungen zu wissen glaubten. Um Platz zu schaffen für neue, fruchtbare Erkenntnisse.

Meine Berufstätigkeit würde ich auch im Sinne meiner Familie aufgeben. Diesbezüglich überkam mich ein etwas unbekanntes, befremdendes Gefühl. Doch ich zweifelte meine Entscheidung nicht an. Ich war mit dem Schicksal versöhnt und mein einziges Bestreben lag darin, für die Familie da zu sein. Die finanziellen Einbußen überdachte ich zwar, aber ich sah darin keine Bedrohung mehr. Auch meine Schwester Rosemarie nahm mit ungeduldigem Warten großen Anteil an meiner Schwangerschaft. Ihre einzige Tochter Mone war bereits erwachsen. Rosemaries innige Zuneigung zu meinen Kindern betrachtete ich manchmal schmunzelnd. Sie war nicht nur eine gute Patentante für die drei Mädchen, sondern auch stets eine geduldige Ansprechpartnerin. Wie auch immer Frank und ich in der Vergangenheit zueinanderstanden, Rosemarie, Rainer, ihr Mann und Mone waren objektiv. Ihnen lag das Wohl der Kinder am Herzen. Für mich war das in Ordnung. Meine Eltern betrachteten die neue Situation eher skeptisch. Sie zweifelten an der Standhaftigkeit unserer Ehe und stellten unsere Beziehung in Frage. Niemand glaubte so recht an uns und unsere gemeinsamen Ziele. Wie auch? Zu viel war bereits passiert. Den Kontakt zu Anna mieden wir noch immer. Ihre gehässigen Äußerungen wurden von uns ignoriert. Ich glaube heute noch daran, dass Frank zwar traurig darüber war, aber trotz allem erstmals in seinem Leben frei sein durfte. Anna konnte ihn damals nicht beeinflussen. Ich bemühte mich, sie in meinen inneren Frieden aufzunehmen. Aber mehr dachte ich nicht darüber nach. Sie sollte ihr Leben nach ihren Vorstellungen leben und uns in Ruhe lassen. Mehr erwartete ich zu diesem Zeitpunkt nicht.

Anna gebar sieben Kinder. Sechs Söhne und eine Tochter. Aber Annas absolute Lieblingskinder waren ihre Zwillinge: Frank und Irina.

Ich möchte nicht versäumen, meine Geschwister zu erwähnen. Meine Schwester Rosemarie ist vier Jahre älter als ich. Sie kam als ein Zwillingskind zur Welt. Unsere kleine Schwester starb schon im zarten Alter von drei Monaten.

Mein Bruder Hans, zwei Jahre jünger als Rosi lebt mit seiner Frau Birgit und seinen drei Kindern im Haus meiner Eltern. Eine Familie, die füreinander da ist. Hans mag seinen Beruf als Kaufmann und Birgit liebt ihr Leben als Hausfrau und Mutter. Unser Kontakt beschränkt sich auf einige Besuche im Jahr. Vielleicht liegt hier der Grundstein unseres Verstehens. Ja, und mein Bruder Thorsten ist zehn Jahre jünger als ich. Unsere Beziehung war immer etwas ganz Besonderes. Ich liebte meinen kleinen Bruder vom ersten Tag an sehr.

Nachdem ich nun einen Teil unserer wesentlich größeren Familie vorgestellt habe, besinne ich mich wieder auf mein in dieser Zeit wichtigstes Thema. Unser Wunschkind!

Meine Schwangerschaft neigte sich dem Ende zu. Die Klinik war mir nach den vielen Wochen meines Aufenthaltes nicht mehr fremd.

In der ersten Märzwoche 1986 sollte ich nach ärztlichen Berechnungen mein Baby in den Armen halten. Würde es wieder ein Mädchen? Oder schenkte Gott uns dieses Mal einen Jungen? Mir war das Geschlecht des Babys gleichgültig. Wir hofften nur auf ein gesundes Kind.

Das Weihnachtsfest 1985 feierte ich mit meiner Zimmernachbarin im Krankenhaus. Mein behandelnder Arzt befürchtete eine Frühgeburt. Ich fügte mich seiner Anweisung, obwohl ich mich nach Hause sehnte. Frank und die Zwillinge besuchten mich am Heiligen Abend. Ihre tröstenden Worte erreichten mich bis tief in meine Seele. Marlene feierte das Fest der Liebe mit meinen Eltern. Noch immer wartete ich sehnsüchtig auf einen Besuch von ihr. Sie nannte diverse Entschuldigungen für ihr Fernbleiben. Gern wollte ich meine Tochter verstehen. Doch es gelang mir nur schwer.

Aber meine Gebete wurden erhört. Marlene kam unverhofft an einem Sonntag im Januar. Mit ihrem Eintritt in mein Zimmer glaubte ich einen Sonnenstrahl zu sehen und zu spüren. Mein Herz schlug höher vor Freude. Sie bekundete ihr Interesse und erzählte mir, dass sie nun auch Nathalie und Sonja beim Einrichten des Kinderzimmers behilflich war. Sie beschrieb mir den Raum in leuchtenden Farben. Sie erzählte von Mobiles an der Decke und einem Himmel über dem Kinderbett. Flauschige Stofftiere, welche viele Jahre auf dem Dachboden gelagert waren, nahmen nun in aller Frische wieder ihren Platz ein. Ein lustiger Clown schmückte das Fenster des Babyzimmers. Sterilisierte Spielsachen für unser Baby zierten das Kinderbett. Marlenes Wangen färbten sich während ihren lebhaften Schilderungen rot. Ihre Augen glänzten und ich teilte ihre Freude von ganzem Herzen. Nachdem sie sich schon verabschiedet hatte, kam sie spontan noch einmal zurück. Sie legte ihre Arme zärtlich um meine Schultern, küsste mich auf den Mund und sagte leise: „Mutti, ich freue mich riesig auf unser Baby! Ich brauchte diese Zeit, um mich an den Gedanken zu gewöhnen. Nun aber ist es für mich in Ordnung." An diesem Abend schlief ich besonders gut ein.

Frank ließ es sich nicht nehmen, jede Ultraschalluntersuchung zu verfolgen. Bei einer der letzten Untersuchung erfuhren wir, dass wir mit großer Wahrscheinlichkeit einen kleinen Sohn haben würden. Frank sagte einmal im Scherz, dass die Mädchen und ich einen weiblichen Namen aussuchen dürften. Er aber im Falle eines Sohnes den Namen bestimmen würde. Nun sagte er spontan: „Unser Sohn heißt Robin! Erinnerst Du Dich an unsere Vereinbarung?" Ich lachte und stimmte ihm zu: „Vereinbarung klingt gut. Du hast das für uns bestimmt!" Vergnügt setzten wir unseren Weg fort. Der Gedanke, einen kleinen Sohn zu haben fühlte sich gut an. Ich liebte meine Töchter von ganzem Herzen und sie liebten mich. Und schon bald würden wir alle unseren kleinen Robin im Arm halten und ihn lieben. Ich war sehr glücklich!

4. K a p i t e l

Auf dem Weg zum Frieden?

Nur wenige Tage später eröffnete mir der Gynäkologe, dass ich nun für die noch verbleibenden Wochen der Schwangerschaft nach Hause dürfe. Es war schon Ende Januar und bis März nicht mehr lange hin. So holte mich Frank von der Klinik ab. Durch seine Erzählungen war mir bekannt, dass unsere Töchter alle Vorbereitungen getroffen haben. Trotzdem rührte mich der Anblick ihres Schaffens. Alles sah wunderbar aus. Ich ging durch die Räume, die schon bald mit unserem Baby eine ganz neue Atmosphäre haben würden. In unserer Küche sah ich einen neuen Ständer für die Trinkflaschen und einen Flaschenwärmer mit dem Design eines Elefanten. Im Wohnzimmer erblickte ich eine neue Wippe. Frank strahlte bei dem Gedanken, dass sein Sohn schon bald darin schlummert. Eine Funkanlage, die jedes Geräusch aus dem Kinderzimmer melden würde ‚zierte' jeden Raum. Wunderbar!

Aber ich durfte nur wenige Tage zu Hause genießen. Bereits am 29. Januar spürte ich die ersten Anzeichen einer bevorstehenden Geburt. In mir breitete sich große Angst und Panik aus, da Robin sich viel zu früh ankündigte. Aber Frank fand beruhigende Worte und brachte mich in die Klinik.

Frank kam erst am diesem Morgen ziemlich müde vom Nachtdienst nach Hause. Die sympathische Hebamme forderte ihn deshalb auf, noch einige Stunden zu schlafen und für das bevorstehende Ereignis Kräfte zu sammeln. Erfahrungsgemäß würden noch einige Stunden vergehen.

Ich hatte ja bereits zweimal entbunden. Ja, die Zwillinge und Marlene kamen in den mir sehr vertrauten Räumen meines Elternhauses zur Welt. Frank stand mir damals zur Seite. Nun vermisste ich den Beistand meines Mannes. In diesem sterilen Kreißsaal war mir recht seltsam zumute. Und Frank war nicht da. Die Wehen kamen unregelmäßig. Die Hebamme ermutigte mich permanent. Aber etwas behagte mir nicht. Ich weiß heute nicht mehr, was eigentlich so deprimierend war. Die Umgebung, die Angst vor der bevorstehenden Entbindung oder die Tatsache, dass Frank nicht anwesend war. Die Wehen empfand ich schon jetzt als nicht auszuhalten. Ich war schon nach wenigen Stunden ziemlich fertig. Frank kam erst in den Abendstunden. Seine Worte erheiterten mich nicht gerade. Er könne nicht lange bleiben, da er schließlich zum Nachtdienst müsse. Ich weinte und bat ihn, sich doch um eine Vertretung zu bemühen. Ich konnte mich erinnern, dass Frank häufig den Dienst für Kollegen übernahm. Aber er ließ sich nicht umstimmen. Mir fiel es schwer, seine Entscheidung hinzunehmen und bat ihn abermals zu bleiben. Doch es half nichts. Er fuhr einfach weg. Von nun an konnte ich mich nicht mehr auf das Wesentliche konzentrieren. Ich dachte nur daran, dass diese Stunden hoffentlich bald ein Ende finden. Eine

Krankenpflegerin und die Hebamme umsorgten mich rührend. Ich vernahm, dass sie leise das Verhalten meines Mannes kritisierten. Sie zeigten kein Verständnis für Frank. Irgendwann ging alles sehr schnell. Ein Arzt ordnete den operativen Eingriff an. Ich bat einen Krankenpfleger darum, meinen Mann unmittelbar nach der Geburt von Robin zu verständigen. Er versprach es mir und hielt meine Hand. Ihm blieb meine Verzweiflung sicher nicht verborgen. Wenig später bekam ich die erlösende Injektion.

Mit völlig trockenem Mund und einem unguten Gefühl erwachte ich langsam. Ich versuchte mich zu orientieren. Ja, ich erinnerte mich ganz sachte. Mein Baby müsste nun irgendwo sein. Nur eine kleine Lampe warf etwas Licht in den kühlen Raum. Ich versuchte mich aufzurichten und erkannte den roten Knopf, welcher mir ermöglichen sollte, Kontakt mit dem Personal aufzunehmen. Ich war allein in diesem Zimmer. Langsam legte ich mich wieder zurück. Meine Glieder bebten und ich verspürte großen Durst. Wo war Frank? Mein volles Bewusstsein setzte wieder ein. Er war einfach gegangen! Obwohl in dieser langen Nacht unser lang ersehnter Stammhalter geboren war. Auch jetzt war er nicht hier! Und wo war mein Kind? War es gesund? War es überhaupt ein Junge? Wie sieht er wohl aus? War er blond und hellhäutig wie seine Schwestern? Oder hatte er etwa die braune Hautfarbe und die schwarzen Haare von seinem Vater geerbt? Warum war mein Baby nicht hier? Hastig und aufgeregt drückte ich den roten Knopf. Es dauerte nicht lange, als eine mir vertraute Nachtschwester eintraf. Sie nahm mich in die Arme und gratulierte mir zu meinem süßen Sohn. Sie teilte mir mit, dass alles in Ordnung sei. Der kleine Robin wäre ja zu früh geboren und deshalb in einem Wärmebettchen. Ich war froh und dankbar, dass mein kleiner Sohn gesund war. Nun schlief er nach den auch für ihn strapaziösen Stunden. Aber Biggi versprach mir, ihn so bald wie möglich zu mir zu bringen. Ich wagte gar nicht nach Frank zu fragen. Aber schließlich tat ich es doch. Biggi wollte unbefangen sein. Doch ich spürte ihre Nervosität.

‚Es sei der Beruf, der solche persönlichen Abstriche abverlangte. Ich solle mir keine Sorgen machen. ‘

Ihre Stimme klang belegt und wenig überzeugend. Biggi teilte mir mit, dass man Frank wohl unmittelbar nach Robins Geburt verständigt habe. Ich dachte nach: Robin war um 1.27Uhr geboren und nun stand der Zeiger auf 5 Uhr früh. Sicher war Frank verhindert. Er würde wohl bald kommen. Biggi schüttelte mir die Decke auf, um mich zu erfrischen. Sie befeuchtete mir die trockenen Lippen und bürstete meine Haare. So fühlte ich mich etwas entspannter und wollte wieder schlafen. Ich war ziemlich erschöpft. Sicher würde Frank mir sein Wegbleiben erklären können.

Ich spürte, dass jemand im Raum war. Frank? Nein, Sonja und Nathalie. Sie strahlten mich glücklich an. Wir hielten uns vor Freude weinend in Armen und sie schwärmten von ihrem kleinen Bruder, den sie schon durch eine Scheibe sehen durften. Sie erzählten, dass ihr Vater immer noch selig schauend bei seinem Sohn verweilte. Ich fühlte mich erleichtert. Marlene würde später nach der Schule kommen. Sonja und Nathalie schwänzten an diesem Tag die Schule. Ich setzte dem nichts entgegen. - Endlich ging die Tür auf. Eine Krankenschwester fuhr ein Bettchen herein. Ich sah ihn zum ersten Mal. Meinen kleinen Sohn! Zierlich, zart und schutzbedürftig lag er da. Schwarze Haare und braune Haut. Das Ebenbild seines Vaters. Und Frank stand strahlend daneben. Alle Sorgen waren vergessen. Herzlich willkommen, kleiner Erdenbürger. Auf Dich haben wir gewartet!

Als ich ihn wenig später im Arm hielt überkam mich ein Gefühl, das ich vorher nie kannte. Ich schwor in diesem Augenblick, dass ich immer für diesen kleinen Menschen da sein würde. Ich würde ihn beschützen und alles Bedrohliche von ihm fernhalten. Meine rosarote Brille trug ich heute mit großem Stolz und sie stand mir besonders gut!

Franks Augen füllten sich mit Tränen der Rührung. Er liebkoste den kleinen Robin und ich spürte, dass der kleine Junge in diesem Moment die Erfüllung seines Lebens war. Frank und ich! Erstmalig reife Eltern mit allen erdenklich guten Vorsätzen. Dem Jungen würde es nie an etwas fehlen. Diese und andere Versprechen raunten wir unserem Sohn in die kleinen, zarten Ohren und sahen uns dabei tief in die Augen.

‚Doch man sollte nie so früh zu viel versprechen! '

Auch Marlene schien bei ihrem Eintreffen überwältigt vom Anblick ihres kleinen Bruders zu sein. Ich versicherte ihr, dass er ihr nichts nehmen, sondern sie und uns alle nur bereichern würde. Selten habe ich mein Mädchen so fröhlich gesehen wie an diesem Tag. Diese wunderbaren Eindrücke sollten dem Fotoalbum in meiner Seele für immer erhalten bleiben.

Als Rosemarie und meine Eltern kamen, spürte ich auch ihre Freude. Robin war so klein und schutzbedürftig. Er eroberte die Herzen im Sturm. Frank blieb während des ganzen Tages in der Klinik. Ich bin sicher, dass er damals das enorme Glücksgefühl ehrlich mit mir teilte. Wir wollten doch einfach nur gute Eltern sein. Die Voraussetzungen dafür hatten wir mühevoll geschaffen. Wenn das die Versöhnung des Schicksals gewesen sein sollte, dann wollten wir das Schicksal nie wieder herausfordern. Unser Glück hatte einen Namen: Robin - Wir blieben noch drei Wochen in der Klinik. Dann kam der große Augenblick und wir fuhren nach Hause. Frank holte uns an einen nassen, kalten Februarmorgen ab. Schneeregen und Nebel trübten meine Vorfreude auf die kommende Zeit nicht.

Als wir unser Ziel erreichten, erwartete uns eine Überraschung. Überall hingen bunte Plakate mit dem einladenden Schriftzug ‚Herzlich willkommen'. Sonja, Nathalie und Marlene standen glücklich lächelnd Spalier. Unser Zwergpudel Mine drückte seine Freude mit lautem Gebell aus. Ich konnte und wollte meine Rührung und meine Dankbarkeit nicht verbergen. Die Mädchen hatten sich sehr viel Mühe gegeben. Ich war so stolz auf meine Töchter, dass ich Tränen der Rührung vergoss. Der kleine Robin verschlief seinen ehrenvollen Empfang im Tragekorb. Wir bewerteten diesen Umstand als nicht so tragisch. Auf ihn warteten nicht drei Schwestern, sondern drei weitere ‚Mütter', wie sich später herausstellte. Aber für mich war die Welt in Ordnung. Da Frank uns schon sehr früh abgeholt hatte, fuhren die Mädchen später zur Schule und Frank in die Klinik. Nun war ich mit Robin allein. Ich genoss diese Ruhe. Alles war so gut vorbereitet, dass mir die Zeit blieb, mich wieder einzufinden. Ich machte Robin mit Mine bekannt. Die Hündin zeigte keine große Begeisterung. Der weiße Zwergpudel war seit einigen Jahren der Mittelpunkt in unserer Familie. Na ja, Sie würde sich schon an die neue Situation gewöhnen.

Die nächsten Tage vergingen wie im Flug. Robin war ein liebes, ausgeglichenes Kind. Alle vier Stunden ‚stritten' wir uns, wer ihn versorgen durfte. Seine vier eifrigen Mütter wollten sich permanent übertreffen. Wenn Frank nachts zu Hause war, ließ er es sich nicht nehmen seinen Sohn zu füttern und ihn schmunzelnd durch die Wohnung zu tragen. Ich war nicht überfordert wie andere Mütter, sondern wir teilten uns zu Hause die Verantwortung. War Frank in der Klinik, rief er ständig an, um sich nach dem Befinden von Robin und mir zu erkundigen. Er betonte immer wieder, wie sehr er mich liebte und seinen Sohn vermisste. In seiner Freizeit kümmerte er sich nach wie vor liebevoll um Robin und mich.

Während dieser Zeit, als unsere Herzen in Zufriedenheit gebettet waren, kam Frank eines Morgens nach Hause und wirkte bedrückt. Zögernd teilte er mir mit, dass Anna ihn auf der Straße unverhofft angesprochen habe und ihn bat, ein Geschenk für Robin anzunehmen. Ich war verunsichert und verspürte eine leichte Abwehr. Aber ich sah auch Franks bittende Augen. Ja, schließlich war der kleine Robin auch ihr Enkelkind. Vielleicht hatte sie in den Jahren des Schweigens ja auch nachgedacht und begriffen, dass sie nicht immer gerecht war. All das ging mir durch den Kopf. Außerdem wusste ich, dass es Anna gesundheitlich nicht besonders gut ging. Warum sollte sie unser Glück nicht teilen. Wir würden eben vorsichtig sein, damit Anna auf Distanz bleibt. Aber wir entschieden gemeinsam, dass wir das Geschenk nicht ablehnen sollten. Dass Frank es bereits in seiner Jackentasche aufbewahrte, nahm ich nur oberflächlich zur Kenntnis. Das kleine Päckchen beinhaltete ein goldenes Kettchen mit einem Kreuz. Ich war ehrlich gerührt. Robin trug nun das Geschenk seiner Großmutter um seinen kleinen, zierlichen Hals.

An einem Vormittag fuhr ich Robin im Kinderwagen spazieren. Ich sah Anna und wich nicht wie in den Jahren vorher aus, sondern ging ihr geradewegs entgegen. Ich fragte sie mutig, ob sie den kleinen Robin sehen wollte. Sie schaute verlegen an mir vorbei. Nach einem kurzen Zögern nickte sie kurz und senkte ihren Blick in den Kinderwagen. Als sie das kleine Gesicht meines Kindes streichelte, sah ich Tränen der Rührung in ihren Augen. Sie sah die Kette und lief weinend davon. So ergriffen hatte ich Anna noch niemals zuvor gesehen. - An einem der darauffolgenden Tagen kam sie schon am frühen Morgen und bat darum, Robin noch einmal sehen zu dürfen. Für mich war das kein Problem. Sie hielt sich lange im Kinderzimmer auf. Sie schaukelte das Baby in ihren Armen. Sie küsste und streichelte Robin. Ein rührendes Bild. Eine Anna, die ich bis dahin so nicht kannte. Vielleicht war dies eine Chance, endlich mit ihr eine tragfähige Beziehung aufzubauen. Tatsächlich schien es so. Sie kam nun fast jeden Morgen. Die

Schatten der Vergangenheit waren wie weggeblasen. Ich war mit dieser Entwicklung mehr als zufrieden.

In den nächsten Wochen gehörte jede Minute meinem Baby. Wir waren alle betört von seinem Anblick. Robin war ein hübsches Baby.

Dass Frank nun häufig zum Nachtdienst eingeteilt wurde und Bereitschaften annahm, beunruhigte mich nicht wirklich. Es bedeutete zwar, dass er vierundzwanzig Stunden außer Haus war. Doch diese Bereitschaftsdienste wurden gut bezahlt. Da ich ja demnächst meine Stelle kündigen wollte, kamen die zusätzlichen Vergütungen uns allen zugute.

Wenn Frank nicht zu Hause war, so rief er doch mehrmals täglich oder spätabends an und war so nie wirklich weit weg. Wenn er sich auch außerhalb seiner Dienstzeiten mit Kollegen traf oder in seinem Verein tätig war, so zeigte er sich in den wenigen Stunden zu Hause als ein guter Ehemann und liebevoller Vater. Er fuhr nun öfter für mehrere Tage zu diversen Seminaren. Ich unterstützte und gönnte ihm diese Abwechslung. Zudem kam er doch seinen beruflichen Zielen durch Fortbildungen immer näher.

Ich erinnere mich, dass ich in Zusammenarbeit mit meinen Töchtern unser Badezimmer neugestaltete. Die grellen Farben der 70er Jahre sollten einem zarten altrosa Farbton weichen. Wir arbeiteten tagelang bis spät in die Nacht.

Mit dem Ergebnis waren wir mehr als zufrieden. Duftige Gardinen in altrosa mit weißer Bordüre. Die dazu passende Tapete, so wie der von mir erneuerte Teppichboden. Alles war wunderbar aufeinander abgestimmt. Immer wieder betrachteten wir voller Stolz unser Werk. Frank würde bestimmt begeistert sein und unsere Mühe loben. Am darauffolgenden Abend traf er zu Hause ein. Wir saßen in unserer Küche und ließen Frank von seinen Erlebnissen berichten. Selbstverständlich brachte er wieder einiges an Bildung von seiner Reise mit! Dann kam der große Augenblick. Frank bewegte sich in Richtung Badezimmer...! Gespannt warteten wir auf eine Lobeshymne. Aber es tat sich nichts. Wir lauschten seinen Schritten. Er öffnete die Tür und kam verunsichert auf uns zu. Er sah unsere erwartungsvollen Blicke. Aber er zeigte keine Reaktion. Er sah uns nur fragend an. Unsicher, ja leicht gereizt wollte er wissen, warum wir ihn so eigenartig anschauen würden. Fazit der Geschichte, Frank bemerkte nicht einmal, dass der Raum während seiner Abwesenheit völlig verändert wurde. Wir trugen die Enttäuschung mit Fassung und entschuldigten sein Verhalten mit Franks mangelndem Interesse an Häuslichkeit. Aber tief in meiner Seele war ich sehr verletzt. Doch ich wollte keine negativen Schwingungen entstehen lassen. So verlor ich immer ein Stück mehr von mir. Ich vermied jede Aussprache, welche zu einem Konflikt führen würde.

Zum Ende meines Erziehungsurlaubes stellte sich nun endgültig die Frage, ob ich meinen Beruf nun wieder aufnehme oder eben nicht.
Wir mussten in den vergangenen Monaten feststellen, dass der zweite Verdienst doch fehlte. Bis dahin hatte ich den kleinen Robin noch nie allein gelassen und nun traf ich diese Entscheidung! Aber ich sah nur das Notwendige. Ich ignorierte meine persönlichen Bedürfnisse. Diese lagerten schon lange in einem großen Karton auf dem Dachboden. Dass er stark vibrierte und manchmal gar zu explodieren drohte nahm ich einfach nicht zur Kenntnis.
Das Jahr 1987 begann laut meiner Tagebuchaufzeichnungen nicht sehr eindrucksvoll. Frank hatte entgegen aller Versprechungen den Heiligen Abend, den ersten Feiertag und die ganze Silvesternacht in der Klinik verbracht. Er beteuerte immer wieder, dass dies nicht zu umgehen sei. Aber mir entging auch nicht, dass er in letzter Zeit oft nachdenklich wirkte. Sein familiäres Interesse ließ rapide nach. Frank zog sich offensichtlich von uns zurück. Den Warnungen meiner inneren Stimme begegnete ich mit dem Verständnis für Frank und seinen Beruf. Nur dieser verlangte die Abstriche im Privatleben. Schließlich trank Frank schon lange nicht mehr und es gab keinen Grund zur Beunruhigung. Er würde sich schon wieder besinnen. Zu Hause nahm ich ihm weitgehend alle Pflichten ab, damit er ohne Sorgen arbeiten konnte.

5. Kapitel

Ambivalente Gefühle

Robin war nun bereits 13 Monate alt und auch mir wurde eine Weiterbildung angeboten. Die elektronische Datenverarbeitung faszinierte mich schon von Beginn an. Dieses Angebot stimmte mich froh und hoffnungsvoll. So würde ich doch bessere Chancen im

Berufsleben haben. Ich kannte bisher lediglich den Umgang mit der Bearbeitung von Magnetbändern. Ich nenne dies einfach mal die Kinderschuhe von der späteren Computertechnik. Diese Kassetten speicherten zwar alle Daten. Aber sie wurden lediglich über Journale sichtbar.

Ich fand die Vorstellung mit einem Rechner und einem Monitor zu arbeiten optimal. Dieser Herausforderung stellte ich mich gerne und erwartungsvoll. Ich war sicher, dass ich meinen beruflichen Plänen und meinen privaten Verpflichtungen mit Fleiß und Organisation gerecht würde.

Anna erklärte sich zu meiner Erleichterung bereit, den kleinen Robin zu betreuen. Anna und Robin verband eine große Zuneigung, welche ich früher im Umgang mit den Mädchen nie erkennen konnte. Aber Anna hatte sich verändert. Sie liebte ihr Enkelkind und zeigte ihm gegenüber zärtliche Gefühle, welche mir aus der Vergangenheit fremd waren. Doch ich nahm diese Veränderung wahr und freute mich darüber.

Während der Weiterbildung spürte ich eine neue Entwicklung in mir. Ich fühlte, dass ich Gespräche mit anderen Menschen seit langem vermisste. Ja, mein äußeres Erscheinungsbild wirkte etwas vernachlässigt. Das würde ich im Rahmen meiner finanziellen Möglichkeiten zu ändern wissen. Denn ich lernte Frauen kennen, denen weitaus mehr an ihrem Aussehen gelegen war als mir. Insofern traten sie entsprechend selbstbewusster auf.

Ich wurde herzlich in diese Gemeinschaft aufgenommen. Zwei Frauen fand ich auf Anhieb sympathisch. Heide und Corinna. - Heide, frisch geschieden und gerade mit ihrem Neubeginn beschäftigt. Corinna lebte gerade ihre Beziehung mit ihrem verheirateten Chef aus. Sie war seine Sekretärin und ebenfalls in festen Händen. Mit ihrer ansteckenden Fröhlichkeit und einer natürlichen Frische gewann sie meine Zuneigung schnell. Sie tauchte an jedem neuen Tag frisch und neugierig in das Leben ein. Heide hielt sich eher bedeckt. Ihr geschiedener Mann war ein wohlhabender Unternehmer. Aber er machte Heide das Leben nicht gerade leicht. Sie arbeitete viele Jahre als seine Geschäftsführerin und hat neben ihrem Mann dessen hohe gesellschaftliche Stellung präsentiert. Aber Heide kämpfte besonnen um ihr Recht. Wir waren ein ungleiches Trio. Corinna, gerade 25 Jahre alt sprühte vor Lebensfreude. Mein 33. Geburtstag lag nur wenige

Wochen zurück. Ich ließ mich gern von Corinnas herzhaftem Lachen anstecken. Heide war 46 Jahre alt und die Vernünftigste von uns dreien. Trotz ihrer prekären Situation verfügte auch sie über Humor. Eine interessante Zeit begann für uns. Zwischen Computerprogrammen, Textverarbeitung, deutscher Grammatik Schnellschreibtraining, Sekretariatskunde und Rechtschreibformeln blieb genügend Zeit, um uns näher kennen zu lernen. Die gegenseitige Akzeptanz und die Toleranz unserer Vergangenheit wurden zum festen Fundament einer bis heute anhaltenden Freundschaft.

Wir trafen uns auch häufig privat. Corinna war kinderlos und empfand meinen kleinen Robin als ein „schreckliches" Kind. Sie verstand nicht, dass er in meinem Leben Priorität besaß. Trotz aller Kritik an meiner Erziehung fand sie sich irgendwann damit ab und beschränkte sich auf ironische Seitenhiebe. Sie bemühte sich ständig, ihren Mann und ihren verheirateten Geliebten unter einen Hut zu bringen. Corinna fand es schlimm, dass die Ehefrau ihres Freundes doch tatsächlich Probleme machte. Manchmal konnte ich Corinnas Erzählungen nicht folgen. War ich weltfremd? Ich versuchte sie zu beeinflussen, dass sie Dieter, dessen Frau und seine zwei Töchter in Ruhe lassen sollte. Schließlich hatte ich erlebt, wenn eine Familie zerbricht. In stundenlangen Gesprächen wollte ich ihr vermitteln, dass Frank und ich unsere Krisen doch auch überwunden hatten. Niemand würde jemals wieder in unsere Ehe eindringen können. Heide, die wie bereits erwähnt ebenfalls geschieden war, sah alles ein bisschen objektiver. Ihr ehemaliger Mann liebte auch eine andere Frau. Aber Heide sagte mir, dass dies nur in kriselnden Ehen geschehen kann. Es war in ihrem Fall nur eine Frage der Zeit, dass einer von den beiden ausbricht. Sie liebte mittlerweile ihren neuen Partner und war glücklich mit ihm.

Als wir drei einmal gemütlich bei einer Tasse Kaffee in meinem Wohnzimmer saßen und wie so oft über Corinnas Problematik diskutierten, läutete das Telefon. Als ich den Hörer abnahm, wurde seltsamerweise am anderen Ende aufgelegt. Ich ging nachdenklich zu den beiden zurück. Corinna sagte ironisch grinsend, dass auch sie bei Dieter immer auflegen würde, wenn dessen Frau das Gespräch annahm. Wir lachten und ich zeigte keine Regung über ihren Sarkasmus. Später, als ich allein war, sprach ich Frank darauf an. Ich versuchte mein bedrückendes Anliegen oberflächlich und nicht ernsthaft zu formulieren. Aber in mir erwachte ein nicht zu deutendes Gefühl! Ich erwähnte die häufigen anonymen Anrufe der letzten Wochen und Monate. Ferner wunderte ich mich über die Tatsache, dass Frank sich eher defensiv verhielt, wenn das Telefon läutete. Es war doch sonst immer er, der jeden Anruf entgegennehmen wollte. Neuerdings sah er mich auffordernd an oder bat mich, den Hörer abzunehmen. Frank reagierte verärgert auf meine Worte. „Du bist zu viel mit Corinna zusammen". Er mochte sie nicht besonders und machte keinen Hehl daraus. Corinna sprach ihre Gedanken stets offen und ehrlich aus. So fragte sie Frank vor wenigen Tagen, was er denn beweisen wolle. Er ging neuerdings in ein Fitness-Studio und bräunte sich unter einer Sonnenbank. Seine ohnehin braune Haut wirkte nun noch attraktiver. Frank hatte sein Gewicht reduziert. Er trug einen neuen Haarschnitt und kleidete sich schick mit Jeans und Pullis. Ich beobachtete diese Veränderung wohlwollend und spürte noch kein Misstrauen. Auf Corinnas Fragen hin antwortete er ablehnend, dass sie sich doch bitte um ihre Angelegenheiten kümmern sollte und verließ frustriert den Raum. Ich empfand seine Reaktion Corinna gegenüber schon recht überzogen. Aber sie überschritt mit ihren Fragen auch häufig alle Grenzen. Heide warnte mich eindringlich. Sie stellte mir die Frage, ob es denn normal sei, dass eine Klinik all ihre Mitarbeiter so häufig zu Seminaren schickte. Ich konnte ihre Zweifel und Warnungen nicht nachvollziehen. Frank war doch ein sehr fleißiger engagierter Mitarbeiter, der weit über seine Pflichten hinaus die ihm anvertrauten Patienten betreute.

Er fuhr sogar in seiner Freizeit abends zu Familiengesprächen und traf sich mit seinen Kollegen, um sich fachlich mit ihnen auszutauschen. Er tat dies doch auch für uns und unsere existentielle Sicherheit.

Ich werde nicht vergessen, als Frank einmal von einem Seminar zurückkam und mich von der Volkshochschule abholte. Er begrüßte mich mit einer Herzlichkeit, einem Strahlen, dass mir das Herz aufging und ich mich im siebten Himmel wähnte. Anschließend genossen wir im Grünen den wunderschönen Spätsommertag. Wir ließen den Tag im Kreis unserer Kinder ausklingen. Dieser Tag war einfach wunderbar.

Als ich am nächsten Tag wie immer Franks Koffer auspackte, fand ich eine verwirrende Hotelrechnung. Diese war offensichtlich für ein

Doppelzimmer ausgestellt worden. Frank erklärte auf meine Frage hin lapidar, dass wegen einer Veranstaltung in dieser Stadt alle Einzelzimmer ausgebucht waren. Ich glaubte nun fast selbst daran, dass ich zu stark unter Corinnas Einfluss stand.

Die Zeit meiner Fortbildung neigte sich dem Ende zu. Nach zehn Monaten hielt ich mein Zertifikat mit erfolgreichem Abschluss in den Händen. Nicht nur erfolgreich, was den Lehrstoff betraf, sondern auch ich fühlte mich gut. Ich versprach mir, weiterhin auf mein Äußeres zu achten und die neuen Kontakte zu pflegen.

Heide verkehrte in den besten Boutiquen vor Ort. Von ihr bekam ich so manch nützlichen Tipp. Ich lernte auch mit wenig Geld gut gekleidet zu sein. Ich überraschte Frank mit der Bitte, dass ich vielleicht mit ihm zum Fitness-Studio kommen dürfe. Aber seine Begeisterung hielt sich in Grenzen. Er lehnte meinen Wunsch einfach so ab. Ich wusste, dass einige seiner Kollegen und Kolleginnen ebenfalls anwesend waren. - Also konzentrierte ich mich langsam aber sicher wieder ganz auf meine Familie, meinen Job und was ebenso anfiel. Meine Töchter wurden flügge und diese Tatsache sorgte für so manche Turbulenzen.

Die Zwillinge feierten schon bald ihren siebzehnten und Marlene ihren vierzehnten Geburtstag. Robin sah seinem zweiten Geburtstag entgegen. Mein Beruf füllte mich aus und im familiären Bereich sah ich keine Probleme. Manche Vorfälle führten zwar in der Folgezeit zu Spannungen zwischen Frank und mir. Doch ich wollte den Ernst der Lage nicht sehen. Frank war viel zu häufig im Fitness-Studio und wenig zu Hause. Mein Misstrauen nahm Formen an, welche mir nicht sonderlich gefielen. Manchmal rief ich Frank an und bat ihn nach Hause zu kommen. Aber er traf seine Entscheidungen selbst und überschüttete mich mit Vorwürfen. Er sagte mir dann, dass seine Kollegen ihn schon belächeln. Er fühle sich von mir kontrolliert und eingeengt.

Ja, eingeengt - dieses Wort wurde zum Bestandteil jeder Auseinandersetzung. Frank spielte kaum noch mit Robin. Sogar Anna empfand Franks seltsames Verhalten damals nicht in Ordnung. Sein neues Hobby kostete auch viel Geld.

Geld, welches wir für unseren Lebensunterhalt dringender benötigten. Anna betreute Robin weiterhin geduldig und liebevoll. Trotz ihrer siebzig Jahre ließ sie sich keine Überforderung anmerken. Frank lebte mehr und mehr in seiner eigenen Welt. Er bestand auf seine Freiheit und die damit verbundenen Aktivitäten außerhalb des Familienlebens. Sonja und Nathalie liebten ihren kleinen Bruder. Aber mit der pubertären Phase schwand die Verlässlichkeit und das Interesse an ihrem kleinen Bruder. Nur schmollend stimmten beide meiner Bitte um Hilfe zu. Sie versprachen mich zu unterstützen, wenn ich arbeiten würde. Aber sonst sollte ich in dieser Zeit nicht mit ihnen rechnen. Beide fanden nach dem mittleren Bildungsabschluss einen Ausbildungsplatz im öffentlichen Dienst. Völlig in meinem anerzogenen Sinn. Noch immer bedeutete dies für mich ‚lebenslange Sicherheit. ‘

Anna plante in dieser Zeit eine Reise in ihre Heimat. Frank war im Sudetenland geboren und nun bot sich ihm erstmalig die Möglichkeit, in dieses Land zu reisen. Mein Schwager Peter und dessen Frau Doris bekundeten ebenfalls Interesse an diesem Vorhaben. Erfreut malte ich Bilder vor meinem geistigen Auge. Ich stellte mir das Land vor, in dem auch meine Mutter einst geboren wurde und gelebt hat. Durch Marias und Annas lebendige Erzählungen glaubte ich diese Gegend bereits zu kennen. Frank und ich, wir konnten uns niemals vorher einen Urlaub leisten. Ich freute mich riesig auf die bevorstehende Reise. Aber es kam alles ganz anders. Frank teilte mir in wenigen Sätzen mit, dass ich zu Hause bleiben müsse. Im Wagen sei kein Platz mehr frei für mich frei. Ich war verblüfft. Dachte ich doch, Peter und Doris würden mit ihrem Wagen fahren. Warum hatte Frank diese Möglichkeit nicht vorgeschlagen? Alle Einwände halfen mir nicht. Traurig, gekränkt und enttäuscht blieb ich mit meinen Kindern zurück. Frank rief gleich am ersten Abend zu Hause an. Er schenkte mir am Telefon meinen Seelenfrieden wieder. Er flüsterte mir zärtliche Worte ins Ohr. – Er wusste nur zu genau, wie er mich zu besänftigen vermochte. - Die Schwüre von ewiger Liebe und Treue wirkten wie Balsam auf meine enttäuschte Seele. Leider blieb es bei diesem einzigen Telefonat, da teure Auslandsgespräche Franks Urlaubskasse belasteten. Mit dieser Erklärung ließ ich mich trösten.

Eine Woche später schloss ich meinen Mann wieder in die Arme. Mein Zorn war verraucht. Ich war glücklich, dass Frank wieder in meiner Nähe war. Doris lachte mich an und sprach: „Du hast aber einen treuen Ehemann. Er kann an keiner Telefonzelle vorbei gehen ohne zu telefonieren. Muss er Dich ständig anrufen oder macht er das freiwillig?" Doris war sich ihrer Aussage nicht bewusst. In mir erlosch die Freude. Frank hatte mich doch nur einmal angerufen...!

Nur kurze Zeit später musste ich mich einem gynäkologischen Eingriff unterziehen. Robins 2. Geburtstag stand bevor. Hoffentlich war ich bis dahin wieder zu Hause. Frank brachte mich in die Klinik. Es war die gleiche Station, auf der ich vor fast zwei Jahren mein Baby gebar. Frank hatte wie üblich keine Zeit. Aber ich bat ihn auch nicht zu bleiben. Am darauffolgenden Tag wurde ich operiert. Unangenehme Gefühle schnürten mir die Kehle zu. Als ich aus der Narkose erwachte, sah ich Sonjas besorgtes Gesicht. Ich war so dankbar, dass sie mich nicht allein ließ. Sie streichelte mir über die Haare und riet mir einfach wieder zu schlafen. Sie versprach mir, nicht wegzugehen. Ich war erleichtert. Am späten Nachmittag suchte mich der Arzt auf. Dem ernsten Ausdruck in seinem Gesicht entnahm ich keine guten Nachrichten. Mitfühlend teilte er mir mit, dass eine weitere Operation notwendig sei. Er musste einen Tumor entfernen. In meinem Kopf bebte ein unbarmherziges Chaos. Mir blieb keine andere Wahl. Ich stimmte dem Eingriff zu. - Zwei Tage später war es schließlich soweit. Ich wurde operiert. - Als ich dieses Mal erwachte, quälten mich starke Schmerzen. Frank saß an meinem Bett. Sein Blick schien eher gelangweilt als mitfühlend. Er sagte kein Wort des Trostes. Als ich vor Schmerzen weinte und zu Gott flehte, zischte er befremdend: „Stell' Dich nicht so an. Gott kann Dir jetzt auch nicht helfen!" Ich verstand die Kälte in seiner Stimme nicht und wandte mich leise weinend von ihm ab. Warum war er so gemein zu mir?

Meine Schwester Rosi bereitete unterdessen Robins zweiten Geburtstag vor. Ich war froh, dass es meinem kleinen Jungen an nichts fehlte. *Dass ihm seine Mutter und ein Vater fehlten, sollte mir erst viele Jahre später bewusst werden.*

Nach drei Wochen erlaubte es mein Zustand, dass ich entlassen werden konnte. Frank holte mich wieder sehr früh ab, da er noch vor seinem Spätdienst zum Fitness musste. Anna half mir in den ersten Tagen. Ich hatte sehr viel an Gewicht verloren und die Pfunde purzelten weiter. Die Waage zeigte mir an, dass ich nicht einmal mehr 50 Kilogramm wog.

Ich entschied zu meiner Entlastung, dass ich meine Eltern besuchen würde. Aber Robin wollte schon bald wieder nach Hause. Mir kam der Wunsch meines Sohnes sehr gelegen. Denn die unangenehmen

Fragen meiner Eltern im Hinblick auf meine Ehe stimmten mich verlegen. Also traten wir mal wieder den Heimweg an.

An einem der nächsten Abende kam Frank sehr spät nach Hause. Auf meine Frage nach dem Grund antwortete er, dass er länger als sonst im Fitness-Studio war. Ihm fehlten noch einige Übungen. Ich schrie ihn an, dass dies eine Lüge sei. Seine Tasche und seine Schuhe standen nämlich im Kellerregal. Er blieb bei seiner Behauptung. Auch mein Hinweis, dass das Studio bereits um 21.00 die Türen schließt und nun bereits Mitternacht vorbei sei, ließen ihn nicht von seinen Worten abweichen. Ich reagierte völlig hysterisch. Ich wusste, dass er mich anlog. Es handelte sich nicht nur um weibliche Intuition – nein, zu viele Hinweise hatte ich bisher einfach ignoriert.

Nach all den gewaltfreien Jahren schlug mich Frank nach wenigen Tagen erstmalig wieder. Es geschah unverhofft in der Küche unseres Hauses. Er dachte, dass uns niemand hörte. Frank fasste mich fest an den Oberarmen und stieß mich immer wieder brutal gegen die Wand. Erst durch ein Geräusch aus dem Hintergrund ließ Frank von mir ab. Der kleine Robin stand in der Tür. Seine großen dunklen Augen blickten angsterfüllt zu uns. Er weinte bitterlich und wehrte seinen Vater ab, als dieser ihn beruhigen wollte. Ich nahm mein Kind und flüchtete mit ihm in dessen Zimmer. Seine kleinen Hände suchten die meinen. Ich hielt Robin in meinen Armen, bis er einschlief. - Wilde Gedanken kreisten durch meinen Kopf. Was war geschehen? Ich versuchte mich an die letzten Stunden zu erinnern: Der Abend begann ohne besondere Ereignisse. Frank war beim Fernsehen eingeschlafen. Ich blätterte mehr oder weniger interessiert in der Tageszeitung. Die Kinder waren schon zu Bett gegangen. Diese wohltuende Stille wurde jäh durch das schrille Läuten des Telefons unterbrochen. Etwas ungehalten nahm ich den Hörer ab. Aber als ich mich meldete, wurde am anderen Ende sofort wieder aufgelegt. - Frank stand plötzlich neben mir und sah mich fragend an: „Wer war das denn zu so später Stunde?" Der Fehler lag wohl in der Formulierung meiner Antwort. Ich wandte mich leicht verärgert ab und erwiderte mit spitzer Zunge: „Ich denke mir, es war wohl eines Deiner Fitness-Geräte. Aber es wollte nicht mit mir reden."

Franks Gesichtsfarbe veränderte sich bedrohlich. Diesen kalten, verächtlichen Blick in seinen Augen kannte ich aus vergangenen

Tagen. Mein hastiger Fluchtversuch in die Küche misslang kläglich. Frank war schneller als ich!

Von dieser Stunde an war nichts mehr so wie vorher. Robin veränderte sich besorgniserregend. Der liebe kleine Junge, der stets mit sich und seinem Umfeld zufrieden war wurde zunehmend schwierig und trotzig. Nein viel schlimmer, er schrie oft laut und schlug bei geringen Anlässen um sich. Sein Zustand wurde so extrem, dass er bei einem Schreikrampf das Bewusstsein verlor.

Aber alle ärztlichen Untersuchungen waren ohne Befund. Also sollte er von einem Kinderpsychologen begutachtet werden. Frank meldete unseren Sohn in der Klinik an. Er kannte den Arzt und bekam schnell einen Termin.

Doch Robin sprach wenig und stand dem Arzt misstrauisch gegenüber. Ich war damals so dumm und stellte mich unwissend. ,Robin, von allen verwöhnt und geliebt Er kannte keine Spannungen im Elternhaus, rundum alles in Ordnung. ' Diesen Schwachsinn erzählte ich Robins behandelndem Arzt. Wir mussten einige Gesprächstermine regelrecht ,absitzen'. In dieser Zeit war Frank höflich und zuvorkommend. Er zeigte wie in früheren Jahren wieder Reue und Schuldbewusstsein. Flehend bat er mich um Diskretion gegenüber den Ärzten, da er doch in dieser Klinik arbeitete. Ja, bräche ich mein Schweigen, dann sei meine Existenz ebenso gefährdet wie die seine.

Meine Schwester Rosemarie riet mir damals, meine Berufstätigkeit aufzugeben. Sie sagte, dass ich es Frank immer leicht machen würde. Er solle endlich einmal allein die Verantwortung für seine Familie übernehmen. Aber ich ignorierte diesen gut gemeinten Rat. Rosemarie sagte mir auch, dass Frank wiederholt mit einer jungen Kollegin gesehen worden sei. Einmal sogar während einer öffentlichen Veranstaltung. Aber ich war sicher, dass die Leute wie so oft nur Unwahrheiten verbreiteten. Frank und ich würden auch diese Krise überwinden.

Wenn ich nach einem arbeitsreichen Tag nach Hause kam, hatte ich kaum Zeit und Nerven für Robin. Die Arbeiten in der Firma und zu Hause fraßen mich langsam auf. Und immer wieder musste ich mich mit Franks seltsamen Terminen außer Haus auseinandersetzen. Mich beschlich ein Gefühl, das ich nicht kannte und auch nicht zu steuern vermochte: Ich kontrollierte meinen Mann nun tatsächlich! Natürlich gab es deswegen harte Diskussionen. So kannte Frank mich nicht. Er konnte mich aber kennenlernen! Ich war entschlossen mit allen mir zur Verfügung stehenden Mitteln zu kämpfen. Als er einmal wieder mit vielen Stunden Verspätung zu Hause eintraf und wieder keine Erklärung geben wollte, drohte ich ihm mit Konsequenzen. Frank erschrak offensichtlich und bat mich, dies nicht zu tun. Ich kam mir überlegen vor und meinte nun, ein Druckmittel gefunden zu haben. Ich spürte, dass er mit sich rang. Er wandte sich wieder mehr der Familie zu. Aber seine Gedanken waren sichtlich und spürbar weit weg.

Als er eines Morgens von seinem Nachtdienst nach Hause kam, kontrollierte ich wie so oft seine Tasche. Ich fand in seinem Terminplaner ein Foto. Dies zeigte eine junge Frau im schwarzen Kleid. Langes braunes Haar umrandete ihr Gesicht. Ich bebte am ganzen Körper. Auf der Rückseite des Bildes las ich eine persönliche Widmung. Diese Frau versprach meinem Mann ewige Liebe und Treue.

Ich war fassungslos und wollte Frank zur Rede stellen. Wütend betrat ich unser gemeinsames Schlafzimmer. Er schlief bereits und wurde unsanft von mir geweckt. Er schaute auf das Foto und erklärte ziemlich lapidar, dass er es von einer Patientin bekommen habe, die sich wohl unglücklich in ihn verliebt hätte. Das käme bei solchen Therapien wohl häufig vor. Ich solle mir nicht unnötig den Kopf zerbrechen. Seine Erklärung beruhigte mich. Fast schämte ich mich meiner falschen Verdächtigungen. Ich wollte seine Version dieser Geschichte gern glauben. Ich legte das Bild in eine Schublade und fuhr beruhigt zur Arbeit.

Ich fand es schön, dass Frank sich scheinbar wieder mehr in das Familienleben integrierte. Er informierte mich über anstehende Termine und rief an, wenn es mal später wurde. Trotzdem fehlte mir die innere Ruhe. Zwanghaft unterlag ich dem Bedürfnis, ihn ständig in der Klinik anzurufen. Auch die Rufnummer des Fitness-Studios wusste ich bereits auswendig.

Besonders während Franks Spät- und Nachtdiensten lief ich ruhelos durch unsere Wohnung und kämpfte gegen meinen Drang, ihn zu kontrollieren verzweifelt an. Ich widerstand dem inneren Zwang nur selten. Getrieben von Panik und Misstrauen und mit zitternden Fingern drückte ich die Tasten des Telefons. Das mir sehr wohl

bekannte Zeichen einer besetzten Leitung ließen meinen Phantasien freien Lauf. Quälende Vorstellungen und unbeschreibliche Bilder ergriffen in diesen Minuten von mir Besitz. Je länger dieses grauenvolle Zeichen ertönte, umso extremer verspürte ich eine niederschmetternde Hilflosigkeit. Zuweilen wurde die Leitung erst nach einer Stunde frei. Eine Stunde, die mir als eine Ewigkeit erschien. - Aber Frank verstand meine Verzweiflung nicht. Er riet mir, beim Wählen einer Telefonnummer darauf zu achten, dass ich auch die richtigen Zahlen eingebe. Er sei überzeugt, dass ich in meiner Aufregung und meinen unbeherrschten Aktivitäten völlig verwirrt sei. Ferner sei es nicht ungewöhnlich, dass dieser ‚Dienstapparat' auch zweckgebunden genutzt würde. Selbstverständlich niemals für private Gespräche und außerdem sei es seitens der strengen Pflegedienstleitung nicht erwünscht, dass ich ihn während seiner Dienstzeit störe. Nach solchen Zurechtweisungen hielt ich mich beschämt und schuldbewusst zurück. Denn für mich war es unmöglich geworden, die Wahrheit von der Lüge zu differenzieren. Frank suggerierte mir sachlich ein, dass ich nicht gesund sei. Er untermauerte diese ‚Diagnose' mit einem psychologischen Hintergrund: „Liebes, Du hast mich während Deiner Kur betrogen und hintergangen. Nun plagt Dich Dein schlechtes Gewissen. Ja, dies führt zweifelsfrei zu psychischen Störungen. Du hast diese Geschichte nicht verarbeitet und nun meinst Du, auch ich wäre in der Lage, Dich zu hintergehen. Aber ich werde Geduld mit Dir haben.“
Welch ein Glück, dass ich mit meiner Neurose nicht allein war! Der Fachmann für Psychiatrie stand mir treu und hilfreich zur Seite.
Ich erinnere mich an einen Kräfte zehrenden Vorfall. Ja, ich begann die Realität wieder zu ignorieren, um Frank nicht zu verlieren. Bevor ich an ihm zweifelte, stellte ich meine eigenen Wahrnehmungen in Zweifel.
Frank bereitete sich für ein Treffen mit einigen Kollegen vor. Ein gemütliches Beisammensein in einer Pizzeria war angesagt. Als ich nach Hause kam, stand Frank wartend mit Robin am Fenster. Ich nahm dies erfreut zur Kenntnis. Frank betonte immer wieder, dass er meine Heimkehr kaum erwarten könne. Solche Worte erfüllten mich mit Freude und Hoffnung.
Er kochte an seinen freien Tagen für mich und die Kinder. Diese Entlastung nahm ich gerne an. So auch an diesem Tag. Er aß nicht

mit uns, weil er ja später verabredet war. Wir genossen die wenigen Stunden gemeinsam. Frank verabschiedete sich zärtlich von mir mit dem Hinweis, dass es später werden könne. Ich hatte nichts dagegen einzuwenden.

Robin schlief früh ein und ich sah noch etwas fern. Vor meinem geistigen Auge sah ich Frank, der mir strahlend zuwinkte, als er in seinen Wagen stieg. Noch immer spürte ich seinen zärtlichen Kuss auf meinen Lippen. - Das Telefon riss mich unbarmherzig aus meinen friedlichen Gedanken. Eine Kollegin teilte mir mit, dass ich am anderen Morgen nicht mit ihr zur Arbeit fahren könne, da sie erkrankt sei. Ich sagte ihr, dass dieser Umstand für mich kein Problem darstellte. Frank habe am nächsten Tag Spätdienst und ich würde in dieser Ausnahmesituation unseren gemeinsamen Wagen nehmen. Nach diesem Gespräch sah ich nicht mehr lange fern. Ich war müde und ging zu Bett.

Frank kam tatsächlich sehr spät nach Hause. Aber ich nahm seine Ankunft nur im Unterbewusstsein wahr. Er küsste mich sanft und wünschte mir eine gute Nacht. Ich kuschelte mich wohlig in meine Decke ein und schlief weiter. - Wie an jedem Morgen schrillte der Wecker erbarmungslos um fünf Uhr. Ich stellte ihn schnell ab, damit Frank weiterschlafen konnte. Eine Stunde später verließ ich noch ziemlich müde das Haus. - Mit meinem Ersatzschlüssel schloss ich den Wagen auf. Ich legte meine Tasche behutsam auf die hintere Sitzbank und stieg nun auch ein. Verwundert sah ich mich im Innenraum des Wagens um. Was war denn das? Eigentlich wollte ich nun starten. Aber ich ließ den Schlüssel in meiner Hand nach einer halben Umdrehung los. Ein fremdes Parfum erfüllte den gesamten Innenraum des Wagens. Nicht nur das. Mein Blick fand eindeutige Beweise für die Untreue meines Mannes. Übelkeit stieg in mir hoch. Ich spürte die Tränen auf meinen Wangen und konnte sie nicht aufhalten. In meinem Inneren liefen die Gefühle Amok: Grenzenlose Wut, unendliche Trauer, Liebe, Hass, Angst und Enttäuschung. Ein Ekelgefühl erzeugte Brechreiz in mir. Ich verachtete Frank und diese Frau. Sie bemühten sich nicht einmal, die Spuren ihrer Liebesnacht zu beseitigen. Was waren das für Menschen. Eiskalte Gegner oder verantwortungslose Egoisten? Diese Frage sollte mir erst die weite Zukunft beantworten.

Ich kann nicht beschreiben wie ich es geschafft habe, den Wagen unbeschadet zum Ziel zu steuern. Ich fühlte mich gedemütigt und wusste, dass ich Franks Wagen nicht mehr nutzen würde. Ich projizierte meine Wut und Enttäuschung ausschließlich auf das Fahrzeug.

Auf meine Arbeit konnte ich mich an diesem Morgen nicht konzentrieren. Eifersucht, Wut und Enttäuschung vermischten sich mit allen Emotionen, die ein Mensch in einer solchen Situation nur haben kann. Meine Kollegen und Kolleginnen ließen mich in Ruhe. Paranoide Gedanken quälten mich zusätzlich. Sicher wussten alle, dass ich mich immer nur glücklich redete.

Es war kein Geheimnis, dass es früher mal Probleme in unserer Ehe gab. Aber das lag schon lange zurück! Viele meiner Mitarbeiter kannten Frank, der schließlich immer „freundlich grüßte" und einen guten Eindruck machte. Seine einstudierten Floskeln und die Art wie er Konversation betrieb, verfehlten niemals ihren Zweck. Das andere Gesicht und die weniger ‚gebildeten' Formulierungen, welche er unkontrolliert im Streit wählte, waren nur für die Ohren seiner Frau und seiner Kinder bestimmt. Unsere primitiven Wortgefechte, welche alle Grenzen einer Persönlichkeit überschritten, hielten wir hinter verschlossenen Türen.

Ja, all das hämmerte in meinem Kopf. Wie wird es nun weiter gehen? Ich würde Frank später treffen. Eine der bekannten Szenen würde mich hinterher in mein wohlbekanntes schwarzes Loch fallen lassen. Wollte ich das? Oder sollte ich lieber schweigen und warten, bis er diese furchterregende Affäre beendet?

Frank erwartete mich bereits, als ich später den Wagen nach Hause brachte. Freundlich lächelnd und ohne einen Hauch von Skepsis begrüßte er mich: „Liebling warum hast Du mich nicht geweckt? Ich hätte Dich gern gefahren." Was nun? Mutig trat ich ihm entgegen und fragte höflich aber direkt nach dem gestrigen Abend. Frank wirkte gelangweilt und erzählte mir etwas von fachlichem Gerede und Schwierigkeiten auf seiner Station. Er tat so unschuldig, dass ich schon wieder anfing an meinen Wahrnehmungen zu zweifeln. Dennoch sprach ich ihn vorsichtig darauf an. Er nahm mich in die Arme und versicherte mir selbstsicher, dass ich mich geirrt hätte. – Ihm sei in letzter Zeit wiederholt aufgefallen, dass ich viele Dinge einfach falsch bewerte. Er legte mir nahe, dass ich ihm alle meine

‚kranken Phantasien' stets mitteilen solle. Nur dann könne er mir gezielt aus meiner Krise heraushelfen und ich würde diese schneller überwinden. Ich solle ihm nur vertrauen. – Ja, ich war mit den Nerven am Ende und wusste nicht ein noch aus. Ich ließ mich gern in seine Arme fallen und wischte alle Bedenken fort...! - Wäre ich in der Realität so flexibel gewesen wie im Umgang mit Frank, dann hätte ich mir manchen Kummer erspart.

So konzentrierte ich weiterhin mein ganzes Denken und Fühlen nur auf ihn. Als Vertrauensbeweis bot Frank mir an, dass er sich nun bemühen werde, den Telefonterror zu beenden. Denn dieser nahm täglich zu. Die Telefonate kamen zu festen Zeiten. Und dies bei Tag und Nacht. Frank fragte mich mitfühlend: „Sag mal, hast Du vielleicht Feinde?" Nein, ich konnte mir nicht vorstellen, dass mich jemand derart belästigte. Frank erinnerte mich an Kai. - Ja, dies wäre eine Möglichkeit gewesen. So wurde Franks Verdacht natürlich auch zu meinem. Ich vermutete, dass Kai noch immer wütend war. Die Richter sahen damals während der langen Verhandlung keinen Anlass für irgendwelche mildernden Umstände und somit erhielt Kai eine nicht geringe Strafe wegen schwerer Körperverletzung. Die Auferlegung aller Kosten trug nicht dazu bei, dass er mir gegenüber milde gestimmt war. – Ich wunderte mich, dass Kai nach so langer Zeit mit diesem Telefonterror begann. Und was brachte ihm das ein? Kai musste doch eventuell mit einer Anzeige von mir rechnen. Aber Frank riet mir eindringlich davon ab. Er bagatellisierte den Telefonterror und erklärte mir, dies sei auch eine Möglichkeit begangene Straftaten zu verarbeiten.

Einige Jahre später erfuhr ich, dass Kai zu diesem Zeitpunkt längst verheiratet war und niemals Rachegedanken hegte. Ihn plagten eher Schuldgefühle.

Robins Behandlung war noch nicht abgeschlossen. Der Psychologe fand keine Erklärung für die Verhaltensstörungen unseres Kindes. Doktor Maler besaß mein Vertrauen. Er empfahl mir entsprechend seines liebevollen Wesens, dem Kind nach wie vor viel Aufmerksamkeit zu schenken und es behütet aufwachsen zu lassen. Alle Voraussetzungen hierfür wären ja gegeben. Er ahnte nicht, dass wir nicht offen zu ihm waren. Frank belegte schließlich mit Erfolg eine Führungsposition in dieser Klinik und war somit scheinbar unantastbar.

Mich packte das blanke Entsetzen, als Frank Herrn Maler in meinem Beisein theatralisch schilderte, dass ich ja nun nicht ‚ganz gesund' sei. Auch meine früheren Depressionen erwähnte er hier mit dramatischem Unterton. Natürlich wollte Frank diese Tatsachen nur am Rande zum besseren Verständnis einfügen. Und selbstverständlich durfte Doktor Maler auch wissen, dass ich einen Suizidversuch unternommen und später psychotherapeutisch betreut wurde. Doktor Maler durfte aber nicht wissen, dass Frank gegen den Alkohol kämpfte. Schließlich sei diese Tatsache existenzschädigend. Auch das Problem mit Anna sprach er in kurzen Sätzen an. Aber über entspannte Situationen lohnte es sich nicht zu reden.

Robins Kinderpsychologe sah mich durchdringend an. Mir war es nicht möglich, seinem Blick standzuhalten. Und so blieben alle unausgesprochenen Worte im Raum stehen.

Die Zeit mit Doktor Maler ging leider ohne Erfolg zu Ende.

Robin schreckte nachts weiterhin ängstlich auf und war tagsüber unruhig. Ich wollte mich bemühen, meinem kleinen Jungen hässliche Szenen zu ersparen. Mehr vermochte ich während dieser Zeit nicht für mein Kind zu tun.

Ich erwachte an einem wunderschönen Spätsommertag morgens schon sehr früh. Vor mir lagen zwei Wochen Urlaub. Es war Ferienzeit und Marlene musste nicht zur Schule gehen. Es war wunderbar, dass sich auch Sonja und Nathalie einige Tage zu Hause waren. Wir schmiedeten gemeinsame Pläne. Dieser erste Tag sollte uns in eine nur wenige Kilometer entfernte Kleinstadt führen. Ein wenig bummeln gehen, Eis essen und Schaufenster ansehen. Die Vorfreude darauf ließ uns guter Dinge sein. Aber es sollte anders kommen!

Ich bewahrte schon seit Jahren unsere Medikamente in einer Kommode im Schlafzimmer auf. Niemals dachte ich daran, dass dieser Fehler meinem kleinen Robin zum Verhängnis werden sollte. An diesem Morgen jedoch, während meine Töchter und ich uns fröhlich zum Aufbruch richteten, entdeckte unser kleiner Liebling diese Schublade. Ich bemerkte das Unglück erst, als Robin mir benommen in die Arme fiel. Die leere Schachtel in seiner Hand ließ mich erstarren. Aber dazu war in diesem Moment keine Zeit. Ich riss Robin verzweifelt hoch und eilte mit ihm in das Badezimmer. Mir war sofort klar, dass der Kleine Tabletten geschluckt hatte. Die Mädchen eilten herbei. Ich gab Robin panisch an Nathalie weiter, um einen Arzt zu verständigen. Angsterfüllt rief ich auf dem Weg zum Telefon meinen Töchtern zu, dass Robin dringend erbrechen müsse, um Schlimmeres zu verhindern.

Unser Kinderarzt wollte Robin im Blick auf die Ungewissheit mit einem Hubschrauber in eine Kinderklinik bringen lassen. Er versprach mir, alles in die Wege zu leiten und bat mich ruhig zu bleiben. Das war leichter gesagt als getan. Aber ich musste es irgendwie schaffen.

Ich betete zu Gott, dass mein kleiner Junge bei uns bleiben durfte. - Robin lag in seinem Pyjama auf dem Wickeltisch. Nathalie beugte sich weinend über ihren kleinen Bruder und streichelte sein Gesicht. Sonja und Marlene drängten sich panisch dicht an Nathalie. Die beiden ließen ebenfalls ihren Tränen freien Lauf. Als ich auf meine Kinder zugehen wollte, erschraken wir alle durch das Läuten an der Tür. Wer konnte das denn sein? Wir mussten doch zum Sportgelände eilen. Denn dort sollte der Hubschrauber landen. Nathalie legte mir Robin in die Arme. Sie verließ den Raum, um zu schauen, wer gekommen ist. Ich streichelte meinem kleinen Sohn das blasse Gesicht und küsste ihn zärtlich. Nathalie stand nun wieder neben mir und flüsterte mir zu, dass Oma gekommen sei. Auch das noch! Auf Annas Fragen konnte ich in diesem Augenblick wirklich verzichten. Vorwürfe quälten mich auch ohne ihre Schuldzuweisungen. Aber Anna war nicht gekommen. Meine Mutter betrat den Raum. Die Panik in mir wuchs enorm. Wie würde sie reagieren? Doch meine Mutter teilte die Sorge um Robin mit uns. Ja, sie blieb ausnahmsweise ruhig und besonnen. Ich fühlte ihre Stärke und war auf einmal froh, sie in unserer Nähe zu haben. Denn ich funktionierte und bewegte mich wie ein Roboter. Die bohrende Angst um Robin lähmte mich. Meine Lippen hauchten immer wieder den gleichen Satz: ‚Ich werde meinen kleinen Robin nicht verlieren! Nein mein Gott, lass das bitte nicht zu. ' In dem Moment der tiefsten Verzweiflung und in den Minuten der großen Angst empfand ich es wohltuend, dass meine Mutter beruhigend auf uns einwirkte. Für sie war es selbstverständlich, dass sie Robin und mich mit ihrem Wagen zum nahen Sportgelände fuhr. Ich hielt meinen kleinen Sohn fest im Arm, als der Hubschrauber landete. Robin weinte leise vor sich hin. Seine Augen waren geschlossen und sein Körper fühlte sich kraftlos an.

Zwei Rettungssanitäter und eine junge Ärztin nahmen mir Robin aus den Armen. Ich wollte schreien und mein Kind nicht loslassen. Die

Hand meiner Mutter legte sich auf meine Schulter. Sanft geleitete sie mich zurück zu ihrem Wagen. Aus weiter Ferne vernahm ich das Motorengeräusch des Hubschraubers, welches mir noch mehr Angst einflößte. Die tröstenden und ermutigenden Worte meiner Mutter erreichten mich kaum.

Plötzlich platzte ein gewaltiger Knoten in meiner Brust. Ich wurde mit einem Mal gedanklich wieder mobil. Gleich einer spitzen Lanze schoss mir ein fürchterlicher Gedanke in den Kopf. Frank! Wie wird er auf diesen Vorfall reagieren? Wird er mir Unachtsamkeit vorwerfen? Wird er mich physisch und psychisch attackieren? Mit welchen Argumenten konnte ich dem etwas entgegensetzen. Ich fühlte mich doch selbst schuldig. Ich durchlebte alle Eventualitäten. Panische Angst schnürte mir die Kehle zu. Meine Mutter und ich waren bereits auf dem Weg zur Kinderklinik. Der Motor des Wagens kam mir unendlich laut vor. Ich schaute zu meiner Mutter hin. Sie konzentrierte sich auf den Verkehr. Aber ich spürte ihre aufkommende Nervosität. Ihr Blick streifte kurz den meinen und sie sprach leise aus, was ich befürchtete: „Was wird Frank zu dem Unglück sagen?" Sie erwartete auf ihr lautes Denken keine Antwort. Nach dreißig Minuten erreichten wir die Klinik. Meine Gedanken waren nun wieder bei Robin. Gleich werde ich ihn sehen und ihm nah sein.

Eine Hupe ließ mich beim Überqueren der Straße fast erstarren. Schrecken saß mir in allen Gliedern. Dann stockte mir der Atem. Diese Hupe kannte ich doch. Nein, nicht schon jetzt! - Frank parkte seinen Wagen unweit von mir. Obwohl ich gerne geflüchtet wäre, blieb ich wie angewurzelt stehen. Frank kam schnellen Schrittes auf mich zu. Ich straffte meine Schultern und sah in sein Gesicht. An seiner Haltung versuchte ich zu erkennen, was mich erwartete. Locker und leicht kam Frank auf mich zu. Er hob die Hand lässig zum Gruß. Seine Augen verrieten nichts und sein Mund lächelte. Entwarnung!?! Nun stand Frank vor mir. Er hauchte mir einen flüchtigen Kuss auf die Wange und streichelte mir über die Haare. Meiner Mutter reichte er höflich die Hand zur Begrüßung. Meine spürbare Erleichterung mischte sich mit Unsicherheit. Wer war Frank Körner? Kannte ich diesen Mann überhaupt noch? Ich war seit mehr als achtzehn Jahre mit ihm verheiratet und wusste ihn nicht mehr einzuschätzen. Franks Worte erreichten mich: „Sonja rief mich in der Klinik an. Sie hat mich über alles informiert. Wie geht es Robin?" Entsetzt über seinen gleichgültigen Ton in der Stimme erwiderte ich jedoch ruhig: „Ich weiß es nicht. Lass uns nach Robin schauen." - Wenige Minuten später standen wir am Bett unseres Kindes. Sein kleines Gesicht war noch immer sehr blass. Aber er schlief ruhig. Ein Kinderarzt versicherte, dass Robin außer Gefahr sei. Nach einer Nacht auf der Intensivstation könne man ihn sicher auf eine andere Station verlegen. Robins Mageninhalt wies einige Tabletten auf. Doch durch die schnelle Hilfe wurde Schlimmeres abgewendet.

Danke, lieber Gott! Wir durften nicht lange bei Robin bleiben. So verließen wir kurze Zeit später wieder die Klinik. Frank verabschiedete sich von meiner Mutter und kam auf mich zu: „Auf mich warten noch einige Termine. Ich denke, es wird heute Abend sehr spät!" Ich fiel ihm ins Wort: „Frank, unser Sohn liegt hier allein im Krankenhaus. Berührt Dich das überhaupt nicht?" Frank entgegnete ungeduldig: „Es ist nichts Schlimmes passiert. Sei bitte nicht hysterisch." Mit diesen Worten ließ er mich stehen und ging zu seinem Wagen. Er drehte sich kurz um und neigte den Kopf zum Gruß. Diese Geste sollte vielleicht aufmunternd wirken. Doch ich war von Franks gefühllosem Verhalten in diesen Minuten zutiefst enttäuscht.

Meine Mutter wartete schon im Wagen auf mich. Wir redeten nicht viel. Sie konzentrierte sich auf den Verkehr und ich hing meinen Gedanken nach. Meine Mutter bat bei unserer Ankunft um Verständnis, dass sie sich nicht mehr aufhalten wollte. Ich bedankte mich für ihre Hilfe und versprach sie anzurufen, wenn ich neue Informationen bekommen würde.

Zu Hause erlebte ich die nächste Überraschung. Meine Töchter berichteten mir aufgeregt, dass Anna völlig außer sich sei. Nach altem Schema hielt sie sich mit Vorwürfen nicht zurück. Sie schrie die Mädchen unkontrolliert an und sparte nicht mit Schimpfwörtern. Als Sonja sie aufforderte zu gehen, kannte Annas Zorn keine Grenzen mehr. ‚Meine missratenen Töchter und ich waren schuld an dem Unglück. ' Wir brachten durch unseren Leichtsinn ihren geliebten Enkel in Gefahr. ‚Der Himmel sollte uns dafür bestrafen! ' Dies ist die kurze Zusammenfassung aus Annas lautstarkem Zornesausbruch. Typisch für Anna. Sie war eben beständig wie das Wetter im April.

Mir fehlten die Kraft und der Mut, die Konfrontation mit ihr zu suchen. Die Mädchen rieten mir auch davon ab. Wir wussten aus Erfahrung, dass Anna in diesen Momenten nicht mit sich reden ließ. So packte ich eilig einige Kleidungsstücke für Robin und für mich in eine Reisetasche. Denn ich war fest entschlossen, bei meinem Kind in der Klinik zu bleiben.

Überraschend traf Frank zu Hause ein. Er war guter Dinge und begrüßte meine Entscheidung bei Robin zu bleiben. Seine Stimme klang heiser, als er mir von seinem kurzen Besuch bei Anna berichtete. Franks Worte klangen wenig überzeugend: „Ich habe ihr gesagt, dass ich solche Szenen missbillige. Meine Mutter wird euch in Ruhe lassen." Ich glaubte ihm kein einziges Wort. Zurechtweisungen waren bei Anna niemals zuvor auf fruchtbaren Boden gefallen. Niemals zuvor wagte Frank sich gegen seine Mutter zu wehren. Geschweige denn, seine Töchter oder gar mich zu verteidigen. Warum musste er uns anlügen?

Mir war nicht entgangen, dass Frank während seiner Schilderungen fahrig und nervös wurde. Schließlich entsprach er aber meiner Bitte, mich in die Klinik zu begleiten.

Meine Abwesenheit für ein paar Tage stellte für die Mädchen kein Problem dar. Sie sprachen sich ebenfalls dafür aus, dass Robin nicht allein sein sollte. Mit dem Wissen über die Zuverlässigkeit meiner Töchter traten Frank und ich die Fahrt zur Kinderklinik an.

Frank versuchte mich immer wieder aufzumuntern. Er alberte während der Fahrt herum und konnte seine gute Laune nicht verbergen. Aber es gelang ihm nicht, mich damit anzustecken. Auch ich spürte Erleichterung im Hinblick auf Robins Zustand. Der Schrecken wollte aber noch nicht von mir weichen. Mir fehlte auch das Verständnis für Franks gute Laune. Ich fand diese im Augenblick recht unpassend. Diese Stunden zeigten mir unsere unterschiedliche Lebensauffassung recht deutlich.

Ein Streit mit Anna belastete Frank in der Regel meist mehrere Tage. Kein aufmunterndes Wort, kein Lächeln und kein Scherz trösteten ihn. An diesem Tag schien es so, als wirke die Auseinandersetzung mit Anna belebend auf ihn. Ich stand der Situation verständnislos und skeptisch gegenüber.

Dass Frank und Anna sich an diesem Tag überhaupt nicht sahen, sollte ich erst viel später verkraften müssen.

In der Klinik angekommen, überraschte mich mein tapferer kleiner Sohn mit einem Lächeln. Er saß munter in seinem Bett. Ihm fehlte die Erinnerung an das Geschehene und ich fand das auch gut. Ich war glücklich, als er mir seine kleinen Arme entgegenstreckte. Sehr sanft, als wäre der zarte Körper meines kleinen Jungen zerbrechlich, wiegte ich ihn nun in meinen Armen. Ich spürte seinen Herzschlag. Mein Gott, danke für diese Bewahrung. Auch Robin schmiegte sich an meine Brust. Ich wollte unbedingt in dieser Nacht bei meinem Kind bleiben. Aber das Pflegeteam lehnte mein Begehren ab. Der kleine Patient sollte eine weitere Nacht intensiv betreut werden. Ich äußerte mit Nachdruck, dass ich spätestens am nächsten Tag mit Robin ein Mutter-Kind-Apartment beziehen möchte. Nach anstrengenden Diskussionen stimmte der behandelnde Arzt meiner Forderung endlich zu.

Die Dämmerung trat bereits ein. Ich versprach Robin, dass wir so lange bleiben würden, bis er eingeschlafen war. Frank widersprach mir. Er könne mich verstehen, aber er müsse leider noch einen wichtigen Termin wahrnehmen. Ich war wieder einmal entsetzt. Aber ich bemühte mich, meinen Unmut zu verbergen.

Frank und seine wichtigen Termine. Eine Stimme in mir warnte mich: „Beginne keinen Streit vor dem Kind. Nein, Du wirst hier keine Szene machen!" Robin begann zu weinen als er begriff, dass ihn seine Eltern entgegen seiner Hoffnungen nun verlassen würden. Robins Tränen weckten auch in mir eine tiefe Traurigkeit. Nein ich durfte Frank nicht einfach nachgeben. Dennoch begriff ich, dass er nicht aufzuhalten war. In meine Überlegungen hinein unterbreitete Frank mir sein gnädiges Angebot: „Melanie, ich nehme meinen Termin wahr und Du darfst bei Robin bleiben." Oh welche Gnade! Mein großherziger Ehemann zeigte Erbarmen! Nun war ich endgültig überzeugt, dass es sich um einen Termin mit sehr hohem Wichtigkeitsgrad handelte. Ein Termin, welcher einige Stunden Fahrt auf der Autobahn und viele Kilometer wert war. Warum wollte die Tatsache, dass Frank immer nur sozial und selbstlos handelt meinen Verstand nicht erreichen?

Ich musste doch eigentlich verstehen, dass der Einsatz nach Dienstschluss besonders gewürdigt wird. Wieder zwang ich mich zu schweigen und stimmte Franks Vorschlag zu. Nun war ich mit Robin allein und wir genossen die Stunden der Zweisamkeit. Meine Erleichterung über Robins schnelle Genesung verlieh mir Flügel. Ich dankte Gott für seine Barmherzigkeit und war guten Mutes. Und ich war nicht bereit, mir später dieses Gefühl von Frank nehmen zu lassen.

Robin freute sich sehr, als sein Papa vier Tage später wiederkam, um uns nach Hause zu holen. Der kleine Junge strahlte Frank mit großen Augen an. Und als Frank mit ihm spielte, war Robins kleine Welt in Ordnung.

Während unserer Heimfahrt schwiegen wir beide. Ich spürte mal wieder wie scherzhaft es sich anfühlt, wenn man zu zweit allein ist. - Meine Töchter erwarteten uns schon ungeduldig. Auch sie zeigten sich sichtlich erleichtert über Robins schnelle Genesung. Ich verschwieg ihnen bewusst, dass ich mit Robin allein war. Frank erwähnte seinen Termin nicht mehr und ich stellte ihm keine weiteren Fragen.

Frank besuchte uns nur einmal in der Klinik. Er betonte viel zu intensiv, dass seine beruflichen Anforderungen ihm kaum noch Spielraum für ein Privatleben ließen. Auf meine Frage hin wo er denn seine Abende verbringt, antwortete er beleidigt: „Ich falle todmüde in mein Bett und schlafe sofort ein. Wenn Du so hart arbeiten müsstest wie ich, ginge es Dir vielleicht ebenso." Ich erwiderte verständnislos: „Ich glaube Dir kein Wort." Sein drohender Blick signalisierte mir, dass ich nun besser schweigen sollte. Sein abschließender Satz zu dem Thema klang warnend: „Nerve mich nicht mit Deinem Kontrollzwang und denke daran, dass wir drei pubertäre Töchter haben. Sie treiben die Telefonrechnung in die Höhe. Stelle Deine Damen doch zur Rede." Selbstverständlich, wer denn sonst? Ich hätte aber auch selbst darauf kommen können.

Ja, ja das Telefon! Für mich bedeutete dieser begehrte Fortschritt in der Kommunikationstechnik schon lange keinen persönlichen Gewinn mehr. Sondern diese Entwicklung wurde für mich zunehmend zur Belastung. Wenn nicht gar zur Bedrohung.

Die Freude über Robins Heimkehr stimmte meine Schwiegermutter zu unseren Gunsten versöhnlich!

Mein zweiwöchiger Urlaub ging in diesen Tagen zu Ende. Ohne mich auch nur im Geringsten erholt zu haben, trat ich meinen Arbeitsalltag wieder an.

Kalt und regnerisch verabschiedete sich das Jahr 1988. Alles war wie immer. Morgens um kurz nach sechs unser ‚telefonischer Weckdienst'. Franks überfüllter Terminkalender und seine vielen Kilometer auf dem

Tachometer seines Wagens, welche er auf Nachfrage niemals gefahren war!

‚Ja, vielleicht sollte ich einmal einen Augenarzt aufsuchen! '

So schien es auch an jenem Nachmittag. Ich fuhr mit Robin in die Stadt, um einige Besorgungen zu machen. Auf dem Heimweg fiel mein Blick auf die Tankuhr. Die Nadel befand sich bereits im roten Bereich. So entschloss ich mich spontan, die nächste Tankstelle anzufahren. Dieses fiel normalerweise unter Franks Aufgabenbereich. Aber ich nutzte den Wagen schließlich auch. Mit vollem Tank fuhr ich anschließend nach Hause. Nicht ohne vorher, wie von Frank eingeführt, den Tageskilometerstand auf die Null zu setzen.

Frank erwartete mich zu Hause schon ungeduldig. Ihm war es nicht möglich, seinen Ärger über meine Verspätung zu unterdrücken. Aufgebracht teilte er mir mit, dass er dringend wegfahren müsse. Er erzählte mir, dass er für ein Fest in unserem Ort eine Musikgruppe verpflichten sollte. Da in der Nähe dieses Ortes ein ehemaliger Patient wohnte, würde er den kleinen Umweg in Kauf nehmen und den jungen Mann und dessen Eltern besuchen. Ich kannte diese Familie ebenfalls recht gut. Diese sympathischen Menschen litten sehr unter der psychischen Erkrankung ihres Sohnes. Sie waren auch schon häufig zu Gast in unserem Haus. Nicht selten bat Frau Jonas Frank telefonisch um Rat, wenn es Probleme mit ihrem Sohn gab. Misstrauisch wurde ich erst, nachdem Frank mir einen lückenlosen Ablauf seines Abends mitteilte. Ja, er war sehr gesprächig und auskunftsbereit wie selten zuvor. Alle Alarmglocken läuteten in meinem Kopf. Versuche, ihn aufzuhalten waren bisher immer gescheitert. So versuchte ich es erst gar nicht und unterwarf mich der Situation. Wenn Frank abends seine ‚Termine' wahrnahm, fuhr er meistens um 18.30 Uhr weg. Verspätete er sich auch nur um wenige Minuten, läutete mit Sicherheit schon bald das Telefon. Nahm ich den Hörer ab, dann wurde wieder aufgelegt. Er ging in solchen Momenten nie an das Telefon. So war es auch an diesem Abend. Frank hatte mit Verspätung das Haus verlassen und das Telefon läutete. Aber man (oder frau) wollte mal wieder nicht mit mir reden.

Nein, ich war mir sicher, das konnte niemals Kai sein. Woher sollte er wissen, wann Frank unser Haus verließ oder woher sollte er über Franks Terminplanung informiert sein? Meine Gedanken und Gefühle purzelten völlig durcheinander.

Die Mädchen waren an diesem Abend mit Freunden unterwegs und Robin schlief bereits. Ich fand keine Ruhe. Mein Kontrollzwang ergriff unbarmherzig Besitz von mir. Ich wollte es eigentlich nicht tun. Aber ich tat es trotzdem. Zögernd ging ich zum Telefon und wählte die Rufnummer von Familie Jonas. Frau Jonas schien erfreut über meinen Anruf und machte dann unverblümt ihrem Unmut Luft. Sie empörte sich darüber, dass mein Mann trotz vieler Versprechungen nun schon lange nicht gekommen sei. Ich versuchte die Frau zu beruhigen und versicherte ihr, dass er bereits unterwegs zu ihr wäre. Sicher würde er bald eintreffen. Man habe ihn wohl bei seinem vorherigen Termin aufgehalten. Mir gelang es, Frau Jonas zu beruhigen. Aber mir wurde in diesem Augenblick bewusst, dass Frank an diesem Abend niemals bei Familie Jonas eintreffen würde. Alles in mir weigerte sich, diese Vermutung zu akzeptieren.

Gegen 22.00 Uhr rief Herr Jonas mich an und fragte vorwurfsvoll, warum Frank nicht gekommen wäre. Er wollte wichtige Dinge mit ihm besprechen. Zumal Frank seinen Besuch schon vor einigen Wochen angekündigt habe. Herr Jonas war hörbar verärgert. Er äußerte die Bitte, doch nun mit Frank zu reden. Ich sagte ihm, dass mein Mann nicht da sei. Aber ich versprach ihm höflich, ihm die Nachricht zu übermitteln.

Beunruhigt legte ich mich wieder hin. Aber einschlafen konnte ich wie so oft in letzter Zeit überhaupt nicht. Irgendwann vernahm ich das Motorengeräusch unseres Wagens. Ich fröstelte und mein Herz schlug mir bis zum Hals. Franks Schritte auf der Treppe klangen wie Hammerschläge in meinen Ohren. Mit aller Kraft versuchte ich, meinen Körper und meine Nerven zu beruhigen. Langsam erhob ich mich und atmete noch einmal tief durch. Nun stand ich meinem Mann im Flur gegenüber. Er lächelte mich arglos an: „Hallo, Du schläfst noch nicht?" Ich erwiderte ohne spürbare Regung: „Nein Frank, ich wollte auf Dich warten. Wie geht es der Familie Jonas?" Frank schüttelte seinen Kopf und stieß einen Seufzer aus: „Es wird immer schwieriger. Ich kann ihnen nicht mehr helfen. Es ist eine schwierige Situation. Glaube mir Melanie, ich hätte einen Abend mit Dir bevorzugt." Ja, Frank berichtete, dass dieser Abend kein Erfolg war. Auch die Musiker habe er nicht angetroffen. Ich beabsichtigte, dass Frank in ein offenes Messer lief und fragte: „Bist Du denn schon so früh bei Familie Jonas angekommen?" Ahnungslos tappte Frank in die

Falle: „Klar, aus diesem Grund fühle ich mich so sehr gestresst. Seit Zwanzig Uhr haben wir nur Probleme besprochen." Inzwischen betraten wir unsere Küche. Während seiner Erzählungen über seinen anstrengenden Abend aß Frank genüsslich ein Stück Wurst! Ich atmete immer noch ruhig und es sollte auch eigentlich so bleiben. Doch in diesem Moment schrillte das Telefon. Ich sah Frank fragend an. Er zuckte nur mit den Schultern. Erregt fragte ich, wer denn mitten in der Nacht bei uns anrufen würde. Franks Stimme klang heiser, als er sagte: „Geh' ran, dann weißt Du es!" Ich folgte seiner Empfehlung, aber eine Antwort bekam ich nicht. Denn es wurde aufgelegt.

Nun war es mit meiner Fassung vorbei. Ich verlor jegliche Kontrolle über mich. Zuerst warf ich das Telefon immer wieder gegen die Wand. Dann riss ich das Kabel aus der Dose und schleuderte Frank wütende Worte entgegen. Er und sein Telefongespenst sollten endlich mit dem Terror aufhören. Aufhören mit dem Psychoterror, den ich nicht mehr ertragen konnte. Ich beschimpfte ihn und schlug nach ihm. Ich war außer mir vor Zorn und Verzweiflung. Diese tobende, unkontrollierte Frau war mir fremd. Das konnte ich nicht sein. Aber ich war es! - Nicht einen Moment verspürte ich Angst davor, dass Frank sich wehren und auch mich schlagen würde. All die vielen Lügen der letzten Monate. Alle Hoffnungen, die sich nun wie eine Seifenblase auflösten und dann diese entwürdigenden Geschichten der letzten Minuten. Dies alles brachte das Fass zum Überlaufen. Ich schrie ihm zu: „Wenn Du den Kampf willst, kannst Du ihn bekommen. Ich werde nicht mehr zusehen, wie Du mein Leben ruinierst!" Ich warnte ihn vor Misshandlungen. Ja ich drohte ihm mit einer Anzeige. Ich stellte ihn vor die Tatsache, dass er keinesfalls an jenem Abend bei Familie Jonas war. Ich stellte zum ersten Mal deutlich diese andere Frau in den Raum. Es tat mir gut, dem so lange Unausgesprochenen endlich einen Rahmen zu geben. In diesem Moment meinte ich alles so wie ich es sagte oder auch schrie. Frank sah mich nur verächtlich an und legte sich schlafen.

Der nächste Tag verging. Und dem folgten viele weitere Tage. Kein einziges Wort durchbrach unser Schweigen. Ich war während dieser Zeit zu allen Konsequenzen bereit. Der Zorn in mir war ein gutes Gefühl. Er verlieh mir Stärke und Ausdauer.

Frank dagegen schien betroffen zu sein. Er suchte den Kontakt zu mir und zeigte sich reuig wie selten zuvor. Er schenkte mir Blumen und lud mich zu einem Abendessen in ein Restaurant ein. Wieder konnte ich seinem Charme nicht widerstehen und es war nur eine Frage der Zeit, bis das Eis schmolz. Das Gespenst der anderen Frau rückte in den Hintergrund. Mir schenkte er Blumen und neben mir schlief er ein! ‚Meistens jedenfalls! ' Vielleicht bewertete ich die seltsamen Vorkommnisse falsch? Und vielleicht tat ich meinem Mann Unrecht. Unsere dramatische Ehe wurde von nun an in grauenvolle Bahnen gelenkt.

6. K a p i t e l

K r a n k h a f t e   E i f e r s u c h t   o d e r   R e a l i t ä t ?

Mein Vertrauen hatte trotz Franks anhaltenden Treueschwüren erhebliche Risse bekommen. Immer häufiger wurde ich bei meinen vielfältigen Kontrollen fündig. Ich verschwieg meine Entdeckungen nicht mehr. Diese naive Offenheit sollte sich als Dummheit herausstellen. Denn so behielt Frank den erforderlichen Überblick, während ich jeden Trumpf verspielte.

So wiederholten sich immer die gleichen Szenen: Ich zeterte und schrie Frank an. Ich überschritt verbal alle nur erdenklichen Grenzen. Um mich im Anschluss daran hilflos wie ein Kind zu verkriechen und in Weinkrämpfen zu versinken. Frank erhob weder seine Hand gegen mich noch seine Stimme. Er sah mich ruhig und überlegen an und ließ mich wissen, dass schreiende Menschen stets im Unrecht seien.

Franks angenehme Stimme klang stets leise und bestimmt. Im Verlauf einer Eskalation beschimpfte ich ihn mit unüberlegten Worten. Er entgegnete mit ruhiger Stimme: „Melanie, Du bist einfach nur gewöhnlich." Solche Retouren zwangen mich in die Knie. ‚Gewöhnlich' wollte ich doch auch nicht sein. Ich bemühte mich um Selbstkontrolle. Aber leider blieb es eben nur beim Bemühen. Während unserer Auseinandersetzungen vergaß ich all meine guten Vorsätze.

Unsere Nachbarn waren über den Stand unserer Ehe im Hinblick auf meine Lautstärke immer gut informiert. Ich achtete während der Streitigkeiten niemals darauf, ob Fenster und Türen geschlossen waren. Rudi von nebenan war immer am neuesten Stand unserer Ehe interessiert und durch mein Verhalten auch ständig auf dem Laufenden. Rudi war Frührentner und richtete seine Ohren gern auf uns. Es war schon enorm und vielseitig, was wir ihm boten. Doch das war ihm nicht genug. Er verstand es, unsere Familientragödie als spannenden Thriller in die Öffentlichkeit zu bringen. Sein Talent zu Intrigen und Übertreibungen war zwar bekannt. Aber die Menschen im Ort glaubten gern die Geschichten von „dem armen Frank und seiner ‚verrückten' Frau." Ich unterschätzte die Situation vehement. Meine Ignoranz oder mein Unvermögen, mich zu wehren führte zu den übelsten Verleumdungen. Ja, später in Verbindung mit Anna scheute niemand vor hässlichen Verleumdungen zurück. Mir war dieses schleichende Vorgehen mit seinen verheerenden Folgen damals nicht bewusst. Naiv hoffte ich auf menschliche Gerechtigkeit und ahnte nicht im Entferntesten, dass ich als ‚Fremde' in diesem kleinen Ort längst am Pranger stand.

In dieser schwierigen Phase erhielten eine Einladung zu einer Familienfeier. Die Konfirmation von Franks Nichte Tanja stand bevor. Da Frank keine engen Kontakte zu seinen Geschwistern wünschte, lehnte er eine Teilnahme an dieser Familienfeier ab. Aber ich bat ihn immer wieder darum, Robin und mich zu begleiten. Erst als Anna ein ‚Machtwort' sprach, willigte Frank zähneknirschend ein.

Die Vorbereitungen gestalteten sich für mich aufregend. Schon lange war es für mich keine Selbstverständlichkeit mehr, außerhalb meines Berufslebens die schönen Seiten des Lebens zu genießen. Ein neues Kleid für mich und eine hübscher Anzug für Robin. Ja, ich freute mich auf das bevorstehende Fest.

An einem sonnigen Frühlingstag war es endlich soweit. Robin sah niedlich aus und auch ich fühlte mich gut in meinem weißen Kleid mit der blauen Blume als Accessoire. Mein Blick streifte nun auch Frank. Sein Anblick erweckte in mir nach all den Jahren, all den positiven und negativen Erfahrungen noch immer ein kribbelndes Gefühl im Magen. Er sah umwerfend gut aus in seinem hellgrauen Anzug. Sein schwarzes Haar und der dunkle Teint unterstrichen seine attraktive Erscheinung. Franks äußeres Erscheinungsbild faszinierte mich noch immer. Und wieder bestätigte ich ihn in seiner Selbstherrlichkeit, indem ich meine Empfindungen offenherzig aussprach.

Die Tische in dem Restaurant waren wunderschön gedeckt. Alle Vorbereitungen hatten sich gelohnt. Mir gefiel die geschmackvoll ausgewählte Blumendekoration mit den dazu passenden Servietten. Wir standen an der Tür und ich brachte mein Wohlgefallen entzückt zum Ausdruck. Frank warf mir einen verärgerten Blick zu. Ich ignorierte seinen schroffen Hinweis, dass ich mich zurückhalten sollte. Seine Geschwister saßen vereint an einem langen Tisch. Ich wollte gerade dorthin gehen, als Frank mich erzürnt zurückhielt: „Verdammt noch mal, geh' weiter und spiele Dich nicht so auf!" Abrupt blieb ich stehen und ließ Frank den Vortritt. Ich spürte, dass mir alle Farbe aus dem Gesicht wich. Meine Knie wurden weich und die Unsicherheit machte sich in mir breit.

Frank ging einfach weiter. Er grüßte seine Brüder nur flüchtig mit einem Kopfnicken. Ich entnahm seiner Mimik, dass es für mich in diesem Moment besser war, ihm schweigend zu folgen. Frank sah sich um und erblickte einen kleinen Tisch im äußersten Winkel des Raumes. Auf diesen ging er zügig zu. Mir deutete er mit der Hand an, dass ich mich setzen sollte. Robin sah mich ängstlich an. Ich drückte sanft seine Hand und schaute ihn ermutigend an. Mein kleiner Junge lernte sehr früh, flexibel zu sein.

Franks nonverbale Haltung versprach keine Auflockerung. Langsam wich die Erschütterung von mir und wandelte sich in Unverständnis und Wut: „Frank, was soll denn diese Show? Du schuldest mir eine Erklärung." Zornig erwiderte er: „Ich schulde Dir gar nichts. Wer hat denn darauf bestanden, an dieser Feier teilzunehmen? Wenn es Dir unangenehm ist, dann können wir sofort wieder nach Hause fahren." Frank wandte sich von mir ab. Das Gespräch war beendet. Meine Freude auf einen gemeinsamen Nachmittag schwand in Sekundenschnelle. Ich spürte, wie mein Gesicht sich anspannte und der Unmut in mir übermächtig wurde. Aber mir war klar, dass ich nun schweigen musste. Wir aßen wortlos den lecker aussehenden Kuchen und tranken Kaffee. Aber von genießen kann keine Rede sein. Was bildete sich dieser arrogante Mensch eigentlich ein?

Selbstverständlich blieb auch dem Gastgeber unsere Disharmonie nicht verborgen. Er forderte uns höflich auf, doch zu den anderen zu gehen. Doch Franks ablehnende Antwort schockierte auch mich: „Nein, wir müssen gleich aufbrechen. Ich habe noch einen wichtigen Termin!" Peter sah mich verständnislos an und streichelte verlegen Robins Haare. Ich zuckte nur mit den Schultern, denn mir fehlten die Worte. - Frank drängte schon wenige Minuten später zum Aufbruch.

Der freundlichen Bitte seines Bruders doch später am Abendessen teilzunehmen, widersprach Frank mit fadenscheinigen Floskeln. Mal wieder hinterließen wir keinen guten Eindruck. Ich empfand diesen peinlichen Auftritt als äußerst demütigend. In solchen Augenblicken hätte ich Frank erwürgen können! Insgeheim schwor ich ihm Rache! Diesen bisher unbenannten Termin würde ich ihm gründlich vermiesen! ‚Diese Blamage und meine persönliche Enttäuschung sollte er bitter bereuen! '

Ich vermochte meinen Zorn und meine ohnmächtige Wut kaum zu bremsen!

Die wenigen Kilometer auf der Fahrt nach Hause ließ meine innere Anspannung wachsen. Da Robin anwesend war, unterdrückte ich meinen Zorn. Franks Blick blieb düster und warnend. Ich fragte mich, wie ein Mensch sich innerhalb weniger Stunden so verändern kann. Während der Hinfahrt war doch scheinbar noch alles in Ordnung! Was hatte ich denn nun wieder falsch gemacht? Frank gab mir viele Rätsel auf. - Anna ging spazieren, als wir zu Hause ankamen. Frank hielt das Fahrzeug an und kurbelte die Scheibe herunter. Anna war überrascht über unsere viel zu frühe Ankunft. Nun konnte ich meinen Unmut nicht mehr zurückhalten. Ich hielt die Enge im diesem Auto nicht mehr aus. Die restlichen zwanzig Meter konnte ich zu Fuß gehen, laufen oder was auch immer! Hauptsache raus aus diesem Auto. Weg von Frank, dessen Nähe ich nicht mehr ertragen wollte. Während ich den Gurt des Kindersitzes löste, schimpfte ich haltlos vor mich hin. Ich beabsichtigte damit, dass Anna von dem unmöglichen Benehmen ihres Sohnes erfuhr. Wider Erwarten äußerte auch sie ihre Empörung und fand sein seltsames Verhalten nicht korrekt. Sie überschüttete ihn mit heftigen Vorwürfen. Dies schürte lediglich Franks Zorn gegen mich. Das war mir gleichgültig. Meine ohnmächtige Wut brauchte ein Ventil und ich war zum Kampf bereit. Aber dazu gehören noch immer mindestens zwei Personen. – Zu meinem Entsetzen wendete Frank einfach den Wagen und fuhr wortlos davon. Die Rückscheinwerfer unseres Autos wurden wie auch ich immer blasser.

So entzog er sich bewusst einer Aussprache. Ich fühlte mich hundeelend. Mir wurde klar, dass ich Frank mal wieder einen Ausflug mit unbekanntem Ziel ermöglichte. Er kannte mich und meine Reaktionen so genau, dass er fast jede Situation und deren Ausgang berechnen konnte. Es war für ihn nicht schwer, mich zu manipulieren.

Nur konnte ich diese Zusammenhänge zu diesem Zeitpunkt nicht einmal ahnen geschweige denn erkennen. So blieb ich auch an diesem Nachmittag mit meiner Seelenqual allein. Irgendwann verwandelten sich Wut und Enttäuschung in verzweifelte Hilflosigkeit. Dann stellte ich mir die Frage, ob ich vielleicht überreagiert habe. Robin zog sich in sein Zimmer zurück und ich warf mich auf Sonjas Bett und weinte hemmungslos. Wie meistens meldeten sich auch prompt meine Kopfschmerzen. Mein Selbstmitleid hatte die höchste Stufe der Skala erreicht, als Frank viele Stunden später eintraf. Seine düstere Miene versprach noch immer keine Entspannung. „Es geht Dich nichts mehr an, wo ich war! Mit Dir hält es kein normaler Mensch aus!" Das waren Franks Worte. Mir war die Lust zum Streiten vergangen. Wo auch immer er war. Die Hauptsache für mich war, dass das quälende Gefühl der Angst sich verflüchtigen würde.

Eine innere Stimme flüsterte mir immer wieder zu: „Mach endlich die Augen auf. Es gibt eine andere Frau! Frank hat eine Geliebte!!" Aber diese mir nicht wohl gesonnene Stimme wurde spätestens in dem Moment seiner Heimkehr zum Schweigen verurteilt. Frank kam provokativ in Sonjas Zimmer: „Hier kannst Du doch einziehen. Ich lege keinen Wert mehr auf ein Zusammenleben mit Dir!" Seine harten Worte trafen mich wie Keulenschläge. ‚Lieber Gott, lass es nicht wahr sein. Lass ihn wieder einmal einfach nur so daherreden, wie so oft in letzter Zeit!' Entgegnen konnte ich nichts mehr. Jeder Kampfgeist in mir war verschwunden.

- Aber nur in diesem Moment! -

Bereits am nächsten Tag versuchte Frank die Wogen wieder zu glätten. Er tat wieder einmal so, als sei rein gar nichts geschehen. Und ich war bereit zu schweigen. Vielleicht fehlte mir auch an diesem Tag die Kraft zum Streiten. Denn ich fühlte mich zutiefst verletzt.

In einem firmeneigenen Mietshaus würde demnächst eine Wohnung frei werden. Ich wollte mich darum bemühen und war mir sicher, dass mein Chef mich unterstützen würde. Dieser Gedanke daran gefiel mir. Ich musste endlich frei werden. Frei von Angst und Zwängen, welche ich nicht mehr zu steuern vermochte. Frei von dem Gespenst, welches ständig durch unser Leben schwebte und das so viel Übermacht für sich beanspruchte. Ein Gespenst, welches sich langsam aber sicher zu einem Monster formierte. Die Geliebte meines Mannes. Wer war diese Frau? Warum hielt sie sich versteckt? Was verbarg sie? Und woher nahm sie das Recht auf so grausame Weise unser Leben zu beeinflussen? ‚Wenn' ich objektiv darüber nachdachte, dann sah ich deutlich, dass Frank wie eine Marionette an ihren Fäden hing und tanzte wie sie es wollte. Aber tanzte ich diesen Tanz nicht auch mit? Ja, auch ich lebte nach ihren Vorgaben. Aber ich würde den Faden durchtrennen. – Ja, so dachte ich in diesen Tagen. Es ist gut, dass man nicht in die Zukunft schauen kann.

Denn ich ahnte nicht, dass diese Frau nicht mit Fäden, sondern mit dicken Seilen ausgestattet war. Und an diesem Seil sollte ich noch lange tanzen.

Ich informierte meine Töchter über mein Vorhaben. Marlene zeigte kein Verständnis. Die Zwillinge gratulierten mir zu dem Entschluss, mich von ihrem Vater zu trennen. Aber sie sahen nicht ein, dass ich gehen wollte. Sonja erklärte aufgebracht: „Mutti, wenn wir zusammenhalten, schaffen wir alles ohne Papa! Er muss ausziehen. Schließlich können wir davon ausgehen, dass er bereits weiß wo er einziehen kann!" Auch Nathalie vertrat diese Meinung mit Nachdruck: „Wir lassen uns nicht mehr tyrannisieren. Er muss gehen!"

Die beiden Mädchen sprachen sich für eine schnelle Lösung der Probleme aus. Sie ignorierten Marlenes Einwände und kritisierten diese scharf. Ich war stolz auf meine Töchter. Sie schenkten mir Stärke und Unterstützung. Marlene wurde von Sonja mit den Worten getröstet: „Wenn Papa möchte und vernünftig ist, dann kann er uns doch zu jeder Zeit besuchen. Das wird ihm Mutti sicher nicht verwehren. Wir wollen doch nur wieder in Frieden leben." Nathalie fügte sentimental hinzu: „Wir werden die guten Jahre und die gemeinsame Zeit nicht vergessen. Vielleicht besinnt Papa sich ja, wenn der Alltag mit der Telefonterroristin eintritt. Das hat es schon häufig gegeben." Ja ‚Telefonterroristin' so nannten meine Töchter unser Gespenst. Aber welchen Namen wir dieser Frau auch immer gaben, wir wollten unser Leben nicht mehr mit ihr teilen. Unser Entschluss stand fest. Wir waren uns einig darüber, dass wir mit niemandem darüber reden würden, bis wir konkrete Vorstellungen entwickelt hatten.

Aber warum habe ich die anderen Zeichen nicht beachtet? Warum fiel mir nicht auf, dass Frank wechselnden ‚Launen' ausgesetzt war. Ich hätte es doch wissen müssen! War es die Angst, der traurigen Wahrheit ins Gesicht zu sehen oder die Befürchtung, dass ich die

Wahrheit nicht verkraften würde. Ich weiß es nicht! Frank war früher unberechenbar, wenn er trank. Dann kam die schöne Zeit seiner Reife und der Beständigkeit. Wenn auch alle Zeichen auf eine Geliebte deuteten, so war er doch nie so brutal wie am Tage von Tanjas Konfirmation und auch oftmals danach. Was bahnte sich hier an? Ich sollte schon sehr bald darauf erfahren.

Wir bereiteten einen schönen Nachmittag vor. Sonja, Nathalie, Marlene und ich. Robin hatte Besuch von einem gleichaltrigen Nachbarsjungen. Die beiden waren in ihr Spiel vertieft. Frank würde aus beruflichen Gründen erst am nächsten Tag nach Hause kommen. Ein selbstgebackener Kuchen in Gemeinschaftsproduktion kühlte langsam ab. Es bestand kein Anlass für unser Vorhaben. Aber wir taten dies oft und gern. Wir redeten, lachten, erläuterten auch mal ernste Themen. Sonja und Nathalie waren nun zu jungen Frauen herangewachsen. Sie genossen ihre Jugend und den Spaß am Leben. Marlene hingegen, voller pubertärer Querelen sorgte für so manchen Wirbel. Uns verband nicht nur das Mutter-Tochter-Verhältnis. Nein es war wesentlich mehr. Wir waren auch Freundinnen und Verbündete. Denn nach wie vor gaben wir die häuslichen Szenen der Außenwelt nicht preis. Was immer auch in der Öffentlichkeit für Vermutungen im Raum standen. Die Wahrheit kannte niemand wirklich.

Zu einer schönen Kaffeetafel gehörte auch eine frische Tischdecke. Ich bat Marlene, diese aus dem Wäscheschrank zu holen. Unser geliebter Vitrinen Schrank beinhaltete allerlei Decken für festliche Anlässe. An diesem Nachmittag sollte eine dieser schönen Decken unseren Tisch zieren. Denn viel zu selten nutzten wir in der letzten Zeit diese schönen Sachen.

Marlene blieb lange weg. Konnte sie sich nicht entscheiden? Ich rief nach ihr. Denn wir wurden schon etwas ungeduldig.

Marlene betrat mit bleichem Gesicht den Raum. Ihre Mimik verriet uns nicht, was geschehen war. Sie blieb an der Tür stehen. Ihre Arme hielt sie fest auf dem Rücken verschränkt. Unsere fragenden Blicke waren auf Marlene gerichtet.

Nur langsam bewegte sie sich auf uns zu. Ihr rechter Arm kam nach vorn und ließ die Zwillinge und mich erstarren: Eine Flasche Rum...!

Diese war bis zur Hälfte geleert. Das Entsetzen übergoss uns mit Kälteschauern. Wie Schuppen viel es mir von den Augen. Was ich nie zu glauben wagte, war nun eingetreten: Frank trank wieder! Was würde die Kinder und mich nun künftig erwarten?

Panische Angst nahm Besitz von mir. Viele Jahre gab es keinen Alkohol in unserem Haus. Ich war so sicher, dass Frank diesem Teufel nie wieder verfallen würde. Und nun diese Entdeckung! Jede Hoffnung in mir schwand dahin. Gegen eine Geliebte konnte ich vielleicht noch kämpfen. Aber der Alkohol war kein fairer Gegner für mich.

Hätte ich auch nur annähernd geahnt, dass diese Frau wesentlich schlimmer und unbarmherziger war als der hochprozentigste Alkohol. Ich wäre wohl in diesem Moment zerbrochen. - Ja und was nun?!?

7. Kapitel

Keine Chance - oder doch?

Im Raum herrschte eine beängstigende Stille. Wir wussten nichts zu sagen. Unser Denken schien blockiert zu sein. Unschöne Bilder der Vergangenheit traten vor unser geistiges Auge. Wir starrten ins Leere und fühlten dennoch eine tiefe Verbundenheit. Eine Einigkeit, welche aus der Not heraus geboren wurde. Ich wollte Franks aggressives Verhalten der letzten Wochen nicht wahrnehmen. Jetzt wurde mir klar, dass mich die furchtbare Ahnung schon manchmal auf die Wahrheit hinweisen wollte. Warum öffne ich immer erst bei einer Schocktherapie die Augen? Warum nehme ich ganz normale Zeichen einfach nicht wahr? Warum sah ich die Realität niemals früh genug? Erst harte Schläge ließen mich erwachen. Aber dies auch meist nur kurzfristig! Lieber im Halbschlaf die Wahrheit gedämpft spüren, als im wachen Zustand den Verstand zu verlieren. Aber hier stand sie in Form einer Flasche auf dem Tisch - die Realität. Frank trank wieder und wir wussten, was auf uns zukommt. Nicht einmal im Ansatz kam mir der Gedanke, sofort die notwenigen Konsequenzen zu ziehen. Wie auch, mein Denken war schon lange in eine Neurose gebettet. Gesund zu differenzieren lag nicht mehr in meiner Macht.

Permanent versuchte ich mit all meiner verbliebenen Kraft diese Tatsache zu verleugnen. Nur hinter der Fassade unseres Hauses konnte ich mich noch frei bewegen. Hier spürte ich nicht die Ängste, die mein Leben beherrschten. Sichtbar wurde nun auch mein extremer Gewichtsverlust. Selbstverständlich sah ich das anfangs noch positiv. Aber später fiel mir selbst auf, dass ich zu dünn war. Ja, ich glich einem mit Haut überzogenen Skelett. Auch die Tatsache, dass ich nach jedem Essen erbrach oder von jeglicher Nahrungsaufnahme absah, erreichte meinen Verstand nicht. Fuhr ich mit dem Wagen weitere Strecken, überraschten mich häufig Panikattacken. Diese ließen mich oft lange am Straßenrand verharren. Bereits bei geringer Geschwindigkeit überkam mich die Angst, den Wagen nicht mehr unter Kontrolle zu haben. Beim Betreten eines Kaufhauses schnürte es mir die Kehle zu. Ich vermochte oft nicht mehr zu atmen. Mein Brustraum war wie zugeschnürt. Also hastete ich eilig durch den Laden, um einige wenige Sachen zu besorgen. Mein Körper bebte. Wenn ich die Kasse endlich erreichte, war dies der Höhepunkt. Meine Hände zitterten so stark, dass ich kaum in der Lage war, die Ware zu bezahlen.

Am Schlimmsten traf es mich in einer Bankfiliale. Der Raum war nicht groß. Aber eine dunkle, braune Holzvertäfelung wirkte erdrückend auf mich. Bereits beim Betreten des Schalterraumes hielt ich die Luft an. So sehr ich mich auch bemühte, mir fehlte die Möglichkeit zu atmen. Kam ich endlich am Schalter an, bebte mein ganzer Körper so extrem, dass ich nur mit äußerster Mühe einen Beleg schreiben konnte. Wieder im Freien lockerte sich zwar meine Anspannung, aber ein quälendes Schamgefühl nahm von mir Besitz. Auf dem Nachhauseweg folgten wieder die Panikattacken. So kam ich meist völlig am Ende und erschöpft zu Hause an. Als sich diese Vorfälle mehrmals wiederholten, stellte ich alle Aktivitäten außer Haus ein. Ich mied öffentliche Institutionen und Kaufhäuser. Das Haus verließ ich lediglich um meine Arbeitsstelle zu erreichen.

In der Firma fühlte ich mich einigermaßen sicher. Meine Arbeit verrichtete ich routiniert und zuverlässig. Meine Kolleginnen und Kollegen zeigten sich einfühlsam und diskret. Während dieser schlimmen Phase meines Lebens wurde dieses Unternehmen mein zweites Zuhause. Mit dem Unterschied, dass ich hier ohne Ängste und Zwänge leben durfte. Aber dennoch trug ich eine Maske. Diese wiederum ließ ich nur zu Hause fallen. Aber meine Töchter durchschauten die Problematik. Sie zogen allein ihren Vater in die Verantwortung. Und sie halfen mir, wo immer es ihnen möglich war. Die Zwillinge unterstützten mich weiterhin bei meinen oft unnötigen Aktivitäten im Haushalt. Damit versuchte ich mich abzulenken. Wir liebten die gemeinsamen Stunden und alberten bei der Arbeit herum.

Meine Töchter erzählten mir während unseres Zusammenseins einiges aus ihrem jungen Leben. Ich erfuhr von ihren Freunden und manchmal etwas mehr! Außerdem freuten sie sich über ihr schönes Zuhause. Marlene hingegen entzog sich diesen lästigen ‚Arbeitseinsätzen', wie sie es nannte. Sie würde gerne helfen, wenn es nötig sei. Aber meine Putzsucht unterstütze sie nicht. Das war eine klare Aussage. So war Marlene eben.

Dieses zu meinem körperlichen und seelischen Zustand im Jahre 1989. Meine Versuche, alle körperlichen Signale zu ignorieren sollten bald scheitern. Ich litt unter heftigen Kopfschmerzen, welche mich oft außer Kraft setzten. Nun musste ich mir häufiger Ruhe gönnen. So konnte ich am Abend vorher nie wissen, was mich am anderen Tag erwartete. Sei es gesundheitlich oder im Umgang mit Frank.

- Das alles erschien vor meinem geistigen Auge, als Marlene noch immer mit der Flasche in der Hand vor uns stand. - Nur langsam löste sich die Starre in mir. Mein Blick suchte nach meinen Töchtern. Auch sie hingen minutenlang ihren Gedanken nach. Die Schatten der Vergangenheit lagen wie schwarze Wolken über uns.

Der harmonische Nachmittag wurde mit Marlenes Entdeckung jäh unterbrochen. Wir waren sicher, dass Frank die Flasche in der Vitrine versteckt hielt. Dennoch versuchte ich die drohende Panik in mir vor den Mädchen zu verbergen. Wo sollten diese ‚Kinder' noch Hoffnung finden? Wie würden sie mit all den Erlebnissen ihre Zukunft gestalten? Ihre Eltern bewegten sich von einem emotionalen Desaster in das andere. Möge Gott diesen wertvollen Geschöpfen in deren späteren Leben beistehen. Sie trugen keine Verantwortung für das unfähige Handeln ihrer Eltern.

In der folgenden Nacht lag ich lange wach. Ich beabsichtigte Frank gleich am nächsten Tag mit unserer Entdeckung zu konfrontieren. Wieder ertappte ich mich dabei, als ich versuchte meinen Verstand zu manipulieren. ‚Vielleicht gibt es doch einen anderen Grund für die Flasche in der Vitrine. Es wäre doch möglich, dass diese irgendwann einmal dort vergessen wurde? Frank trank nun seit sieben Jahren nicht mehr. Warum sollte er wieder damit anfangen? ' Ich suchte wieder einmal verzweifelt nach einer Antwort. Aber nur Frank konnte mir diese geben. Sofern er dies beabsichtigte.

Überaus nervös erwartete ich ihn am nächsten Nachmittag. Er begrüßte mich mit einem Kuss auf den Mund. Zum ersten Mal nach all den Jahren roch ich bewusst seinen Atem. Aber ich stellte nichts fest! Frank trank auch früher niemals während seines Dienstes. Sein Beruf war ihm wichtig und Franks Probleme existierten ausschließlich im privaten Bereich. Es fiel mir unendlich schwer, nicht direkt mit der Frage nach der Flasche herauszuplatzen. Ich malte mir Franks Dementi schon aus. Aber ich sollte mich irren. Sein kurzer Kommentar lautete: „Mir bleibt nichts anderes übrig. Ich ertrage dieses Leben nüchtern nicht mehr." Ich sah ihn fragend an: „Möchtest Du mir das bitte näher erklären?" Frank antwortete vorwurfsvoll: „Ja, Deine ständigen, krankhaften Unterstellungen, Dein Kontrollzwang und die permanenten haltlosen Verdächtigungen. Das alles ertrage ich nicht mehr!" Er senkte den Blick und sagte mir, dass er mit der Ablehnung der Zwillinge nicht umgehen könne. Und der kleine Robin, der sich nicht nach seinen Vorstellungen entwickelte. Außerdem habe er Konflikte mit seinen Kollegen und vieles mehr. Alle anderen waren schuldig. Und am meisten ich!

Wie unglücklich er da saß! Er wirkte so hilflos und verlassen. Mitgefühl machte sich in mir breit. War es denn nicht auch früher Franks Thema. Niemand mochte ihn. Ja, sicher neidete man ihm seinen Erfolg. Auch unsere verbesserte finanzielle Lage wurde uns nicht gegönnt. Frank sah dies alles schon ganz richtig. Er brauchte uns so sehr und wir verfolgten ihn mit Misstrauen. Mein Frank mit all seinen Problemen! Woher sollte er die Zeit und die Nerven für eine Freundin nehmen? War ich denn so krank, dass ich den Blick für meinen Mann verlor? Meinen geliebten Frank. Der doch stets auf meine Hilfe angewiesen war.

An jenem Abend leistete ich Abbitte. Ich wollte zu meinem Mann stehen, den ich doch trotz allem verehrte, liebte, ja vergötterte. Nichts auf der Welt durfte mein Vertrauen erschüttern. Ich glaubte Frank nun wieder jedes einzelne Wort. Nur mit meinem Verständnis und meiner Toleranz würde er den Alkohol besiegen. Schließlich hatte Frank schon einmal bewiesen, dass er dazu in der Lage war!

In den nächsten Tagen verband uns eine uneingeschränkte, intensive Zuneigung. Ich musste auch meinen Töchtern die Angst nehmen. Ich wollte sie davon überzeugen, dass es ,nur' der Alkohol war, der ihren Vater in den letzten Monaten verändert habe. Ich erzählte ihnen von Franks Schwierigkeiten in der Klinik und den Menschen, die ihm das Leben schwer machten: „Wenn wir in dieser schweren Zeit zu Papa stehen, wird er seine Krise bald überwinden." Sonja und Nathalie schauten mich skeptisch an. Mit traurigen Blicken entsprachen sie ohne Überzeugung meiner Bitte.

Mich quälte täglich der hämmernde Schmerz in meinem Kopf. Dieser beeinträchtigte einen klaren Durchblick erheblich. Frank verbrachte seine freien Tage nun wieder überwiegend zu Hause. Ich hoffte, dass wir uns nun eventuell die Hausarbeit teilen würden. Aber diese Bitte wies Frank weit von sich. Seine Freizeit gestaltete er nach seinen Bedürfnissen. Schließlich ‚musste' Frank sein Hobby schon lange Zeit vernachlässigen. Kam ich wie so häufig müde und erschöpft von einem anstrengenden Arbeitstag nach Hause, wies unser Fernsehgerät schon etliche Betriebsstunden auf. Eurosport – dieser Sender war der absolute Favorit: Fußball, Boxen, Autorennen und Tennis begeisterten meinen Mann mehr als meine Anwesenheit.

Legte ich mich früh schlafen, erwachte ich schon bald wieder mit der Geräuschkulisse von jubelnden Fußballfans oder aufheulenden Motorengeräuschen während eines Autorennens. Manchmal glaubte ich, meine Schädeldecke würde vom Geschrei der Fußballfans durchbohrt und die feinen Nervenstränge in meinem Kopf drohten zu zerreißen. Frank weigerte sich, meine Einwände zu akzeptieren. Seufzend griff er zu seinem gefüllten Weinglas und nahm einen kräftigen Schluck, um sich wieder intensiv dem Sportkanal zu widmen. Ich kannte den Ablauf hinreichend. Spätestens zwei Stunden später würde ich die leeren Weinflaschen wegräumen. Während Frank tief und fest seinen Rausch ausschlief.

Er beschränkte seinen Alkoholgenuss nur kurze Zeit auf den Abend. Nur wenige Tage vergingen und dieses Bild bot sich mir bereits am Nachmittag. Der Fernseher lief und Frank lag in seinen schönsten Träumen. Frank kam nicht wie versprochen vom Alkohol los. Diese Erkenntnis traf mich hart. Er ließ sich gehen und Robin wurde nicht beaufsichtigt. Mein Arbeitstag forderte auch von mir den vollen Einsatz. Auch ich sehnte mich nach Entspannung. Aber auf mich wartete zu Hause das Chaos. Angewidert verfolgte ich Franks Tagesablauf: Das ungeglättete Bett, ein chaotisches Badezimmer, die Unordnung in der Küche, die ausgebreitete Tageszeitung auf dem Tisch. Inmitten dieses Bildes saß der kleine Robin auf dem Boden. Er durfte seinen schlafenden Vater nicht stören. Ich schluckte meinen Zorn herunter und ordnete die Wohnung. Robin hing mir nach

Aufmerksamkeit bettelnd am Rockzipfel. Ich versuchte ihm meine Zuneigung zu schenken, soweit es mir noch möglich war. - Einerseits war ich erleichtert, dass Frank nicht mehr ständig seine Freizeit ‚irgendwo' verbrachte, und auch seine ‚Termine' stark reduzierte. Andererseits belastete mich die derzeitige Situation nicht minder. Zwar sagte ich mir, dass Frank im Gegensatz zu früher nicht mehr alkoholisiert am Steuer seines Wagens saß. Da er ja ausschließlich zu Hause trank, war das auch nicht mehr nötig. Er randalierte nicht und provozierte mich nicht. Doch sein missmutiges Schweigen nahm mir meine Zweifel an dem versprochenen Entzug nicht.

Ich erlebte diese Tage hin und her gerissen zwischen Schuldgefühlen und dem Pflichtgefühl gegenüber Frank. Erstmals schöpfte ich neue Hoffnung, als ich eines Tages nach Hause eintraf und einen besser gelaunten Ehemann wahrnehmen durfte. Er hatte tatsächlich seine Couch verlassen. Das Fernsehgerät lief nicht und das Chaos hielt sich in Grenzen. Frank lächelte sogar, als er sagte: „Melanie, ich werde zum Fitness Center fahren. Dort werden lediglich Fruchtsäfte angeboten und ich möchte doch ein wenig am Leben teilnehmen." Ich stimmte ihm zu ebenfalls lächelnd zu. Für mich war klar, dass auch ich mir in den nächsten Stunden etwas gönnen würde: Ruhe!

Frank kam viele Stunden später zurück. Er fühle sich wie neugeboren, sagte er: „Ich werde nun wieder zwei bis dreimal in der Woche hart trainieren." Er würde nun sein Aussehen und seine Gesundheit nicht mehr vernachlässigen und weiterhin seinen ‚Body' bilden.

Die Entwicklung der nächsten Wochen zeigte sich für mich positiv. Ich konnte mich wieder mehr meinen Kindern widmen und fand wesentlich mehr Entspannung. Frank bemühte sich sichtlich, mich zu entlasten. Als Preis dafür forderte er mehr Freiraum für sich. Während eines gemütlichen Fernsehabends erzählte Frank mir, dass nun auch wieder einige Kollegen und Kolleginnen mit ihm trainieren würden. Dies sei für ihn sehr wichtig. Er schöpfe nun Hoffnung, dass er durch gemeinsame Freizeitaktivitäten wieder in die Gemeinschaft integriert würde. Ja diese Entwicklung hörte sich gut an.

Nach einem arbeitsreichen Tag ließ ich mir ein Entspannungsbad ein. Robin schlief friedlich und die Mädchen amüsierten sich mit Freunden. Ich hoffte durch mein Vorhaben meine Kopfschmerzen zu lindern. Diese plagten mich nun seit Monaten und raubten mir fast den Verstand. Ich atmete den Duft meines Bade Öles tief ein. Das warme

Wasser umhüllte sanft meinen Körper. Leise Musik klang wie Meeresrauschen in meinen Ohren. Ich träumte mich in eine andere Welt. Mein Herz schlug höher. Langsam ließ der Druck in meinem Kopf nach. Ich fühlte mich wohl. In mir wuchs das Bedürfnis, Frank an meinen guten Gefühlen teilnehmen zu lassen. Nachdem ich zufrieden in meinem Bademantel eingekuschelt auf dem Sofa lag, wählte ich die Rufnummer des Studios. Ich würde Frank bitten, etwas früher nach Hause zu kommen, um diesen Abend mit mir zu verbringen.

Die höfliche Damenstimme verlor rapide an Freundlichkeit, als ich meinen Namen nannte. Aber ich schrieb dieses Empfinden meiner Überempfindlichkeit zu. Während sie schrill nach meinem Mann rief, zweifelte ich mein Begehren bereits an. Es erwies sich als ein grober Fehler von mir, dass ich dort anrief. Ich presste den Hörer an mein Ohr und verlor an Sicherheit. Wenig später meldete Frank sich mit einem ärgerlichen Unterton in der Stimme: „Was willst Du schon wieder?"

Nein, aus einem romantischen Abend würde wohl nichts werden. Trotzdem sagte ich ruhig: „Frank ich habe Sehnsucht nach Dir. Kommst Du heute etwas früher?" Aus unendlicher Ferne drangen seine kühlen Worte wie Schläge an mein Ohr: „Geh' doch schlafen. Wir sprechen uns morgen früh!" Zutiefst enttäuscht legte ich den Hörer des Telefons ab. Warum besaß Frank immer wieder die Gabe, meine schönsten Träume in einen Horrortrip zu verwandeln? Die letzten Minuten passierten intensiv mein geistiges Auge. Diese Frauenstimme war mir nicht fremd. Auch ihren Namen hörte ich nicht zum ersten Mal. Ja, es handelte sich um eine Kollegin von Frank. Warum reagierte sie derart aggressiv? – Mir fehlte auch in diesem Moment der gesunde Instinkt. Ja, jegliche Intuition, dass ich vor wenigen Minuten die reale Stimme eines Geistes vernahm. Ein böser Geist, der die Weichen meines Lebens selbstsüchtig und unbarmherzig stellte. Diese Geisterstimme gehörte zu dem Gespenst, welches schon lange unser Leben beherrschte und unsere Zukunft zu vernichten drohte. Einem fairen Gegner kann man entgegentreten. Aber die Schläge aus dem Hinterhalt kann man nicht abwehren.

Meine Hoffnung auf Franks Einsicht erfüllte sich nicht. Als er spät nach Hause kam, stellte ich mich schlafend. Ich wusste, dass Vorwürfe zu einem Streit führen würden. Mir fehlte die Kraft für diese endlosen

Diskussionen. Am nächsten Tag schwiegen wir beide über den Vorfall vom Vorabend.

Mein Hausarzt riet mir im Hinblick auf meine immer wiederkehrenden Kopfschmerzen einen Neurologen aufzusuchen. Er selbst fand die Ursache meiner Beschwerden nicht. Frank empfahl mir eine ambulante Einrichtung des psychiatrischen Krankenhauses, in welchem er arbeitete. In diesem Institut praktizierten erfahrene Neurologen. In vollem Vertrauen auf Franks Empfehlung konsultierte ich wenig später einen Arzt. Selbstverständlich verneinte ich auch hier die Frage nach einer belastenden Lebenssituation. Ja, ich versicherte dem Arzt, dass meine anhaltenden Kopfschmerzen mein einziges Problem seien. Ich musste schließlich diskret sein. Denn Frank arbeitete gelegentlich mit diesem Arzt zusammen. Doktor Riesig sprach seine Sorge um mich deutlich aus. Er bestand darauf, dass meine Beschwerden in einer neurologischen Klinik abgeklärt werden sollten. Seine beruhigenden Worte taten mir gut: „Ich kenne dort den Stationsarzt. Er ist ein netter, junger Kollege, welcher bis vor wenigen Monaten hier in dieser Klinik gearbeitet hat. Bei ihm sind Sie gut aufgehoben!" Ich dachte an Robin und die Mädchen. Sie würden dann allein sein. Auch die Sorge um meinen Arbeitsplatz bedrückte mich. Längere Fehlzeiten wurden dort nicht gern gesehen. Frank versuchte meine Befürchtungen abzuschwächen: „Melanie, Du musst auch mal an Dich denken. In der Klinik wird man Dir helfen und dann sieht alles wieder besser aus." Er erzählte mir von dem jungen Neurologen, welchen er sehr schätzte. Dieser sei Stationsarzt auf seiner Station gewesen. Er nannte ihn beim Vornamen und ich konnte mich auch entfernt an ihn erinnern. So fühlte ich mich mal wieder auf der sicheren Seite. Bereits am nächsten Morgen brachte Frank mich in die Klinik. Er begrüßte Doktor Alexander herzlich und stellte auch mich vor. Der Mann strahlte Sympathie und Lebensfreude aus. Nie zuvor war ich einem Arzt wie ihm begegnet. Trotz meiner Kopfschmerzen nahm ich den Schalk in seinen Augen wahr. Unter anderen Umständen wäre bereits die Ausstrahlung dieses Mannes heilsam gewesen. Ich war von ihm fasziniert. Er wirkte so vertrauensvoll, dass ich an seinen Fähigkeiten als Arzt keinen Zweifel hegte. Seinen modernen Schreibtisch zierte ein silberfarbener Bilderrahmen. Eine strahlend schöne Frau lachte in den abgedunkelten Raum. Diese beiden Menschen hatten wohl das Glück gefunden. Ein wehmütiges

Gefühl beschlich mich. Ich wäre auch gern mal so richtig glücklich. Der Wunsch nach einem beständigen Glück erfüllte mich. Eine Sehnsucht, die viele Wünsche beinhaltete. Nichts von alledem durfte ich in dieser Zeit für mich verbuchen.

Doktor Alexander untersuchte mich gründlich. Er nahm mein extremes Untergewicht zur Kenntnis und wollte wissen, ob es dafür einen Grund gäbe. Frank antwortete schnell, dass ich gern schlank sein möchte. Er zeigte seine ‚fachliche' Seite, welche ich aus ähnlichen Situationen kannte. Der kluge Mann, der alle Zusammenhänge klar formulierte: ‚Eine eifersüchtige Frau, die mit sich und der Welt nicht im Einklang war. ' Ich erwiderte nichts darauf. Mir fehlten einfach die Worte.

Der Arzt diagnostizierte, dass meine Bewegungsabläufe beeinträchtigt waren. Er veranlasste für die nächsten Tage alle erforderlichen Untersuchungen. Später wurde ich in ein Krankenzimmer geführt. Das Pflegeteam stellte sich vor und eine ältere Dame würde meine Bettnachbarin sein. - Frank hielt sich unterdessen mit Doktor Alexander in dessen Büro auf. Als er sich später von mir verabschiedete, versäumte er es nicht mich zu beruhigen: „Mach Dir keine Sorgen und werde wieder gesund. Ich werde zu Hause alles regeln." Ich vertraute ihm und schlief schon bald darauf ein. Etwa gegen Mittag bat mich eine Krankenschwester zu Doktor Alexander. Er wirkte nicht mehr so entspannt wie am Vormittag. Was war der Grund für seine Veränderung? Ich folgte seiner Bitte und setzte mich ihm gegenüber. Er teilte mir mit ernster Stimme mit, dass Frank ihm von meinen Problemen erzählt habe. Ja, von meinen Zwängen, Depressionen und der krankhaften, unbegründeten Eifersucht. Der Arzt bat mich, die Dinge aus meiner Sicht zu schildern. Mir wich die Farbe aus meinem Gesicht. War Frank von allen guten Geistern verlassen? Ich war empört und auch enttäuscht. Weinend erzählte ich Doktor Alexander von meinen Ängsten, meinen Befürchtungen, den Wahrnehmungen und auch, dass Frank wieder trank. Woher ich den Mut zu dieser Offenheit nahm war mir nicht klar. Zum einen fühlte ich mich von Frank diskriminiert und gedemütigt. Zum andern vertraute ich diesem Mann. Der Arzt beendete das Gespräch nachdenklich. Bis in die Tiefe meiner Seele verwundet ging ich zurück in mein Zimmer.

Noch einmal rief ich das gerade eben geführte Gespräch mit Doktor Alexander in mein Gedächtnis zurück. Frank sprach doch tatsächlich

von Wahnvorstellungen. Mein Gott im Himmel, hilf mir bitte. Wenn das wirklich so wäre. Wo und wie sollte das enden? Löste vielleicht meine Angst solche Symptome aus? Eine Krankenschwester betrat den Raum, um mir ein Medikament zu bringen. Willenlos schluckte ich die Tablette herunter. Einem Ohnmachtsanfall gleich erlöste mich wenig später ein tiefer Schlaf. - Bereits sehr früh am nächsten Morgen standen meine Zwillinge Im Raum. Ganz ungewöhnlich fand ich es nicht. Die Berufsschule war nur wenige Minuten vom Krankenhaus entfernt. Mit Tränen in den Augen teilten sie mir ihre Sorge mit. Ich war von den Medikamenten etwas benommen und wirkte vielleicht aus diesem Grund noch labiler, als ich mich schon fühlte.
Mir fehlte die Kraft, meine Töchter zu trösten. Sonja und Nathalie verabschiedeten sich mit dem Versprechen täglich zu kommen. Diese beiden lieben Mädchen. Wie hätte ich ohne meine beiden Töchter dies alles überstanden?
Die Untersuchungen an diesem Vormittag ließen mir keine Zeit zum Nachdenken. Danach erwartete mich ein Gespräch mit Doktor Alexander. Er sah mich schon sehr ernst an. Oder bildete ich mir auch das ein? Ich war wieder einmal unsicher. Seine Augen blickten voller Sorge auf mich. Seine Worte ließen mich wanken und nahmen mir die letzte Kraft. Er teilte mir mit, dass er meine Töchter um ein Gespräch gebeten habe. Es sei ihm wichtig gewesen, einen Einblick in unser Familienleben zu finden. Sonja und Nathalie nutzten die Möglichkeit, sich alle Sorgen von der Seele zu reden. Sie sprachen mit ihm auch über den Verdacht, dass ihr Vater mich gern in einer psychiatrischen Klinik sehen wollte. Sie berichteten über ihre Wahrnehmungen in der Vergangenheit. Erstmals erfuhr ich, dass Sonja und Nathalie von Telefongesprächen wussten, welche ihr Vater mit einer anderen Frau führte. Doktor Alexander stand nun vor mir. Seine Worte erreichten mein Denken nicht. Warum erzählte der Arzt mir diese schlimmen Sachen? Aber sein Blick suchte den meinen und ich sah in seinen Augen, dass er mir mit der Wahrheit helfen wollte. Er kannte mich nicht und konnte nicht wissen, dass ich diese Wahrheit kaum ertrug. Mitfühlend legte er seine Hand auf meine Schulter: „Frau Körner, glauben Sie an sich. Durchbrechen Sie diesen Teufelskreis und gehen Sie neue, eigene Wege. Sie haben wunderbare Töchter. Das ist viel mehr, als manch anderer besitzt." Tränen brannten auf meinen Wangen und meine Emotionen drohten mich zu ersticken. Wie aus

weiter Ferne hörte ich den Arzt sagen: „Ihnen kann weder ein Neurologe noch ein Psychiater helfen. Sie brauchen einen guten Rechtsbeistand!"

Die Empfehlungen von Doktor Alexander drängte ich in eine Ecke. Ich nahm auch nicht zur Kenntnis, als er mir erzählte, dass er über einen längeren Zeitraum mit Frank zusammengearbeitet habe. Als Mitarbeiter habe er ihn sehr geschätzt. Aber ihm war Franks Affäre bekannt. Ich verstand den Zusammenhang nicht. Und über Zusammenhänge die ich nicht verstand, dachte ich auch nicht nach. So einfach war das für mich! - Ich sollte bereuen, dass ich den Worten des Arztes nicht genügend Bedeutung zukommen ließ. Ich war noch nicht bereit, den Teufelskreis zu durchbrechen und rannte geradewegs in die Hölle.

Damit möchte ich nicht sagen, dass ich leichtfertig die Realität nicht sehen wollte. Nein, ich war nicht in der Lage die Geschehnisse nachzuvollziehen. Frank erklärte mir das Leben seit vielen Jahren. Er redete und dachte für mich. Ich habe niemals vorher Eigenverantwortung für mich übernehmen müssen. Ich glaubte auch jetzt nicht eine Sekunde daran, dass Frank mir tatsächlich schaden wollte. Schon als ich 15 war, hing ich wie gebannt an seinen Lippen, wenn er sprach. Nur seine Worte zählten für mich. Niemals erreichten mich Ratschläge meiner Eltern, Geschwister, Freunden oder anderen Menschen wirklich, die meinen Glauben an Frank zu erschüttern drohten. Im Berufsleben war ich durchaus in der Lage auch komplizierte Zusammenhänge zu erkennen. Aber im Hinblick auf Frank und unser gemeinsames Leben war der Befehl „Nachdenken, Zusammenhänge erkennen" inaktiv. - Frank besuchte mich täglich. Er meldete sich auch telefonisch und versicherte mir, wie sehr ich ihm fehlte. Ja, und von Dr. Alexander sollte ich mich besser nicht beraten lassen. Frank ließ nichts aus, um den Arzt zu diffamieren. Ich nahm Franks Beratung gerne an. Im Verlauf des Aufenthaltes verringerten sich meine Schmerzen. Alle Untersuchungen lieben ergebnislos. Frank hatte wahrscheinlich recht, in dem er immer wieder sagte: "Denk' doch einfach mal an etwas anderes."

Am Tag meiner Entlassung aus der Klinik trat Frank mir wieder einmal befremdet entgegen. Wortlos brachte ich meine Tasche zum Wagen. Die Fahrt nach Hause jagte mir Angst ein. Frank fuhr schnell und aggressiv. Es gab keine logische Erklärung für seine Missstimmung.

Nicht ein einziges Wort unterbrach das Schweigen. Nur seiner langen Fahrpraxis und der Rücksicht anderer Autofahrer war es zu verdanken, dass wir unbeschadet zu Hause ankamen.

Ich lief zu Anna, um Robin abzuholen. Zu sehr hatte ich meinen kleinen Schatz vermisst. Er flog in meine Arme und viele Erlebnisse sprudelten aus seinem Mund. Auch Anna vermittelte mir das Gefühl, dass sie sich über meine Heimkehr freute. Frank rückte erst einmal ein Stück in den Hintergrund.

8. Kapitel

Die Tragödie nimmt ihren Lauf

Ich fügte mich wieder in meinen Alltag ein. Zur Hilfe kam mir ein Zeitungsartikel. Dieser beschrieb die schwierige Zeit der Männer während der Mitte ihres Lebens. Alle bis ins Detail erörterten Anzeichen trafen auf Frank zu. Der letzte Satz verlieh mir Hoffnung: Er verdeutlichte, dass diese Krise nur vorübergehend sei. Ich war überzeugt: Auch Frank Körner würde wieder zur Besinnung kommen. Und ich durfte schon bald erste Anzeichen hierfür wahrnehmen. Wir planten eine neue Küche. Der Raum sollte vorher gründlich renoviert werden. Gemeinsam wählten wir die Möbel aus. Ein Traum von einer Küche. Wand- und Bodenfliesen mussten besorgt werden.

In Franks Gegenwart waren alle Ängste und Panikattacken in den Kaufhäusern wie weggeblasen.

Denn solch einer gemeinsamen Aufgabe hatten wir uns schon lange nicht mehr gestellt. Wir vergnügten uns beim Einkaufen und wunderten uns über die Vielfalt des Angebotes. Diese große Auswahl erschwerte uns die Entscheidung. Aber wir einigten uns in allen Punkten. Frank unterbreitete mir den Vorschlag, dass wir unsere alte, gut erhaltene Küche doch in der unteren Wohnung des Hauses montieren könnten. Diese drei Zimmer bewohnten bis jetzt unsere drei Töchter. Ursprünglich waren die Räume als Wohnung mit Küche, Wohnzimmer und Schlafzimmer gedacht. Auch ein Raum mit WC und Dusche war vorhanden. Sonja war von der Idee begeistert. Sie würde gern eine eigene Wohnung haben. So planten wir diese im Erdgeschoss. Die Umstrukturierung war mit großem Aufwand und viel Arbeit verbunden. Kurz vor Weihnachten sollte die neue Küche geliefert werden und wir hatten alle Hände voll zu tun. Es stimmte mich nicht einen Moment lang nachdenklich, dass mein eher bequemer Ehemann sich auf einmal so arbeitseifrig zeigte.

Frank führte häufig vertrauliche ‚Patientengespräche' am Telefon. Für mich war es selbstverständlich, dass er diese ungestört und allein in einem anderen Zimmer entgegennahm. Da er auch abends einige Selbsthilfegruppen moderierte, kam er gelegentlich etwas später nach Hause. Der Eurosportkanal, sowie Franks Alkoholkonsum hielten sich während dieser Zeit in Grenzen. Es gab keinen Grund zur Unruhe. Es war für mich alles im grünen Bereich.

Nicht nur unser Wandkalender wies den Dezember 1989 aus. Meine geliebte Adventszeit hatte begonnen. Gern schlenderte ich durch die Straßen unserer nahe gelegenen Kleinstadt. Die bunten Lichterketten leuchteten bis tief in mein Herz. Genüsslich atmete ich den Duft von Lebkuchen, Glühwein und Tannenzweigen ein. Wie in jedem Jahr sah ich jeder Schneeflocke freudig entgegen. Und wenn über dem Weihnachtsfest ein weißer Mantel lag, freute ich mich wie ein Kind.

Dass unsere neue Küche drei Wochen vor dem Fest geliefert werden sollte, schmälerte meine Adventsstimmung nicht. Ganz im Gegenteil, Frank und mir blieben nach verrichteter Arbeit noch einige gemeinsame Urlaubstage. Unser Werk war uns gut gelungen. Eine gemütliche, kleine Wohnung für Sonja ließ auch sie strahlen. Die neue Küche wirkte noch viel schöner, als ich sie mir jemals vorgestellt hatte. Nun würden wir die Adventszeit ausgiebig genießen. - Frank besorgte Kinderfilme für Robin. Gemeinsam saßen Vater und Sohn in Eintracht vor dem Videogerät. Frank erzählte mir, dass ihm eine nette Kollegin diese Filme zur Verfügung gestellt habe. So mussten wir diese nicht kaufen und Robin war glücklich.

Frank musste zu meinem Bedauern für wenige Tage an einem Seminar in der Nähe von Frankfurt teilnehmen. Ich nutzte die Zeit, um unser Haus weihnachtlich zu dekorieren. Meine Töchter teilten die Vorfreude auf das bevorstehende Fest mit mir und erfreuten sich über leuchtende Fenster, geschmückte Räume und leise Weihnachtsmusik. - Für uns waren teure Geschenke nicht wichtig. Wir setzten andere Prioritäten. Meist schenkte mir Frank ein Parfüm oder auch mal ein erschwingliches Schmuckstück. Ich freute mich über jedes hübsch verpackte Geschenk.

Ich konnte mir hochwertige Kosmetikartikel und Parfüms nicht leisten. Deshalb beschränkte ich mich auf kostengünstige Imitationen. Ich kannte mich in dieser Materie nicht gut aus. Frank und ich teilten diese Gewohnheiten über viele Jahre. Wir waren in diesem Punkt sehr genügsam. Dass er seit längerer Zeit schon eher mal einen besseren Duft besaß, war mir schon aufgefallen. Aber ich dachte nicht darüber nach.

Als er von besagtem Seminar zurückkam, zeigte er stolz ein After Shave von Karl Lagerfeld. „Stell` Dir vor mein Schatz, ich habe in Frankfurt ein Geschäft gefunden, in dem diese Flasche hier grundsätzlich nur knapp zwölf Mark kostet!" Er zeigte mir noch eine Flasche mit teurem Design. Auch diesen Duft konnte er günstig kaufen. Ich teilte wie so oft in der Vergangenheit seine Freude. Er brachte schon so viele dieser teuren Sachen für wenig Geld mit, dass ich kaum noch unser Geld ausgeben musste, wenn wir ein Geburtstagsgeschenk benötigten. Frank besaß ein Depot und ich entnahm alles was ich gelegentlich brauchte. Frank war darüber nicht immer erfreut. Aber er ließ mich gewähren.

Am vierten Adventssonntag kamen überraschend meine Freundinnen Heide und Corinna zu Besuch. Lachend erzählte ich, dass Frank mal wieder einige ‚Schnäppchen' erworben habe. Ich zeigte die Flasche von Karl Lagerfeld. Heide und Corinna konnten sich wesentlich mehr leisten als ich. Beide kannten sich in teuren Boutiquen und Parfümerien bestens aus. Selbstverständlich waren ihnen die Preise im Gegensatz zu mir nicht fremd. Heide legte einen Hundertmarkschein auf den Tisch und bat lächelnd darum, dass Frank ihr mindestens fünf Flaschen davon besorgen müsse. Sie würde in ihrer Stadt das Fünffache dafür bezahlen. Corinna zwinkerte Heide zu und versicherte ihr, dass sie das Geld wieder einstecken könne. Sie würde von Frank nicht eine Flasche erhalten. Denn sie selbst würde ihrem Liebsten auch teure Geschenke machen und die „alte Schachtel" zu Hause glaubte den gleichen Schwachsinn wie ich. Corinna kicherte schadenfroh. Heide hielt sich eher bedeckt. Und ich fand Corinnas Vergleich ganz und gar nicht lustig. Sie kannte doch meine Sorgen und wusste, dass ich mich gerade erst ein wenig stabilisiert hatte: „Corinna, bitte sei still. Du verletzt mich mit Deinen Aussagen." Heide sah mich ernst an und sagte leise: „Egal was auch kommt. Wir sind immer für Dich da." Corinna bat mich wegen ihrer Wortwahl um Vergebung. Aber sie blieb dabei: „Dein Mann hat eine Geliebte!" Ich wechselte bewusst das Thema. Im Prinzip war ich froh, dass ich Heide und Corinna meine Freundinnen nennen durfte. - Am Vormittag des Heiligen abends erledigte ich noch die letzten Vorbereitungen. Frank musste leider wie auch die Jahre vorher an diesem Tag den Spätdienst antreten. Wir hatten uns daran gewöhnt. Alles im Leben hat seinen Preis. So arrangierten wir uns mit dem nicht gerade schlecht bezahlten Beruf meines Mannes.

Ich würde nachmittags mit den Kindern zu meinen Eltern fahren. Dort traf sich alljährlich die gesamte Familie. Ich fühlte mich nicht einsam, denn ich war es gewohnt allein zu sein. Auch wenn Frank am Heiligen Abend gar nicht nach Hause kam, war das für mich keine Tragödie. Ich wusste mich allein zu beschäftigen. Er war nie wirklich weit weg.

Aber wir mussten aus diesem Grund die Bescherung bereits auf den späten Vormittag verlegen. Robins große, strahlende Augen und sein Lachen erfüllten die Räume. Auch Marlene wurde trotz ihrer Pubertät an den Weihnachtstagen wieder zum kleinen Mädchen. Sie konnte so niedlich und euphorisch sein, dass sie uns alle ansteckte. Auch Sonja und Nathalie betrachteten erfreut ihre Geschenke. So blieb uns nach der Bescherung noch etwas Zeit für eine gemütliche Runde. Ich sammelte wie jedes Jahr die Verpackungen ein und wollte diese auch direkt zum Müllcontainer bringen. Ein leichter Nieselregen ließ mich an der Haustür verweilen. Dass Franks Wagen unmittelbar vor dem Haus geparkt war, kam mir gelegen. Ich wusste, dass er stets einen Schirm auf der hinteren Ablage aufbewahrte. Dieser würde meine erst frisch getönten Haare schützen. Ich nahm den Schirm an mich. Da ich in einer Hand die Abfalltüte hielt, war es gar nicht so einfach, diesen zu öffnen. Als es mir schließlich gelang, blickte ich erstaunt zu Boden. Ich war überrascht. Hatte Frank etwas vergessen? Oder...? Wie Blitze schossen die Gedanken durch meinen Kopf. Nein Melanie, Du ziehst nun keine falschen Schlüsse. Du schaust erst einmal hinein und dann kannst Du reagieren oder auch nicht.

Noch während dieser Überlegungen riss ich nervös und hektisch die aufwendige Verpackung auf. Ich hatte längst die Aufschrift des Juweliers zur Kenntnis genommen. Ein Armband fiel in meine Hände. Ein wunderschönes Schmuckstück aus echtem Gold. So etwas besaß ich bisher noch nicht. Der Müll lag auf dem Boden verstreut. Der Schirm irgendwo daneben. Ich rannte außer mir vor Zorn und Enttäuschung nach oben. Frank verlor alle Farbe im Gesicht, als er das Armband in meiner Hand sah.

Aber er sammelte sich schnell und lächelte mich verlegen an: „Melanie, das habe ich vergessen. Oh es tut mir leid!" Frank trat mir entgegen. Er nahm mir das Armband aus der Hand und legte es um mein Handgelenk. „Ich wollte Dir eine besondere Freude bereiten." Er faselte etwas vom Stress der vergangenen Monate und seiner großen Liebe zu mir. Ich glaubte ihm diese Version des Vorfalles nur zu gern. Außerdem war ich erleichtert, dass er mir nicht wieder Kontrollzwang unterstellte. Mein gestresster Liebling würde mich nicht mehr belügen. Ich rief meine innere Stimme zur Ruhe auf und erfreute mich an diesem herrlichen Armband. Als Frank zum Dienst fahren musste, war meine kleine Welt für mich wieder in Ordnung.

Das Weihnachtsfest und die Jahreswende zogen ohne besondere Vorkommnisse vorüber. Inzwischen hatte ich mich an den Telefonterror gewöhnt. Läutete das Telefon einmal nicht zu den gewohnten Zeiten, dann fragte ich mich nach dem Grund dafür. Die seltsamen Anrufe gehörten zu unserem Leben wie unser Zwergpudel Mine. - Das Telefongespenst meldete sich ausnahmslos, wenn Frank zu Hause war. Aber diese Tatsache wurde für mich erst viel später zur traurigen Gewissheit.

Ich sah dem kommenden Frühling sehnsüchtig entgegen. Doch der Winter wollte sich nicht so recht verabschieden. Ich mochte zwar die kalte Jahreszeit, doch die eisglatten Straßen wurden für mich zunehmend zu einem Problem. Ich fürchtete sie regelrecht. Da wir uns mit dem Wagen oft arrangieren mussten, wurde es für mich zur Strapaze Frank zur Klinik zu fahren und wieder abzuholen, wenn meine bestehende Fahrgemeinschaft gerade nicht funktionierte. Als ich mich wieder einmal darüber beklagte, unterbreitete Frank mir ein wunderbares Angebot: „Sicher wäre es eine Entlastung für Dich, wenn wir einen Zweitwagen anschaffen würden. Somit wärst Du ungebunden." Der Gedanke an einen eigenen Wagen faszinierte mich. Voller Dankbarkeit schlang ich die Arme um seinen Hals und küsste ihn. Er schenkte mir schließlich ein Stück Unabhängigkeit. Oh, mein Frank war so gut zu mir! Dass mein lieber Mann seine eigene Unabhängigkeit mit seiner Güte anstrebte, kam mir nicht einmal ansatzweise in den Sinn.

Schon eine Woche später besaß ich einen Kleinwagen. Nicht ganz neu und nicht ohne Blessuren, aber er gehörte mir allein.

Ich hoffte, dass sich meine Panikattacken in diesem Auto mindern würden. Franks großer, schneller Wagen raubte mir noch immer den Atem. Warum nur? Ich ignorierte doch schon lange meine Entdeckungen. Denn unser Telefongespenst wurde zunehmend nachlässiger. Aber wie Geister nun mal eben sind. Man kann sie nicht sehen und man kann sie nicht fassen!

Nun war ich nicht mehr auf die Fahrgemeinschaft angewiesen. Ich musste nicht mehr wartend im Regen stehen und nachmittags war ich früher zu Hause. Wenn Frank mehrere Tage abwesend war, konnte ich auch mal spontan etwas unternehmen. Mein altes Auto wurde für mich zur neu erworbenen Freiheit.

Wehmütig erinnere ich mich an einen Vorfall, der mich zum Nachdenken anregte. Frank wollte sich mit einigen Kollegen zu einem Umtrunk treffen. Er berichtete mir, dass es sinnvoll wäre, diese Nacht in der Klinik zu schlafen, da es sicher sehr spät würde. Der Frühdienst am nächsten Morgen nahm auch mir die Zweifel über die Richtigkeit seiner Entscheidung. Ich packte ihm wieder einmal liebevoll seine Tasche. Frank erklärte mir überzeugend, dass wir an diesem Abend keinen telefonischen Kontakt mehr haben könnten, da er ja offiziell nicht in der Klinik sei. Mir erschien diese Äußerung zwar suspekt, aber ich bewertete sie nicht. Ich hatte gelernt, keine Fragen zu stellen, wenn mir die Antwort im Vorfeld bekannt war. Und ein Abschied im Streit erfüllte mich mit Unbehagen. So schwieg ich und würde diesen warmen Frühsommerabend genießen. Aber Robins Weinen unterbrach die Stille an diesem Abend. Als ich nach ihm sah, erschrak ich. Sein kleiner Körper fühlte sich sehr warm an und er beklagte sich über heftige Bauchschmerzen. Robin litt hin und wieder unter diesen Beschwerden. Die vorangegangenen ärztlichen Untersuchungen ergaben keinen Anhaltspunkt für eine körperliche Erkrankung. Aus diesem Grund konnte ich meinem Kind nur helfen, indem ich ihm Tee einflößte und seinen Bauch massierte. Aber an diesem Abend blieb der Erfolg meiner Maßnahmen aus. Robin weinte und ich wusste keinen Rat. Der Zeiger der Uhr stand bereits auf Mitternacht. Ich würde Frank bitten, doch nach Hause zu kommen. Ohne zu zögern wählte ich die Durchwahlnummer von Franks Station. Ein Mitarbeiter teilte mir freundlich mit, dass Frank keinen Dienst habe. Meinen naiven Einwand von einem abendlichen Treffen auf dieser Station und Franks Vorhaben stürzte den jungen Mann in tiefe Verlegenheit. Seine ausschweifenden Erklärungen und seine wenig überzeugende Stimme ließen mich aufhorchen. Energisch bat ich um eine Verbindung zu Frank. Nun erst wurde mir deutlich klar, dass dieser Kollege mich anlog: „Frau Körner in unseren Bereitschaftszimmern gibt es kein Telefon und deshalb kann ich Sie nicht verbinden." Wütend fragte ich ihn: „Seit wann wurden diese demontiert. Noch letzte Woche gab es dort eine telefonische Verbindung!" Am anderen Ende der Leitung blieb es still. Auch meine Bitte, dass er Frank persönlich von Robins Erkrankung informieren möchte, lehnte der Krankenpfleger ab. Ich warf den Hörer auf die Gabel. Mein Zorn galt diesem wenig hilfsbereiten Menschen, der einfach zu bequem war. Dass ich diesen Mann eventuell in höchste Verlegenheit brachte kam mir nicht in den Sinn. Erst weit nach Mitternacht schlief Robin erschöpft ein. Ich war müde und dennoch erregt. Endlich zur Ruhe gekommen, dachte ich noch einmal über das Telefonat nach. Und wieder stand der quälende Verdacht im Raum. Wieder fühlte ich die Macht einer Bedrohung über mir. Wieder dieses Gespenst, welches ich nicht zu greifen vermochte. Und wieder die Frage an mich: ‚Leidest Du an Wahnvorstellungen? ' Aber in dieser Nacht quälten mich niederschmetternde Wachträume. Ich sah meinen Mann in den Armen einer anderen Frau liegen. Es tat weh zu sehen, wie sie sich streichelten und liebkosten. Vielleicht lachten sie über mich, weil ihr Plan langsam aber sicher aufging. Meine zermürbenden Gedanken drehten sich im Kreis. Verliere ich meinen Verstand – oder habe ich ihn längst verloren?

Aber auch diese Nacht wich einem neuen Morgen. Pünktlich zu seinem Arbeitsbeginn kam der ersehnte Anruf von Frank. Beruhigend erklärte er mir, dass er geschlafen habe, als ich anrief. Sein Kollege wäre einfach zu bequem gewesen, ihn zu wecken. Diese Tatsache rief ich in mein Bewusstsein. Natürlich war es für Frank auch jetzt nicht möglich mit Robin einen Arzt aufzusuchen. So rief ich in meiner Firma an und bat um einen Urlaubstag. Robin hatte eine Blinddarmreizung. Eine medikamentöse Behandlung linderte seine Schmerzen und er erholte sich wieder.

Dieses Jahr bescherte nicht nur mir Sorgen, sondern auch meinen Töchtern. Sonja hatte sich gerade von ihrem Freund getrennt. Obwohl die beiden sich in Freundschaft trennten, vermisste sie ihn doch. Aber Sonja sah in dieser Beziehung keine Zukunft, da sie in vielen Punkten keinen gemeinsamen Nenner fanden. Meine Tochter traf für sich eine kluge Entscheidung!

Sie musste nun im Rahmen ihrer Ausbildung in Frankfurt arbeiten. Sonja litt sehr darunter. Sie zog das Leben zu Hause in der ländlichen Gegend einer Wohngemeinschaft in der fremden Großstadt vor. Auch mir fiel die Trennung nicht leicht und ich begrüßte es, dass Sonja täglich eine lange Strecke auf sich nahm, um daheim zu übernachten.

So kam sie eines Abends erschöpft nach Hause. Nachdenklich saß sie am Tisch und stocherte in ihrem Essen herum. Den Kopf stützte sie mit ihrem Arm ab. Ich sah, dass sie etwas bedrückte: „Sonja willst Du mir sagen, was Dich quält?" Ihre Antwort bestand aus einem tiefen Seufzer. Dann straffte sie die Schultern und sah mich aus ihren blauen Augen traurig an: „Mutti, warum telefoniert Papa immer an öffentlichen Münzfernsprechern? Ich sehe ihn immer wieder auf meinem Weg." Mich überkam ein ungutes Gefühl. Diese Beobachtungen wurden mir schon häufig von Kolleginnen in der Firma mitgeteilt. Mal im Spaß und mal ernsthaft. Aber ich verbot es meinen Ohren erfolgreich, solche Dinge zu hören. Ich setzte mich nun zu meiner Tochter und streichelte ihre Haare: „Kind Du irrst Dich sicher. Dein Vater ist im Training." Aber meine äußerliche Ruhe war nur Schein. Die Liebe zu meiner Tochter erlaubte mir nicht, dass ich ihre Wahrnehmungen abschwächte. Ich sah sie aufmunternd an: „Wo hast Du ihn gesehen?" Sonja erzählte, dass sie ihren Vater an einer Telefonzelle im Nachbarort gesehen habe. Er sah seine Tochter nicht. Sonja wollte auf Frank warten und mit ihm reden, aber nach einer Stunde gab sie ihr Vorhaben wütend auf. Ich spürte, dass ihr Zorn nun auch mich traf. Sie warf mir vor, dass er sich alle Freiheiten erlauben könne, weil ich ihn immer verteidige und unterstütze. Peinlich berührt räumte ich das Geschirr vom Tisch. Sonjas Worten war nichts entgegenzusetzen!

Unser Schweigen wurde durch Franks Ankunft unterbrochen. Sonja stellte ihren Vater sofort zur Rede. Frank brauste auf und war sichtlich verärgert. Warnend fragte er seine Tochter: „Schließt Du Dich den Verleumdungen von fremden Menschen nun auch an? Oder phantasiert Deine Mutter wieder?" Sonjas Augen funkelten vor Enttäuschung und Zorn. Sie ließ sich nicht von dem scharfen Tonfall ihres Vaters beirren. Sie sagte unter anderem, dass er vielleicht seine Frau veralbern könne. Aber sie würde nicht auf seine Lügen hereinfallen. Ich wagte es erst mich herumzudrehen, als die Tür mit einem lauten Knall in das Schloss fiel. Sonja war gegangen.

Die Folgen dieser Auseinandersetzung musste ich allein tragen. Frank unterstellte mir wütend, dass ich die Mädchen gegen ihn beeinflussen würde. Er sprach von Familienspaltung. Was auch immer er damit meinte, ich verstand den Sinn dieser Worte nicht.

Trotz meiner Bitten zeigte sich Sonja weiterhin unversöhnlich und blieb bei ihrem Verdacht: ‚Papa hat eine Freundin!'

Auch Nathalie durchlebte eine Pechsträhne. Die Beziehung zu ihrer Sandkastenliebe zerbrach. Aus einigen Bagatellen wurde ein Berg von unüberschaubaren Schwierigkeiten. Als sie weinend vor mir saß, konnte sie keinen klaren Trennungsgrund erkennen. Nathalies Hoffnung auf eine baldige Versöhnung erfüllte sich nicht. Ihr Freund tröstete sich recht schnell mit einem anderen Mädchen. Die Not meines Kindes blieb mir nicht verborgen. Die der Jahreszeit entsprechenden Herbststürme ergriffen auch Nathalies sensible Seele. Sie verkroch sich in ihr Zimmer und weinte wie der Himmel im November.

Es vergingen für Nathalie viele Wochen, bis ein erstes Lächeln ihr Gesicht zierte. Ich war glücklich, als sie der Einladung eines jungen Mannes folgte. Meine Tochter hatte das Ende ihrer ersten großen Liebe scheinbar überwunden. Sie strahlte wie ein Kind unter dem leuchtenden Weihnachtsbaum, wenn sie von ihrer neuen Bekanntschaft erzählte. Ich kannte bisher nur seine Stimme. Rief er an, klang er höflich und wohlerzogen. Meine Neugierde war nicht zu bremsen und ich fragte Nathalie, wann sie uns ihren Freund vorzustellen gedenke. Ihre Antwort klang nicht sehr erbauend: „Er möchte keinen Familienanschluss. Aber ich werde ihn noch einmal fragen...!"

Und tatsächlich kündigte sich der junge Mann an einem Sonntag an. Selbstverständlich stand ein leckerer Kuchen auf dem schön gedeckten Tisch. Wir alle warteten voller Spannung auf den bevorstehenden Besuch. Aber dessen Ankunft war ernüchternd. Mit einer lapidaren Handbewegung lehnte er die Einladung zu einem Stück Kuchen ab. Er heuchelte auch keine Freundlichkeit. Ich stand ihm gegenüber und erschrak. Der kühle Ausdruck seiner Augen versprach keinerlei Entgegenkommen.

Bei drei aufgeschlossenen, hübschen Töchtern lernt man gelegentlich den einen oder anderen jungen Mann kennen. Ich versuchte niemals, die Entscheidungen der Mädchen zu beeinflussen. Sie mussten ihre Erfahrungen selbst machen. Ich freute mich an ihren Erfolgen. Und aus den Fehlern mussten sie eben lernen. Die Tränen trocknete ich gerne. Sonja, Nathalie und Marlene sollten Fehlentscheidungen erkennen und sich deren Auswirkungen bewusst werden. Ich liebte meine Töchter viel zu sehr, um mit erhobenem Zeigefinger vor ihnen zu stehen. Außerdem besaßen sie mein uneingeschränktes Vertrauen. - Ich sollte viel später schmerzhaft erkennen, dass ein konsequent erhobener Zeigefinger meiner Tochter einiges erspart hätte. Ja, Nathalie brachte nun ihren Freund gelegentlich mit nach Hause. Er ging auf dem Weg in ihr Zimmer grußlos an uns vorbei. Wir konnten ihm nichts vorwerfen. Er hatte uns seine Einstellung zu Beginn der Beziehung deutlich mitgeteilt.

Mir fehlte die Zeit über diesen jungen Mann nachzudenken. Denn nun wurde Marlene flügge. Ihre erste Liebe schien so zart, dass ich meine Tochter bewunderte wie sie dieses Pflänzchen hegte und pflegte. Sie bemühte sich täglich ihrer jungen Liebe starke Wurzeln zu geben. Aber der junge Mann fühlte sich zu sehr gebunden und beendete die Freundschaft sehr schnell. Marlene zog sich nicht wie ihre Schwester zurück, sondern sie stürzte sich in ihr junges Leben. Nichts vermochte sie zu bremsen. Es gab keine Veranstaltung, der Marlene fernblieb. Sie hielt sich nicht an Absprachen und vorgegebene Zeiten. Das Wort ‚Pflicht' ersetzte sie durch ‚Spaß'. Auch in diesem Fall versäumte ich es, den Zeigefinger zu erheben. Meinem Ärger ließ ich nur kurzfristig freien Lauf. Aber wenn Marlene mich unschuldig anlächelte, hob ich die Ausgangssperre inkonsequent wieder auf. Die Mädchen sollten im Gegensatz zu mir ihre Jugend ausgiebig genießen.

Ich hatte unwiederbringlich diese Jahre übersprungen und somit bis zum heutigen Tage meine Identität nicht wirklich gefunden. Diese Defizite wollte ich meinen Töchtern ersparen. Die Entwicklung zeigte deutlich, dass sie zu selbstbewussten jungen Frauen heranreiften. Dann kam der große Tag, an dem auch Marlene wieder einen Jungen kennen lernte. Sie sprühte vor Lebensfreude und Zuversicht. Beide saßen stundenlang in Marlenes Zimmer und hörten Musik. Aber diese Harmonie wurde schon bald zum Albtraum. Es wurde deutlich, dass Marlene die Schwächere in dieser Beziehung war. Intelligent und selbstsicher ließ sie sich doch von Guido bevormunden. Guido wurde zum Schrecken unserer Wochenenden. Er verprügelte Marlene und demütigte sie im Alkoholrausch. Ich warnte Marlene und riet ihr zur Trennung. Aber meiner Tochter fehlte die Kraft dazu. Traurig sprach sie von Liebe und der Hoffnung auf bessere Zeiten. Mein Gott, diese Argumente waren mir nicht fremd. Erziehen ist Beispiel und Liebe! und Erziehen heißt Vorleben! - So definiert das Lehrbuch die Erziehung von Kindern. An Liebe meinerseits fehlte es Marlene nicht. Aber welch trauriges Beispiel lebte ich ihr vor. Ich fühlte und litt mit Marlene. In einsamen Stunden haderte ich mit mir und den Geschehnissen. Aber ich dachte nicht im Traum daran, meiner Tochter neue Wege vorzuleben. - Frank stand uns während dieser schwierigen Zeit nicht zur Seite. Ich war tagsüber permanent überfordert mit meinem Beruf, dem Haushalt und den Kindern. Meine körperlichen und seelischen Beschwerden plagten mich in der Nacht. Wenn ich mich unruhig von einer Seite zur anderen drehte bemerkte ich oft, dass auch Frank nicht schlief. Unser anonymes Telefongespenst gönnte uns keine Ruhephasen. Neuerdings sprach Frank mitten in der Nacht mit ihm. Aber da es sich um eine Halluzination von mir handelte, durfte ich keine Fragen stellen. Denn schließlich geschah dies alles nur in meiner Phantasie. So nahm auch unser Kontostand erschreckend ab. Mein gutes Zahlengedächtnis und meine Eintragungen in ein Haushaltsbuch fielen ebenfalls dem Phantom zum Opfer. Frank reagierte wütend auf meine Fragen. So blieb ich weiterhin mit meinen Gedanken allein.

Aber mein Misstrauen ließ mich mit Heide über die Vorkommnisse reden. Während Franks Abwesenheit stellte ich meiner Freundin alle nötigen Unterlagen zur Verfügung. Ich wollte nun wissen, ob ich tatsächlich überall ‚Gespenster' sehe.

Ich erzählte Heide, dass ich unsere Sparkasse wegen der anhaltenden Panikattacken schon lange nicht mehr aufgesucht hätte. Mir fehlte jede Verbindung zu unseren Konten. Heide sagte zu mir: „Ist Dir eigentlich bewusst, dass Du Dir durch Dein Verhalten jegliche Existenzgrundlage nimmst?" Ich sah sie verständnislos an. „Melanie, Du stehst irgendwann auf der Straße und besitzt nichts mehr. Oder ich kann Dich nur noch in einem psychiatrischen Krankenhaus besuchen." In der Zwischenzeit legte sie mein Ausgabenbuch und die Bankbelege zur Seite. Sie sah mir fest in die Augen und sprach:

„Deine Vermutungen stimmen. Frank lebt entweder sehr aufwendig oder er bereitet ein neues Leben vor. Vielleicht zahlt er auch Alimente." Heides letzter Satz sollte ein Scherz sein. Aber ich konnte nicht darüber lachen. Sie bestätigte meinen Verdacht. Frank nahm monatlich einen Geldbetrag in bar von unserem Konto. Heide ging erst weit nach Mitternacht. Sie wollte mich nicht mit meinen Sorgen allein lassen. - Ich dachte noch lange in dieser Nacht über mein neues Problem nach. Frank und mich verbanden zwar nur wenige Gemeinsamkeiten im Alltag, aber finanzielle Angelegenheiten trugen wir bis dahin gemeinsam. Wir teilten bisher unser geringes Budget gleichmäßig auf. Nun ging es uns besser und er hatte Geheimnisse vor mir. Ich hoffte, dass es vielleicht eine ganz simple Erklärung dafür gab. Diplomatie war leider noch nie meine Stärke. Ich sprach Frank gleich am nächsten Tag auf meine Entdeckung an. Er wies alle Anschuldigungen von sich. Er drohte mir, die Kontovollmacht zu entziehen, wenn ich noch einmal schnüffelte. Von jetzt an verbarg er die Kontoauszüge vor mir. Ich vermied diese Thematik aus Angst vor den Folgen. Viel zu spät kam ich zu der Einsicht, dass Frank sich allmählich von der Familie löste. - Ich trug die Unkosten für den Haushalt von nun an allein. Aber mein Einkommen reichte nicht annähernd aus. Bat ich Frank um Unterstützung, folgten aufreibende Wortgefechte. Für mich fing alles von vorne an. Wieder litt ich permanent unter Geldmangel. Mein Ehemann mit dem guten Einkommen zog es vor, sein Geld für andere Dinge zu planen. Alle Vorwürfe prallten zu dieser Zeit an ihm ab.

In diese schwierige Zeit fiel Robins vierter Geburtstag. Trotz allem bereitete ich ein schönes Fest vor. Robin freute sich auf die Verwandten und besonders auf die Geschenke. Leider wurde mir nur einen Tag Urlaub gewährt. Darum bat ich Frank, mir bei den Vorbereitungen zu helfen. Eine große Hilfe wäre es schon gewesen, wenn er mir den Weg zum Einkaufszentrum abgenommen hätte. Aber er lehnte meine Bitte ab. Da er gerade aus dem Nachdienst kam, müsse er erst ein paar Stunden schlafen. Danach würde er mir helfen. Mir blieb keine andere Wahl, als mich zu überwinden. Robin wünschte sich einen Elefantengeburtstag! Er liebte Elefanten. Aus diesem Grund wollte ich Papierteller und Becher mit dem Design von diesen Tieren besorgen. Mit zugeschnürter Kehle und feuchten Händen lief ich von Regal zu Regal. Ich kämpfte gegen meine Atemnot und die Panik.

Aber dennoch war ich stolz auf mich, als ich meine Besorgungen in der Küche abstellen konnte.

Frank schlief schon und Robin spielte allein in seinem Zimmer. Robin lachte mich fröhlich an. Er schmiegte sich in meine Arme und sagte: „Mama, der Papa hat Dich sehr, sehr lieb!" Mein Herz schlug etwas höher: „Sollst Du mir das ausrichten, Robin?" „Nein Mama, er hat es Dir doch eben am Telefon gesagt!" Nun schlug mein Herz nicht mehr höher, sondern es raste. Es raste vor Zorn. Wut durchflutete meinen Körper und meine Nerven drohten zu zerplatzen. Nein, ich würde jetzt nicht zu Frank gehen und ihm eine Szene machen. Das Telefongespenst durfte nicht die Macht besitzen, Robins Geburtstagfeier zu stören. Der Junge sollte einen schönen Tag haben. Ich konnte dem Zwang nicht widerstehen, die Wahlwiederholung auf dem Telefon zu drücken. Ich war nicht überrascht, dass sich die Kollegin aus dem Fitness Center meldete. Sie meldete sich auch, wenn ich in der Klinik anrief. Sie meldete sich immer bei Tag und bei Nacht. Aber es blieb stets nur bei den Meldungen. Sie stand nie zu ihren menschenverachtenden Handlungen. Heute war ich es, die wortlos auflegte.

Oder war es ganz anders. Ich mochte doch auch einen netten Kollegen. Ja, er heißt Ronald und ist mir regelrecht ans Herz gewachsen. Ihm schenkte ich Vertrauen und Respekt. Er war eine große Stütze für mich in dieser Zeit. Gerne fuhr er für mich mal zum Supermarkt. Oder ich schrieb ihm eine Einkaufsliste und er besorgte mir alles, was ich brauchte. So half er mir, alle Plätze zu meiden, welche zu Panikattacken führten. Auch Ronald kam mit all seinen kleinen und großen Sorgen zu mir. Unsere Freundschaft bedeutete mir sehr viel. Aber mehr wurde nicht daraus. Vielleicht hatte auch Frank solch eine Vertraute? Und Robin war noch klein. Vielleicht irrte er sich und es gab für alles eine logische Erklärung. Ich begann die Luftballons aufzublasen und zierte die Wände mit Bildern, von welchen mir Elefanten entgegen lachten. Ich bereitete Leckereien für die Kinder und ein deftiges Essen für die Erwachsenen vor. Meine Mühe hatte sich gelohnt. Die Gäste fanden alles wunderbar und Robin strahlte den ganzen Tag. In der Kaffeerunde erzählte er dann von Papas Telefonat mit Mama am Morgen. Er freute sich über den lieben Umgang seiner Eltern miteinander. Im Raum herrschte auf einmal betretenes Schweigen und die Gäste schienen peinlich berührt. Denn

Robin plapperte munter drauf los und erwähnte auch lachend, dass ich im Einkaufszentrum war.

Mobiles Telefonieren für jedermann lag im Januar 1990 noch in weiter Ferne. Ja, solchen Situationen war ich nun häufiger ausgesetzt. Einmal waren wir bei meiner Schwester eingeladen. Es sollte gegrillt werden. Frank brachte Robin und mich dorthin und verabschiedete sich sofort wieder. Ein wichtiger Termin war nicht aufzuschieben. Frank wusste, dass ich in Gegenwart von anderen keine Fragen stellte. Er ging jeder Szene aus dem Weg, indem er mich vor vollendete Tatsachen stellte. Zur Freude von Robin kamen wenig später meine Nichte und ihr Mann hinzu. Mirco, ein offenherziger junger Mann tönte gleich los: „Habt ihr die Telefonrechnung nicht beglichen? Oder gibt es einen anderen Grund, dass Dein Mann aus öffentlichen Zellen telefonieren muss?" Sein Lächeln erlosch, als er meinen Blick sah. Nach einem kurzen, peinlichen Schweigen begann Mone, mit Robin zu spielen. Wir sprachen nicht mehr von Frank und seinen seltsamen Gewohnheiten.

Frank kam schon bald zurück, um kurze Zeit später wieder weg zu fahren. Er hatte noch einen Termin. War es Frank nicht klar, dass er uns lächerlich machte? Freundlich lächelnd bat er meine Eltern, mich und Robin später nach Hause zu fahren. Mein Schwager sah mich fragend an: „Ich dachte, wir wollten gemeinsam grillen. Ich finde, ihr beide seid nicht ganz normal." Ich senkte beschämt den Blick. Was sollte ich auch darauf antworten?

Erst später zu Hause fiel die Anspannung von mir ab. Nachdem ich Robin zu Bett brachte, gab ich mich meinen Gefühlen hin. Ich weinte und klagte leise. Ich suhlte mich im Selbstmitleid und fühlte mich schrecklich einsam in meiner prekären Situation. Als Nathalie und Sonja mich in diesem Zustand antrafen, reagierten sie wütend. Sie wollten mir näherbringen, dass dies kein Dauerzustand sein kann und wir eine Lösung finden müssten. Zu allem Unglück besuchte uns auch noch Anna. Sie fragte nach dem Grund meiner Tränen. Die Mädchen schwiegen nicht. Sie teilten Anna alle ihre Beobachtungen und Eindrücke mit. Erstmalig brachte uns Anna ehrliches Mitgefühl und Verständnis entgegen. Sie öffnete sogar ihren über viele Jahre gebauten Panzer ein wenig und erzählte uns, dass auch ihr Mann vor vielen Jahren eine Affäre hatte. Bis ins Detail schilderte sie uns ihr Leid während dieser Monate. Aber Anna war eine starke und couragierte Frau. Sie sorgte für ein schnelles Ende dieser Affäre. Anna schrie sich vor dem Haus ihrer Kontrahentin den aufgestauten Zorn von der Seele. Ich kann mir vorstellen, dass diese Frau den Rückzug antrat. Anna unterbreitete mir den Vorschlag, dass sie auch Franks Geliebte aufsuchen würde. Dann sei diese Geschichte ein für alle Mal aus der Welt. Aber wo sollte ich Anna denn hinschicken? Es gab doch gar keinen Anhaltspunkt. Unser Telefongespenst besaß weder ein Gesicht noch einen Namen! Es agierte feige aus dem Hintergrund. Ich fühlte mich durch die Worte von Anna getröstet. Wenn sie mir tatsächlich helfen wollte, wäre das für mich ein großer Fortschritt. Denn Anna kannte keine Skrupel.

Frank ging gleich einem Besucher durch unser Haus. Nur selten sprachen wir miteinander. Für mich war das in Ordnung. Denn durch seine Nichtbeachtung erwachte ich aus meiner Lethargie. Ja, ich spürte sogar manchmal maßlose Wut auf Frank. Als ich eines Abends spazieren ging, traf ich meine Schwägerin Ela. Wir unterhielten uns lange und intensiv. Ich erzählte ihr offen, dass ich die Atmosphäre zu Hause nicht aushielt. Frank war anwesend und trank bereits den ganzen Tag. Keine Sportsendung ließ er aus. Sah er mich, nörgelte er an mir herum. Seine Angriffe wurden von Stunde zu Stunde entwürdigender. Warum ich Ela von meinem Verdacht erzählte, kann ich heute nicht mehr sagen. Sicher war es die Verzweiflung, die mich dazu trieb. Sie schien schockiert. Aber ihre Antwort gefiel mir nicht: „Stimmt das wirklich alles? Ich kann mir das nicht vorstellen. Aber wenn es tatsächlich so ist, dann kann ich es nicht verstehen! Das ist unvorstellbar." Sie sah mich kritisch an. Mit Unverständnis in den Augen und einem spöttischen Zug um den Mund verabschiedete sie sich ziemlich schnell. Ich bereute meine Offenheit. Nie wieder würde ich mich offenbaren.

Eines Morgens begann mein Dienst in der Firma schon früher. Ich fand in der Nacht wenig Schlaf, da mich Übelkeit und Magenkrämpfe plagten. Trotz der erheblichen Kreislaufprobleme wollte ich an diesem Tag arbeiten. Ich bat Frank, mich zur Firma zu bringen. Aber mein Versuch scheiterte. Bereits nach wenigen Minuten an meinem Schreibtisch versagte mein Kreislauf. Ich wollte Frank bitten, mich wieder abzuholen. Aber unser Anschluss war besetzt. Immer wieder wählte ich unsere Rufnummer erfolglos an. Nach mehr als einer

Stunde bat ich einen Nachbarn, dass er Frank meine Nachricht mitteilen möchte.

Mein Befinden erlaubte mir nicht über die Umstände nachzudenken.

Gott sei Dank, nun würde ich bald erlöst sein. Der einzige Anziehungspunkt in diesem Moment war mein Bett.

Langsam ging ich die Straße entlang. Frank würde nun gleich hier sein, dachte ich. Doch ich musste weitere dreißig Minuten warten bis er endlich eintraf.

Als ich in den Wagen stieg, ging er sofort in die Offensive. Er habe nicht telefoniert. Sicher war der Hörer nicht richtig aufgelegt. Und die Nachbarn ließen sich mit der Information ebenfalls Zeit. So lautete Franks kurzer Kommentar. Dass er mich wieder anlog, entnahm ich seiner Stimme: „Melanie ich fahre Dich zur Apotheke! Dort kaufen wir Medikamente für Dich. Du wirst sehen, dann kannst Du gleich wieder arbeiten.“ Wie stellte Frank sich das vor? Ich sagte ihm, dass ich heute nicht mehr arbeiten würde, da es einfach nicht ginge. Ich überhörte seine Versuche mich umzustimmen. Zu Hause schleppte ich mich ins Badezimmer. Dort versagte mein Kreislauf endgültig. Frank sah mich hilflos an und sein Blick wirkte abwesend und nachdenklich. Diese Reaktion meines Mannes konnte ich nicht nachvollziehen. Ich lag am Boden und vermochte nicht aus eigener Kraft aufzustehen. Und Frank stand einfach da und regte sich nicht. Ich hörte das Telefon läuten. Nun löste sich Franks erstarrte Haltung. Ich hörte ihn leise sprechen. Er wollte jemanden eindringlich davon überzeugen, dass er nicht zu einem Treffpunkt kommen könne. Dann war es still. ‚Jemand‘ hatte aufgelegt.

Ich lag noch immer auf dem Boden. Flehend sah ich Frank an. Das Sprechen fiel mir schwer. Frank wusch sich derweil die Hände und kämmte sich anschließend seine Haare. Leise bat ich ihn noch einmal, mir doch bitte zu helfen. Frank sah mich mit einem leeren Blick an. Dann nahm er seine Jacke und ging. Zu all meinen Beschwerden kam nun der psychische Zusammenbruch. Warum tat er mir das an? Konnte ein Mensch überhaupt so herzlos sein? Wenig später hörte ich nur noch die Haustür zuschlagen und den Wagen davonfahren. Ich war allein mit mir und meinem Elend. Eine gnädige Bewusstlosigkeit erlöste mich von den Qualen. Mein Denkvermögen setzte erst wieder ein, als ich Nathalies Gesicht vor mir sah. Unser Hausarzt blickte mich besorgt an. Er fragte mich, was ich am Abend zuvor gegessen hätte.

Meine Tochter übernahm die Antwort: „Wir waren in einem griechischen Lokal. Mutti hat ein Nudelgericht gegessen." Der Hausarzt vermutete eine Lebensmittelvergiftung oder eventuell eine Unverträglichkeit. Er gab mir eine Spritze und ich fiel in einen erlösenden Schlaf. Ich weiß es nicht, wie lange ich schlief. Doch als ich die Augen öffnete, sah ich in die Augen von Frank. Er streichelte meine Wangen und fragte, was geschehen sei. Seine Augen waren voller Sorge und Mitgefühl. Er säße nun schon viele Stunden an meinem Bett, sagte er.

Vor meinen Augen erschienen andere Bilder. Nämlich die von jenem Morgen. Aber ich blendete sie aus. Nun war Frank da und er würde erst einmal bleiben. Für mich war die Welt wieder in Ordnung.

Ich saß gern bis spät am Abend auf unserem Balkon und hing meinen Gedanken nach. Ja der Balkon, das war mein Ruhepol, meine kleine Oase. Hier tankte ich frische Luft und fühlte mich unantastbar. Hier reifte auch eine Idee, die ich später sehr bereuen sollte. Über einen längeren Zeitraum sammelte ich alle Utensilien, welche Frank immer wieder mit nach Hause brachte. Schallplatten, Videokassetten Bücher und manch andere Sachen. Diese Dinge entsprachen nicht wirklich Franks Geschmack. Mich wunderte es sehr, als er auf einmal über ein umfangreiches Teesortiment verfügte. Frank trank doch gar keinen Tee. Und ich mochte ihn nur gelegentlich. Auch diese pflanzlichen Brotaufstriche brachte er mit nach Hause. Er legte diese unbeachtet in den Kühlschrank. Ich kannte Franks Vorliebe für ein gutes Stück Wurst und ein saftiges Steak. Aber für mich waren diese Mitbringsel wichtig. Zum einen verfügte ich stets über Geschenke für allerlei Anlässe. Zum andern gaben sie mir doch aufschlussreiche Erkenntnisse über unser Telefongespenst. Ja und das goldene Armband vom letzten Weihnachtsfest sah ich ebenfalls aus einem anderen Blickwinkel heraus. Ich folgte einer Intuition und weigerte mich, dieses Schmuckstück künftig zu tragen. Mir fehlte jegliche Vorstellung, wer sich hinter dem Phantom verbergen könnte. Aber neuerdings dachte ich manchmal darüber nach. Ich fragte mich, was bedrohlicher erscheint. Unser Phantom ohne Namen und Gesicht. Oder unser Telefongespenst, das auf einmal eine Gestalt annimmt.

Meine Neugierde und die Eifersucht wurden stärker. Wer war diese Frau, die sich mehr und mehr in unser Leben drängte? Frank gab mir keine Antwort auf meine Fragen. Im Gegenteil: Er erschrak, wenn ich ihn mit Nachdruck danach fragte. Aber ich dachte naiv: ‚Sie werden irgendwann einen Fehler machen.

Doch ich sollte mich auch in diesem Punkt irren. '

Zu diesem Zeitpunkt nährte Frank meine Eifersucht mit einem Namen: Edeltraud! Er erwähnte sie häufig und schwärmte regelrecht von ihren Fähigkeiten als Krankenschwester. Sie wurde kürzlich geschieden und war ebenfalls Mutter von Zwillingen. Immer wieder drehte sich mein Denken um diese Frau. Frank bestätigte meinen Verdacht nicht, aber er dementierte ihn auch nicht.

In Gedanken versunken saß ich eines Abends in meinem bequemen Stuhl auf unserem gemütlichen Balkon. Der kalte Wind störte mich nicht. Ich liebte diesen geschützten Platz. In dieser Wohlfühlecke genoss ich jede Jahreszeit. Sie schenkte mir Entspannung. In eine Wolldecke eingehüllt schützte ich mich vor der Kälte. In nur wenigen Wochen würde ich mich an bunten Lichterketten an den Scheiben erfreuen. In meine Gedanken versunken schmiedete ich Pläne für das ‚Fest der Liebe. ' Ich vernahm Geräusche aus dem angrenzenden Wohnzimmer. Frank machte es sich wohl gerade auf der Couch gemütlich. Ich hörte, dass er den Fernseher einschaltete. Frank sah sich wohl vor Antritt des Nachtdienstes die Tagesthemen an. Aber dann hörte ich das Telefon läuten. Es dröhnte heftig an mein Ohr. Nicht ohne Misstrauen galt mein Interesse dem weiteren Verlauf! Frank wusste, dass ich nur wenige Meter von ihm entfernt war. Aber dieser Umstand schien ihm gleichgültig zu sein. Ich musste mir anhören wie mein Mann einer anderen Frau zärtliche Worte ins Ohr flüsterte: Hallo Liebes, es ist schön, Deine Stimme zu hören. Ja, wir sehen uns später!" Meine Gefühle liefen Amok. Ich verlor nun vollends die Beherrschung. Mein inneres Barometer schnellte direkt von Null auf Zweihundertzwanzig Grad. Blitzschnell stand ich hoch aufgerichtet vor Frank und entriss ihm das Telefon. Zum wiederholten Mal warf ich es zuerst an die Wand und dann auf den Boden. Ich schrie Frank an: „Nun ist Schluss damit!   Mit mir kannst Du Deine Spielchen nicht mehr spielen!" Frank wurde kreidebleich. Ja regelrecht hilflos sah er mich an. Er saß da und ließ alles über sich ergehen. Wie von einer Tarantel gestochen rannte ich durch die Wohnung. Ich war bereit zu kämpfen. Nichts konnte schlimmer sein, als dieses entwürdigende Dasein. Wir nahmen uns jede Selbstachtung. So sollte es nicht weitergehen.

Ich lief noch immer schimpfend durch unsere Wohnung, als Frank seine Tasche für den Nachtdienst packte. Drohend wollte ich ihn am Wegfahren hindern. Ich bestand auf eine Erklärung. Nachdem Frank seine Fassung wiedergefunden hatte, ignorierte er mich einfach. Er nahm meine Drohungen schon lange nicht mehr ernst. So hörte ich nur noch den Wagen mit laut klingender Musik davonfahren. Frank machte sich nicht einmal die Mühe, eine Lösung für unser Problem vorzuschlagen.

Ich hielt diesen Zustand kaum noch aus. Heute kann ich gut nachvollziehen, wenn Menschen ‚den Verstand verlieren. ‘ In gewissem Sinne hatte ich Frank bereits schon verloren. Aber der Wahnsinn ist von diesem Zustand auch nicht weit entfernt. Ich wusste nicht, was ich tun sollte. Ja, mir fiel etwas ein. Wenn Frank hier nicht mit mir reden wollte, dann würde ich zu ihm in die Klinik fahren. Solche Geistesblitze schickt wahrscheinlich der Wahnsinn!

Robin spielte bei Sonja. Ich bat sie, ihn später schlafen zu legen. Ich sagte ihr, dass ich zu ihrem Vater fahren würde. Auch sie dachte, dass eine Aussprache auf neutralem Boden fruchtete. Sie unterlag wie ich einem folgenschweren Irrtum. Ich versprach meinen Töchtern dafür zu sorgen, dass unser Gespenst nicht mehr lange spukt. Von meinem Vorhaben überzeugt, stieg ich in mein Auto. Ich fuhr ohne jeden Zweifel über mein Vorhaben in die Klinik.

Eine Krankenschwester öffnete mir die Tür der geschlossenen Station des Psychiatrischen Krankenhauses. Ihr Blick war nicht sehr einladend. Aber mir war das egal. Ich wünschte meinen Mann zu sprechen. Frank begrüßte mich höflich, als sei nichts geschehen. Oh, wie ich diese Heucheleien hasste. Frank bat mich in das Bereitschaftszimmer. Als die Tür ins Schloss flog, verfinsterte sich sein Blick. Nun war er wieder Frank, wie ich ihn kannte. Ich forderte sofort eine Aussprache. Mein Blick auf das Telefon schürte den Zorn in mir. Hatte Franks Kollege vehement bestritten, dass es ein solches in diesem Raum gäbe? Unruhig bewegte ich mich in diesem Zimmer. Ich sah einen Schrank mit dem Namenszug von Frank. Ich starrte wie gebannt dorthin. Ein unerklärliches Gefühl ließ mich sprechen: „Öffne doch einmal diesen Schrank!“ Frank sah mich wütend an: „Verschwinde von hier!“ Seine Stimme klang drohend. Nein, so leicht würde ich es ihm heute nicht machen. Ein sicheres Gefühl sagte mir: ‚In diesem Schrank ist die Antwort auf all Deine Fragen! ‘

Der gefährliche Blick in Franks Augen stärkte meinen Verdacht. Aber leider hielt er mich nicht von meinem Vorhaben ab. Langsam bewegte ich mich auf den Schrank zu. Aber ich kam nicht weit. Ein kräftiger Schlag in mein Gesicht traf mich völlig unvorbereitet. Ich hob meine Hände, um mich zu schützen. Der Fausthieb war so heftig, dass meine Brille entzweibrach. Der Schmerz brannte nicht nur in meinem Gesicht. Auch meine Seele wies eine klaffende Wunde auf. Ich stand einfach da und wagte mich nicht zu bewegen.

Warum scheiterte jedes Vorgehen von mir schon im Ansatz? Jede angekündigte Konsequenz wurde im Keim erstickt.

Ja, mit diesem Schlag verrauchte mein Zorn und meine Wut verwandelte sich in Angst und Panik. Die Angst nahm mir den Mut zum Kampf. Die Panik nahm mir den Atem. Beide zusammen nahmen mir auch den restlichen Mut, die schon lange erforderlichen Konsequenzen zu ziehen. Frank sagte mit leiser, drohenden Stimme die Worte, die sich wie ein Brandmal in meine Seele einprägten: „Wenn Du diesen Raum, dieses Gebäude, dieses Gelände nicht sofort verlässt, werde ich den diensthabenden Arzt verständigen. Ich werde dafür sorgen, dass Du hier eingewiesen wirst. Ich werde sagen, Du hättest mich angegriffen." Frank lachte spöttisch: „Du wirst schon sehen, wem man hier mehr glaubt!" Mir fiel es wie Schuppen von den Augen. Ich befand mich in der Höhle des Löwen. Frank wollte mich auf grausame Weise loswerden. Die seltsamen Äußerungen der vergangenen Monate fielen mir nun wieder ein. Litt ich an einer Magenverstimmung, erzählte er dem Arzt von psychischen Ursachen. Ja, Frank erwähnte auch immer wieder im Beisein anderer, dass es für ihn kein Problem sei, mich zum Kontrollverlust zu bringen. Mir schoss dieses und mehr in wenigen Sekunden durch den Kopf. Mir wurde klar, dass in diesem Moment höchste Vorsicht geboten war. Frank war zu allem bereit. Sein hasserfüllter Blick drang wie Pfeile aus Stahl durch mich hindurch.

Ich flüchtete hastig an ihm vorbei. Fast wäre ich einer lauschenden Krankenschwester in die Arme gelaufen. Sie stand unmittelbar vor der Tür. Schon der Gedanke, dass sie alles mitgehört hatte, ließ mich vor Scham fast in den Boden versinken. Mit zitternden Knien verließ ich das Krankenhaus. Wie ich den Weg nach Hause gefunden habe, kann ich heute nicht mehr sagen. Erst in meinem Wohnzimmer löste sich die Starre in mir. Ich weinte wie so oft alles aus mir heraus. Obwohl ich wusste, dass Tränen mir längst keine Erleichterung mehr verschafften. Im Gegenteil, meine verquollenen Augen schmerzten noch zusätzlich. Ich fühlte mich wie ein verletztes Tier. Irgendwann fand ich mich kauernd in einer Ecke im Flur wieder. Sonja sprach mich vorsichtig an: „Beruhige Dich Mutti, ich hole Nathalie. Wir helfen Dir." Kein Wort des Trostes erreichte mich wirklich. Die erlittene Demütigung saß viel zu tief. Außerdem brauchte ich dringend meine Brille, da ich auf eine Sehhilfe angewiesen war. Aber sie lag zerbrochen irgendwo in der Klinik. Ich schämte mich, dass ich meinen Töchtern diesen Anblick bot. Was war aus mir geworden. Ein ängstliches Bündel Elend. Ja, so eine Frau liebte ein Frank Körner nicht. Er beanspruchte für sich nur ungetrübte Freude. Ich fühlte mich so klein und unscheinbar wie noch niemals vorher in meinem Leben!

Sonja und Nathalie erinnerten mich daran, dass ich ihnen eine Klärung versprochen hatte: „Mutti, wir müssen dringend etwas ändern!" Ja das wollte ich auch. Ich würde Frank auffordern zu gehen. Endgültig! Mir war die Schwierigkeit dieses Vorhabens schon bewusst. Deshalb bat meine Töchter um deren Hilfe. Wir packten Franks persönliche Sachen in einen Koffer. Sonjas Zorn verlieh ihr Kraft und Mut. Sie war es, die zum Telefon eilte um ihren Vater anzurufen: „Deine Sachen stehen vor der Tür. Du kannst sie abholen. Aber wage Dich nicht, uns zu belästigen!" Sie wartete die Antwort nicht ab und warf den Hörer auf die Gabel. Ja, in mir wuchs die Überzeugung, dass dies der richtige Weg war. Es würde hart für mich werden. Aber dieser Schritt war unvermeidbar. Als ich später allein war, hörte ich mir alte Schallplatten an. Ein trauriges Lied vom Abschied ließ mich erneut in Tränen ausbrechen.

Ja, Franks Einsatz war zu hoch. Auch ich investierte viel zu viel. Doch damit sollte nun Schluss sein. Ich werde mit der großen Liebe in meinem Herzen auch ohne ihn weiterleben. In mir wuchs die Bereitschaft, meinen Plan in die Tat umzusetzen. - Regen peitschte in dieser langen Nacht unbarmherzig gegen die Scheiben. Begleitet von den stürmischen Winden, welche unsere Heimat auszeichnen.

Der graue Morgen zeigte sich so trüb wie meine Stimmung. In einer Tasse Kaffee sah ich die Möglichkeit, mich etwas zu beleben. Die Mädchen durften heute ausschlafen, da an diesem Tag ein ‚Feiertag' war. Diese Definition des Tages klingt heute eher makaber. Aber es war nun einmal so. Buß- und Bettag! Ich benötigte dazu keinen speziellen Tag. Ich tat permanent Buße und betete täglich. Aber ein freier Tag war auch nicht zu verachten.

Frank war vom Nachtdienst nicht nach Hause gekommen. Hoffte ich etwa, dass er dies tat? Nein, ich wollte ja jetzt entschieden meine Interessen verfolgen. Beim Frühstück informierten wir Marlene über unsere Entscheidung. Ich sagte ihr, dass ich mich von ihrem Vater trennen würde. Die Zwillinge untermauerten meine Erklärungen mit einigen Fakten. Marlene schaute uns erschüttert an. „Das könnt ihr doch nicht machen! Papa soll diese Frau aufgeben und wir fangen neu an!" Marlene weinte und fand tausend Einwände. Sie fragte mich unsicher: „Wie und von was sollen wir denn leben?" Ich entgegnete, dass es uns eher besser gehen kann. Zumal ihr Vater seit Monaten nichts zu unserem Lebensunterhalt beitrug. Im Falle seines Auszuges würden uns Unterhaltszahlungen zustehen. „Finanziell werden wir keine Sorgen haben" tröstete ich meine Tochter. Aber Marlene war nicht zu überzeugen. Sie verbrachte den Tag in ihrem Zimmer und verurteilte mein Vorhaben vehement.

Ich deponierte Franks Koffer an dem vereinbarten Platz. Doch ein erhofftes Triumphgefühl blieb aus. Vielmehr hatte ich das Gefühl, dass ich eine Frau beobachtete. Eine gebrochene Frau, die ferngesteuert das tat, was schon lange überfällig war. Sie verwies gerade ihren Mann der gemeinsamen Wohnung.

Irgendwie überstand ich diesen Tag. Sonja und Nathalies Versuche, mich aufzumuntern scheiterten bereits im Ansatz. Marlene blieb schmollend in ihrem Zimmer. Mein Innenleben schlug Purzelbäume. Würde ich standhaft bleiben? Es dämmerte bereits, als ich durch das Läuten an der Tür aus meiner Lethargie gerissen wurde. Frank besaß einen Schlüssel. Wer könnte das sein? Sonja und Nathalie stürzten zur Haustür. Etwa zeitgleich kamen wir dort an. Ich öffnete nur zögernd. – Da stand er! - Frank. Seine wirren Haare schienen nicht nur vom Wind zerzaust. Sein Gesicht wirkte fahl und unter seinen Augen bildeten sich dunkle Ringe. Mit zitternder Stimme bat er mich um eine Aussprache. Nur ganz leise und mit gesenktem Kopf flehte er um eine letzte Chance. Franks Worte erreichten mein Herz in diesem Moment nicht. Viel zu oft weinte und flehte ich in der Vergangenheit. Frank glaubte wohl, mich durch seine Inszenierung zu erweichen. Aber ich atmete tief durch und zeigte ihm mit der Hand die Tür. Doch bevor ich etwas zu sagen vermochte, stürmte Marlene aus ihrem

Zimmer. Verzweifelt schob sie mich zur Seite und stellte sich vor ihren Vater. „Mutti, das kannst Du nicht tun. Wenn Papa doch alles bereut. Und wenn er Dich bittet, dann darfst Du nicht so kaltherzig sein. Bitte Mutti, bitte gib ihm eine letzte Chance." Da stand meine Tochter schützend vor ihrem Vater. Ich las in ihren Augen, dass sie mit ihm gehen würde, wenn ich mich gegen ein klärendes Gespräch entscheiden würde.

Ich war nicht mehr im Einklang mit mir und meinen Gefühlen. Stumm öffnete ich die Tür und ging einen Schritt zur Seite. Mit dieser Geste offenbarte ich Frank die Bereitschaft, ihm zuzuhören. Die Zwillinge waren außer sich vor Zorn und Enttäuschung: „Mama, hör auf damit. Es hat doch keinen Sinn!" Ich zuckte verlegen mit den Schultern und sah betroffen zu Boden. Sonja und Nathalie drehten sich abrupt um und liefen angewidert in ihre Zimmer. Marlene flog ihrem Vater in die Arme und weinte vor Erleichterung. Frank sah über Marlene hinweg und sein Blick traf den meinen. Dieser Blick, dem ich nicht zu widerstehen vermochte und ein betörender Augenaufschlag, der wie eine Droge auf mich wirkte. Eine Droge wie der Alkohol. Der erste Schluck führte mich zum Rückfall. - Frank löste sich sanft aus der Umklammerung von Marlene und trat zu mit: „Ich brauche Dich, weil ich Dich liebe. Lass uns irgendwohin fahren um zu reden." Seine Stimme salbte meine Wunden. Sie wirkte schmerzstillend und betäubend. Wie im Rausch kleidete ich mich an schminkte mein Gesicht. Ich wollte für Frank hübsch aussehen. Meine Ersatzbrille entsprach zwar nicht der neuesten Mode, aber Frank würde meine Brille sicher gerne ersetzen. Ich verdrängte die Umstände, welche zum Verlust meiner Sehhilfe führten.

Während eines romantischen Abendessens in einem kleinen, gemütlichen Restaurant warf ich die letzten Bedenken über Bord. Franks eindringliche Liebesschwüre und sein Werben um mich schmeichelten mir sehr. Er war und blieb für mich der Mann meines Lebens! Einige Stunden später schlief ich selig in seinen Armen ein. Die Strapazen der vergangenen Nacht waren vergessen und ich betete zu Gott um das Verständnis von Sonja und Nathalie. - Ja sie akzeptierten meine Ambivalenz. Aber sie konnten mein Handeln nicht nachvollziehen. Die beiden Mädchen machten lediglich eine gute Miene zum bösen Spiel.

Die Herbststürme tobten noch immer. Doch diese erreichten in diesen Tagen meine Seele nicht. Vielmehr öffnete sich mein Herz bereits für die bevorstehende Adventszeit. In diesem Jahr sollten die Kerzen unserer Weihnachtsketten noch heller und strahlende leuchten. Denn ich spürte Franks Nähe. Und nur für dieses Gefühl lebte ich. Jedes Lächeln von ihm glich einem Sog, der mich in die Unendlichkeit meiner Traumwelt riss.

Nicht eine Minute lang kam mir in den Sinn, dass neben meinem schönen. romantischen Liebesfilm ein knallharter Horrorthriller lief.

Einen sehr wichtigen Punkt in meinem Leben habe ich nicht wirklich wahrgenommen. Ich lebte weitgehend ohne soziale Kontakte. Manchmal telefonierte ich mit einer Schulfreundin. Ursel. Ich erwähnte meine desolate Lebenssituation nicht. Einer weiteren langjährigen Freundin aus Kindertagen vertraute ich mich immer wieder an. Aber Ulli wollte mir nicht so recht glauben. Frank hatte sie für sich gewonnen und es tat weh, dass meine Freundin ihm mehr glaubte als mir. So brannte unser Kontakt auf Sparflamme. Frank akzeptierte lediglich Heide in meinem näheren Umfeld. Aber Corinna ließ sich nicht von seiner Ablehnung beeindrucken und besuchte mich gegen Franks Willen. Ich genoss die wenigen Stunden mit den beiden Frauen. Wir trafen uns in jenen Tagen. Und ich erzählte Heide und Corinna ganz euphorisch, dass Frank nun wieder zu mir gefunden habe. Heide sah mich skeptisch an und sagte: „Frank verkörpert das typische Bild seines Sternzeichens. Alle Zwillinge haben verschiedene Gesichter und sie profitieren von ihren unterschiedlichen Charakteren in einer Person. So genießen sie den Vorteil, sich ihrer Handlungen in der jeweiligen Situation nicht bewusst zu sein." Ich schaute meine Freundin fragend an. „Heide, ich verstehe Dich nicht. Du willst doch nicht behaupten, dass Frank sich wie eine Fahne im Wind dreht. Er sucht doch auch nach Lösungen!" „Ja sicher." Entgegnete Heide: „Aber er lebt so, wie es ihm gerade gefällt. Und im Moment lebt er bei Dir." Nun wurde Heides Stimme sehr erst: „Du weißt doch, dass Frank im Falle einer Trennung hohe Unterhaltszahlungen leisten muss. Denn schließlich haben alle vier Kinder noch einen Unterhaltsanspruch. Glaubst Du ernsthaft daran, dass dieser Umstand für eine andere Frau verlockend ist?" „Ach Heide, denke doch nicht immer nur an materielle Dinge. Komm lass uns über etwas anderes reden."

Heide sah mich verständnislos an. Aber sie entsprach meiner Bitte. Im Gegensatz zu Corinna beharrte Heide nicht permanent darauf, mich ‚aufzuklären'. Trotz allem waren die beiden Frauen die einzigen Menschen, die mir in diesen schweren Jahren stets beistanden. Sie vertrauten mir uneingeschränkt und glaubten an mich. Aus diesem Grund fanden Franks Versuche, Heide gegen mich einzunehmen keinen fruchtbaren Nährboden. Rief Heide während meiner Abwesenheit an, bekam sie suspekte Auskünfte von Frank: „Ich weiß nicht, wo Melanie sich aufhält. Sie sagt mir nicht mehr, wo sie hinfährt. Ich mache mir zunehmend Sorgen um sie." Als Heide mich darauf ansprach, fiel ich aus allen Wolken. Ich pendelte ausschließlich zwischen der Firma und Zuhause hin und her. Manchmal besuchte ich meine Eltern. Darüber hinaus pflegte ich keine Kontakte. Während Franks Dienstzeiten wagte ich mich nicht aus dem Haus. Denn ich brauchte seinen telefonischen Zuspruch mehr als je zuvor. Jedes liebe Wort stärkte meinen Antrieb und salbte meine Seele. Ja, eigentlich war ich suchtkrank. Ich war abhängig von der Zuneigung meines Mannes. Entzog Frank mir sein Wohlwollen, litt ich unter Entzugserscheinungen und fühlte mich krank.

Überglücklich folgte ich der Einladung meiner Eltern zu einer dreitägigen Reise nach Süddeutschland. Selbstverständlich nicht ohne Franks Erlaubnis. Großzügig erklärte er sich bereit, Robin zu betreuen. Voller Vorfreude stieg ich in den Bus. In zwei Wochen würden wir unter dem Tannenbaum das schönste Fest des Jahres genießen. Und ich würde diesen Ausflug dazu nutzen, noch einige Geschenke zu besorgen. Meinen Vorstellungen wurde in vollem Umfang entsprochen. Ich verlebte herrliche, abwechslungsreiche Tage.

Wieder zu Hause angekommen, schloss ich Robin in meine Arme. Frank schien sichtlich erlöst von seiner Aufgabe. Meine Töchter baten mich zu einem von ihnen vorbereiteten Imbiss. Mine lag nun endlich erschöpft in ihrem Korb. Ihr freudiges Bellen drang durch das ganze Haus, als sie mich begrüßte.

‚Eine ganz normale Familie an einem ganz normalen Tag. '

An diesem Abend rief Heide mich mit besorgter Stimme an. Da ich meinen Ausflug kurzfristig entschieden hatte, wusste sie nichts davon. Nun berichtete ich ausführlich über meine Erlebnisse und versprach ihr: „Im nächsten Jahr wird diese Fahrt wiederholt. Heide, es wäre schön, wenn Corinna, Du und ich daran teilnehmen." Heides Schweigen am anderen Ende der Leitung irritierte mich. ‚Habe ich etwas Falsches gesagt?' „Melanie, warum wusste Frank drei Tage lang nicht, wo Du bist?" Ich vermochte diese Frage nicht einzuordnen. „Selbstverständlich war Frank über meinen Aufenthalt in Bayern informiert. Heide, er hat mich doch persönlich zum Bus gebracht!" Heide erzählte mir, dass Frank sie angelogen habe. Er habe ihr auch ‚anvertraut', dass ich in der letzten Zeit äußerst ‚merkwürdig' sei und an ihm vorbei leben würde. ‚Frank wolle unbedingt unsere Ehe retten. Aber er habe den Eindruck, dass mir daran nicht viel gelegen sei.'

Als ich den Hörer auflegte, war ich sehr bestürzt und nachdenklich. Was plante Frank mit solch fragwürdigen Unterstellungen? Warum erzählte er diese absurden Geschichten? Es erschien mir nicht erforderlich ihn darauf anzusprechen, da er Heide vehement der Lüge bezichtigen würde. Sollte ich ihn fragen? Nein, er würde Heides Worte geschickt verdrehen. Frank spielte seine geübte Rolle mit der Gewissheit, dass ich ihm unterlegen war.

Aber Heide zweifelte nicht an mir. Ganz im Gegenteil! Sie bat mich voller Sorge um Vorsicht.

Während ich so dasaß, erinnerte ich mich an einen Vorfall vor einigen Wochen. Ich erzählte Heide und Corinna, dass Franks Dienstzeiten sehr unregelmäßig endeten. Sofort meldete sich Corinna zu Wort: „Das überprüfen wir. Du wirst sehen, dass Dein lieber Mann sehr wohl pünktlich die Klinik verlässt." Nur zögernd stimmte ich dem Vorschlag zu. Seltsam, mir würde solch eine Maßnahme niemals in den Sinn kommen.

Wir vereinbarten einen Wochentag. Corinna wollte es sich nicht entgehen lassen. Sie stellte ihren Wagen zur Verfügung. Abends um zweiundzwanzig Uhr würden wir vor der Klinik warten, um zu erfahren, wo Frank nach Dienstschluss seine Zeit verbringt. Corinna kam mit ihrem alten Escort. Der schnelle Wagen ihres Freundes stand uns an diesem Abend nicht zur Verfügung. Aber so schlimm war dieser Umstand auch wieder nicht. Auto ist schließlich Auto!

In diesem Irrglauben warteten wir drei ungeduldig auf Frank. Erst nach einer nervenaufreibenden Stunde sahen wir meinen Mann kommen. Er war allein in seinem Wagen!

Corinna verbarg ihr langes, blondes Haar mit einem schwarzen Kopftuch, damit sie nicht sofort erkannt wurde. Heide saß neben ihr, und ich drängte mich von hinten zwischen die beiden. Corinna folgte Frank unauffällig. Eine rote Ampel zwang uns zum Anhalten. Nur ein Auto trennte uns von Frank, der sich links in Richtung Bundesstraße eingeordnet hatte. Die Ampelanlage schaltete bald auf grün um. Frank fuhr verdächtig langsam. Corinna hielt sich zurück. Die große Anspannung hinderte uns an der Erkenntnis, dass Frank plötzlich extrem beschleunigte. Dies beabsichtigte Corinna nun auch. Wäre der Grund unseres Unternehmens nicht so ernst gewesen, hätten wir wohl laut gelacht. Keine von uns dreien berücksichtigte die Tatsache, dass Franks Wagen mehr als doppelt so viel PS unter der Haube aufwies. Corinnas vierzehn Jahre alte Mühle unterlag kläglich dem relativ neuen Wagen von Frank.

Frank war bereits zu Hause, als ich zerknirscht eintraf. Er lachte mich an und fragte: „Na Liebling, Du hast nicht gesagt, dass Du ausgehen wolltest? War der Abend schön?" – „Ja, Heide rief an. Corinna war auch dabei. Ich wollte es Dir sagen, aber ich habe Dich nicht erreicht" Gnädig erwiderte Frank: „Ich finde es gut, wenn Du Dich amüsierst." Später beim Fernsehen schmunzelte Frank belustigt vor sich hin. Ich konnte seinen Triumph regelrecht sehen und spüren. Aber ich sagte nichts mehr dazu. Kein Wunder, dass er mich geistig so minderbemittelt einschätzte. Ich tat ja auch alles, um diese Meinung zu untermauern.

Die nächsten Tage und Wochen verliefen ohne besondere Ereignisse. Solche Pausen benötigte ich dringend, um neue Kraft zu schöpfen! Wenn ich diese auch nicht richtig einzusetzen vermochte.

Der Winter zog vorbei und der Frühling schenkte der Natur neues Leben. Und wieder stand eine Fortbildung für Frank an. Ich packte sorgfältig seinen Koffer. Wenn er für einige Tage wegfuhr, kannte sein Bemühen um eine friedliche Atmosphäre keine Grenzen. Er führte mich vorher noch aus und erzählte mir von besseren Zeiten. Ja, er konnte mich gut überzeugen und ich glaubte ihm gern seine guten Vorsätze. So war doch auch mein innerer Frieden wiederhergestellt.

Am Tag seiner Abreise versprach er mir, sich oft zu melden. Damit ich keinen Grund haben sollte, mich in irgendeiner Form zu beunruhigen. Robin und ich winkten Frank nach einer herzzerreißenden Abschiedsszene nach. Wir blieben so lange auf der Straße stehen, bis wir den Wagen nicht mehr sahen.

Frank hielt sein Versprechen und rief täglich mehrmals an. Seine erotische Stimme verlieh mir Flügel und die romantischen und zärtlichen Liebesbeteuerungen erzeugten Schmetterlinge in meinem Bauch. Frank versprach, dass wir nach seiner Rückkehr unserer Liebe neu ausleben würden wie nie zuvor. Der rosarote Schimmer vor meinen Augen und der Filter in meinen Ohren ließen mich nicht erkennen, dass wir unseren Jahresurlaub benötigt hätten, um diese Versprechungen aus der Ferne in die Tat umzusetzen.

Ja, Frank wusste stets genau, was ich hören wollte!

Aber für mich ging der Alltag weiter. Frank war noch nicht zurück, als ich eines Morgens mit einem vertrauten Kollegen frühstückte. Wir verstanden uns sehr gut. Er kritisierte mich nicht, wenn ich einen schlechten Tag hatte. Er half mir, wenn ich mit meiner Arbeit nicht nachkam. Wir unterhielten uns manchmal auch über private Dinge. Er war verheiratet und liebte seine Frau und die zwei Kinder sehr. Dieter verabscheute Männer und Frauen, die leichtsinnig ihre Ehe gefährdeten. Dieter bemerkte schnell, dass in meiner Ehe etwas nicht stimmte. Er fragte mich, warum ich immer allein sei. Ich verstand seine indiskrete Frage nicht sofort und sah ihn fragend an. Er antwortete, dass alle meine Erzählungen von den Wochenenden und den Abenden keinen Partner beinhalteten. Ich entgegnete, dass mein Mann sehr beschäftigt sei und für sein Weiterkommen im Beruf bildende Seminare äußerst wichtig seien. Dieter sah mich eindringlich an. Er fragte mit ironischem Unterton: „Hast Du schon mal bedacht, dass diese Seminare für die Arbeitgeber sehr kostspielig sind. Ich arbeite auch als Führungskraft in diesem großzügigen Unternehmen. Aber Dein Mann ist ja ständig weg." Ich fiel Dieter ins Wort: „Was willst Du mir eigentlich sagen?" Dieter legte beruhigend seine Hand auf meinen Arm: „Melanie, ich möchte doch nur, dass Du einmal nachdenkst." „Mich interessiert Deine Meinung nicht. Wir hatten mal eine Krise, aber das ist lange her!" Ich glaubte selbst an meine Worte. Dieter sah mich hilflos an: „Denk' doch einfach mal darüber nach und schau' mal näher hin." Trotz der äußerlichen Abwehr verfehlten Dieters Worte das Ziel nicht. Ich war ja von meinen paranoiden Gedanken nicht geheilt. Mein Kontrollzwang pausierte gerade nur, deshalb prallten diese Worte nicht so einfach ab.

Nachdem ich später zu Hause meine Arbeit verrichtet hatte, zündete ich mir eine Zigarette an und hing meinen Gedanken nach. Ich schenkte Frank irgendwann einmal einen Bordeauxfarbenen Lederkoffer. Dieser war nur mit einer Zahlenkombination zu öffnen. Frank benötigte ihn beruflich für vertrauliche Unterlagen von Patienten. Ich respektierte diese Intimsphäre bis zu jenem Tag. An diesem Abend aber zog mich dieser Koffer magisch an. Ich drehte ihn nach allen Seiten und versuchte ihn zu öffnen. Aber es zeigte sich keine erkennbare Möglichkeit. Nach langem hin und her holte ich mir einen langen Schraubenzieher und einen Hammer. Mein Vorhaben erwies sich als äußerst schwierig. Ich investierte viel Zeit und Kraft, bis sich der ersehnte Erfolg einstellte. Endlich sprang der Deckel auf. Und was erhaschte mein neugieriger Blick? Von wegen ,vertrauliche Papiere.' Mehrere Flaschen After Shave und teures Duschgel. Bücher, deren Titel von Liebe und Sehnsucht erzählten. Widmungen, die ewige Treue schworen. Zu meinem Bedauern fehlte jeder Hinweis auf die Identität der Verfasserin. Weitere Kleinigkeiten warf ich achtlos zur Seite. Ich hatte schon genug gesehen und gelesen! Unser anonymes Telefongespenst konnte auch schreiben. Das änderte die Situation einschneidend.

Mein Verdacht fand Bestätigung. Aus diesem Grund blieben enorme Gefühlswallungen in dieser Stunde aus. Ich versuchte nun den Koffer wieder zu schließen. Aber natürlich ging das nicht. Nun spürte ich Schweißperlen auf meiner Stirn. Ich wusste, dass das gewaltsame Öffnen des Koffers nicht zu verbergen war. Wenn ich auch nach Beweisen für meine Vermutungen suchte und fand. Frank würde kein Verständnis für mein Handeln aufbringen! Ich würde einfach warten, bis Frank den Aufbruch bemerkt. Dann wird sich zeigen, was zu tun ist! Außergewöhnliche Situationen erfordern außergewöhnliche Maßnahmen!

Dieters Zweifel an der Glaubwürdigkeit von Frank beschäftigten mich weitaus mehr, als ich mir eingestehen wollte. ,Sollte ich einfach mal in dem Fortbildungszentrum anrufen. Ich könnte sagen, dass es sich um eine dringende familiäre Angelegenheit handeln würde?' Am nächsten Tag zeigte sich, dass man mit solchen Äußerungen nicht gedankenlos umgehen sollte. Denn mein Vater erlitt einen schweren Unfall. Er stürzte beim Streichen einer Hauswand von der Leiter. Die Ärzte stuften seinen Zustand als kritisch ein. Er wurde intensiv behandelt. Der Schrecken saß noch tief. Aber ich nahm den Unfall zum Anlass, um Frank anzurufen. Ich bat höflich darum, meinen Mann zu sprechen. Ehrlich, ich glaubte daran, in wenigen Sekunden seine Stimme zu hören. Aber das Resultat meiner Bitte traf nicht nur mein Ohr wie ein Keulenschlag: „Bedaure, Frau Körner. Hier findet derzeit kein Seminar statt!" Wie würde Frank sich dieses Mal herausreden?

Frank kehrte wie immer munter und fidel zurück. Ich ließ ihm keinen Raum für demütigende Lügen. Sofort konfrontierte ich ihn: „Wo warst Du wirklich?" Ich fragte ihn, ob er das Telefongespenst auch mitgenommen habe, da es sich in den vergangenen Tagen nicht meldete. Aber Frank ließ sich nicht provozieren: „Liebling, Du hast mit dem Hausmeister gesprochen. Der hat doch keine Ahnung! Außerdem hielten wir uns überwiegend in einem anderen Haus auf. Aber das habe ich Dir auch gesagt!" Jedes weitere Wort wäre vergeudeter Atem gewesen. Denn wenn Frank in dieser Form argumentierte, bestand für mich keine Chance etwas dagegen zu halten. Ich zog es vor, meine Nerven zu schonen. Denn die Sorge um meinen Vater war größer. Sein Zustand besserte sich nur allmählich. Es sollten drei Monate vergehen, bis er die Klinik verlassen durfte. Aber es ging ihm wieder gut.

Bekanntlich kommt ein Unglück selten allein. Ich erwähnte bereits Nathalies ‚familienfeindlichen' Freund. Am Abend eines arbeitsreichen Tages eröffnete meine Tochter mir: „Mutti, Jens bleibt für einige Tage hier. Er hat Urlaub und wir wollen viel unternehmen." Dieses Ansinnen lehnte ich entschieden ab. Nathalie und ich führten daraufhin eine heftige Diskussion. Sie drohte auszuziehen, wenn ihr Freund nicht bleiben dürfe. Nein! Ich würde mich nicht von meiner Tochter erpressen lassen. Wütend entgegnete ich meiner Tochter: „Ich halte niemanden auf. Wer dieses Haus verlassen will, der kann gehen." Musste ich mir derartige Drohungen nicht schon häufig von Frank anhören, wenn ich seinen Wünschen nicht entsprach? Von Nathalie hatte ich eine solche Reaktion auf meine Ablehnung ihrer Bitte nicht erwartet.

Aber Nathalie war nicht wie ihr Vater. Sie drohte nicht nur - sie ging noch am gleichen Abend.

Ich stand fassungslos am Fenster und schaute ihr nach. Ich vergoss bittere Tränen um mein Kind. Jens behandelte sie respektlos. Eigentlich hatte ich gehofft, dass Nathalie diese Beziehung von selbst aufgeben würde. Nun war sie gegangen. Ein enger Ring legte sich um meine Brust. Hoffentlich meldet sie sich bald! Meine kleine Nathalie war ohne Abschied gegangen!

Meine Gedanken schweifen in die Vergangenheit. Ich freute mich sehr auf mein erstes Kind. Frank und ich wählten jeweils einen Namen. „Sonja" sollte ein Mädchen heißen und „Marc-Oliver" wollten wir einen Jungen nennen. Ja, in diesem Fall waren wir uns einig. Mir gefiel auch der Name Nathalie, aber wir entschieden uns für den Mädchennamen „Sonja". Wir waren nicht auf zwei Kinder vorbereitet. Ich dachte niemals daran, dass meine übermäßige Körperfülle mit einem zweiten Kind begründet war. Ich werde niemals vergessen, als die Personenwaage meiner Eltern den Anschlag erreichte. Diese war auf 100 kg ausgerichtet. Um mein Gewicht zu ermitteln, brachte mein Vater mich zu einer nahe gelegenen Gepäckwaage im Bahnhof. Diese zeigte 103 kg an. Und noch vier Wochen bis zum Geburtstermin! Obwohl es ja in unserer Familie schon vermehrt zu Zwillingsgeburten kam, wollte ich diesen Gedanken nicht zulassen. Typisch für mein Verhalten. Meine Schwester Rosemarie wurde ebenfalls als Zwillingskind geboren. Wie bereits erwähnt, starb das andere Baby im zarten Alter von drei Monaten. Meine Eltern überwanden diese Trauer nur sehr schwer. Die kleine Brigitte war immer noch Gesprächsthema, als ihre anderen Kinder schon geboren waren. Eigentlich wuchs Brigitte mit uns auf. Meine Mutter sprach viel von ihrem Baby. Vielleicht identifizierte ich mich in meiner ersten Schwangerschaft mit der Angst und der Trauer meiner Mutter. – Zwillinge und die Gefahr, eines der Kinder zu verlieren. Diese beängstigenden Gedanken musste ich mit aller Kraft verdrängen. Ich entschied mich für eine Hausgeburt. Die Hebamme, eine Freundin meiner Mutter bestärkte mich bei diesem Vorhaben. Also sollte mein erstes Kind im Haus meiner Eltern geboren werden. Die Geburt verlief ohne Komplikationen und ich hielt nach wenigen Stunden die kleine Sonja im Arm. Ein Wonneproppen, kräftig und gesund. Wunderbar.

Als die Hebamme hektisch wurde und meiner Mutter etwas ins Ohr flüsterte, ahnte ich nichts Außergewöhnliches. Erst als sie mir Sonja aufgeregt wegnahmen, wurde ich unruhig. „Es ist noch nicht vorbei. Du bekommst noch ein Baby!", sagte meine Mutter aufgeregt. Frank hielt gerührt unser erstes Kind im Arm. Tränen des Glücks füllten seine Augen.

Aber für Emotionen blieb mir keine Zeit. Ich musste meinem zweiten Kind helfen, das Licht der Welt zu erblicken. Was ich dann sah, erschütterte mich sehr. Ein winziges Wesen! Zusammengerollt, als wolle es sich vor der Kälte der Dezembernacht schützen. Sie war so klein, schwach und zierlich. Für kurze Zeit schwand mein Bewusstsein. Aber ich glaube, der Schreck ließ mich schnell wieder aufwachen. Inzwischen hielt meine Mutter das schreiende Bündel im Arm und wärmte es in einer Wolldecke. Nun wurde mir klar, dass ich zwei Kinder geboren hatte. Ein Wunder, und ich durfte es erleben! Frank und ich sahen uns tief in die Augen. Niemand wagte es, diesen Moment des Glückes mit Worten zu unterbrechen. Doch irgendwann mussten die Babys versorgt werden. Frank saß an meinem Bett und hielt meine Hand ganz fest. „Wir schaffen das. Wir haben zwei gesunde Kinder. Ich bin glücklich und danke Dir dafür." Ich fühlte mich meinem Mann so nahe und fand keine Worte. In diesen Sekunden des Glücks mischte sich eine große Besorgnis. Was war mit dem viel zu kleinen Baby? Frank schaute nun nach ihm. Bereits wenige Minuten später wusste ich definitiv, dass meinen Kindern nichts fehlte. Die ersten Minuten nach der Geburt meiner Zwillinge verbuche ich unter den schönsten Augenblicken meines Lebens. - Aber wie sollte unsere Überraschung heißen? Ich erinnerte mich an den Namen „Nathalie" und bat Frank, meinem Wunsch zu entsprechen. Lachend nahm er mich in die Arme und sagte: „Natürlich bin ich einverstanden!" – ‚Herzlich willkommen im Leben, Sonja und Nathalie! '

Dennoch wurde Nathalie in den ersten Monaten zu unserem Sorgenkind. Sie war sehr unruhig und instabil. Aber ein Klinikaufenthalt blieb ihr und uns erspart. Die Kinder und ich brachten hohe Turbulenzen in das eher ruhige Leben meiner Eltern. Rund um die Uhr waren wir mit den Zwillingen beschäftigt. Erst nach vielen Wochen konnten wir nach Hause zu Frank fahren. Ich hatte mittlerweile meinen 17. Geburtstag gefeiert und fühlte mich reif genug für meine Aufgabe. Aber dies war lediglich meine Einschätzung der Situation. Selbstverständlich fehlte es mir an Reife und Erfahrung. Meine vier Jahre ältere Schwester Rosemarie, von den Kindern zärtlich ‚Rosi' genannt, unterstützte mich in der ersten Zeit, soweit es ihre Berufstätigkeit zuließ.

Doch nun zurück zu meiner kleinen Nathalie. Sie wuchs heran und nichts wies mehr darauf hin, dass sie mal schwach und kränklich war. Ihre „große Schwester" hatte zwar immer ein Auge auf sie, aber auch Nathalie entwickelte sehr viel Stärke. Beide Mädchen verfügten über ein hohes Potential an Kreativität. Dennoch war Nathalie wie auch Sonja sehr liebebedürftig und anschmiegsam. So wuchs unsere Beziehung und uns verband eine innige Zuneigung.

Und nun war Nathalie fort. Hatte ich vielleicht doch überreagiert? War Jens vielleicht doch anders, als ich ihn einschätzte? Oder war ich gar eifersüchtig? Schuldgefühle machten sich in mir breit. Hatte ich mein Kind aus dem Haus getrieben? Wollte sie sich vielleicht von mir lösen? - War ihr der Stress in ihrem Elternhaus zu groß? Vielleicht hielt sie das alles nicht mehr aus und wollte sich ein eigenes Leben aufbauen. Aber warum hat sie nicht mit mir gesprochen?

Diese Frage konnte ich mir selbst beantworten. In letzter Zeit waren für mich doch nur meine Probleme mit Frank wichtig. Ich hörte meinen Töchtern viel zu wenig zu. Erst in diesem Moment sah ich Nathalies schmales Gesicht vor mir. Auch Sonjas Augen sprühten nicht mehr vor Lebensfreude. Zu spät! – Ich hatte kein Recht, Nathalie zu bedrängen. Ich musste ihr die Zeit geben, die sie benötigte. Vielleicht würde sie zurückfinden oder ein anderes, neues Leben beginnen. Wie auch immer sie sich entscheiden würde. Ich musste es eben akzeptieren und hinnehmen.

Sie war nicht einmal zwei Stunden weg und ich vermisste sie überall. In ihrem Zimmer war alles unverändert. Ich saß auf ihrem Bett und weinte. Wie würden die anderen reagieren? Robin, der Nathalie sehr liebte. Sie bestand immer darauf, dass sie die beste ‚Mutter' von uns allen für Robin ist. Wir lächelten darüber. Aber wir nahmen Nathalie als Übermutter an. Was würden Sonja und Marlene von Nathalies schneller Entscheidung halten? Und Frank? Würde er mich mit Vorwürfen überschütten, dass ich es nicht verhindert habe? Was würde er tun? Holt er sie vielleicht zurück?!?

Ja, die Schwestern waren fassungslos und Robin schützten wir noch vor der traurigen Tatsache. Frank hielt sich mit Vorwürfen zurück. Er schien eher besorgt und sehr traurig. Wir saßen an diesem Abend zusammen und hofften, dass Nathalie wieder zurückkommen würde. Ja, wenigstens ein Anruf oder eine Karte. Zwei Wochen lang hörten wir nichts von ihr. Zwei Wochen zwischen Bangen und Hoffen. Sonja arbeitete in einem anderen Postbezirk als Nathalie. So konnte auch sie nichts erfahren. Sicher war nur, dass Nathalies Freund in Kreisen verkehrte, welche meine Tochter bis vor wenigen Wochen gemieden hätte. Diese Clique galt als brutal und selbstgerecht. Der erlösende Anruf nach zwei langen Wochen beruhigte mich nicht. Nathalies Stimme war leise und unglücklich. Ich kannte mein Kind. Sie berichtete von ihrer Arbeit und fragte nach Robin. Meine Hoffnung, dass Nathalie nach Hause kommt, erfüllte sich nicht. Sie verabschiedete sich mit dem Versprechen, uns schon bald zu besuchen. Sie hielt ihr Versprechen. Schon zwei Tage später durfte ich sie in meine Arme schließen. Ich war glücklich, dass der Kontakt wiederhergestellt war. Ich stellte keine Fragen, sondern ließ Nathalie einfach sprechen. Sie schwärmte von ihren neuen Freunden. Ich hörte ihr zu und genoss jede Minute des Zusammenseins.

War mir in den vergangenen Jahren das Telefon zum Alptraum geworden, so hatte es nun wieder einen positiven Aspekt. Es war die Verbindung zu Nathalie. Ihre Anrufe wurden immer häufiger. Manchmal sogar mehrmals täglich. Aber sie beklagte sich nicht.

Unterdessen führten Frank und ich unseren Rosenkrieg weiter. Ich war mir noch immer nicht sicher, ob ich nun langsam den Verstand verlieren würde, oder ob ich der Realität immer näherkam. Gab es tatsächlich eine Geliebte oder litt ich unter Wahnvorstellungen?

Trotz all dieser Spekulationen, Streitereien und Querelen sollte unser Haus einen neuen Außenanstrich bekommen. Denn wenigstens die äußere Fassade sollte glänzen. Während der Planung und der Ausführung stellte ich mir immer die gleiche Frage: „Lässt ein Mann, der sich langsam verabschiedet erst noch sein Haus streichen?" Aber niemals fragte ich mich, ob er mich vielleicht verabschieden wollte! Wie auch – in meinem Kopf waren die gesunden Alarmsignale schon vor langer Zeit verstummt. Mir fehlte das Gefühl für drohende Gefahren.

Für mich trat im beruflichen Bereich eine Veränderung ein. Es wurde erforderlich, dass ich auch für den Spätdienst zur Verfügung stehen musste. Mir wurde diese Anweisung nicht zu Nachteil. So brachte ich Robin morgens ausgeglichen zum Kindergarten, um im Anschluss daran die anfallenden Hausarbeiten zu erledigen. Ich holte Robin mittags wieder ab und verfügte über genügend Zeit, um mit Robin zu spielen. Trat ich meinen Dienst an, sorgte Marlene für Robin.

Manchmal war ja auch sein Vater anwesend. Ja, wirklich nur manchmal. Nun musste Frank abends keine Erklärungen abgeben, wenn er das Haus verließ. Aber er bemühte sich stets, noch vor meiner Ankunft wieder einzutreffen. Wenn ich Frank daraufhin ansprach, entgegnete er wütend: „Muss ich mich ständig vor Dir rechtfertigen? Außerdem bin ich meistens zu Hause." Das war eine Lüge. Marlene beklagte sich ständig darüber, dass nur sie für Robin verantwortlich sei. Aber Frank dementierte Marlenes Aussagen kalt: „Marlene sieht wohl nicht, wenn ich schon schlafe!" Er sagte dies mit einer Überzeugung, dass uns die Worte fehlten.

Blieb er wirklich einmal zu Hause, lag er auf der Couch und trank. So rief Sonja mich eines Abends in der Firma an und bat mich, sofort nach Hause zu kommen. Frank sei sehr aggressiv und Robin würde laut weinen. Sie wollte nachsehen, aber Frank ließ es nicht zu. – Ich hörte schon im Treppenhaus die Schreie von Robin und die aggressiven Töne seines Vaters. Mir bot sich ein schlimmes Bild. Frank zog Robin an den Haaren hinter der Couch hervor. Es gab keinen Anlass, welcher Frank zu dieser Tat berechtigte. Woher nahm er das Recht, sein Kind so zu behandeln? Ich stieß Frank kraftvoll zur Seite und nahm Robin in meine Arme. Er weinte verzweifelt und sagte, dass Frank ihn geschlagen habe. Daraufhin verkroch Robin sich hinter dem Sofa. Ich weinte mit meinem Kind. Das traute ich Frank bisher nicht zu. Aber seine Augen verrieten seinen Alkoholkonsum. Trotzdem durfte dieser Umstand keine Entschuldigung mehr sein.

Ich verlor die Nerven und schrie ihn an: „Wenn Dir Deine Geliebte nichts anderes beibringen kann als Dein Kind zu misshandeln, dann ist sie das Erschlagen nicht wert. Sie hat Dich wieder zum Alkoholiker gemacht. Was wird sie Dir noch alles beibringen? Wie viel Unheil richtet ihr noch an! Was ist das für eine Frau, die unerkannt bleiben will und doch so viel Unglück über unsere Familie bringt?" Frank stand fassungslos vor mir und sah mich wütend an. Er sagte leise, aber eindringlich: „Du kannst ihr das Wasser nicht reichen!" Zum ersten Mal dementierte er nicht, dass unser Gespenst real ist. Mein Körper erstarrte vor dieser Erkenntnis. Ich war nicht in der Lage, ruhig zu bleiben. Jede Selbstkontrolle fiel von mir ab. Ich schrie ihn wütend an. Dann nannte ich seine Geliebte eine Schlampe und beschimpfte ihn in übelster Form. Noch immer hielt ich mein Kind in den Armen. Robin presste sein kleines Gesicht in meine Jacke und weinte. Seine Hände vergruben sich in den Stoff und sein kleiner Körper zuckte gleichmäßig zu seinem Schluchzen. Ich besann mich nun endlich auf Robin. Wer von seinen Eltern hatte ihn nun extremer misshandelt? Während meines unkontrollierten Gekreisches dachte ich nicht an das Kind in meinen Armen. Robin sah uns mit großen, traurigen Augen an. Er liebte uns beide. Aber wem von uns konnte er Vertrauen schenken? Nein, so durfte es nicht eskalieren. Beschämt ging ich mit Robin aus dem Wohnzimmer. In seinem Zimmer weinten wir beide bitterliche Tränen. Ich blieb bei ihm liegen, bis er eingeschlafen war.

Ich verließ später leise das Kinderzimmer, um Robin nicht zu wecken. Und wieder wurde ich ungewollt Zeugin eines Gespräches zwischen Frank und unserem nicht mehr so ganz leblosen Gespenstes. Ich stand ruhig wie angewurzelt da und musste hören, wie Frank liebevoll in das Telefon säuselte. Er betonte wiederholt wie sehr er bedauerte, dass er an diesem Abend nicht zum vereinbarten Termin erscheinen konnte. Frank erklärte bedauernd, dass er Robin beaufsichtigte. Nun reichte es mir aber endgültig! Ich hatte genug gehört. Meine Zornesausbrüche trugen sicher nicht zu unserer Problemlösung bei. Ich bedauerte und verabscheute jegliche Form von Kontrollverlust. Aber mir fiel es in diesem Augenblick besonders schwer, mich zu kontrollieren. Und in dieser Sekunde schon gar nicht. Einer Hyäne gleich, die ihr Opfer ins Visier nimmt, sprang ich auf Frank zu. Ich fand mich wieder, als ich ihm das Telefon entriss und aller Kraft versuchte, die Wahlwiederholung zu finden. Ich wollte unbedingt wissen, wer sich am anderen Ende melden würde. Aber Frank war viel stärker als ich. Mein Erfolg blieb aus! Diesmal blieb das Telefon unversehrt. Aber ich flog weniger elegant über eine Grünpflanze hinweg in die nächste Ecke des Raumes. In diesem Moment spürte ich keinen Schmerz und auch keine Verzweiflung. Ausschließlich maßlose Wut und Verachtung belebten regelrecht meine Sinne. Es klingt sicher fatal. Aber zu gerne hätte ich meine Faust erhoben, um auf Frank einzuschlagen. Na ja, eine innere Stimme riet mir davon ab. Ich glaube, meiner körperlichen Unversehrtheit tat diese Entscheidung wohler!

Frank sprach tagelang kein Wort mit mir. Ehrlich gesagt, mir war das nur angenehm. Was war dem allem noch hinzuzufügen?

Mir kam der Verdacht, dass Frank Robin unter starkem Druck geschlagen hatte. Die unterwürfigen Rechtfertigungen seiner

Geliebten gegenüber hörten sich zwar für mich ekelerregend an, aber sie verrieten mir auch ein wenig über diese Beziehung. Ich vermute, dass sich Franks Anspannung an diesem Abend permanent steigerte. Hinzu kam der Alkohol, der ihn enthemmte. So wurde der kleine Robin zu Franks Ventil. Ich sah nun einen Grund für Franks Verhalten. Aber eine Entschuldigung dafür gab es selbstverständlich nicht! - Was war das für eine Frau? – Ja, sie besaß eine Übermacht, dass Frank seinen Sohn schlug, wenn er ihrem Ruf nicht zu folgen vermochte. All meine Ängste drohten mich zu überwältigen. Besonders ein bisher unbekanntes Angstgefühl nahm Besitz von mir. Die Angst um meine gesamte Existenz! Würde ich, wie so viele andere Frauen in dieser Situation von Sozialhilfe leben müssen? Würde ich alles, woran mein Herz hing verlieren? Ich sah mich schon in einer kleinen ungemütlichen Wohnung verkümmern. Mir fehlte in diesen Minuten jegliche Phantasie, diesem Gedanken etwas Positives abzugewinnen. Frank verfolgte sein Ziel für eine Zukunft mit dieser Frau und zeigte kein Erbarmen für seine Familie. Er würde mich austauschen wie ein Möbelstück. Ich dachte daran, dass ich in den vielen Jahren des Verzichtes alles mit Frank teilte. Vor Annas Schikanen wäre jede andere Frau viel früher davongelaufen. Ja, auch Frank bemühte sich damals noch manchmal, zu mir zu stehen. Ich war so viel jünger als er und schätzte stets seinen freundschaftlichen Rat. Er füllte die Leere in mir, wenn ich keinen Ausweg sah. Während dieser sentimentalen Minuten rief ich mir jedes Detail der harmonischen Stunden mit Frank ins Gedächtnis. Ich versank in ein Meer von Illusionen. Denn ein Leben ohne Frank war für mich noch immer unvorstellbar. – Doch die traurige Tatsache, dass inzwischen viel zu viel zwischen uns stand, wies ich entschieden weit von mir.

Meine Ängste, die Panikattacken und das mittlerweile bedrohliche Untergewicht nahmen bedenkliche Formen an. Mir war aber damals noch nicht klar, dass ich dringend professionelle Hilfe benötigt hätte. Ich verbrauchte den Rest meiner Energie, um den Schein nach außen hin zu wahren. Aber mir sollte die Erkenntnis, dass ich an Leib und Seele erkrankt war schon bald schmerzlich bewusst werden.

Ein verhängnisvolles Vorhaben bestätigte nicht nur mir, dass ich meine Gedankengänge nicht gesund steuerte. Eine fixe Idee wurde für mich zur Realität. Ich bildete mir ein, endlich die Identität unseres geheimnisvollen Telefongespenstes entdeckt zu haben. Mein von krankhafter Besessenheit geprägtes Handeln trübten meinen Blick für die fatalen Folgen des bedauerlichen Irrtums. Aber mich warnte nicht der kleinste Zweifel vor den Folgen meines Handelns. So nahm das Unheil durch mein Agieren unaufhaltsam seinen Lauf. Denn mich ließ der Gedanke nicht los, dass Edeltraud sich hinter unserem Gespenst verbarg. Ich teilte Frank eines Abends mit, dass ich den Verdacht hegte, dass Edeltraud die Telefonterroristin sei. Ferner teilte ich ihm mit, dass ich die Scheidung anstreben würde, wenn er seine Freundin nicht aufgäbe. Ich kündigte Frank zu alledem entschlossen an, dass ich in den nächsten Minuten zu Edeltraud fahren würde, um mit ihr ein klärendes Gespräch zu führen. Frank bat mich inständig, dies nicht zu tun. Ja, er war regelrecht ängstlich und unsicher. Dieses Verhalten bestärkte mich in meinem Vorhaben. Frank versuchte mich aufzuhalten: „Melanie ich schwöre Dir, dass Edeltraud mit unseren Problemen nichts zu tun hat. Du unterliegst einem Irrtum!" Franks Stimme bebte vor Aufregung: „Außerdem ist sie nicht zu Hause. Sie hat heute Spätdienst." Er warnte mich: „Du bringst mich mit Deinem Vorhaben in große Schwierigkeiten!" Gut, dass Frank mir das sagte: ‚Schwierigkeiten' die sollte er doch haben. In meinem Zorn wollte ich ihm schaden. Nun wusste ich ja, wo ich Edeltraud finden würde. Mein Sohn würde künftig keine Videokassetten von der Geliebten seines Vaters ansehen müssen. Diese Geschenke von Edeltraud warf ich in einen Korb, um sie ihr zurückzugeben. Ich dachte an das Armband vom letzten Weihnachtsfest! Auch dieses sollte die nette Dame mit Verspätung erhalten. Frank bat mich zwischenzeitlich immer wieder mein Vorhaben aufzugeben. Mit keinem Wort drohte er mir persönlich. Er wurde nicht grob und verletzend. Er war nur noch ein Schatten seiner selbst. Er stand am Fenster, als ich zielstrebig zu meinem Wagen ging.

Kurze Zeit später stand ich Edeltraud gegenüber. Sie sah mich erstaunt an und begrüßte mich zurückhaltend. Ja, ihre Augen bestätigten mir sofort, dass sie mir gegenüber voreingenommen war. Frank bemühte sich nun schon lange um das Image des ‚mitleidsbedürftigen Mannes mit seiner unbeherrschten Frau'. Dass auch hier in der Klinik diese Saat ihre Früchte trug, bestätigte mir der abweisende Blick meines Gegenübers. Diese Tatsache schürte meinen Zorn. Und was tat ich? Ich düngte mit meinem Auftreten den Nährboden der Gerüchte ins Unermessliche, indem ich direkt meinen

Verdacht äußerte: „Ich weiß, dass Sie die Geliebte meines Mannes sind!" Wütend und aufgebracht stand ich vor Edeltraud. Ich sagte ihr unumwunden, dass ich zur Trennung bereit sei. Ich bot ihr eine gütliche Regelung an. Ich weiß heute nicht mehr, was ich noch gesagt habe. Es muss aber viel geistiger Müll dabei gewesen sein. Abschließend gab ich ihr die Videos und das Armband. Nun erst meldete Edeltraud sich zu Wort. Sie sah mich regelrecht mitleidig an und versicherte mir: „Sie unterliegen einem Irrtum. Ich habe kein Interesse an Ihrem Mann!" Sie senkte den Blick und sprach eher zu sich selbst: „Ich verstehe nicht, was Sie von mir wollen." Diese Reaktion beeindruckte mich keinesfalls. Ich erwiderte kühl, dass ich keine Ehrlichkeit nach all den Lügen und Intrigen erwartet hätte. Völlig überrumpelt von meiner Entschlossenheit stand die junge Frau nun mit meinem fragwürdigen Mitbringsel da. Um meinen Auftritt abzurunden, drehte ich mich einfach um und ging. In meinem Wagen zündete ich mir eine Zigarette an. Endlich hatte ich mich gewehrt und für Bewegung gesorgt. Die Leere in mir füllte sich mit Zufriedenheit. Ja, bei meinem fehlenden Sinn für sachliches Handeln sollte mir schon bald bewusstwerden, dass es sich bei dieser beabsichtigten Bewegung um eine Lawine handelte, welche mich begraben sollte. - Wieder zu Hause angekommen, fand ich einen völlig zerknirschten Frank vor. Er fragte mich leise, ob ich Edeltraud tatsächlich aufgesucht habe. Mit Stolz in meiner Stimme und voller Triumph erzählte ich ihm von meiner Begegnung. Frank kam auf mich zu und nahm mich in die Arme. Nur zu gern ließ ich dies zu. Vielleicht würde Edeltraud nun verzichten. Im geheimen wollte ich das mit meinem Besuch erreichen. In Franks Armen spürte ich nun doch eine leichte Erschöpfung. Frank streichelte meine Haare und sagte leise: „Ich will Dich nicht verlieren. Ich liebe Dich und kann ohne Dich und die Kinder nicht leben. Wenn ich Dich verlassen wollte, wäre ich schon längst weg." Ich wurde ruhiger und war offen für ein Gespräch. Ich fragte ihn, warum er mich mehr und mehr vor allen Leuten als krank und paranoid bezeichnen würde. Er blieb mir die Antwort darauf schuldig. Er sagte lediglich nach einer kurzen Atempause: „Wir nehmen uns jede Grundlage für eine gemeinsame Zukunft. Lass uns das bitte ändern, Melanie!" Wir klammerten uns aneinander wie hilflose Kinder und redeten sachlich wie schon lange nicht mehr. Und wie immer hörte ich seine Lügen nur zu gern.

Die Uhr zeigte, dass Mitternacht schon vorbei war. Wir lagen eng aneinander geschmiegt in unserem Bett und redeten noch immer. Frank gestand mir, dass er durch seine Affäre in eine unangenehme Lage gekommen sei. Die Mitarbeiter auf seiner Station würden ihn stark unter Druck setzen. Ja, er wünschte sich, dass er die Uhr zurückdrehen könnte, und diese tragischen Ereignisse nie passiert wären. Aber er sprach auch von einer realen Chance für uns. Er würde das schon regeln. Dann könnte uns nichts mehr trennen.

In unsere Unterhaltung hinein schrillte das Telefon. Frank bat mich, den Anruf entgegen zu nehmen. Diese Bitte bestätigte mir die Ernsthaftigkeit seiner Worte. Ich nannte meinen Namen und lauschte der Frauenstimme am anderen Ende der Leitung: „Wenn Sie die wahre Geliebte Ihres Mannes kennen lernen wollen, dann kommen sie morgen um 14.00 Uhr in unsere Klinik." Ein Klicken sagte mir, dass das Gespräch am anderen Ende unterbrochen wurde. Ich starrte das Telefon ungläubig an. Wer tat mir das an? Wem lag soviel daran, dass ich nicht zur Ruhe kam? Warum gibt es solche Menschen? Ich fing erst leise an zu weinen, dann immer lauter und hysterischer. Frank versuchte, seinen Arm schützend und beruhigend um mich zu legen. Er wollte über den Inhalt dieses Anrufes informiert werden. Aber mir fehlte die Kraft, ihm zu antworten. Ich versank in eine tiefe Verzweiflung. Frank sprach weiterhin beruhigend auf mich ein. Seine Stimme und seine Nähe verliehen mir Sicherheit. Nur so entrann ich in letzter Sekunde dem Wahnsinn. Ich vergaß, dass mein Frank in diesem Moment lediglich seinen Beruf ausübte!
Wenig später saßen wir nachdenklich auf unserem Sofa. Frank sagte betrübt: „Ich gehe davon aus, dass Du heute in ein Wespennest getreten bist!" Er appellierte an meine Vernunft, dass wir die daraus entstehenden Folgen gemeinsam tragen sollten. Ferner interessierte es ihn brennend, ob ich die Stimme am Telefon kannte. Ja, sie kam mir bekannt vor. Aber ich vermochte sie in meiner Aufregung nicht einzuordnen. Ich schlief erst viel später mit dem Gedanken ein, den angegebenen Termin am nächsten Tag wahrzunehmen.
Der neue Morgen schleppte sich mühsam voran. Auch das gemeinsame Frühstück mit Dieter hob meine Laune nicht an. Er saß mir gegenüber und schaute mich fragend an: „Melanie, was bedrückt Dich heute schon wieder?" Er machte keinen Hehl daraus, dass er

verärgert war. Ich erzählte ihm von dem nächtlichen Anruf. Auch meinen Besuch bei Edeltraud verschwieg ich nicht. Abschließend erklärte ich im, dass ich aus den genannten Gründen früher gehen würde. Daraufhin sah er mich eindringlich an. Dieter fragte mich mit hochgezogenen Augenbrauen: „Bist Du wirklich sicher, ob Du Dich dieser Situation aussetzen willst. Ich denke, Du bist diesen Menschen nicht gewachsen." Ich ignorierte zuerst Dieters Einwände. Aber er argumentierte derart sachlich, dass ich von meinem Vorhaben absah. Mir kamen tatsächlich erhebliche Zweifel, dass ich wieder in eine Falle tappen könnte. Frank hatte an diesem Tag Spätdienst. Er war nicht mehr da, als ich nach Hause kam. Jedoch rief er mich gleich nach meinem Eintreffen zu Hause an. Ich erfuhr, dass sein Team ihn zu einem Gespräch am anderen Morgen aufgefordert habe. Alle Mitarbeiter würden anwesend sein. Ich wunderte mich sehr, dass er mich dieses Mal nicht für seine Problematik verantwortlich machte. Manchmal glaubte ich bei seinen Erzählungen heraus zu hören, dass er ein Ende dieser enormen Anspannung herbeisehnte. Auch in den nächsten Tagen blieb Frank ruhig. Auf meine Frage nach dem Inhalt des Gespräches mit seinem Team sagte er gefasst: „Ich werde diese Station nicht mehr leiten. Erspare mir bitte Einzelheiten." Ich wunderte mich zwar über seine Gleichgültigkeit, aber Frank überzeugte mich davon, dass alles korrekt verlaufen sei.
Ich verstand die Logik nicht. Warum sollte Frank personelle Konsequenzen akzeptieren? Wegen meinem Gespräch mit Edeltraud? In dieser Form hätte mein Chef niemals reagiert. Mein schlechtes Gewissen steigerte sich stündlich. Denn ich wusste, wie sehr Frank die Arbeit auf der Station liebte. Nun kam es erschwerend hinzu, dass er versetzt wurde. Frank sagte, dass er von seinen Kollegen sehr enttäuscht sei. Seine persönliche Kränkung verbarg er geschickt. Der positive Effekt für unser Privatleben lag darin, dass Frank von nun an seinen Alkoholkonsum erheblich reduzierte. Er kümmerte sich wieder mehr um mich und Robin. Doch für mich kam seine vermeintliche Reue zu spät. Meine große Liebe zu diesem Mann wurde durch berechtigte Zweifel erschüttert.
Ich fühlte, dass dieser Waffenstillstand nur die Ruhe vor dem großen Sturm war. Ich dachte, beim ersten Vollrausch würde mir der Besuch bei Edeltraud und Franks Versetzung übel aufstoßen.

Zu diesem Zeitpunkt habe ich durch mein defensives Verhalten eine große Chance verpasst. Denn wie sich erst viel später herausstellte, wurde nicht nur Frank versetzt, sondern auch unser ominöses Telefongespenst...!

Die ambivalenten Gefühle in mir raubten mir fast den Verstand. Einerseits zeigte sich Frank familiär und loyal mir gegenüber. Andererseits war er oft nicht zu Hause. Ich schwieg um des lieben Friedens willen. Ich wusste nun sicher, dass es eine andere Frau gab und er die verhängnisvolle Affäre nicht wie versprochen beendet hatte. Ich durfte nun sicher sein, dass ich bisher nicht unter Halluzinationen litt. Lediglich bei der Identität der betreffenden Person unterlag ich einem Irrtum. Frank konnte mir jetzt nicht mehr einreden, dass ich paranoid sei. Doch mein Schmerz wurde durch dieses Wissen nicht gelindert.

Frank war in unserer kleinen Heimatgemeinde immer noch hin und wieder kommunalpolitisch tätig. Aus diesem Grund musste er an einem Wahlsonntag seine Freizeit für den Wahlausschuss opfern. Auch ich ging an diesem Sonntag wählen, um anschließend mit Robin spazieren zu gehen. Ich dachte, wir könnten Anna besuchen. Sie war zu diesem Zeitpunkt etwas zugänglicher geworden. Anna bot sich sogar einmal an, Robin zu betreuen, wenn Frank uns verlassen würde. Für dieses Angebot war ich ihr sehr dankbar. So musste ich Robin nicht in fremde Obhut geben. An diesem Nachmittag war Anna sichtlich erfreut, als wir sie besuchten. Sie verwöhnte uns mit leckerem Kuchen. Auch Franks Bruder Peter kam zu Besuch. Seine Frau Doris fragte mich direkt, wo denn Frank sei. Ich entgegnete ihr, dass Frank erst am späten Abend vom Wahllokal nach Hause kommen würde. Sie erwiderte süffisant, dass sie gerade von dort kommen würden. Aber mein Mann sei nicht dort gewesen. In mir wuchs der Verdacht, dass Doris mir das unbedingt mitteilen wollte. Warum auch immer. Ich werde nie erfahren, ob es einfach gut gemeint war oder ob sie mich absichtlich verletzen wollte. Mir wurde nun umso klarer, dass ich endlich handeln musste. Diesen peinlichen Situationen wollte ich unbedingt entfliehen. Jedes Mal erlitt meine Seele eine größere Wunde. Ich fühlte mich ständig verspottet und gedemütigt. Aber ich versuchte das noch immer zu verbergen. Durch Überheblichkeit und scheinbare Gleichgültigkeit wirkte ich nicht so schwach und verletzlich. Ich konnte keine neuen Wunden mehr ertragen. Ich musste etwas tun. Aber was...?!

Denn allein die Erkenntnis half mir nicht weiter. Mir fehlte die dazu notwendige Kraft. Hinzu kam, dass ich nicht nur psychisch am Ende war. Meine physische Stabilität schwand mehr und mehr durch die mangelnde Nahrungsaufnahme. Der extreme Gewichtsverlust zeigte seine Auswirkungen. Das Innenleben meines Kopfes glich einem Ameisennest. Nachts fand ich überhaupt keine Ruhe mehr. Ich bewegte mich nur noch im Kreis und sah keine Möglichkeit, diesen zu durchbrechen.

Die Leere in mir wurde immer größer. Diese füllte sich ein wenig, indem wieder die schönste Zeit des Jahres begann. Die Wochen, welche ich am meisten liebe. Wie in jedem Jahr berührten sie auch diesmal mein Herz: Die Vorweihnachtszeit. Ich kann mich erinnern, dass ich trotz meines labilen Gemütszustandes alle Räume liebevoll schmückte. Aber der Schmerz, dass Nathalie nicht mehr bei uns wohnte ließ mich nicht los. Da die Geburtstage von mir und den Zwillingen in die Adventszeit fiel, verbanden wir diesen Anlass jedes Jahr mit einer Weihnachtsfeier für die ganze Familie. Aber in diesem Jahr saß ich abends mit Robin alleine da. In mir wuchs immer mehr der Wunsch, mich von Frank zu trennen. Obwohl meine tiefen Gefühle für ihn unverändert waren, wollte ich diesen Weg gehen. So sollte uns irgendwann wenigstens eine Freundschaft bleiben. Ich würde alles tun, damit Robin endlich unbeschwert und behütet aufwachsen kann. Er sollte endlich keine Angst mehr haben müssen. Ich würde dieses Ziel im neuen Jahr mit allen mir zur Verfügung stehenden Mitteln anstreben!

Es war ein utopischer Plan in meinem angegriffenen Zustand. Ich schleppte mich regelrecht über die Weihnachtsfeiertage. Mir fehlte in diesem Jahr das Glücksgefühl, von welchem ich in den Vorjahren noch einige Monate zehrte. Frank und ich stritten uns nicht mehr. Entweder redeten wir über unsere Kinder, das Haus und den Hund. Oder wir schwiegen uns an. So war ich während dieser Zeit zwar noch nicht allein. Aber dennoch spürte ich eine große Einsamkeit in mir.

Franks Entscheidung in der Silvesternacht 1990/91 zu arbeiten, enttäuschte mich sehr. Sonja und Marlene feierten ebenfalls nicht zu Hause. So ging ich bereits lange vor Mitternacht schlafen. Ich konnte es nicht ertragen, wenn die Nachbarn mit großer Freude das neue

Jahr begrüßten. Anschließend saßen sie in froher Runde zusammen. Es schmerzte mich mittlerweile auch im Alltag, wenn ich glückliche Menschen sah. Ich lebte vollkommen zurückgezogen und drängte mich dadurch selbst mehr und mehr in die Isolation.

Der Januar brachte klirrende Kälte und eisige Winde. Dieses Wetter zeichnete die Höhen des Westerwaldes aus. Die Tage zogen sich schleppend dahin. In mir reifte der Entschluss, dass ich dringend einen Rechtsbeistand benötigte. Vielleicht wurde mir durch eine Aufklärung meiner Rechte die quälende Existenzangst etwas genommen. Auch die Angst über den Verlust meiner Heimat, die ich liebte. Unser Zuhause, in das wir zwanzig Jahre lang so viel Arbeit und Verzicht investierten. Vielleicht würde mir ein Anwalt sagen, dass ich mich nicht fürchten muss. Von dieser Hoffnung lebte ich in diesen Tagen!

Vor dem vereinbarten Termin mit einem Scheidungsanwalt bat ich Gott um Kraft und Stütze. Ja, trotz allem betete ich immer noch. Ich bat Gott so inständig darum, Frank zu seiner Familie zurück zu führen. Ich gelobte in meiner Zwiesprache mit dem Allmächtigen, dass ich jedes Opfer bringen würde, wenn unsere Familie eine reale Chance bekäme. Ich bat permanent um Vergebung meiner Sünden und tat Buße. Dennoch haderte ich auch manchmal mit meinem Gott. Ich fragte immer wieder nach dem ‚Warum'. Aber ich wollte meinem Gott vertrauen. Ich war sicher, dass er uns helfen würde. Aber ER hatte andere Pläne. Nur konnte ich das zu dieser Zeit noch nicht annähernd ahnen.

Das Büro des Anwaltes wirkte düster und kühl. Aber vielleicht entsprang dieser Eindruck auch meinem Gefühlsleben. Aber mein Gegenüber erschien mir auch nicht sonderlich sympathisch. Nach einer distanzierten Begrüßung schilderte ich ihm mein Problem. Ich bemühte mich um eine Kurzfassung meines Anliegens. Corinna riet mir dazu. Sie sagte, dass die Details und mein Gefühlsleben den Anwalt nicht interessierten. Für ihn würden nur Fakten und die Rechtslage zählen. So war es denn auch. Ich sagte lediglich, dass mein Mann seit Jahren eine Geliebte hat und ich nun die Konsequenzen daraus ziehen wollte. Herr Janson drehte ständig seinen Kugelschreiber zwischen den Fingern und ich beobachtete dieses Spiel. Ich entspannte mich etwas, da er mich nicht drängte. Er hörte mir zu und sah mich währenddessen nicht an. Nach wenigen Minuten fiel er mir ins Wort: „Haben Sie einen Freund?" Ich erschrak und war verärgert: „Nein, ich habe keinen Freund! Wenn Sie einen intimen Freund meinen." Er sah mich an und lächelte süffisant: „Ja, ich meine einen sexuellen Partner." Er machte eine Pause und sah mich durchdringend an. Ich fühlte mich unbehaglich. Dann sprach er weiter: „Ich vertrete bevorzugt Frauen, die einen Freund haben. Sie sind weniger skrupellos und wollen alles schnell hinter sich bringen. Außerdem wirken diese Frauen nicht so leidend." Meine Unsicherheit wuchs mit jedem seiner Worte. Der Ruf dieses Anwaltes bestätigte sich. Er kannte tatsächlich keine Skrupel! Aber zeigte Frank mir gegenüber jemals Skrupel?

Ja doch, manchmal schon. In diesem Moment entband ich Frank wieder von jeglicher Verantwortung für das was in den letzten Jahren geschah. Es nicht Frank! Nein, es war diese selbstherrliche, egozentrische Telefonterroristin. Sie steuerte alles. Sie allein trug die Schuld! Frank besaß niemals so viel Mut. Nur diese Frau, die nicht einmal ihren Namen nannte. Sie konnte ihn derart manipulieren, dass er seine Familie hinterhältig belog und betrog. Aber diese Variante behielt ich für mich. Sie hätte Herrn Janson sicher nicht gefallen. Warum sollte ich einen Freund haben? Ich hatte den Kopf voll von Problemen, die ich nicht bewältigen konnte. In meinem Leben war kein Platz für einen anderen Mann. Außerdem war ich gar nicht mehr sicher, ob ich schnell geschieden werden wollte. Vielleicht würde sich Frank unter diesem Druck besinnen. Das Gespräch mit dem Anwalt brachte mir keine Entlastung. Am Ende verblieben wir so, dass Frank in einem Brief meine Trennungsabsicht mitgeteilt würde. Ferner sollte mein Mann über seine Unterhaltspflicht gegenüber seinen Kindern informiert werden. Mit äußerst gemischten Gefühlen fuhr ich nach Hause.

Einen Tag vor Robins fünften Geburtstag erhielt Frank diesen Brief. Er las diesen aufmerksam. Aber ich stellte keine Regung in seinem Gesicht fest. Als er das Schriftstück gleichgültig zur Seite legte, sah er mich ohne sichtbare Gefühlsregung an: „Ja Melanie, wenn das Dein Wunsch ist, dann musst Du diesen Weg gehen." Ohne ein Wort des Bedauerns sprach er mehr zu sich selbst: „Ich werde mich um eine kleine Wohnung bemühen." Ich vermisste ein versöhnliches Wort. War ihm entgegen all seiner Versprechen unsere Zukunft gleichgültig geworden? Würden wir nun all unsere Ziele auf halben Weg aufgeben? Aber ich durfte dieses Schreiben nicht abschwächen. Ich wusste, dass ich damit eine Rückversicherung besaß. - Trotz der außergewöhnlichen Umstände planten wir Robins Geburtstag. Ich mobilisierte meine letzten Kräfte für diesen Tag. Wir feierten ihn im Kreis der Familie. Ich fühlte mich wie ferngesteuert und funktionierte wie gewohnt. Aber mein kleiner Robin freute sich riesig. Und nur das zählte für mich.

Bereits am nächsten Tag brach mein Kartenhaus zusammen. Mir fehlte jegliche Energie zu weiteren Auseinandersetzungen mit Frank. Auch die eingeleiteten Schritte für eine Klärung meiner Situation rückten in weite Ferne. Wahrscheinlich hielt mich nur Robins Geburtstag noch aufrecht. Nun schwand meine Kraft rapide. Ich wurde von Schmerzen am ganzen Körper gepeinigt. Meine Waage zeigte mir ein Gewicht von 45 Kilogramm an. Mein abgemagerter Körper versagte mir den Dienst. Er verweigerte mir die Aufnahme von Nahrung und auch auf die notwendige Flüssigkeit verzichtete ich notgedrungen wegen der Übelkeit. Verzweifelt überlegte ich, wen ich denn um Hilfe bitten könnte. Aber ich fand keine Antwort darauf. - Und außerdem musste ich doch arbeiten, um meine Stelle nicht zu gefährden.

Dieter sah mich voller Sorge an. Ich widersprach seiner Aufforderung, mich krank zu melden. So vergingen einige für mich kritische Tage. Frank versah seinen Nachtdienst und ahnte nicht annähernd, wie ich mich fühlte. Ich sah keinen Ausweg mehr. Ich spürte verzweifelt, dass ich am Ende war. Mein Schicksal sollte bereits eine Woche nach Robins Geburtstag eine Wende nehmen. Nach einem Kräftezehrenden Streit mit Frank zog ich mich in Sonjas Wohnung zurück. Sie war nicht zu Hause. So ließ ich meinen Tränen freien Lauf und ich tat mir selbst unendlich leid.

Ein Geräusch neben mir unterbrach mein Schluchzen. Marlene legte zart ihre Hand auf die meine und fragte, ob sie etwas für mich tun könne. Ich verneinte trotzig und drehte mich abweisend auf die andere Seite. Marlene verließ das Zimmer und ich bereute sofort mein ablehnendes Verhalten. Und wieder wurde mein Körper von Weinkrämpfen geschüttelt. Irgendwann stand Corinna neben mir. Marlene hatte sie angerufen und sie um Hilfe gebeten.

Corinna war außer sich vor Zorn. Sie schimpfte über Frank und über die Tatsache, dass er oben vor dem Fernseher lag und mich meinem Schicksal überließ. Sie forderte mich resolut auf, mit ihr zu kommen. Willenlos folgte ich Corinnas Aufforderung. Sie brachte mich zu ihrem Wagen. Ich ließ alles geschehen. Marlene verabschiedete sich mit einem zärtlichen Kuss. Sie war sehr verstört und konnte ihre Tränen nicht zurückhalten. Corinna redete ständig und zeterte immer noch. Sie wollte wissen, was dem voran gegangen war. Aber ich konnte ihr nicht mehr antworten. Ich wollte nur noch meine Ruhe haben. Ich wusste nicht einmal, wo Corinna mich hinbringen würde. Und ich dachte auch nicht darüber nach.

Erst als sie ihren Wagen vor einer Klinik parkte, wurde mir der Ernst der Lage bewusst. Aber ich spürte auch eine Erleichterung. Vielleicht bekam ich nun Hilfe. Ich war Corinna sehr dankbar, dass sie für mich da war und mir half. Sie redete nun mit einem Arzt. Die erkennbare Unterernährung und der Flüssigkeitsverlust in meinem Körper mussten dringend mit Infusionen behandelt werden.

Ich kannte diese Klinik. Schließlich war Robin hier geboren. Ich vertraute den Ärzten und fühlte mich erst einmal sicher. - Am nächsten Morgen hoffte ich sehnsüchtig, dass Frank kommen würde. Aber ich wartete vergebens. Außer der Kleidung, die ich am Vorabend trug, hatte ich nichts dabei. Im Hinblick auf meine hilflose Lage brach ich wieder in Tränen aus. Als Corinna später kam, beruhigte ich mich etwas. Sie versorgte mich mit allem, was ich für die nächsten Tage benötigte. Was hätte ich ohne Corinnas Hilfe getan? Meine Familie wusste nicht, wo ich war und sie sollten es auch nicht wissen. Ich spürte ganz genau, dass sich hier etwas anbahnte, was ich nicht mehr steuern konnte. Beschämend war auch die Tatsache, dass ich absolut kein Geld besaß. Mir wurde mal wieder klar, wie sehr ich von Frank abhängig war.

An einem der nächsten Tage besuchte mich überraschend Franks Bruder. Er arbeitete als Krankenpfleger in dieser Klinik. Manfred war besorgt um mich und erzählte mir, dass er zufällig meinen Namen gelesen hätte. In der Vergangenheit bestand kein intensiver Kontakt zwischen uns. Umso liebenswerter empfand ich die Tatsache, dass Manfred mir Geld und Hilfe anbot. Als er wieder ging, empfand ich ein großes Gefühl der Dankbarkeit.

Ich wartete noch immer auf ein Zeichen von Frank. Als meine Töchter mich besuchten, wichen sie meiner Frage nach ihrem Vater verlegen aus. Sie erzählten lediglich, dass Robin nun bei Anna sei.

Mich erreichte zu diesem Zeitpunkt kein Wort mehr. Meine Gedanken drehten sich nur im Kreis: morgens, mittags, abends, ja jede Sekunde. Aber ich konnte keine Antwort auf das ,Warum' finden.

Irgendwann kam eine Psychologin zu mir. Sie sagte, dass mein behandelnder Arzt sie gebeten habe, nach mir zu sehen. Nach diesem Gespräch sagte sie mit fürsorglicher Stimme: „Sie leiden unter einer schweren Depression. Aber sie müssen sich nicht fürchten. Lassen Sie sich behandeln, dann werden Sie sich bald besser fühlen." Litt ich unter Depressionen? Darüber hatte ich niemals nachgedacht. Ich wusste doch einfach nicht mehr weiter. Waren das denn Depressionen?

Sie brachte mir vorsichtig näher, dass ich mich in psychologische Behandlung begeben müsse, da ich sehr krank sei. Sie sagte auch, dass ein räumlicher Abstand von zu Hause sinnvoll wäre. Mit dieser Maßnahme würde mir die Möglichkeit gegeben, wieder zu mir zu finden. Wenn sie mich in die Wüste geschickt hätte, wäre ich auch dorthin gegangen. Mir fehlte jegliche Eigeninitiative. Und über einen eigenen Willen verfügte ich schon lange nicht mehr. Bevor sie ging, versprach ich ihr, mich um einen Therapieplatz zu bemühen. - Aber die Klinik, in der Frank arbeitete kam für mich nicht in Frage. Ich musste eine andere Lösung finden.

Frank lehnte es ab, mich an dem Tag meiner Entlassung aus der Klinik abzuholen. So kam Heide und fuhr mich nach Hause. Ich fragte meinen Mann nicht, warum er nicht kommen wollte. Es war mir gleichgültig. - Irgendwann an diesem Abend richtete Frank das Wort an mich: „Melanie, es fällt mir schwer, mit der Situation umzugehen. Dies alles belastet mich mehr, als ich mir eingestehen wollte." Ich sah Frank hilflos an. Unsere Blicke trafen sich. Ich sah auch die Verzweiflung und die Hilflosigkeit in seinen Augen. Langsam ging ich auf ihn zu. Frank hob seine Arme und ich fiel nur noch hinein. Wir hielten uns fest und weinten nun gemeinsam. Wir weinten um uns, unsere Kinder und alles, was verloren schien.

Es half mir sehr, dass Frank am nächsten Morgen mit einer etwas entfernten Klinik in Verbindung trat. Er kannte dort einige Mitarbeiter und war nach dem Gespräch sichtlich erleichtert. Bereits nach zwei

Tagen sollte ich stationär aufgenommen werden. Zu meiner Erleichterung brachte Frank mich dorthin.

Er blieb noch recht lange bei mir und versuchte mich zu trösten. Er gab mir etwas Geld und versprach mir seine Hilfe.

Aber auch in dieser Klinik konnte mir niemand helfen. Das Personal war sehr zuvorkommend und bemühte sich sehr um mich. Aber ich lebte mit jedem Tag ein bisschen weniger. Für mich war es nicht möglich, die angebotenen Aktivitäten zu nutzen. Die Ärzte drängten mich auch nicht dazu. Sie begründeten ihre Entscheidung damit, dass ich in der Vergangenheit einfach zuviel geleistet habe und nun erst einmal zur Ruhe finden solle. Sie bemühten sich währenddessen um einen Therapieplatz für mich. In einem Gespräch versuchte eine junge Psychologin mir näher zu bringen, dass nicht nur Frank suchtkrank sei, sondern auch ich. Ja, Frank sei abhängig von Alkohol und ich sei abhängig von Frank. Zum ersten Mal hörte ich davon, dass wir eine krankmachende Ehe führen würden. Nur die totale Abstinenz könne mich heilen. Und Frank hätte dann wieder eine reale Chance, nicht mehr trinken zu müssen.

Von solch schwierigen psychologischen Zusammenhängen hatte ich bis zu diesem Zeitpunkt keine Ahnung. Aber mein Interesse, diese Dinge zu ergründen war bereits entfacht. Ich vertraute der Ärztin und folgte ihren Ratschlägen.

Als ich eines Morgens im Aufenthaltsraum für Patienten saß, lernte ich eine Frau kennen. Sie stellte sich mir vor: „Hallo ich bin Jutta aus Offenbach." Mir gefiel diese schwarzhaarige Frau mit dem südländischen Aussehen. Sie wirkte so stark und selbstbewusst. Sie fragte mich, warum ich hier sei. Sofort füllten sich meine Augen mit Tränen, und ich erzählte ihr schluchzend von meinen Problemen mit Frank. Es fiel mir nicht schwer der fremden Frau die intimsten Sachen aus meiner Ehe mitzuteilen. Sie zeigte zuerst keine Regung, sondern schaute mich nur nachdenklich an. Spontan umarmte sie mich und sagte, dass sei nichts Außergewöhnliches. Auch ihr Aufenthalt in dieser Klinik entspräche dieser Problematik. Sie verabschiedete sich mit den Worten: „Ich würde mich freuen, wenn wir uns näher kennen lernen." Dieser Wunsch entsprach auch meinem Bedürfnis. Ich nickte zustimmend. Gemeinsam ist vieles leichter. Aber es fiel mir schon lange schwer, mich auf andere Menschen einzulassen. Ich dachte, unsere gemeinsame Zeit wird bald vorbei sein und ich sehe sie nie wieder.

Doch ich sollte mich in diesem Punkt glücklicherweise irren. Wenige Tage später trat Jutta strahlend in den Frühstücksraum. Sie freute sich riesig und teilte mir erfreut mit, dass sie einen Therapieplatz habe. Sie schwärmte von der Institution, welche schon vielen geschwächten Menschen den Start in ein ‚normales' Leben ermöglichte. Sie sehnte den Tag herbei, an dem sie ihre Therapie beginnen durfte. Ich wollte es nicht zulassen, aber der Abschied von Jutta fiel mir schwer. Sie hätte meine Freundin werden können.

Aber auch für mich waren die Tage in dieser Klinik gezählt. Denn bereits wenige Tage nach Juttas Abreise wurde auch mir eine Therapiemöglichkeit angeboten. Mein Herz schlug höher als ich erfuhr, dass es sich um die gleiche Klinik handelte, in der sich Jutta befand. Ich kannte auch diese Stadt sehr gut, da sie nicht weit von meinem Heimatort entfernt war. Außerdem lebte dort Nathalie. Ich würde sie häufig sehen können. Und ich würde vielleicht eine Freundschaft mit Jutta aufbauen. Eigentlich waren für mich die Weichen in Richtung ‚Positive Einstellung' gestellt. Die Tatsache, dass es sich um eine Langzeittherapie handelte beeindruckte mich nicht negativ. Frank hielt bisher sein Versprechen und besuchte mich regelmäßig. Als er von meinen Plänen erfuhr, wirkte er bedrückt. Er fragte mich, ob uns diese Therapie vielleicht wieder zusammenführen könnte. Ich wünschte mir nichts sehnlicher als das. Aber mir klangen auch die Worte der Ärzte im Ohr: ‚Völlige Abstinenz'. Aber vielleicht gab es ja für uns doch einen gemeinsamen Weg.

Frank bemühte sich rührend um mich. Das war Balsam für meine Seele und zeigte wesentlich mehr Wirkung als jedes Medikament. Auch Frank war anzusehen, dass er litt. Er versprach mir immer wieder, sich um Robin und die Mädchen zu kümmern. Er würde den Rasen mähen und samstags die Rinne fegen. Er würde die Wohnung in meinem Sinn in Ordnung halten und hoffen, dass sich alles zum Guten wenden würde. - Ich war erstaunt, Frank wusste wohl, wie viel Zeit und Kraft mir unser großer Haushalt täglich abverlangte.

An einem regnerisch, kalten Tag im März 1991 fuhr ich mit Frank zu der Klinik, die mein Leben auf lange Sicht verändern sollte. Frank erledigte alle Formalitäten für mich. Anschließend betrat ich zum ersten Mal das Zimmer, welches für längere Zeit mein Zuhause

ersetzen sollte. Jutta hatte mir bereits erzählt, dass es nicht sonderlich schön war. Aber sie sagte mir am Telefon: „Wichtig ist doch nur, dass wir dieses Zimmer teilen dürfen. Wir gestalten es nach unseren Wünschen." - Doch nun, als ich dieses Zimmer das erste Mal sah erschütterte mich dieser Anblick. Nein, hier wollte ich nicht bleiben. Ein Zimmer, viel zu klein für zwei Personen und das Mobiliar schien aus der Nachkriegszeit zu stammen. Oder suchte ich nach Ausflüchten, um nicht bleiben zu müssen? Ich spürte Ablehnung in mir. Hier sollte ich mehrere Monate verweilen? Sehr lange, vielleicht sogar viel zu lang. Würde ich Frank jetzt für immer verlieren. Er stand neben mir und wir verstanden uns auch ohne Worte. Er dachte genauso wie ich. Langsam gingen wir aufeinander zu. Der Glanz in seinen dunklen Augen war erloschen. Aber ich spürte die Kraft seiner starken Arme, als er mich an sich zog und mit heiserer Stimme flüsterte: „Mein Liebling, Du musst nicht hierbleiben, wenn Du es nicht möchtest. Wir lösen unsere Probleme auch ohne eine Therapie. Glaube mir, wir schaffen das." Kraftlos hing ich in seinen Armen. Ich roch seinen Duft und wollte gerade schwach werden. Aber es war dieser Duft, der mir sagte: ‚Bleibe hier Melanie. Es wird sich nichts ändern. Solange Frank nicht nach Frank duftet, sondern nach einem fremden Parfum - solange wird sich an der Situation nichts ändern. '
Ich hörte Franks Stimme nah und zärtlich flüsternd an meinem Ohr: „Ich vermisse Dich schon jetzt nach nur drei Wochen. Ich will und kann nicht ohne Dich leben!" Seine eindringlichen Worte stimmten mich auf einmal sehr traurig. Können all diese Beteuerungen wirklich eine Lüge sein? Langsam löste ich mich aus seinen Armen, um etwas Abstand zu gewinnen. Trotz meines diffusen Zustandes war mir klar, dass es niemals die richtige Lösung sein konnte, wenn ich jetzt mit ihm zurückfahren würde. Ich sagte ihm, dass ich meine Krankheit überwinden müsse. Mein Körper war nicht mehr in der Lage ohne ärztliche Hilfe wieder zu funktionieren. Diesen Hinweis gab mir eine Ärztin warnend mit auf den Weg. Ich schämte mich, als sie nach einer körperlichen Untersuchung ihren Blick besorgt auf mich richtete: „Ich habe während meiner langen Berufsjahre nie zuvor eine derart abgemagerte junge Frau gesehen."

9. Kapitel

Psychotherapie
Ich stelle mein Leben in Frage

Frank war gegangen. Ich fühlte nur Leere in mir und saß verloren auf dem Bett, in dem ich in den nächsten Wochen oder gar Monate schlafen sollte. Wenn ich auch nur annähernd geahnt hätte, dass endlose Tränenströme dieses Kissen nässen würden, wäre ich sicher laut schreiend davongelaufen. Aber zu meinem Glück ahnte ich von alledem nichts.

Eine Krankenschwester unterbrach mit ihrem Eintreten meine Gedanken. Sie bat mich, mit ihr in das Stationszimmer zu kommen. Sie benötigte noch einige Angaben. Frau Heinrich war eine sympathische Erscheinung. Sie verfügte über eine gewisse Ausstrahlung, welche mich ein wenig hoffen ließ. Für mich war es wichtig, das weibliche Pflegepersonal nicht mit ‚Schwester' ansprechen zu müssen. - Denn das, was ich in den letzten Jahren mit diesen ‚Schwestern' erlebte, hinderte mich daran diese vertrauliche Form der Anrede zu wählen. Vielleicht lag mein Hoffnungsschimmer auch in der Tatsache. dass Frau Heinrich bereits im reiferen Alter war. Sie bedrängte mich nicht. Sie sagte mir, dass ich noch nicht viel sagen müsse. Schließlich hätten wir eine lange Zeit vor uns. Sie zeigte mir die Räumlichkeiten und schilderte mir deren Bedeutung: Aufenthaltsräume, sanitäre Anlagen und Therapieräume. Sie überschüttete mich keinesfalls mit Informationen. Ihre Ruhe tat mir gut. Ich war ihr dankbar, dass sie mich nicht zu stark forderte. Sie nahm mir ein wenig die Angst vor dem Aufenthalt in diesem Haus. Ich hatte mir eine Option offengelassen: Sollte mir dies alles nicht zusagen, würde ich wieder abreisen. Frank wäre sicher erfreut, wenn er mich abholen könnte. Aber als ich Frau Heinrich verließ, rückte dieses Vorhaben weiter weg. - Am Abend kam Jutta von ihrem ersten Wochenendurlaub zurück. Ihre natürliche Herzlichkeit war überwältigend. Sie erzählte mir von ihren Erfahrungen der letzten Tage. Sie brachte mir das gesamte Konzept etwas näher. Jutta teilte mir mit, dass in diesem Haus siebzehn Menschen lebten. Sie alle bildeten eine große Familie. Ein jeder von ihnen bekennt sich mehr oder weniger zu seinen seelischen Defiziten und die überwiegend dadurch entstandenen körperlichen Leiden. Ich verstand nicht, in welcher Beziehung seelische Defizite mit körperlichen Leiden standen. Ich dachte über meine Migräne nach. Hierfür konsultierte ich regelmäßig einen Neurologen. Er fand zwar bisher keine Erklärung für meine Schmerzen, aber vielleicht würde er die Ursache noch finden. Körper und Seele! Seit wann gab es da ein Zusammenspiel? Aber diese Fragen behielt ich lieber für mich. Was auch immer mich daran hinderte, aber es war wohl besser so.

Die Patientenzimmer durften nach eigenen Wünschen gestaltet werden. Das hörte sich gut an. Dann würde ich Jutta bitten, unserem Zimmer etwas Behaglichkeit zu verleihen.

Wir trafen während unserer Erkundung Menschen, die auf den ersten Blick gesund und lebensfroh wirkten. Ich wurde von allen höflich begrüßt.

Ich traf zum Beispiel Heinz. Er arbeitete als katholischer Pfarrer in dieser Stadt. Ich dachte zuerst, Heinz sei der Seelsorger in diesem Haus. Aber er lachte und dementierte meine Meinung: „Nein Melanie, ich lebe als Patient in diesem Haus." Dann begegnete ich Wolfram. Er hatte gerade sein Medizinstudium abgeschlossen. Ich fragte mich, was er nun hier wollte. Als ich den klugen Jurastudenten Joachim kennen lernte, verstand ich nichts mehr. Was wollten die denn alle hier? Die konnten doch nichts Schlimmes erlebt haben? Und so weltfremd wie ich schienen sie auch nicht zu sein. Dann begegnete ich Margot. Sie wohnte in Frankfurt und erzählte mir, dass sie kinderlos verheiratet sei und eine gutbezahlte, interessante Stelle bei einer Eheberatungsstelle ausübte. Sie würde in letzter Zeit keinen Schlaf finden und deshalb habe auch sie ständig Kopfschmerzen. Auch Margot war gerade erst angekommen. Ja, und der redegewandte Rainer teilte mir mit, dass er als Sozialarbeiter in der Frankfurter Taunusanlage beschäftigt sei. Sein Zuständigkeitsbereich lag in der Betreuung von obdachlosen Menschen. Über mehrere Jahre setzte er sich für deren Belange ein. Da Rainer nicht gebunden war, widmete er diesen Menschen seine gesamte Zeit. Er erzählte mir, dass einige seiner Schützlinge unverschuldet in diese Situation gekommen waren. Rainer half, wo immer er konnte. Und irgendwann schlief Rainer selbst auf einer Parkbank. Zu seiner Erleichterung wurde ihm nicht gekündigt. Aber er sah mich dennoch traurig an, als er sagte: „Ich habe weder meinen Job noch meine Wohnung verloren. Aber ich bin auf der Suche nach meiner Identität." Und diese wollte er hier in dieser Klinik wiederfinden.

Rainers außergewöhnliche Geschichte stimmte mich sehr nachdenklich. Ein intelligenter, bodenständiger Mensch verliert seine Identität? Hatte auch ich meine Identität verloren? Hier stagnierte mein Denken plötzlich. Ein seltsames, unerklärliches Gefühl von Unwissenheit verunsicherte mich. Ich stellte mir in Gedanken eine Gegenfrage: ‚Besaß ich denn jemals eine eigene Identität? '

Jutta berichtete mir, dass auch sie nach einer langjährigen Ehe nun vor den Trümmern ihres Lebens stand. Sie verkraftete die Vorfälle der jüngsten Vergangenheit nicht. Viele Jahre pflegte sie aufopfernd die Eltern ihres Mannes. Dieser dankte Jutta ihre Fürsorge mit permanenter Missachtung ihrer Person. Auch die zwei Töchter litten unter den gegebenen Umständen. Durch Fleiß und Pflichtbewusstsein trug Jutta zu einem gewissen Wohlstand ihrer Familie bei. Dann kam der Tag, an dem alles zerbrach. In ihrer Brust hatte sich ein Tumor gebildet. Trotz eines positiven Verlaufes der Operation erwachte Jutta mit einer linksseitigen Gesichtslähmung aus der Narkose. Dieser Behinderung hielt ihre Ehe nicht stand. So stand Jutta nun vor den Trümmern ihres Lebens. Ja, uns beide verband sehr viel.

Wir begannen mit der Neugestaltung unseres gemeinsamen Zimmers. Es gab keine Reibungspunkte. Wir waren uns schnell einig, wie es aussehen sollte. Nach einigen Stunden betrachteten wir voller Stolz unser Werk. Der Raum war nicht wieder zu erkennen. Der Schlafbereich war abgetrennt von einem wohnlich gestalteten Zimmer. Frische Blumen zierten eine kleine Anrichte und vom Fenster her leuchtete eine bunte Dekoration. Eine Tischdecke kaschierte den alten Tisch und gab ihm ein hübsches Aussehen. Wieder einmal hatte ich mich intensiv mit Äußerlichkeiten beschäftigt. Aber ich war zufrieden. Denn ich liebte eine behagliche Umgebung. – Nicht im Traum dachte ich daran, vielleicht einmal mein Innenleben aufzuräumen, um diesem einmal etwas Behaglichkeit zu schenken. Ich besaß die Begabung, in kürzester Zeit einem Raum eine harmonische Atmosphäre zu verleihen. Aber was nutzt das, wenn die Harmonie nur das Auge erreicht und die Seele davon nicht profitieren darf.

Ich kam an einem Samstag in der Klinik an. So blieben mir zwei Tage, um das Haus und dessen Bewohner kennen zu lernen. Zwei interessante und eindrucksvolle Tage für mich. Mir blieb keine Zeit zum Nachdenken. Abends fiel ich völlig erschöpft in mein Bett. Der strukturierte Tagesablauf ließ mir keine Zeit an zuhause zu denken.

Zum Wochenbeginn lernte ich noch einige Mitarbeiter des Teams kennen. Die zivile Kleidung des Personals sprach mich positiv an. Sie nahm der Therapie den Krankenhauscharakter. Mir war meine Situation bewusst. Ich war am Ende meiner Kräfte angelangt. Daran änderte sich in zwei Tagen nichts. Ja, mir fehlte es an Lebensqualität und einer Perspektive. Ich war hier und konnte Frank nicht kontrollieren. Ich durfte den Kindern nicht nahe sein. Und die Angst um meinen Arbeitsplatz nahm mir auch niemand. In mir erwachte die Illusion, dass es vielleicht so einfach sein würde wie damals in der psychosomatischen Klinik. Ja, ich würde mich erholen und Kräfte sammeln. Diese würde ich dann sinnvoll einsetzen. Entweder für die endgültige Trennung von Frank oder aber um unsere Ehe zu kämpfen. Sicher galten hier in diesem Haus die gleichen Therapieziele. Der extrem lange Aufenthalt diente wohl nur der Stabilisierung auf Dauer. Diese Gedanken stimmten mich wieder etwas versöhnlicher mit meinem Schicksal. Ja, ich hatte schon eine Begabung, mich kurzfristig selbst froh zu stimmen. Waren diese Gedanken auch fernab jeder Realität. Aber ich entrann damit für einige Zeit der grausamen Wirklichkeit und flüchtete in meine bezaubernde Traumwelt.

Mein Tagesablauf sollte durch verschiedene Arten von Therapieangeboten gestaltet werden. Es war schon gut, dass der Wecker nun nicht mehr morgens um fünf Uhr neben mir läutete. Ich durfte nun täglich zwei Stunden länger schlafen. Der Alltagsstress fehlte mir keine Sekunde lang.

Diverse Therapeuten leiteten diese Meetings. Einmal pro Woche trafen sich alle drei Gruppen zusammen. Außerdem wurde eine Bewegungstherapie angeboten, welche ich anfangs mit Sport verwechselte. Nein, hier handelte es sich um körperbezogene Bewegungsabläufe. Den eigenen Körper spüren und fremde Berührungen annehmen. Ich war noch nicht sicher, wie das funktionieren sollte. - Dann war da noch die Gestaltungstherapie von der ich annahm, dass ich irgendetwas kreieren sollte. Sei es ein Bild zu malen oder etwas zu basteln. Ja, am Zeichnen war ich interessiert. Aber zum Basteln fehlte mir die Motivation. Vielleicht gelang es mir, dieses Angebot zu umgehen?

‚Meinen' Therapeuten lernte ich bereits eine Woche vor Therapiebeginn kennen. Er lud mich damals zu einem Vorgespräch ein. Der Verlauf dieser Unterredung weist Lücken in meinem Gedächtnis auf. Ich kann mich erinnern, dass ich geweint und geklagt habe. Ich fühlte mich meinem Schicksal ausgeliefert. Über seine Reaktion habe ich nichts in meinem Erinnerungsvermögen gespeichert. Seine attraktive Erscheinung, sowie seine angenehme Stimme blieb mir im Gedächtnis. Ich musste mich sehr auf seine gezielten Fragen konzentrieren. Denn er sprach leise und seine Fragen und Antworten ließen keinen Widerspruch zu. Ja, das war Doktor Braun.

Mit mir erwarteten ihn am ersten Therapietag fünf weitere Patienten. Ich las das Schild neben seiner Tür. ‚Doktor der Psychoanalytik'. Was sollte das heißen? Dieser Titel war mir fremd. Ich kannte Neurologen, Psychiater, Psychologen usw., aber den Begriff der Psychoanalytik wusste ich nicht zu definieren. Ich wandte mich an Heinz und fragte ihn mutig: „Was heißt Psychoanalytik?" Heinz sah mich merkwürdig an und antwortete mit einem Lächeln: „Weißt Du Melanie, jeder von uns unterzieht sich einer Psychoanalyse. Das bedeutet, dass Deine Psyche vom Kleinkindalter an analysiert wird." Meine Gedanken wirbelten durcheinander. Mir war bekannt, dass chemische Substanzen in Laboratorien analysiert wurden. Auch in unserer Firma kam dieser Begriff bei technischen Fragen vor. Aber wie kann man meine Psyche oder mich analysieren? Das war für mich nicht vorstellbar. Ich spürte eine Beklemmung in meiner Brust. Was würde da auf mich zukommen?

Pünktlich um neun Uhr kam Doktor Braun den langen Korridor entlang „geschwebt." Ja, geschwebt, das ist die richtige Beschreibung. So habe ich das Erscheinen dieses Mannes erlebt. Groß und mächtig. Nein, er besaß keine mächtige Gestalt. Aber ich spürte seine überaus mächtige Persönlichkeit. Gegen diesen Mann kam ich mir klein und hilflos vor. Er hatte seine abgegriffene braune Tasche lässig unter den Arm geklemmt. Die schwarze Hose und der rote Pullover blieben meiner Erinnerung erhalten. Eigentlich mag ich rote Kleidungsstücke überhaupt nicht. Aber ihn kleidete diese Farbe gut. Sein Gesicht wirkte ernst und verbarg jegliche Regung. Als Doktor Braun sich uns näherte, vernahm ich keinen freundlichen Gruß. Kein ‚Guten Morgen' oder gar ein lockeres ‚Hallo'. Nein es kam nichts. Ich war schon nervös, bevor ich den Gruppenraum betrat.

Noch immer schweigend schloss er die Tür auf. Er öffnete diese und forderte uns mit einer distanzierten Handbewegung zum Eintreten auf. Ganz selbstverständlich trabten wir ihm nach.

Eine seltsame, beklemmende Stimmung hüllte den Raum ein. Trotz der ansprechenden Einrichtung und dem großen Blumenfenster fühlte ich mich unwohl. Ein bequemer Sessel, unmittelbar neben Doktor Braun war noch frei. Mit zitternden Knien steuerte ich diesen an und ließ mich nieder. Wenn ich nun dachte, dass eine nette Begrüßung diese Stunde einleiten sollte, so unterlag ich wiederum einem Irrtum. Dieser Mann schwieg beharrlich. - Er saß auf seinem Stuhl und schaute in die Runde. Ich vermutete, dass die anderen diesen Verlauf bereits kannten. Denn sie waren nicht so angespannt wie ich. Ich konnte dieses Schweigen einfach nicht ertragen. Wir saßen alle im Kreis. Links neben mir Doktor Braun, rechts neben mir Heinz, der Pfarrer. Ich erinnere mich, dass Wolfram mir direkt gegenübersaß. Margot, von der ich schon berichtete, war ebenfalls in dieser Gruppe. Die anderen sollte ich noch näher kennen lernen.

Nach langen Schweigeminuten räusperte sich Heinz und sagte: „Wir haben Melanie schon kennen gelernt...!" Doktor Braun unterbrach ihn schroff: „Frau Körner ist sicher in der Lage, sich selbst vorzustellen." Seine Mimik verfinsterte sich noch mehr. Wäre dieser Mann mir während unseres ersten Gespräches derart ablehnend und unpersönlich entgegengetreten, dann hätte ich dieser Therapie niemals zugestimmt. Solchen Situationen ging ich schon lange aus dem Weg, weil ich sie nicht ertrug. Und nun saß ich hier fest. Mit zitternder Stimme stellte ich mich vor. Ich sprach wie üblich nur über die bevorstehende Trennung von Frank. Langsam erlangte ich meine Beherrschung wieder und redete oder ‚quasselte' von meiner Misere. Ich schob Frank die Verantwortung für meine üble Lage zu und jammerte fast eine Stunde lang. Wenn ich vielleicht dachte, dass der Mann neben mir Mitgefühl oder gar Verständnis zeigte, dann sollte ich mich irren. Im Gegenteil, seine Miene verfinsterte sich noch mehr. Er schwieg zu allem was ich sagte. Da ich keine Rückmeldung auf meine Erzählungen bekam, fühlte ich mich auch nicht erleichtert. Ich glaubte mal wieder etwas falsch gemacht zu haben. Ich spürte keine Entspannung durch meinen ausgiebigen Redeschwall.

Meine Geschichte und ich interessierten diesen Mann einfach nicht. Ja, so dachte ich an diesem ersten Morgen. Am Ende der Gruppenstunde sah er mich streng an und sagte: „Kaufen Sie sich das Buch mit dem Titel ‚Kraft zum Loslassen'!" Ich rotierte nach diesen Worten noch mehr und schwieg nun ebenfalls. Ich ging nachdenklich den Flur entlang als mir einfiel, dass ich eine Bescheinigung für meinen Arbeitgeber brauchte. Ohne nachzudenken, drehte ich mich um und ging wieder zu Doktor Braun in dessen Zimmer. Ich brachte mein Anliegen vor und bekam den nächsten Dämpfer: „Die Gruppenstunde ist um. Wenn Sie etwas wollen, sprechen Sie es beim nächsten Mal an!" Er wandte sich wiederum schroff von mir ab und packte seine Tasche. Ja, er ignorierte mich einfach wie ein lästiges Insekt. Ich stand da, gleich einem gerügten Kind und fühlte ich mich zurückgewiesen. Gekränkt und mit gesenktem Haupt verließ ich den Raum des Schreckens.

Als ich wenig später den Gemeinschaftsraum betrat, wunderte ich mich sehr über die anderen Patienten. Sie waren völlig unbeeindruckt und tranken in ausgelassener Stimmung ihren Kaffee. Völlig verstört nahm ich mir eine Tasse mit dem wohltuenden Getränk. Ich zündete mir eine Zigarette an und fühlte mich schlecht.

Wolfram lachte und sagte: „Melanie, mach' Dir nichts draus. So ist er eben!" Ich war den Tränen nahe und erwiderte, dass ich mich zu Hause genug ärgern könne. Das müsse ich mir hier nicht auch noch antun. – Aber ich wurde nach kurzer Zeit abgelenkt. Dieser lustige Truppe gelang es, mich aufzuheitern. Ich dachte, dass auch ich nach einiger Zeit anders denken würde. Wieder bemerkte ich nicht, dass mein Schema stets nach gleichem Muster verlief. Ich tat nichts und wartete, bis sich alles von selbst regelt. In den nächsten Tagen musste ich mich erst einmal auf das Wesentliche konzentrieren. Es wurde ein umfangreicher Lebenslauf von mir erwartet. Unumgängliche Formalitäten und ausführliche Gespräche mit dem Pflegepersonal ließen mich kaum aufatmen. Aber es war immer ein Ansprechpartner im Haus.

Als mir Herr Maisler vorgestellt wurde, war ich erst einmal mit dem Schicksal versöhnt. Er stellte sich als mein persönlicher Betreuer vor. Schon beim ersten Termin fand ich Vertrauen zu ihm. Er würde mit mir eine Anamnese durchführen. Was war das schon wieder? Herr Maisler erklärte mir geduldig, dass wir meine Vorgeschichte durchsprechen würden. Oh, darin sah ich kein Problem. Frank war doch an allem schuld! Als ich sofort mit Schuldzuweisungen beginnen wollte, schüttelte mein Gegenüber mit dem Kopf und sagte. „Das besprechen wir in diesen Stunden nicht. Erzählen Sie mir doch einfach etwas über sich, Ihre Kindheit oder Ihre Geschwister. Schon wieder Verwirrung! Was hatte meine Kindheit mit meinem ehelichen Fiasko zu tun? - In den folgenden Stunden stellte er mir gezielte Fragen und ich beantwortete diese bereitwillig. Wie ich schon erwähnte, wurde ich als das dritte Kind meiner Eltern geboren. Durch den Verlust ihres ersten Babys lebte meine Mutter in jahrelanger Trauer. Häufig ging sie in den Abendstunden mit uns Kindern zum Friedhof. Ob wir da fünfzehn Minuten oder zwei Stunden waren, kann ich heute nicht mehr sagen. Mir kam es immer wie eine Ewigkeit vor. Brigitte hatte ihre letzte Ruhestätte unter einem großen Baum gefunden. Noch heute könnte ich den weißen Marmorstein mit den einst goldenen Buchstaben beschreiben. Mit der Zeit setzte die Schrift sich mit leichtem Grünspan zu. Wir redeten während unserer Anwesenheit auf dem Friedhof nicht ein einziges Wort. Allein dieses Schweigen lastete schwer auf mir. Die Traurigkeit meiner Mutter war so bedrückend, dass diese Stimmungslage sich immer mehr auf mich übertrug. Auch Rosi und Hans standen regungslos dabei. Wie ich erwähnte, gingen wir meistens in der Dämmerung zu dem Kindergrab. Dieser Umstand gab der traurigen Stimmung noch den passenden Rahmen. So trauerte ich um etwas, was ich gar nicht kannte. Und doch habe ich noch heute das Gefühl, dass hier die Wurzeln für eine unerklärliche Trauer in mir entstanden. Ich fühlte diese zwar immer, aber ich konnte sie nicht deuten. Meine Mutter war eigentlich noch gar nicht in der Lage nach Brigittes Tod weitere Kinder zu bekommen. Sie war traurig und verzweifelt. Aber in diesen Jahren musste man die Familienplanung eher dem Schicksal überlassen. Hans war zwei Jahre und ich vier Jahre nach Brigittes Tod geboren. Wir wohnten im Haus meiner Großeltern väterlicherseits, und es fehlte uns zu dieser Zeit an allem. Meine Mutter betonte häufig, dass sie kein drittes Kind wollte. Sie wollte meine Kinderseele nicht verletzen. Aber ihre Worte stärkten mein Selbstwertgefühl nicht. Ich fühlte mich ‚unerwünscht'. Rosi und Hans spielten gern zusammen. Aber ich sah nur zu. Ich war eben anders als meine Geschwister. Meine Mutter bestätigte dieses auch immer wieder. Sie sagte oft: „Ein Kind mit so viel Temperament ist kaum auszuhalten." Im Gegensatz zu meinen Geschwistern war ich sehr wissbegierig und voller Tatendrang. Mir schien es immer so, als wären Rosi und Hans durch ihre defensive Haltung mehr angenommen worden als ich. Ich konnte es kaum ertragen, wenn die beiden friedlich miteinander spielten. Sie genügten sich und ich störte die beiden dabei. Aber ich beschäftigte mich nicht einfach anderswo. Nein, ich war bestrebt diese Harmonie zu brechen. So zerstörte ich einfach ihre Lieblingsspielsachen. Oder ich ließ mir etwas einfallen, wie ich die beiden ärgern konnte. Ich suchte Aufmerksamkeit, aber ich wählte schon als kleines Kind den falschen Weg. So vergesse ich nie ein harmonisches Weihnachtsfest. Hans hatte eine kleine Eisenbahn bekommen und spielte begeistert mit seinen zwei Triebwagen. Ich hingegen hasste diese silbernen Löffel, die meinen Besteckkasten jedes Jahr mit zwei oder drei silbernen Teilen mehr füllten. Ich zeigte meine Enttäuschung nicht. Aber ich war wütend, dass ich nichts zu spielen bekam. So schaute ich Hans nachdenklich beim Spielen zu. Als mein Zorn darüber ins Unermessliche stieg ging ich zum Angriff über. Ich öffnete das Fenster und warf die Geleise mitsamt den Triebwagen einfach aus dem ersten Stock auf die Terrasse. Das Schreien tönt mir noch heute in den Ohren. Hans schrie nach Mutter. Rosi schrie im Hintergrund. Mutter schrie nach Vater. Dann schrien die beiden mich an!

„Fröhliche Weihnachten!"

Rosi und Hans wurden auch von ihren Paten reichlich beschenkt. Mein Pate war ein Geizkragen und ,vergaß' mich grundsätzlich. So kam es, dass im nächsten Jahr am Heiligen Abend wieder die Tanten und Onkel kamen und meine Geschwister beschenkten. Nun sah ich mir das schon ein paar Jahre zähneknirschend an. Dieses Jahr wollte ich auch ein Geschenk haben. Aber niemand dachte daran. Sie waren ja auch nicht meine Paten. Bei der Bescherung schaute ich zuerst zu, wie Rosi und Hans sich freuten und bedankten. Ja, merkten die Erwachsenen denn gar nicht, was mir fehlte? Ich stellte mich mitten in den Raum und fing laut an zu schreien. Meine Eltern schämten sich in Grund und Boden. Mir war das egal. Ich schrie so lange, bis meine Mutter mich mit einer Ohrfeige ruhigstellte. Die Verwandten verabschiedeten sich diskret. „Fröhliche Weihnachten"

In meinem zwanghaften Bestreben nach Aufmerksamkeit machte ich alles falsch. So wollte ich einmal meiner Großmutter mütterlicherseits einen Gefallen erweisen. Sie betrieb mit meinem Großvater eine kleine Landwirtschaft. Ich wusste, dass meine Großeltern auf dem Feld waren und so ging ich zu dem Stall, wo die Schweine untergebracht waren. Zum einen interessierten mich die jungen Ferkel und zum andern wollte ich mich nützlich machen. Ich würde nun die Schweine füttern! Dass ich weder die geringste Ahnung über die Vorgehensweise hatte, noch über eine landwirtschaftliche Begabung verfügte, bedachte ich dabei nicht. Ich fühlte schon Omas Hand auf meiner Schulter und hörte bereits die lobenden Worte: „Vielen Dank Melanie! Du bist ein gutes Kind!" – Voller Stolz über meinen Entschluss ging ich zum Stall. Die Tür klemmte. Aber ich blieb hartnäckig. Als sie endlich nachgab und die Tür sich öffnen ließ, wurde mir mein Fehler schnell bewusst. Die Ferkel drängten sich ins Freie und wirbelten in alle Richtungen. Nun hatte ich mir einen Riesenärger eingehandelt! Ich lief noch immer ohne jeden Erfolg den Schweinchen hinterher, als meine Großeltern kamen. Ich besaß die Fähigkeit, in kürzester Zeit alles in Aufruhr zu versetzen. Das Federvieh flatterte aufgescheucht umher. Der Hund rannte kläffend den Schweinen nach. Das Gezeter meiner Großmutter zog die Neugierde der Nachbarn an. So wie ich bis vor wenigen Minuten den Ferkeln planlos hinterherlief, versuchte die Großmutter nun mich einzufangen. Sie war außer sich vor Zorn. Mir wäre die Prügelstrafe ziemlich sicher gewesen, wenn ich nicht untergetaucht wäre. Großvater behielt die Nerven und machte sich auf den Weg, um die Ferkel wieder einzusperren. Mir empfahl er im Vorbeigehen, dass ich wohl besser nach Hause gehen sollte. Diesem Rat folgte ich nur zu gerne. Selbstverständlich verschwieg ich den Vorfall zu Hause. Aber das Gefühl des Versagens konnte mir niemand nehmen.

Nach solchen Szenen hatte ich ein schlechtes Gewissen und zog mich in meine eigene kleine Welt zurück. So wurde ich immer einsamer und niemand bemerkte es. Meine Eltern arbeiteten viel. Wir waren inzwischen in unser eigenes Haus umgezogen und entsprechend war auch die finanzielle Belastung. Mir war der Umzug nicht leichtgefallen. Ich wäre viel lieber bei meinen Großeltern geblieben. Aber meine Meinung zählte nicht. So hielt ich mich oft und gerne bei meiner Großmutter auf. Ich liebte diese warmherzige, kluge Frau sehr. Meinen Großvater habe ich als den liebevollsten Opa der Welt in Erinnerung. Bei den beiden fühlte ich mich geliebt und geborgen. Hier fiel ich auch nicht ständig unangenehm auf. Meinen Eltern fehlte das Verständnis für meine häufige Abwesenheit. So störte ich immer wieder den Familienfrieden. Es war bedauerlich, dass wir niemals über die Probleme oder mein Fehlverhalten diskutierten. So lernte ich nicht zu differenzieren, was richtig oder falsch war. Mutter überschüttete mich mit Vorwürfen und Vater schwieg zu alledem.

Als ich zehn Jahre alt war, wurde unser Nesthäkchen Thorsten geboren. Nun drehte sich alles in der Familie um ihn. Ich kann mich nicht einmal erinnern, dass ich die Schwangerschaft meiner Mutter bemerkt habe. Vielleicht habe ich diese auch von vornherein ignoriert. Auch Gespräche über die Ankunft meines kleinen Bruders muss ich wohl aus meinem Gedächtnis gestrichen haben.

Als mein kleiner Bruder dann auf der Welt war, veränderte sich mein Leben sehr. Ich musste den Kleinen betreuen, wenn meine Mutter arbeitete. Viel lieber hätte ich mit meinen Schulfreundinnen gespielt. Aber der Junge besaß Priorität. Einmal nahm ich ihn mit zu einer Freundin auf den Bauernhof. Mehrere Kinder in meinem Alter spielten dort. Ich schob den Kinderwagen mit dem Baby einfach hinter eine Hundehütte und vergaß beim Spiel den kleinen Thorsten. Als er mir nach langer Zeit endlich wieder einfiel und ich nach ihm sehen wollte, war der Kinderwagen weg. Meine Panik stieg ins Uferlose. Ich suchte verzweifelt nach dem Baby. Aber der erhoffte Erfolg blieb aus. Ich nahm mein bisschen Mut zusammen und suchte meine Großeltern auf. Ich schilderte weinend mein Problem. Allein die Vorstellung meinen Eltern mitteilen zu müssen, dass Thorsten weg ist, ließ mich erschauern. Wo er doch der absolute Augapfel der Familie war. - Aber Großmutter quälte mich nicht lange. Sie hatten mich beobachtet, als ich Thorsten ‚abstellte' und ihn mit zu sich nach Hause genommen. Mir fiel ein Stein vom Herzen. Sie boten mir an, Thorsten künftig gleich in ihre Obhut zu geben, wenn ich spielen wollte. Sie würden auch gegen den Willen meiner Eltern das Baby hüten. So hatte ich in den nächsten Monaten ein wenig mehr Freiraum. Da es sich aber um erschwindelte Freiheit handelte, behielt diese stets einen bitteren Beigeschmack. Meine ‚Spielnachmittage' waren mit einem schlechten Gewissen meinen Eltern gegenüber verbunden.

An einem Sonntag folgten meine Familie und ich der Einladung von Mutters Eltern. Da es ein warmer Sommertag war, saßen wir im Freien bei Kaffee und Kuchen.

Wie üblich lief das Federvieh frei herum. Was ich auch immer getan oder nicht getan hatte, weiß ich nicht mehr. Auf jeden Fall wurde der Hahn plötzlich wild. Mit schlagenden Flügeln stürzte er sich auf mich zu. Ich wollte flüchten, aber es ging alles viel zu schnell. Er griff mich im Sturzflug an. Seine scharfen Krallen bohrten sich in meine Kopfhaut. Mehr weiß ich über diesen Vorfall nicht zu berichten. Entweder habe ich das Bewusstsein verloren oder ich habe das Geschehene verdrängt. Letztendlich sorgte ich mal wieder für einen großen Tumult und die sonntägliche Idylle wurde frühzeitig beendet. Ich weiß nicht so recht, ob die schweren Vorwürfe gerechtfertigt waren, die mich anschließend erwarteten. Mit meinen damals sieben oder acht Jahren wusste ich überhaupt nie, was Recht oder Unrecht war. Meine Furcht und Unsicherheit wuchs, da mir niemand auf meinem Weg aufklärend zur Seite stand. Keiner stützte mich mit sachlichen Argumenten. Wie sollte ich einen sicheren Weg finden?

Seit dem Vorfall mit dem Hahn fürchtete ich mich vor allem, was Flügel hatte. Der kleinste Sperling versetzte mich in Angst und Schrecken. So entstand meine erste Phobie.

Meine Schulzeit verlief problemlos. Mir fiel das Lernen leicht. Ich kann mich nicht erinnern, dass ich auch nur einmal in der Schule unangenehm aufgefallen wäre. Die Lehrer erkannten meine guten Leistungen an und ich fühlte mich dadurch angenommen und sicher. So entstand wohl mein späteres übersteigertes Leistungsdenken: ‚Wer genug leistet, dem schenkt man Anerkennung. ‘ Aber diese Tatsache kann ein Kind nicht erkennen.

Dann kam die Zeit, dass Rosi in den Vordergrund trat. Sie kam oft nicht pünktlich nach Hause. Ich trat erstmalig als Verursacherin des Ärgers in den Hintergrund. Rosi drängte sich als Aggressor regelrecht auf. Sie war vierzehn Jahre alt und hatte einen Freund! Meine Eltern waren entrüstet. Aber Rosi setzte sie sich gegen meine Eltern durch. Sie traf sich mit Rainer, wann immer es ihr möglich war. Ihr war es auf einmal egal, was meine Eltern sagten oder schimpften. Ich hingegen kämpfte nicht um Freiheiten. Ich scheute die stundenlangen Auseinandersetzungen und verlängerte einfach heimlich meinen

Stundenplan. So verfügte ich zweimal in der Woche über mehrere Stunden Freizeit für mich.

Ich habe oft nicht verstanden, warum meine Eltern zu nichts und niemand Vertrauen aufbauen konnten. Wir wollten doch nur etwas Freiraum. Jeder auf seine Weise. - Doch endlich wurde meine Mutter in ihren ewigen Prophezeiungen bestätigt: Rosi wurde mit sechzehn Jahren schwanger. Meine Eltern wollten ihr dringend eine Heirat ausreden. Auch ich mochte Rainer nicht unbedingt gut leiden. Aber ich würde ihn ja auch nicht heiraten müssen. Aber vorteilhaft zog ich in Erwägung, dass Rainer vierzig Kilometer weit weg wohnte. So würde ich vielleicht öfter mal die Gelegenheit nutzen können, aus der Enge meiner Familie zu fliehen. Ich lernte Rainers Familie bereits vor einiger Zeit kennen. Ich fand diese Menschen mit dem unverständlichen Dialekt recht nett. Auch die ländliche Gegend war für mich faszinierend. Kleine Dörfer, Wälder, Schnee im Winter, Landwirtschaft. All das war in meiner Heimat eher selten. Hinzu kam, dass ich in diesem kleinen Ort Kontakte mit Gleichaltrigen geknüpft hatte. Nicht nur mit Mädchen. Rainer besaß einen Freundeskreis, dem ein faszinierender junger Mann angehörte. Ich war erst elf Jahre alt und musste diesen Jungen immer ansehen. Er wiederum beachtete mich überhaupt nicht. Er fuhr schließlich schon ein Auto und hielt seine Freundin immer an der Hand. Aber ich mochte dieses prickelnde Gefühl für das Unerreichbare. Ich schwärmte heimlich für ihn. Sein schwarzes Haar, seine dunklen Augen und der braune Teint erinnerten mich an einen Märchenprinzen aus tausend und einer Nacht.

Also kam mir Rosis Schwangerschaft sehr gelegen. Rosi und ich teilten uns bisher ein Zimmer. Ich dachte nicht daran, dass sie nach ihrer Heirat nicht mehr da sein würde. Die Vorteile hielt ich mir stets vor Augen. Aber nach ihrer Heirat stellte ich fest, dass ich nun allein einschlafen musste. Der Abschiedsschmerz war größer als die Einsicht, dass ich von jetzt an ein eigenes Zimmer besaß. Oft weinte ich mich in den Schlaf. Aber ich vertraute mich nur meiner Großmutter an. Meinen Eltern fehlte für Gefühle die nötige Zeit.

Nun kaufte mein Vater endlich seinen ersten Wagen. Als Bahnbeamter sah er diese Investition bisher als unnötig an. So besuchten wir Rosi und Rainer fast an jedem Sonntag. Die Gemüter beruhigten sich im

Blick auf das Baby. Ich würde im Alter von zwölf Jahren ‚Tante Melanie' sein.

Dies und vieles mehr erzählte ich Herrn Maisler über viele Stunden hinweg ausführlich. Nie zuvor offenbarte ich mich einem fremden Menschen in dieser Weise. Ich teilte ihm meine Kindheitserlebnisse mit. Er hörte mir geduldig zu und erklärte mir, dass viele meiner heutigen Ängste und Zwänge aus dieser Zeit resultierten. Unsicherheit und Trennungsängste, zwanghaftes Bemühen um Anerkennung und Beachtung. Die Wurzeln einer psychischen Erkrankung stammen aus frühen Kindertagen. – Und ich verfügte über keine andere Grundlage. Ich ‚arbeitete' gern mit Herrn Maisler zusammen. Im Gegensatz zu Doktor Braun war er einfühlsam und verständnisvoll. Er erklärte mir geduldig und respektvoll alle Zusammenspiele zwischen Vergangenheit und Gegenwart. Und wenn er mir die Zukunft ans Herz legen wollte, spürte ich manchmal sogar einen Funken von Hoffnung.

Die Gruppenstunden empfand ich mehr als eine Last. Wenn kein Thema im Raum stand, wurde geschwiegen. Diese Minuten wurden für mich zur inneren Qual. Ich ertrug die Stille im Raum nicht und meinte etwas sagen zu müssen. Selbst wenn es der größte Schwachsinn war.

Frank besuchte mich regelmäßig und wir sprachen über meine Therapie und ihre Inhalte. Ich war noch am Anfang einer langen Reise und begriff so manches noch nicht. Frank und mir tat die räumliche Trennung gut. Ich spürte auch, dass er zunehmend unsicherer wurde. Ständig rief er an und wollte wissen, was ich gerade mache und was ich noch plante. Mich ärgerte seine Kontrolle zu diesem Zeitpunkt sehr. Mir tat doch der Abstand gut. Ich konnte endlich mal etwas unternehmen. Ich ging mit Jutta in die Stadt. Wir bummelten durch Kaufhäuser. Doch wir kauften kaum etwas. Dennoch genossen wir die Freiheit. Das Leben ohne tägliche Auseinandersetzungen und Ängste tat mir einfach gut. Manchmal schlief ich sogar eine ganze Nacht ohne Albträume.

Frank war von dieser Entwicklung gar nicht begeistert. Ich entzog mich eigenmächtig seinem Einfluss. Ich erklärte ihm, dass es so nicht geht. Eigentlich lief alles so ab wie in der Vergangenheit. Ich drohte ihm mit Konsequenzen. Frank versprach mir das Blaue vom Himmel. Und wenn ich mal abends zu Hause anrief, war er nicht da.

Robin besuchte mich mit seinen Schwestern regelmäßig. Manchmal brachte auch Frank ihn mit zu mir. Diese Stunden prägten sich als eine wunderschöne Erinnerung in meine Seele.

Nathalie kam fast täglich. Ich genoss die Stunden mit ihr. Sie blieb meist lange und wir redeten über dies und das. Sie brachte mir all das, die ich mir nicht kaufen konnte. Dazu gehörte Duschlotion und Haarwaschmittel. Manchmal gab sie mir auch etwas Geld. Ich war traurig und zornig zugleich, dass Frank es nicht für nötig hielt, mir Geld zu geben. Aber ich wollte das bald ändern! Ich wusste nur noch nicht genau, wie und wann! Ich schämte mich meiner Tochter gegenüber. Mir blieb nur der Trost, dass ich ihr alles zurückzahlen würde, wenn ich mir ein eigenes Konto angelegt hätte. - Ich sah, dass Nathalie nicht glücklich war. Sie erwähnte ihren Freund nicht. Und ich stellte keine Fragen. Mein Gefühl warnte mich davor. Sie war schon immer eine kleine, zierliche Person. Jetzt wirkte sie sehr zerbrechlich und ihre traurigen Augen waren nicht zu übersehen. Ich sagte ihr einmal, dass sie nicht reden muss. Aber wenn sie mich braucht, werde ich für sie da sein.

Die Natur färbte sich langsam grün und die Sonne schien schon kräftiger. Ja, nun waren bereits zwei Monate vergangen. Ich fühlte mich ruhiger und beständiger. Aber eine wesentliche Veränderung in der Beziehung zwischen Frank und mir konnte ich nicht feststellen. Bis er dann eines Tages kam und mir einen unvorhergesehenen Vorschlag unterbreitete. Er wollte mit zwei Kollegen eine Einrichtung für behinderte Menschen erwerben. Sie wollten sich selbständig machen und mich einbeziehen. Frank stellte mir sein Konzept vor und gab mir Einblick in alle Unterlagen. Da ich über fundamentierte Kenntnisse in der elektronischen Datenverarbeitung verfügte, könnte ich die Verwaltungsarbeiten übernehmen. Aber für dieses Vorhaben benötigte er Geld, viel Geld. Da wir dieses nicht besaßen, bat er mich einen Kreditantrag mit zu unterschreiben. Ich tat dieses nicht sofort. Aber wenige Tage später gab ich ihm meine Unterschrift doch. Meine Überlegungen gingen in eine gemeinsame Zukunft. Wieder einmal! Frank schwärmte mir vor von den Vorteilen, wenn wir auch zusammenarbeiten würden. Er sagte überzeugend: „Dann musst Du Dir keine Sorgen mehr machen. Ich werde außer Dir keine andere

Frau anschauen!" Das klang gut und einleuchtend. Ich sah wieder eine Perspektive. Wenn auch nur für wenige Tage.

In meiner Therapiegruppe wurde ich hart angegriffen, als ich von meinem Vorhaben erzählte. Die Erregung entsprang der Sorge um mich. Niemand wollte daran glauben, dass Frank und ich eine echte Chance hätten. Also erzählte ich nichts mehr davon und traf mich heimlich mit Frank. Doktor Braun äußerte sich überhaupt nicht. Er sah mich meist missbilligend an.

Dann kam der Tag, der alles veränderte. Frank war für mich von einer Stunde zur anderen nicht mehr zu erreichen. Er kam nicht mehr und rief nicht mehr an. Versuchte ich ihn zu erreichen, legte er einfach den Hörer auf. Ich verlor fast den Verstand. Mir war bis dahin nicht klar, dass ich mich gar nicht auf meine Therapie einließ. Ich lebte nach meinem alten Verhaltensmuster. Meine Welt drehte sich um Frank.

Mir fehlte meine Droge und ich litt unter dem Entzug. Ich konnte mich nicht mehr auf das wesentliche konzentrieren. Nathalie brachte mir Robin. Sonja und Marlene besuchten mich. Aber auch das konnte mich nicht trösten. Sonja teilte mir mit, dass Frank einen dreiwöchigen Urlaub planen würde. Diese Information traf mich hart. Meine Nerven vibrierten wieder einmal. Mir war klar, dass seine Geliebte sicher nicht zu Hause blieb. Warum lag Frank auf einmal so viel an den Urlaubsreisen? Und wie konnte er sich diese leisten? Im Verlauf unserer Ehe waren wir uns stets darüber einig, dass wir zuerst unser Haus abbezahlen müssen. Ich musste einen Weg finden, um die Situation für mich erträglicher zu gestalten. Jutta, Heinz, Wolfram und die anderen bemühten sich darum, mich aufzumuntern. Sie wollten mich zu Ausflügen motivieren. Aber ich vermochte die ersten Frühjahrsboten nicht sehen. Ich konnte mich über die bunten Krokusse nicht freuen. Wieder fragte ich mich ständig, was wohl aus mir werden würde.

So lag ich oft nachmittags in meinem Bett und gab mich meinem Elend hin. Ich pflegte mich nicht und lebte in den Tag hinein. Die anderen boten mir ihre Hilfe an, aber ich sie lehnte ab. Ich reagierte auch nicht, als sich die Tür nochmals öffnete und Marc sich unaufgefordert auf meine Bettkante setzte. Mit Marc hatte ich schon gelegentlich mal geredet. Er war immer gut gelaunt und stets zu einem Scherz aufgelegt. Ich fand ihn sehr nett. Manchmal war er auch bei gemeinsamen Ausflügen dabei. Marc gehörte zwar einer anderen Gruppe an, aber er wurde von allen geschätzt. Ja, und nun saß er neben mir und bat mich ihn anzusehen. Er wollte mich noch einmal bitten, mit ihm und den anderen in die Stadt zu gehen. Mir wurde diese Situation zunehmend unangenehmer. Ich lag da, mit einem alten Jogginganzug bekleidet. Und meine Haare hingen zerzaust um meinen Kopf. Und auf meiner Bettkante saß ein attraktiver, junger Mann. Stammelnd wollte ich mich rechtfertigen und wies ihn auf mein ungepflegtes Äußeres hin. Aber er sah mich liebevoll an und sagte mit leiser Stimme: „In meinen Augen bist Du die schönste Frau der Welt und ich wäre glücklich, wenn Du mich begleiten würdest." Ich war zu diesem Zeitpunkt 37 Jahre alt und bestimmt nicht um Worte verlegen. Doch jetzt wusste ich nichts zu sagen. Ich stand auf und ging mit ihm. Einfach so! Nur eine Stunde war vergangen, und ich hatte das Gefühl, Marc hätte mir Flügel verliehen. Wir alberten wie Kinder und lachten unentwegt. In der Fußgängerzone pflückte er bunte Stiefmütterchen aus den Blumenkästen und steckte sie mir ins Haar. Jetzt konnte ich die wunderschönen Farben sehen - und Marcs Lächeln. Obwohl wir nicht allein waren fühlte ich mich wie auf einer einsamen Insel, wo es nur Sonne, Meer und gute Laune gibt. Am liebsten hätte ich den Zeiger der Uhr angehalten. Obwohl wir irgendwann wieder zurückgehen mussten, fühlte ich eine große Dankbarkeit in mir. Marc und ich verabredeten uns für das kommende Wochenende. Wir wollten ins Grüne fahren und den Tag genießen. Ich freute mich darauf und zählte die Tage. In der Zwischenzeit ging zu einem Friseur und schminkte wieder mein Gesicht. Was dann kam war einfach wunderbar. Marc und ich wurden unzertrennlich. Es war aufregend mit ihm auszugehen. Er schmeichelte mir wann immer er mich sah. Ja, das brauchte ich während dieser Zeit. Es erleichterte mir den Entzug von Frank. Dass Marc elf Jahre jünger war als ich, bedachte ich zu diesem Zeitpunkt keinen Augenblick. Ich befand mich zwar in einer Psychotherapie, aber das interessierte mich erst einmal gar nicht. Ich freute mich auf jede Minute mit meinem neuen Freund. Es war für mich eine Genugtuung, als ich Frank davon berichtete. Ich fühlte mich stark und dachte, dass unsere Probleme sich nun von selbst lösen würden. Aber Frank duldete keinen anderen Mann an meiner Seite. Auch dann nicht, wenn es sich um eine platonische

Freundschaft handelte. Franks Reaktion ließ nicht lange auf sich warten.

Zwei Wochen später hielt ich einen Einschreibebrief in den Händen. Er trug den Absender von Franks Anwalt. Er hatte das Sorgerecht für Robin beantragt. Der Rosenkrieg begann erneut. Ich wusste nicht mehr aus noch ein. Frank kümmerte sich doch nicht um den Jungen. Warum benutzte er ihn nun im Kampf gegen mich? Sollte Robin jetzt das Opfer unserer Streitigkeiten werden? Mein Bruder besaß zu dieser Zeit eine kleine Wohnung in Frankfurt, die er zu dieser Zeit nicht bewohnte. Auf meine Bitte hin konnte ich dort die therapiefreien Wochenenden verbringen. Marc war manchmal bei mir. Aber die Schmetterlinge in meinem Bauch flogen schnell davon. Was ich zu Beginn unserer Freundschaft toll fand, wurde mir zunehmend zur Belastung. Mein Kopf und mein Herz waren nicht frei für Marc. Er konnte nicht annähernd nachempfinden, was in mir vorging. Er war eben eine Frohnatur und ließ keine negativen Schwingungen zu. Aber mir war nicht zum Lachen zumute.

Ich informierte Doktor Braun als meinen behandelnden Arzt über Franks jüngstes Bestreben. Er wusste auch von meiner freundschaftlichen Beziehung zu Marc. Ich brauchte drei Monate Zeit um zu erkennen, dass dieser Arzt keineswegs ein mürrischer Mensch war. Sondern er wollte mir von Anfang an helfen. Ich begriff das sehr spät. Aber ich habe es begriffen. Denn durch ihn konnte ich erreichen, dass das Verfahren bis zum Ende meiner Therapie ausgesetzt wurde. Ich war auch in der glücklichen Lage, dass der Familienrichter menschlich urteilte und sich nicht auf Franks Begehren einließ. Aber ich war weit weg und konnte mich nicht um Robin kümmern. Das blockierte mein ganzes Denken. Meine Dankbarkeit galt meinen Töchtern. Nathalie brachte Robin weiterhin regelmäßig zu mir. So wurde mir Robin nicht entfremdet. Auch Sonja und Marlene sorgten dafür, dass Robin den Kontakt zu mir nicht verlor. Sie stellten sich gegen ihren Vater. So war ich nicht ganz allein in meinem Kampf gegen den Rest der Welt.

Doch ich beging einen schwerwiegenden Fehler. Meine Naivität wurde mir beinahe wieder einmal zum Verhängnis.

Eines Morgens rief mich eine Mitarbeiterin des in meinem Heimatkreis zuständigen Jugendamtes an. Mit freundlicher Stimme bat sie mich um ein Gespräch in ihrem Büro. Sie teilte mir mit, dass ich eine

Stellungnahme im Hinblick auf Franks Sorgerechtsantrag abgeben sollte. Dies sei ein völlig normaler Vorgang. Ich zweifelte keinen Augenblick an der Richtigkeit meiner Zusage. Wir verabredeten uns für den nächsten Tag.

Doktor Braun befand sich in Urlaub und mit den anderen vom Team besprach ich mein Vorhaben nicht. Vielleicht würde dieses Gespräch von Frau zu Frau entlastend auf mein angespanntes Nervenkostüm wirken.

Obwohl das Autofahren mir noch immer große Probleme bereitete, fuhr ich am nächsten Tag zu dem vereinbarten Termin. Dort wurde ich von einer jungen Frau begrüßt. Sie zwinkerte mir aufmunternd zu und erlangte mit dieser Geste sofort mein Vertrauen: „Hallo Frau Körner, ich bin Frau Krüger und ich möchte Ihnen helfen." Sie bat mich höflich, Platz zu nehmen und mich zu entspannen: „Sie können offen mit mir reden. Ich kann mir vorstellen, dass Sie verzweifelt sind." Und ich fiel tatsächlich auf das Gerede herein. Ich schoss mir in den nächsten Stunden das größte Eigentor in einem langen Sorgerechtsverfahren.

Ich dachte nicht mehr daran, dass Frank alle Mitarbeiter vom Jugendamt gut kannte. Während seines Studiums absolvierte er hier ein längeres Praktikum. Meine Angst, Robin zu verlieren lähmte mein Denkvermögen. Und so fing ich an zu erzählen. Frau Krüger sah mich dabei immer verständnisvoll an. Ich glaubte an ihre Ehrlichkeit. Vielleicht glaubte ich auch an die Solidarität unter Frauen. Ich weiß es nicht mehr. Auf jeden Fall verfiel ich in ein wehleidiges Klagen über die Missstände in unserer Ehe. Und dass ich nicht wüsste, wie ich diesem Drama ein Ende setzen könnte. Ich weinte hemmungslos. Unter Tränen beantwortete ich alle Fragen von Frau Krüger wahrheitsgemäß. Ich saß da wie ein Häufchen Elend und tat mir selbst unendlich leid. Nur die aufmunternden Blicke dieser Frau gaben mir das Gefühl alles auszusprechen, was mich so sehr bedrückte. Es vergingen zwei Stunden und ich fühlte mich beim Abschied etwas erleichtert. Frau Krüger versicherte mir, mich mit all ihren verfügbaren Möglichkeiten zu unterstützen. Zwar war ich noch immer sehr erregt, aber die Rückfahrt erschien mir doch leichter zu fallen.

Auch bei meiner Rückkehr schwieg ich beharrlich über meinen Besuch bei der Dame vom Jugendamt. Doch als mir wenige Tage später erneut ein Schreiben von Franks Anwalt zugestellt wurde, bereute ich mein Schweigen zutiefst. Ich hielt die Kopie eines Gutachtens des Jugendamtes in den Händen. Das Original lag mittlerweile beim Familiengericht. Ich las die ersten Zeilen und da wusste ich, wie es tatsächlich um die nette Frau Krüger stand. Zwei Seiten enthielten jedes Detail meiner Ehe. Es war zwar traurig, dass diese Tragödie von fremden Menschen zu Papier gebracht wurde. Aber die Fakten entsprachen der Wahrheit. Nur noch einige Sätze und ich würde dieses Schreiben weglegen. Aber auf einmal stockte mir der Atem. Ich musste mich hinsetzen um meine Erregung zu bremsen. Niemals werde ich diese niederschmetternden Zeilen vergessen können. Frau Krüger fasste diese mit ihren Worten zusammen: „Frau Körner ist derzeit aus gesundheitlichen Gründen nicht in der Lage, für ihren Sohn Robin zu sorgen. Sie wirkte auf mich äußerst labil. Das Jugendamt schlägt vor, Herrn Körner mit sofortiger Wirkung die elterliche Sorge zu übertragen." - Ich konnte es nicht fassen. Das Verfahren war doch ausgesetzt. Was sollte das nun? Ich hatte meinen Körper nicht mehr unter Kontrolle. Die Angst hinderte mich daran, klar zu denken. Spätestens in diesem Augenblick wäre ein ausführliches Gespräch mit dem Pflegepersonal notwendig gewesen. Aber mir fehlte der Mut dazu. Ich war froh, als Jutta kam. Sie stützte mich immer in Krisenfällen. Sie war mir eine gute Freundin und Vertraute geworden. Nur meiner Freundschaft zu Marc konnte sie nichts abgewinnen, da sie ihn nicht sonderlich mochte. Jutta redete mir oft ins Gewissen. Sie vertrat die Meinung, dass ich mich mehr der Therapie widmen sollte als dem Konflikt mit Frank oder die Sorge um meine Kinder. Wenn ich auch ihre negative Kritik nicht hören wollte, so war sie doch immer ehrlich zu mir und blieb trotz allem meine engste Vertraute.

In der Angelegenheit mit dem Jugendamt riet Jutta mir eindringlich, endlich meinen Therapeuten zu informieren. Er musste von meiner erdrückenden Problematik erfahren.

Doktor Braun war zwischenzeitlich aus dem Urlaub zurückgekehrt. Ich sammelte meinen Mut und wandte mich hilfesuchend an ihn. Er stimmte wider Erwarten meiner Bitte um ein Gespräch sofort zu. Als ich dem von mir sehr gefürchteten Mann gegenübersaß, fiel mir das Sprechen schwer. Aber mir blieb keine andere Wahl. Ich beichtete meinen Alleingang in allen Einzelheiten. Nachdem er alles wusste, sah er mich nachdenklich an. Ich befürchtete nun scharfe Kritik. Aber er wies mich erst einmal sachlich darauf hin, dass ich nicht zum Spaß in diesem Krankenhaus sei. Er würde es schlimm finden, dass Frank in dieser Form agieren würde. Aber er empfand es auch bedauerlich, dass ich mich immer wieder zu diesen Alleingängen hinreißen ließ.

Als ich mich von ihm verabschiedete versprach ich, alle anstehenden Auseinandersetzungen oder Entscheidungen mit ihm oder seinen Mitarbeitern zu besprechen.

Auf dem Weg zu meinem Zimmer war ich sehr nachdenklich. Ja, Doktor Braun schätzte die Situation richtig ein. Ich redete zwar viel, aber ich sagte nichts. Wichtige Dinge behielt ich für mich. Ich musste nun lernen um Hilfe zu bitten, bevor es zu spät erscheint. Und ich musste auch lernen, den Menschen in diesem Haus Vertrauen zu schenken. Es sollte ein schwieriger Weg werden. Aber Doktor Braun gewann in diesen Stunden endlich mein Vertrauen. Mir fiel ein Stein vom Herzen, als ich die Entscheidung des Familienrichters in den Händen hielt. Er berief sich auf seine letzte Entscheidung und weigerte sich beharrlich, vor meiner Genesung eine Entscheidung zu treffen. Doktor Braun hatte diese Einstellung mit einem ärztlichen Gutachten untermauert. Allein wäre ich wohl unterlegen gewesen.

Unterdessen ließ Frank mir über seinen Anwalt mitteilen, dass er mich mit einem geringen Geldbetrag abfinden wollte. Unser Haus trug noch eine geringe Belastung und deshalb bot Frank mir Fünftausend Deutsche Mark an. Im Gegenzug sollte ich ihm meinen Anteil von unserem Haus überschreiben. Auch der Notartermin stand bereits fest. Mit dem Einverständnis meines Arztes hörte ich mir an, was Frank und der Notar mir anbieten wollten. Ich tat nur scheinbar interessiert. Aber nie im Leben würde ich mich mit diesen Almosen abspeisen lassen.

Eine Unterhaltsverzichtserklärung fehlte selbstverständlich nicht. Ich zeigte mich gelassen, sah aber davon ab, diesen Schwachsinn zu unterschreiben. Es schmerzte mich sehr, dass Frank mich dermaßen unterschätzte. Nein, er hielt mich eher für sehr dumm! Und diese Erkenntnis kränkte mich noch mehr.

Ich wusste zu diesem Zeitpunkt doch gar nicht, ob ich jemals wieder meinen Beruf ausüben konnte. Nein, so einfach würde ich es Frank nicht machen. Aber ich fühlte mich bis tief in meine Seele gedemütigt. Ich fragte mich ständig, was wohl der Auslöser für Franks Handeln war. Bisher hielt er wie ich hartnäckig an unserer Ehe fest. Besonders dann, wenn es eng wurde. Mir wurde nun deutlich klar, dass ich endlich die Therapie annehmen musste, um Kraft und Energie zu sammeln. Beides würde ich sicher nach meiner Entlassung dringend benötigen.

Ich hinterließ dem Notar bewusst eine falsche Adresse. Ich wollte damit verhindern, dass Frank meinen Aufenthaltsort außerhalb der Therapie erfährt. Ich wusste derzeit nicht wie es weitergehen würde. Aber eines war sicher: Ich würde Frank nie im Leben den kleinen Robin überlassen! Ich würde mit allen mir zur Verfügung stehenden Mitteln um mein Kind kämpfen.

Ich erzählte auch Marc von meinem Vorhaben. Er zeigte wenig Verständnis und konnte meine Erregung nicht verstehen. Aber ich war ihm dankbar, dass er mir dennoch zuhörte. Ich erzählte lange und teilte ihm all meine Ängste mit. Meine Panik vor der Zukunft und meine Befürchtungen um meine Existenzgrundlage. Ich redete, ohne ihn dabei anzusehen. Ich lag in meinem Sessel und schaute an die Decke. Mir tat es gut, dass Marc mich nicht unterbrach. Er hatte es sich während meiner Ausführungen auf dem Sofa gemütlich gemacht. Als ich einmal kurz inne hielt um Marcs Meinung zu hören, schaute ich zur Seite. Ich suchte Marcs Blick. Aber ich erlebte eine maßlose Enttäuschung: Marc schlief tief und fest. Ja, Marc schützte sich auf diese Weise vor unangenehmen Gesprächen. Ich beneidete ihn um diese Fähigkeit. Er lebte sorgloser als ich. Sollte ich ihm deshalb Vorwürfe machen? Nein, ich versuchte nicht Marc zu ändern oder ihm ein schlechtes Gewissen aufzubürden. Ich denke, das wäre auch nicht machbar gewesen. Ich schätzte doch seine Art zu leben. Er sollte so bleiben wie er ist. Und als Freund wollte ich ihn nicht verlieren.

In diese Stille hinein läutete das Telefon. Ich nahm den Hörer ab und erstarrte. Ich ahnte sofort, wer am anderen Ende der Leitung war. Ich hörte nur einen zitternden Atem, welcher von leisem Schluchzen begleitet wurde. Das war eindeutig Frank! Zuerst war ich verblüfft: „Frank bist Du das?" Das Schluchzen wurde lauter. Nun rief ich seinen Namen. Immer und immer wieder. Aber die Leitung war wieder tot. Marc war von dem Lärm erwacht und richtete sich langsam auf. Mit gesenktem Blick sprach er mit monotoner Stimme: „Ihr beide kommt niemals voneinander los. Für euch wäre es das Beste, einen Weg finden der euch wieder zusammenführt. Ihr könnt nicht miteinander und ihr könnt nicht ohne einander leben." Marc zündete sich erregt eine Zigarette an: „Melanie, ganz egal, was Du Dir auch vornimmst. Du wirst niemals ohne Frank glücklich werden!" Marc wirkte etwas traurig. Aber er straffte die Schultern und schüttelte mit dieser Geste das Unbehagen von sich ab. Der spannende Krimi im Fernseher fesselte ihn schnell. Für Marc war das Thema erledigt. Doch mich ließen die Gedanken nicht los. Was wollte Frank von mir? Ich wusste genau, dass er am Telefon war. Es drängte mich, ihn zurückzurufen. Aber mein Gefühl riet mir davon ab. Ich dachte über Marc und unsere Beziehung nach. Uns verbanden sechs herrliche Wochen. Wir waren uns darüber einig, dass Intimität nicht unbedingt zu einer guten Beziehung gehört und suchten die wahren Werte. Unser Ziel war die Zweisamkeit. Ferner schätzten wir die kulturellen Ausflüge und die Faszination der Naturverbundenheit. Zu Beginn unserer Beziehung war das ein wenig anders. Wir genossen die Nähe und kuschelten gern stundenlang. Aber die Schmetterlinge flogen schnell davon und wir beschränkten uns auf unsere Freundschaft.

Ein ernüchterndes Ereignis brachte mich schon wenige Tage später auf den Boden der Tatsachen zurück. Marc und ich planten ein Wochenende im Taunus. Marc buchte ein Zimmer und wir freuten uns auf den Ausflug. Mir war es unangenehm, dass Marc nicht zwei Zimmer gebucht hatte. Mir gefiel es nicht, wenn Marc mich morgens direkt nach dem Aufstehen sah. Unfrisiert, nicht gewaschen, Ränder unter den Augen und meine ersten Falten waren auch nicht zu übersehen. Nein, das war mir nicht recht. Mittlerweile spürte ich deutlich, dass der Altersunterschied mir nicht gleichgültig war. Marc versicherte mir zwar immer wieder eindringlich, dass mein mangelndes Selbstwertgefühl keine Diskussionen wert sei. Aber ich verbarg mich dennoch vor ihm. Aber ich würde mich während unserer Reise zu verstecken wissen.

Es dauerte nicht lange bis Frank sich wieder meldete. Nun brachte er den Mut auf, mit mir zu reden. Er bat mich um ein baldiges Treffen. Frank beteuerte, dass sein Antrag auf die elterliche Sorge ein Bumerang auf meine Affäre mit Marc gewesen sei. Frank sagte eindringlich: „Melanie, bleibe bitte frei für mich. Wir haben eine reelle Chance für eine gemeinsame Zukunft. Wirf bitte nicht alles weg." Ich musste nicht lange überlegen. Frank überzeugte mich schnell. Wie sollte es auch anders sein. Ich war glücklich und erleichtert, dass

Frank wieder den Kontakt zu mir suchte. Er versicherte mir, dass auch er jetzt endgültig seine Affäre beendet habe. Und so läge alles Weitere an mir: „Liebling, Du musst nichts überstürzen, aber es würde mich glücklich machen, wenn Du einem Treffen mit mir zustimmst." Meine heimliche Hoffnung erfüllte sich. Frank war mir im Inneren wieder nah. - Ich erzählte ihm von meinem bevorstehenden Ausflug mit Marc. Frank nahm diese Information ohne Einwände hin. Er bat mich lediglich, auf Intimitäten zu verzichten. Das Versprechen konnte ich ihm bedenkenlos geben.

So traten Marc und ich an einem sonnigen Morgen unsere Reise an. Ich fuhr den Wagen, da Marc keinen Führerschein besaß. Bereits nach zwei Stunden litt ich erbärmlich unter der frühsommerlichen Hitze. Marc war guter Dinge und versuchte erfolglos, mich aufzumuntern. So erreichten wir irgendwann unser Ziel. Ich war erschöpft und fühlte mich hundeelend. Aber die Terrasse vor dem Hotel wirkte einladend. Ich bat Marc, sich um das Gepäck zu kümmern. Ich würde mir zwischenzeitlich eine Erfrischung gönnen. Völlig gestresst ließ ich mich in einen der bequemen Stühle fallen. Mein Blick streifte die wunderschöne Hotelanlage. Ich sah die Farbenpracht der vielen Blumen. Bäume und Sträucher in sattem Grün. Diese Eindrücke streiften nicht nur meine Augen, sondern sie drangen auch in meine Seele. Ich liebe die Natur mit all ihrer Schönheit und Einzigartigkeit. Nun saß ich hier. Fernab von dem Lärm und den Sorgen des Alltags. Gerade als diese positiven Einflüsse meinem Körper Ruhe und Entspannung schenken wollten, unterbrach eine kühle Stimme diese Idylle: „Was möchten Sie trinken?" Ich dachte kurz nach: „Ja ein Sprudelwasser wird mir bestimmt guttun." Ich legte mich wieder zurück und wollte gerade weiter die Natur genießen. Aber ich vernahm nochmals die Stimme der jungen Frau. Sie stellte mir die vernichtende Frage: „Möchten Sie für ihren Sohn gerade etwas mit bestellen, oder soll ich noch einmal wiederkommen?" Ich schluckte und sah sie entrüstet an: „Kommen Sie bitte noch einmal wieder." Musste ich nicht irgendwann mit so einer Reaktion von meinen Mitmenschen rechnen? Aber nun war ich doch sehr pikiert. In meinem Kopf wirbelten die Gedanken durcheinander. In mir regte sich etwas wie Stolz. Nein, das war Marc mir nicht wert. Er ist zwar ein lieber Mensch, aber diese Diskriminierung war mir unangenehm. Ja, meine Haare waren vom Schweiß verklebt und mein Gesicht von der

Erschöpfung gezeichnet. Diese Fakten sprachen nicht für eine jugendliche Ausstrahlung. Ich dachte an Frank, der einige Jahre älter war als ich. Mit ihm wäre mir diese Peinlichkeit erspart geblieben. Aber ich verdrängte die Tatsache, dass Frank mit mir niemals wegfuhr. Aber auch für diese Schwäche von Frank fielen mir alle möglichen Entschuldigungen zu seiner Entlastung ein. Schließlich war es uns aus finanziellen Gründen niemals möglich gewesen. Dann waren auch die Kinder da. Das Haus und der große Rasen. Der Hund und die Katze...!

Als Marc später strahlend zu mir kam, fiel mir ein freundlicher Blick sehr schwer. Ich konfrontierte ihn sofort mit meinem Erlebnis und machte meinem Ärger Luft. Marc versuchte das Geschehen zu bagatellisieren. Aber ich war nicht zu besänftigen. Ich verkroch mich hinter meiner Kränkung und schwieg verbissen. Als Marcs Laune am nächsten Morgen ebenfalls den Nullpunkt erreicht hatte, beschlossen wir zu packen. So waren wir beide über den vorzeitigen Abbruch unserer Reise erleichtert. –

Der Abschied von Marc fiel mir nicht so leicht wie ich anfangs dachte. Aber dennoch wollte ich niemals wieder irgend etwas mit ihm unternehmen. Ich behalte Marc gern als Freund in meiner Erinnerung. Wir haben uns acht Wochen lang gegenseitigen Halt geschenkt. Aber nun trennten sich unsere Wege.

Als ich ging, spürte ich einen Hauch von Wehmut und Melancholie. Doch mein Weg und mein Ziel waren anders strukturiert als Marcs jugendliche Träumereien. Ich verließ ihn mit dem Wissen, dass er mich verstand. Und dafür war ich ihm dankbar. Denn er hat mir damals die Kraft zum Leben gegeben. Ich traf ihn, als nur noch gähnende Leere in mir war und ich alle positiven Gefühle verloren hatte. Er füllte meine innere Leere nicht nur mit Blumen und Romantik. Marc zeigte mir, dass das Leben auch während einer schweren Lebenskrise die schönen Seiten nicht verbirgt. Ich war nach anfänglichem Zögern bereit, seine Wärme und seine Güte anzunehmen. Aber nun war der Zeitpunkt gekommen, dass sich unsere Wege trennten.

An einem herrlichen Frühsommertag bat ich Frank um ein Treffen: „Melanie, auf diesen Augenblickblick habe ich gewartet. Ich sehne mich nach Dir!" Ich begann vor freudiger Erregung zu beben, als ich nur seine vertraute Stimme hörte. Frank war ausnahmsweise sofort abkömmlich. So trafen wir uns wenige Stunden später. Meine leichte Veränderung war im nicht verborgen geblieben. Wir fingen wieder an zu reden und gingen Hand in Hand spazieren. Ein wundervoller Sonnentag schenkte uns das nötige Ambiente. Franks Nähe tat mir unendlich gut und ich ließ es gerne zu, dass jedes einzelne Wort von Frank tief in mich eindrang.

Wir trafen uns von nun an jeden Sonntag. Wir fuhren mit Robin ins Grüne oder besuchten spontan einen Märchenpark. Es waren unbeschreiblich schöne Momente des Glücks. Wir wollten die Vergangenheit ruhen lassen. Frank bemühte sich, nicht die geringsten Zweifel zu nähren. Er war während dieser Zeit für mich immer erreichbar. Auch meine Therapie und die damit verbundenen Fortschritte interessierten ihn sehr. Mit Begeisterung und unendlichem Vertrauen erzählte ich ihm alle Einzelheiten meiner täglich neuen Erfahrungen.

Ich benötigte nun auch die Wohnung meines Bruders nicht mehr. Denn mein Zuhause war bei Frank. An jedem meiner therapiefreien Tage holte er mich ab. Die Wochenenden verbrachten wir von nun an gemeinsam. Zu meinem Erstaunen versah Frank nun wesentlich weniger Wochenenddienst als bisher. Und ich steigerte mich regelrecht in das Therapieangebot hinein, um endlich ohne Angst und Zwänge mit Frank leben zu können.

Als ich mit Nathalie über meine Pläne sprach, reagierte sie nicht erfreut. Auf meine Bitte hin nahm auch sie einmal an einem Ausflug teil. Ich spürte ihre aufmerksamen Blicke. Als sie beim Abschied ihrem Vater die Hand reichte, glaubte ich fest an eine Annäherung zwischen den beiden. - Nathalie besuchte mich nach wie vor recht häufig. Einmal sagte sie: „Mutti, wenn Du nach der Therapie nach Hause gehst, dann komme ich mit. Ich werde meinen Freund verlassen." Ich sagte ihr, dass dem nichts im Wege stehen würde. Ich war glücklich und sah einer guten Zeit entgegen. - Als ich Doktor Braun von meinem regen Kontakt zu Frank berichtete, sah er mich besorgt an. Aber er ließ mich ohne Tadel gewähren. Ich befand mich nun in einer anderen Phase der Therapie. In den ersten drei Monaten benahm ich mich wie ein trotziges, unwilliges Kind. Aber Doktor Braun führte mich besonnen zu der Realität einer erwachsenen Frau. Nun verstand ich auch seine anfängliche Ignoranz und die scheinbare Härte. ‚Wer sich wie ein trotziges Kind benimmt, benötigt auch eine entsprechende Erziehung mit den nötigen Grenzen. ' Doch nun lobte der Arzt meine Veränderung und ich war stolz darauf. Vorbei war die Zeit der Aktivitäten außerhalb des Hauses. Ich war ruhiger und besinnlicher geworden. Der Blick in den Spiegel fiel mir leichter, da ich auch etwas zugenommen hatte. Mein Selbstwertgefühl stabilisierte sich ein wenig. Nach den anstrengenden Jahren zeigte auch mein Gesicht entspannte Züge und ich öffnete mich sachlich meinen Mitmenschen. In den Gruppenstunden nahm ich auch Kritik an, ohne mich gleich angegriffen zu fühlen. Doktor Braun besaß inzwischen mein absolutes Vertrauen. Ich brachte ihm großen Respekt entgegen, aber dieser war nicht mehr mit Angst zu vergleichen.

Ich erkannte deutlich, dass er mir den Weg ins Leben zeigen wollte. Einen Weg, welchem ich mich bisher nicht öffnen wollte.

Ich begann nun auch die anderen Patienten in diesem Haus zu sehen und wahrzunehmen. Dass auch sie eine große Problematik hierherführte, erkannte ich erst jetzt. So verbrachte ich außerhalb der Therapiestunden viel Zeit damit, mich verbal mit den Menschen auszutauschen. Lange und intensive Gespräche ließen mich erkennen, dass nicht nur Melanie Körner vom Leben extrem gefordert wurde.

Obwohl ich drei Monate ,verbummelte' glaube ich, dass mir diese Zeit wichtige Erfahrungen brachte. Erst nach dieser ersten Phase spürte ich ein schwaches Fundament in mir. Ich sah eine Chance für mich dieses Fundament zu festigen, um danach den Grundstein für ein stabiles Gemäuer zu setzen.

Aber auch für die Wurzeln dieser Erkenntnis trug Doktor Braun bei. Ich werde nie vergessen, als Doktor Braun mich in meinem Zimmer aufsuchte. Bevor sein Schweigen mich in Verlegenheit bringen würde, begann ich zu reden. Ich faselte irgendwelche unwichtigen Dinge. Er ließ mich erst einmal gewähren. Schließlich sah er mich ernst an und sagte ruhig: „Melanie, wann wollen Sie sich endlich mit sich auseinandersetzen?" Ich begriff seine Frage nicht. Aber mir fehlte der Mut, nach dem Sinn seiner Worte zu fragen. Doktor Braun ließ mich mit dieser Frage allein. Er verließ grußlos mein Zimmer. Er wusste genau, dass seine Frage mich beschäftigen würde. Das war typisch für Doktor Braun! Doch für diesen Mann war ich längst ein offenes Buch. Die Frage nach meiner persönlichen Auseinandersetzung stand im Raum und ich dachte darüber nach. Irgendwann wurde mir bewusst, dass ich über vieles nachdachte. Aber meine eigene

Persönlichkeit klammerte ich bisher aus. Und so begann ich nun, mich mit mir und meinem Leben auseinanderzusetzen. – Als Doktor Braun diesen Fortschritt bemerkte, unterstützte er mich dabei. Er antwortete sachlich und geduldig auf meine vielen Fragen. Er stützte mich, wenn ich unter einigen selbstkritischen Erkenntnissen litt.

Ich erinnere mich an eine wichtige Frage von ihm: „Warum sehen Sie sich immer nur als ein armes Opfer?" Verständnislos sah ich ihn an: „Haben Sie vergessen, wie übel mir mitgespielt wurde?" Lächelnd lehnte er sich in seinen Stuhl zurück: „Andere Menschen können einem nur das antun, was man sich auch antun lässt!" Ich überlegte kurz und verstand. Ja, wie Recht er hatte. Diesen Satz würde ich in meine Zukunft mitnehmen.

Zum ersten Mal seit vielen Jahren verfügte ich über sehr viel Zeit. Da ich mir ein eigenes Konto einrichten ließ, verfügte ich nun auch über mein Geld. Es war ein herrliches Gefühl der Unabhängigkeit. So gönnte ich mir gelegentlich einen Friseurbesuch und kaufte mir hier und da ein Kleidungsstück. Ich ließ mich auf der Sonnenbank bräunen und gab Geld für meine Pflege aus. Es war ein gutes Gefühl und meine Selbstachtung erwachte ganz langsam. Frank bestätigte mir den Erfolg mit Worten und Blicken. Er schmeichelte mir mit allem, was er tat oder sagte. Unsere Beziehung wurde durch viele neue Erkenntnisse bereichert.

Sonja arbeitete noch immer in der Großstadt. Aber sie fand an der räumlichen Trennung von ihrer Familie und ihrem Freundeskreis keinen Gefallen. Da sie nun mittlerweile über einen erfolgreichen Abschluss verfügte, strebte Sonja eine berufliche Veränderung im heimischen Raum an. Leider erkrankte sie während ihres Vorhabens. Wegen ihres instabilen Kreislaufes musste sie stationär behandelt werden. Frank und ich sorgten uns gemeinsam um unsere Tochter. Seine Fürsorge zeigte sich als eine völlig neue Erfahrung für mich. Sollte ich tatsächlich künftig nicht mehr mit allen Problemen allein sein. Würden wir uns gemeinsam um das Wohl unserer Kinder bemühen? Ich wollte nur zu gern daran glauben.

Sonjas Symptome klangen schnell ab, als sie von unseren Plänen erfuhr. Sie strahlte uns wie ein Kind mit ihren großen, blauen Augen an: „Mutti ich finde es wunderbar, dass wir endlich wieder eine Familie werden!" Gerührt nahm ich meine Tochter in die Arme. Sie war nun einundzwanzig Jahre alt und sehnte sich dennoch nach der

Geborgenheit einer intakten Familie. Als sie Frank und mir ihre Gedanken offenbarte, wurde mir klar, dass auch an Sonja die Strapazen der vergangenen Jahre nicht spurlos vorübergegangen sind. Doch im Vertrauen auf eine bessere Zukunft wurde Sonja schnell wieder gesund. Ihre persönliche Motivation kannte keine Grenzen. Bereits die erste Bewerbung führte sie zum Erfolg. Sonja würde in Heimatnähe arbeiten. Als sie erfuhr, dass Nathalie auch nach Hause kommen würde, weinte Sonja Tränen des Glücks.

Ich war inzwischen an dem Punkt angelangt, dass ich nicht andere für mein persönliches Scheitern verantwortlich machen wollte. Ich setzte mich permanent mit mir und meinem Verhalten auseinander. Somit begann eine beschwerliche Zeit für mich. Es schmerzt schon erheblich, wenn man sich seine Fehler ehrlich eingesteht. Es verwirrt auch, wenn die Vergangenheit wie ein Film vor dem geistigen Auge abläuft und man sich selbst als Außenstehender betrachtet.

Immer wieder sprach ich lange verdrängte Kindheitserlebnisse an. Ereignisse, die längst vergessen schienen, waren auf einmal wieder lebendig. Mir wurde bewusst, dass mir jede Erfahrung fehlte, als ich mit sechzehn Jahren heiratete. Ich wusste rein gar nichts vom Leben. Ich suchte bei Frank die Liebe, welche ich vorher nicht zu spüren glaubte. Ich erwähnte bereits den jungen Mann, welchen ich schon als Kind heimlich verehrte. Dieser Märchenprinz war Frank! Während eines Aufenthaltes im Hause meiner Schwester lernte ich Frank nun näher kennen. Ich hörte gerne, dass er wieder frei war. Ich wusste damals nicht einmal seinen Namen. Ich spürte nur tief in mir, dass er mich faszinierte.

Meine kleine Nichte Mone war ein süßes Kind. Ich war eine stolze Tante. Aus diesem Grund besuchte ich Rosi und Rainer oft und gern. Seit Rosi heiratete, wurde ich von meinen Eltern regelrecht überwacht. Ich durfte rein gar nichts allein tun. Mir sollte nicht das Gleiche widerfahren, wie meiner Schwester. Ein zweites Mal wollten das meine Eltern mit allen Mitteln verhindern. Ich fand diese Maßnahme mir gegenüber nicht fair. Aber alle Einwände halfen nicht. Nur Rosi und Rainer durfte ich ohne Einwände besuchen. Also verlagerte ich alle Hoffnungen auf ein bisschen Freiheit in den Westerwald zu meiner Schwester, um dort meine Jugend zu leben.

Ich besuchte aber Rosi selten allein. Der kleine Thorsten begleitete mich regelmäßig, da meine Eltern berufstätig waren. Erstmalig in meinem bisherigen Leben versuchte jemand, mich zu erziehen. Rainer setzte mir Grenzen, stellte Regeln auf, und legte großen Wert auf Gemeinsamkeiten. Seine Wünsche waren mir fremd. So zog ich mir mehrfach seinen Unmut zu. Seine Familie lebte anders als wir zu Hause.

Verweilte ich nun bei Rosi und Rainer, musste ich mich in die kleine Familie integrieren. Schwierig für ein Kind, das bis zu diesem Zeitpunkt stets auf sich allein gestellt war. Obwohl mir die vielen Regeln und Anordnungen nicht immer gefielen, zog es mich dennoch zu Rosi. Die kleine Mone war der Mittelpunkt der Familie. So fing ich an, mich in diesem kleinen Dorf wohl zu fühlen. Rosi half mir mit vielen Ratschlägen durch die beginnende Pubertät. Mittlerweile teilte ich meine Zeit mit gleichaltrigen Mädchen. Rainer erwartete Gehorsam und Pünktlichkeit. Für mich war es wichtig, dass sich überhaupt jemand für mein Leben interessierte und daran teilnahm.

So wurde es zur Gewohnheit, dass ich an den Wochentagen die Schule besuchte, und im Haus meiner Eltern schlief. Aber ich sehnte die Wochenenden herbei, die ich in der Familie meiner Schwester verbringen durfte. Ich sah Frank regelmäßig und schwärmte für ihn. Kurz vor meinem 15. Geburtstag nutzte ich erstmalig die Gelegenheit, mit ihm zu reden. Besser gesagt, zu stottern. Karen, meine damalige Jugendfreundin stellte mich ihm vor. Er war schon fast 23 Jahre alt und war noch attraktiver, als ich bisher aus der Ferne sehen konnte. Er saß in seinem Auto und flirtete mit Karen. Ich konnte nicht viel sagen, da ich völlig hingerissen war von diesem Mann. Seine großen braungrünen Augen glänzten wie Edelsteine. Als dieses wundervolle Geschöpf seinen Weg fortsetzte, wollte ich alles über ihn erfahren. Von diesem Tag an schwärmte ich nicht nur. Ich war bis über beide Ohren verliebt. Abends schlief ich glückselig ein, und morgens wachte ich mit Schmetterlingen im Bauch auf. Zu Hause bekam ich ständig Ärger, weil ich nur noch von dem Gedanken besessen war, soviel Zeit wie nur möglich bei meiner Schwester zu verbringen. Rainer war wie auch Frank im örtlichen Sportverein. So konnte ich Frank sehen und durfte glücklich sein.

So kam es schon bald, dass Frank und ich ein Paar wurden. Ich fühlte mich glücklich an der Seite dieses scheinbar erwachsenen Mannes. Ich glaubte, das Glück mit ihm für immer gefunden zu haben. Mir fiel nicht auf, dass Frank sehr viel Alkohol trank. Egal wie er war: Wichtig war für mich nur, dass ich in seiner Nähe sein durfte. Er war zärtlich und einfühlsam, wenn er nüchtern war. Gemein und angriffslustig, wenn er alkoholisiert war. Diesen Umstand spaltete ich einfach aus meinen Gedanken ab. Ich lebte ausschließlich für die schönen Augenblicke mit meinem Freund.

Da ich in all meinen jungen Jahren vorher niemals mit dem Missbrauch von Alkohol konfrontiert wurde, fiel mir der übertriebene Alkoholgenuss von Frank nicht auf.

Ich entzog mich nun völlig meinen Eltern und ihrem geringen Einfluss auf mich. Ich sprengte alle Ketten und suchte nur noch Franks Nähe. Dass er unter der Trennung seiner langjährigen Freundin litt, erfüllte mich mit großem Mitgefühl. Wie konnte dieses Mädchen sich von Frank trennen und ihm somit großen Schmerz zufügen?

Unter Alkoholeinfluss schwelgte Frank zuerst in sentimentalen Erinnerungen und dann beschimpfte er mich plötzlich und ohne jeden Anlass. Ich nahm es hin und dachte mir, dass diese Attacken vorbei gehen würden, wenn er erst einmal die Trennung überwunden hat. Ich würde alles tun, um ihm dabei zu helfen. Auch dass er sich in seiner Familie extremen Schwierigkeiten ausgesetzt fühlte, entfachte mein Mitgefühl. Ich erkannte einfach in meinem jugendlichen Leichtsinn nicht, dass Frank wegen seiner Alkoholprobleme überall unangenehm auffiel.

Ich war fünfzehn Jahre alt, als wir uns zum ersten Mal liebten. Diese nie vorher empfundene Nähe band mich nun endgültig an diesen Mann. Ich war glücklich, dass Frank mir so nahe war. Von diesem Zeitpunkt an war ich süchtig nach der Nähe dieses Mannes.

Zum ersten Mal spürte ich eine angenehme Nähe, körperliche Verbundenheit und seelische Vertrautheit. Da mir Zärtlichkeiten fremd waren und ich streichelnde Berührungen nicht kannte, empfand ich das, was ich mit Frank erlebte als das Höchste meiner bisher gelebten Gefühle.

Frank wurde während seiner Kindheit ebenfalls nicht mit Liebe und Nähe verwöhnt. So tasteten wir uns immer ein bisschen weiter vor, bis hin zur schmelzenden Verbindung.

Wir genossen unsere Zweisamkeit und klammerten uns aneinander wie zwei hungrige Kinder, welche Schutz in einer dunklen Nacht suchten. Dabei versäumten wir von Beginn an, über unsere Empfindungen zu reden. Wir redeten nicht über unsere Wünsche und

Sehnsüchte. Also sammelten wir auch keinerlei Erfahrungen. Für uns zählte nur diese Nähe, welche uns verband und nach der wir uns sehnten.

Aber bereits in dieser Zeit kam es zu dramatischen Vorfällen. Ich wartete oft stundenlang auf Frank. Ich saß am Fenster seines Zimmers und starrte auf die Straße. Ich verspürte keinen Zorn, keine Wut oder gar Enttäuschung - nur ein hilfloses, hoffendes Warten. In diesen Stunden wusste ich, dass Frank nicht nüchtern nach Hause kommen würde. Aber ich verdrängte die aufkommende Angst. Niemals ließ ich meinen Gedankengängen freien Lauf und immer wieder verbot ich meiner inneren Stimme die Warnungen. Die gesunden Ängste ließ ich nicht zu. Ich wartete mit kindlicher Naivität auf seine Ankunft. Zu diesem Zeitpunkt wagte ich nie, meinen Freund zu kritisieren, oder ihm gar eine Szene zu machen. Kam er dann irgendwann nach Hause, gab es nur zwei Möglichkeiten für mich. Entweder war Frank so betrunken, dass er sich sofort hinlegen musste und einschlief. Ich atmete erleichtert auf und fühlte in mir eine tiefe Entspannung. – Aber meistens kam ich nicht so einfach davon. Sein Blick verriet mir schon beim Betreten des Zimmers, dass ich besser schon vorher gegangen wäre. Aus seinen Augen sprühte der Jähzorn und Frank quälte mich oft stundenlang. Anfangs nur verbal. Drohungen, sich von mir zu trennen, erschienen noch harmlos. Aber wenn er mich auf das Übelste beschimpfte, kämpfte ich mit den Tränen. Frank kritisierte in diesem Zustand alles an mir. Er machte mich auf jedes überflüssige Pfund an meinem Körper aufmerksam und amüsierte sich köstlich über eine leichte Fehlstellung meines Auges. Bis zu diesem Zeitpunkt belastete mich mein ‚Silberblick' nicht.

Doch Frank verstand es mit vernichtenden Worten, mir dieses kleine Missgeschick der Natur als einen Schönheitsfehler darzustellen.

Doch ich dachte niemals daran, vor diesen niederschmetternden Beleidigungen zu flüchten. Nein, ich schwieg und wartete, bis er entweder einschlief oder zärtlich wurde. Für diese wenigen Stunden lebte ich und nahm dafür alles andere in Kauf. –

Wie, wo und wann es zum Thema Heirat kam, weiß ich heute nicht mehr. Sicher war es jedoch, dass Frank und ich vor den Traualtar treten wollten, sobald ich sechzehn Jahre alt sein würde. Wir wollten für immer zusammengehören. Die Einwände meiner Eltern hielten mich nicht zurück. Meine Mutter zeigte sich ungehalten und mein Vater strafte mich mit der mir gut bekannten Nichtbeachtung.

Das Eis brach aber letztendlich, als ich meinen Eltern nach meinem mittleren Bildungsabschluss die bestandene Prüfung als Kinderpflegerin vorlegte. Nun waren sie mit meinen weiteren Plänen einverstanden. Frank und ich setzten einen Hochzeitstermin fest. Zwei Wochen nach meinem Geburtstag würde ich Franks Frau sein. Endlich gehörte jemand zu mir! Ich lebte damals nur im Jetzt. Ich verschwendete keinen Gedanken an die Zukunft. Ich blendete bereits zu diesem Zeitpunkt unsere bestehende Problematik aus.

Meine Eltern akzeptierten mein Vorhaben, weil sie wussten, dass ich nicht zu halten war. Entsprechend dieser Tatsache entspannte sich die häusliche Atmosphäre nicht wirklich.

Rückblickend vermisste ich Gespräche, welche mich als damals sehr junges Mädchen auf die Gefahren meiner Pläne hinwiesen. Ich vermisste den Halt im Elternhaus, sowie ein respektvolles Miteinander. Ob diese Kriterien mich tatsächlich umgestimmt hätten, bezweifele ich stark. Aber ich wünschte es mir trotz alledem.

In den folgenden Wochen organisierte meine Mutter die bevorstehende Hochzeitsfeier und gab mir dabei das Gefühl, dass sie nun bald einen ‚schwierigen Teil' ihres Lebens hinter sich lassen durfte. Mein Vater sprach nun gar nicht mehr mit mir. Aber da er auch in den vergangenen Jahren selten das Wort an mich richtete, ging ich ihm bewusst aus dem Weg. Ich hielt diese Ignoranz kaum aus. So konzentrierte mich noch mehr auf mein bevorstehendes Leben mit Frank.

Während meiner psychoanalytischen Therapie wurde mir bewusst, dass ich dieses Verhalten auf meinen Therapeuten projizierte. Zu Beginn meiner Aufzeichnungen erwähnte ich bereits, dass ich Doktor Brauns Schweigen nicht ertragen konnte. Nun, einige Monate später, wurde mir bewusst, dass ich in dieser Form der Übertragung eine wirkungsvolle Therapie aufbauen konnte. Mein übertriebener Respekt Doktor Braun gegenüber erwies sich als eine Zuneigung, welche von verschiedenen Ängsten untermauert wurde. Nur allmählich wurde mir klar, dass ich all jene Gefühle, die ich jemals für meinen Vater hegte und nicht zu spüren vermochte auf diesen Mann übertrug. – Respekt, Angst, Unsicherheit und doch kindliche Liebe. Er war der Fels, auf den ich baute. Nur war dieser Fels weit von mir entfernt. Ja, mein Vater strafte mich selten. Aber wenn er dies tat, wählte er die Form der Ignoranz. Er sprach nicht mit mir und tat, als wenn ich gar nicht anwesend sei. Das Schweigen und die Nichtbeachtung verletzten mich mehr als eine schallende Ohrfeige.

Meine Eltern schenkten ihre Freizeit dem kleinen Thorsten. Sie lasen ihm jeden Wunsch von den Augen ab. Er stand immer im Mittelpunkt. Ich liebte ihn auch, aber Ich fühlte mich nicht geliebt.

Doktor Braun half mir bei meinen Erkenntnissen und unterstützte mich bei der Verarbeitung. Geduldig beantwortete er mir wichtige Fragen. Diese Antworten und Erklärungen trugen langsam zu meinem Seelenfrieden bei. Ich sah und suchte in ihm meinen ‚Ersatzvater'. Lediglich mit dem Unterschied, dass er mir Gelegenheit zum Reden gab und mir auch zuhörte. Wenn ich von schwierigen Themen abweichen wollte, holte er mich zurück zu dem Punkt, vor dem ich vielleicht gerade fliehen wollte. Er tat das sehr einfühlsam und doch manchmal mit einer Strenge, die mich zum Nachdenken zwang. Aber wir redeten und setzten uns auseinander. Oft fiel es mir schwer, das alte Denken zu korrigieren. Aber er half mir stets dabei. Er zwang mich auch immer wieder, mich selbstkritisch zu betrachten. Es war eine schwere Zeit für mich. Sie führte mich mehrmals bis an die Grenze meiner Belastbarkeit.

Auch Frank stand mir nach wie vor hilfreich zur Seite. Wenn ich doch alles hinter mir lassen wollte, warum sollte ich den Müll unserer Ehe nicht auch endgültig beseitigen und neue Wege einschlagen? - Frank überraschte mich mit einem Wochenendausflug an die Mosel. Sonja versprach, sich um Robin zu kümmern. So konnten wir ohne Sorgen in ein vielversprechendes Wochenende fahren.

Zwei wundervolle Tage und Nächte vergingen wie im Fluge. Frank und ich versprachen uns, dass wir von nun an häufiger unsere Zweisamkeit außerhalb der Familie genießen wollten. Die Kinder würden davon nur profitieren. Denn sie durften später zu Hause die Früchte unserer Liebe ernten.

Aber erst einmal erwartete mich meine Therapie und Frank musste wieder in der Klinik arbeiten. Er plante noch immer den Weg in die Selbständigkeit und ich unterstützte ihn gerne dabei. Sein Vorhaben sollte uns in eine bessere Zukunft führen. Wir lernten miteinander zu reden und hielten dennoch persönliche Grenzen ein. Wir bemühten uns auch, einfach ein wohltuendes Schweigen zu genießen. Unsere

Gespräche eröffneten uns völlig neue Perspektiven. Wir kamen zu der Erkenntnis, dass wir keinesfalls allein mit unseren Problemen lebten. Unzähligen Paaren erging es ähnlich wie uns. Es lohnt sich sicherlich um eine Ehe zu kämpfen, die seit fast 22 Jahren besteht!

Manchmal streichelte ich Franks dunkles Haar. Ich fühlte, dass es ihm gefiel. Vor meinem Aufenthalt in dieser Klinik wäre mir dieser Gedanke niemals gekommen. Diese Form der Zuwendung schien uns beiden fremd. So lernten wir nun in langen gemeinsamen Stunden uns gegenseitig Nähe und Wärme zu schenken. In der Vergangenheit beschränkten sich unsere Zärtlichkeiten auf das Wesentliche. Aber nun durften wir uns spüren und gaben uns unseren Wünschen hin.

Das Laub der Bäume färbte sich bunt und die Natur trug bereits ihr Herbstgewand, als mein Aufenthalt in der Klinik sich langsam dem Ende näherte. Meine neuen Erkenntnisse und Erfahrungen, all die positiven Erwartungen und das Gefühl endlich erwachsen zu sein, erfüllten mich mit Optimismus. Mit 37 Jahren wollte ich nun die Verhaltensweisen eines trotzigen und verletzten Kindes ablegen. Ich würde die Vergangenheit endlich ruhen lassen. Ich würde künftig in kritischen Situationen mehr Selbstkontrolle an den Tag legen und mich nicht mehr so leicht provozieren lassen.

Ich beendete diese Therapie auch mit der Gewissheit, dass eine heftige Auseinandersetzung nicht zwangsläufig eskalieren muss. Mit dem nötigen Respekt und der gegenseitigen Achtung lassen sich persönliche Grenzen nicht so leicht überschreiten. Auch diesen Grundsatz vermittelte mir Doktor Braun mit einem netten, zuversichtlichen Lächeln. Im Ansatz besaß ich nun all dieses Wissen und die angenehmen Erfahrungen. Nun lag es an mir, das Erlernte im Alltag umzusetzen und auf mich zu achten. Die Weichen dafür waren gestellt. Auch einige Probefahrten schienen erfolgreich verlaufen zu sein. Nun musste ich mich bewähren.

So sah ich dem Tag meiner Abreise gelassen entgegen. Ich trug die Gewissheit im Gepäck, dass ich jeden Montagabend an einer Gruppentherapie unter der Anleitung von Doktor Braun teilnehmen würde. Außerdem bot er mir für den Notfall Einzelgespräche an. Diese führte seine Frau gegebenenfalls mit mir. Ich fühlte mich sicher und freute mich auf mein Zuhause.

Dort liefen die Vorbereitungen auf Hochtouren. Nathalies Jugendzimmer wurde wieder nach ihren Vorstellungen hergerichtet.

Sie wollte mit mir gemeinsam zu Hause ankommen, da sie mit Frank noch immer nicht allein unter einem Dach zu leben wünschte. Die Aversion gegen ihren Vater schien zwar geringer, aber sie fürchtete den Alltag mit ihm. Also würden wir zusammen nach Hause fahren.
Bereits morgens um 9.00 Uhr stand Nathalie mit glühenden Wangen vor mir. Sie half mir beherzt, meine restlichen Sachen zu verstauen. Ihr kleines Auto war ebenfalls gefüllt mit ihren Kleidungsstücken. Wir beide waren guter Dinge, als die Abschiedszeremonie vorüber war.
Wie hatte Herr Maisler doch einmal zu mir gesagt? ‚Probleme kann man nur dort lösen, wo sie entstanden sind. ' Nun beschritt ich motiviert diesen Weg. Ich war sehr zuversichtlich und hatte meine Familie in den vergangenen Wochen mit meinem gesteigerten Antrieb regelrecht angesteckt.
Außerdem stand die schönste Zeit des Jahres unmittelbar bevor. Wir würden die glanzvolle Adventszeit wieder einmal genießen, und das darauffolgende Weihnachtsfest so schön gestalten wie nie vorher.
Bei unserer Ankunft beschlichen mich dennoch eigenartige Gefühle. Ich schloss die Eingangstür auf. Alles war so seltsam ruhig. Ich wusste, dass Frank in der Klinik war und erst am Mittag nach Hause kam. Obwohl ich doch trotz des Klinikaufenthaltes sehr oft zu Hause war - die letzten Monate sogar an jedem Wochenende - so fühlte ich in meiner Brust eine unerklärliche Beklemmung. Ich öffnete die Tür zu Nathalies Zimmer, welches sich im unteren Stockwerk unseres Hauses befand. Sie schien ebenfalls etwas betrübt zu sein. Aber mir wurde auch klar, dass wir uns vorerst alle auf dünnem Eis bewegten.
Nathalie stand sichtbar verloren in ihrem Zimmer und ihr Blick suchte den meinen. Ich sah erschrocken, dass sie gegen aufkommende Tränen kämpfte. - Wir verbrachten in den vergangenen Monaten sehr viel Zeit miteinander und sprachen viel über unsere Zukunftspläne. Aber Nathalie behielt die Erfahrungen mit ihrem Freund für sich. Bereute sie nun etwa ihre Entscheidung? Unsicher stellte ich ihr diese Frage. Sie sah mich entrüstet an und versicherte mir, dass sie den Tag des Auszuges herbeigesehnt hätte. Sie sagte mir aber auch, dass sie auch einige Freunde zurückgelassen habe. Dieser Verlust stimme sie nun traurig. Ich wurde verlegen. Nathalie erwähnte diese Freunde bisher nie. Wir ließen uns auf ihrer duftig, frischen Polsterliege nieder. Ich legte tröstend meinen Arm um die Schulter meiner Tochter. „Sag, Nathalie, was belastet Dich so sehr?" Sie schmiegte sich in meinen

Arm und ließ nun ihren Tränen freien Lauf. Während ich ihr zartes Gesicht streichelte, brach sie ihr Schweigen. Ich erfuhr, dass sie schwere Zeiten durchleben musste. Sie blieb bei ihrem Freund, weil sie sich und ihrer Umwelt den Irrtum nicht eingestehen wollte. Bittere Einzelheiten trieben auch mir die Tränen in die Augen. Auf einmal straffte sie ihre Schultern und sie befreite sich aus meinen Armen. Ich sah in ihre Augen und entdeckte momentan eine positive Veränderung in ihrem Blick. Ja, sogar ein kleines Lächeln spielte um ihren Mund als sie sprach: „Mutti, aber das ist nun alles vorbei! Vor mir liegt ein neues Leben." Ich entgegnete noch immer betroffen: „Nathalie, ich will Dir gern helfen, die Vergangenheit zu bewältigen." Aber sie schüttelte den Kopf, so dass ihre langen, blonden Haare ihr Gesicht verdeckten. Nun lehnte sie sich wieder an meine Schulter und redete weiter. Sie erzählte, dass ihr Ex-Freund wohl einen Cousin habe, der ihr während der schweren Zeit zuhörte und sie tröstete. Sein Name sei Tommy und ihn würde sie nun sehr vermissen. Er sei ihr ein treuer Freund geworden. Sie betonte: „Mutti, aber mehr ist es nicht. Er ist mein Freund!" Diesen Satz sagte sie mit fester Stimme. Warum unterstrich sie diese Tatsache derart massiv? Doch ich verstand meine Tochter und wies sie darauf hin, dass die geringe Entfernung doch kein Hindernis sei. Beide besaßen ein Auto und so konnten sie sich sehen, wann immer sie wollten. Glaubte Nathalie etwa, ich würde sie wie ein kleines Kind behandeln? Ich habe ihr früher ihr Leben nicht vorgeschrieben und würde dies auch künftig nicht tun. Als ich ihr das sagte, schien sie erleichtert zu sein.

Hastige Schritte im Treppenhaus rissen uns aus unserem Gespräch. Man hatte mittlerweile unsere Ankunft bemerkt. Eine herzliche Begrüßungszeremonie begann. Marlene hatte sichtbar mit viel Liebe den Frühstückstisch gedeckt. Sonja wirkte wie so oft zu dieser frühen Stunde unausgeschlafen, aber trotzdem zufrieden. Der kleine Robin erzählte alles, was ihm gerade einfiel. Die Realität hatte mich wieder! Jetzt fehlte es nur noch, dass sich die Mädchen am schön gedeckten Frühstückstisch streiten würden und alles wäre wie immer.

Zu meiner Freude blieb mir noch eine Woche bis zum Arbeitsbeginn. Diese Tatsache schenkte mir genügend Zeit, um mich zu Hause wieder ganz einzufinden. Auch Frank schien froh darüber zu sein, dass wir nun wieder zusammen sind. Im Umgang mit mir war er überaus vorsichtig. Er wählte seine Worte überlegt und tat nichts, was den Familienfrieden störte.

Ich vereinbarte mit meinem Chef, dass ich erst einmal nur drei Tage in der Woche arbeiten würde. Diese Maßnahme sollte für die noch verbleibenden Wochen des Jahres 1991 gelten. In der Firma wartete ein neues Aufgabengebiet auf mich.

Ich würde nun im Empfangsbereich arbeiten. Und endlich kam mein Wissen in der elektronischen Datenverarbeitung zum Tragen. Auf meinem Schreibtisch stand ein nagelneuer Computer.

Dessen Ausstattung faszinierte mich. Hier würde ich in jeder freien Minute Buchungen verschiedener Arten vornehmen. Das System, sowie die Programme waren mir zwar unbekannt. Aber ich nahm diese Herausforderung gerne an.

Auch den Umgang mit den vielen Menschen scheute ich nicht und in der betrieblichen Telekommunikation kannte ich mich aus.

Bevor in unserem Hause der nerv tötende Telefonterror begann, war das Telefonieren mein Hobby. Dieses Hobby wurde nun zum Teil meines Berufes. Was wollte ich noch mehr? Die Firma beschäftigte ca. 600 Mitarbeiter. Entsprechend war auch der Besucheransturm. Mein Chef trug mir die lange Ausfallzeit nicht nach. Vom ersten Tag an behandelte er mich mit Respekt und Achtung. Das steigerte selbstverständlich mein Selbstwertgefühl. Wenn ich unsicher wurde, gab er mir das Gefühl, dass ich den Anforderungen gewachsen sein würde. Frank begeisterten meine beruflichen Pläne und er sagte mir jegliche Unterstützung zu. Dass ich weiterhin im Wechseldienst arbeiten musste, bedauerte ich einerseits. Aber andererseits sah ich auch die Notwendigkeit.

So vergingen die ersten drei Wochen sehr schnell. Mir fehlte die Zeit zum Nachdenken. Ich sagte mir auch immer wieder, dass die Angst meinen Blick nicht mehr trüben sollte. Die Zwänge sollten mein Leben nicht beherrschen. Ich würde regelmäßig Nahrung zu mir nehmen, damit ich bei Kräften bliebe.

Frank und ich stimmten unsere Dienstpläne ab, dass Robin stets in der Obhut seiner Familie war. Diese Lösung erschien uns optimal. Aber allzu viele positive Tage durften sich ja einfach nicht aneinanderreihen.

Schließlich mussten auch Krisensituationen getestet werden. Der erste düstere Tag kam schneller als mir lieb war. - Ich saß an einem gemütlichen Abend in der besinnlichen Adventszeit allein im vorweihnachtlich geschmückten Wohnzimmer und ließ einen erfolgreichen Arbeitstag an mir vorbeiziehen. Ich spürte eine tiefe Zufriedenheit in mir. Gerne hätte ich diese für immer festgehalten. Als Frank von seinem Spätdienst nach Hause kam, unterhielten wir uns noch angeregt. Er teilte die friedvolle Stimmung mit mir.

Später kuschelte ich mich müde in seine Arme. Bevor ich einschlief, hauchte Frank mir noch einen Kuss auf die Wange und sagte: „Wenn Du morgen früh wegfährst, pass bitte auf Dich auf. Heute Abend waren die Straßen spiegelglatt." Ich nahm die Sorge in seiner Stimme gerührt zur Kenntnis und schlief glücklich ein. Irgendwann in dieser Nacht erwachte ich. Ich verspürte Durst und ging in die Küche. Nachdem ich ein Glas Wasser getrunken hatte, warf ich noch kurz einen Blick aus dem Fenster. Ich wollte nachsehen, wie die Straßenverhältnisse waren. Mir fielen Franks warnende Worte ein. Mein Blick fiel auf Nathalies leeren Parkplatz. Sie wollte am Abend Freunde besuchen. Aber es war fast Mitternacht. Frank stand nun hinter mir und beruhigte mich damit, dass Nathalie sicher gleich nach Hause kommen würde. Schließlich habe sie Urlaub und könne morgen ausschlafen. Dennoch schlief ich besorgt ein. Als der Wecker morgens um fünf erbarmungslos schrillte, war ich noch sehr müde. Ich benötigte ausreichend Schlaf. Aber den hatte ich in dieser Nacht nicht gefunden. Ich nahm mir vor, an diesem Abend zeitig zu Bett zu gehen. In der Küche bereitete ich mir wie immer Kaffee zu. Als ich im Wohnzimmer etwas lüften wollte, musste ich feststellen, dass Nathalies Wagen noch immer nicht da war. Ich weiß nicht mehr, was ich dachte. Aber eine große Sorge erfüllte mich. Mir fiel auch ein, dass Frank heute Morgen ebenfalls recht früh in die Klinik musste. In meine Sorge mischte sich die Frage, wer denn Robin beaufsichtigen sollte. Warum hatte sich Nathalie nicht gemeldet? Die Sorge vermischte sich mit Wut. Bevor ich das Haus verließ, weckte ich Marlene. Sie besuchte das Gymnasium in der nahe gelegenen Kleinstadt. Marlene war verärgert, als ich sie schon zu so früher Stunde weckte. Ich teilte ihr meine Sorge um Nathalie mit. Marlene räkelte sich im Bett und sagte mürrisch, dass Nathalie sie letzte Nacht angerufen habe: „Sie kommt auf jeden Fall gleich nach Hause. Mutti, Du nervst mich! Wir sind keine kleinen Kinder mehr!" Ich war gekränkt. Meine achtzehnjährige Tochter sollte sich gefälligst einen anderen Ton mir gegenüber angewöhnen. Beleidigt ging ich aus ihrem Zimmer und nahm mir vor, abends ein Gespräch mit ihr zu führen.

Die nächste Überraschung wartete vor dem Haus auf mich. Ich konnte mich kaum auf den Beinen halten. Der Bürgersteig und die Straße waren wie bereits am Vorabend spiegelglatt. Nein, ich würde bei dieser Glätte nicht fahren. Ich würde Frank bitten, mich zur Firma zu fahren. Er war von meinem Vorschlag zwar nicht begeistert, lehnte aber meine Bitte nicht ab. Frank wirkte fahrig und nervös. Ich schob diese Eindrücke auf die veränderte morgendliche Situation. Frank war einfach nicht flexibel genug. Nachdenklich sah er mich an und sagte: „Wenn ich schon so früh aufstehen muss, dann fahre ich auch gerade in die Klinik. Ich muss noch ein paar Dinge klären." Seine Augen wichen meinem fragenden Blick aus. Seine Hand streifte beruhigend meine Wange: „Ich beeile mich, damit Du pünktlich in der Firma bist." Ich wartete nachdenklich in der Küche. Ich schaute wehmütig dem Rauch meiner Zigarette nach. Der Kaffee schien mir heute Morgen recht bitter zu schmecken. War es denn so schlimm, dass ich Frank um einen Gefallen bat?

Ich dachte über meine Töchter nach. Warum informierte Nathalie mitten in der Nacht ihre Schwester? Mir erschien dies alles sehr suspekt. Oder lohnte es sich gar nicht, darüber nachzudenken? Nein, sagte ich mir: ‚Melanie, Deine Töchter sind erwachsen! ' Notfalls würde Robin an diesem Tag von Anna betreut. Und dass Marlene ihre Zunge in letzter Zeit nicht zügeln konnte, lag wohl an der Pubertät. Ich würde ihr verstärkt meine Grenzen zeigen.

Endlich war Frank zur Abfahrt bereit. Ich kam nicht gern zu spät zur Arbeit. Schweigend gingen wir gemeinsam zur Garage und stiegen in seinen Wagen. Erneut machte sich Angst vor der bevorstehenden Fahrt in mir breit. Die Straße spiegelte die Glätte. Frank hatte Mühe, von der nicht gestreuten Seitenstraße zur Hauptstraße zu kommen. Aber diese sah ebenfalls nicht gut aus. Nur langsam versuchte Frank die Steigung aus dem Ort heraus zu schaffen. Er war ein sehr sicherer Autofahrer und ich vertraute auf sein Können. Dennoch hatten andere nicht so viel Glück wie wir. Einige Autos lagen im Straßengraben und andere schafften die Steigung nicht. Aber Frank und ich näherten uns langsam unserem Ziel. Mein Blick erreichte in naher Ferne ein Hindernis. Die entgegenkommende Fahrbahn war von einem Wagen mit Blaulicht und Sirene abgesperrt. Ein Notarztwagen blockierte die

Straße. Frank fuhr langsam an die Unfallstelle heran und sagte leise: „Da hat sich wohl einer überschätzt." Dann verschlug es uns die Sprache. Wenige Meter vor der Unfallstelle fiel mein Blick auf den verunglückten Wagen. Dieser hatte sich wohl überschlagen und lag nun auf dem Dach im Straßengraben. Ich sah einen zugedeckten Körper auf der Straße liegen. Frank musste seinen Wagen anhalten. Nun schaute ich wieder zu dem total demolierten Unfallfahrzeug. Mir stockte der Atem. Ich sah einen auffallenden Zierstreifen. Grau und rot auf weißem Lack. Die seltene Form dieser Verzierung ließ mich erstarren. Mein Herz drohte stehen zu bleiben. Auch Frank erkannte schnell, dass es sich hier um den kleinen Wagen von Nathalie handelte. Er griff spontan nach meiner Hand. Von Angst und Schrecken geschüttelt, wollte ich gehetzt den Wagen verlassen. Frank hielt mich fest und sah mich mit erschrockenen Augen an: „Bleib Du bitte hier. Ich schaue nach Nathalie!" Er zwang sich zur Ruhe. Aber es fiel ihm sichtlich schwer. Selbstverständlich war ich nicht aufzuhalten. Ich riss die Wagentür auf und rannte zum Unfallort. Ich wollte nur noch zu meinem Kind. - Ein Polizeibeamter eilte mir entgegen und hielt mich zurück. Ich war völlig hysterisch und versuchte energisch an ihm vorbei zu eilen. Der Beamte ergriff sanft meinen Arm und fragte: „Sind Sie vielleicht Frau Körner?" Ich blieb abrupt stehen. Die Stimme des Mannes in der grünen Uniform klang ruhig und bestimmt. Mich irritierte die Tatsache, dass er meinen Namen kannte. Ich sah irritiert an ihm vorbei. Frank kniete schon neben Nathalie. Ich sah, dass er sie im Arm hielt. Aber ich hörte auch Nathalies Stimme. Ich schickte ein Dankgebet zum Himmel. Das war ein gutes Zeichen. Noch immer hielt mich der Polizeibeamte zurück.

Ich wandte mich ihm fassungslos zu und hörte ihn sprechen: „Ihre Tochter ist den Witterungsverhältnissen entsprechend zu schnell gefahren! Sie hat den Wagen übersteuert und sich dann schließlich überschlagen."

Ferner erklärte er mir, dass man sie zugedeckt habe, damit sie nicht frieren müsse. Nun sei der Rettungswagen eingetroffen und sie würde medizinisch versorgt. Er schmunzelte leicht, als er weitersprach. Nathalie habe den eintreffenden Beamten sofort mitgeteilt, dass ihre Mutter diese Strecke in den nächsten Minuten passieren würde. - Sie schätzte mein Verhalten realistisch ein und bat den Polizisten, mich zu beruhigen. Endlich durfte ich zu meiner Tochter. Zwar bebte mein

Körper noch immer, aber ich war erleichtert. Nathalie hatte Glück im Unglück gehabt. Ihre Verletzungen waren nicht so schlimm, wie es das Bild an der Unfallstelle vorgab. Aber sie musste in das nächstgelegene Krankenhaus gebracht werden. Schmerzhafte Prellungen, eine Gehirnerschütterung und einige Schürfwunden mussten behandelt werden. Ich dankte meinem Schöpfer noch einmal für die Bewahrung meines Kindes.

Dankbar folgte ich Franks Angebot, dass er mich wieder nach Hause fahren wollte. Er versprach, sich um Nathalie und die Formalitäten im Krankenhaus zu kümmern. Ich würde, sobald sich die Straßenverhältnisse besserten, ebenfalls zu Nathalie fahren. Ich würde einen Tag Urlaub nehmen. Meine Gedanken wären keinesfalls bei meiner Arbeit gewesen. - Immer noch tief betroffen von dem Unfall unserer Tochter fuhren Frank und ich schweigend nach Hause. Wir verabschiedeten uns mit wenigen Worten.

Ich kämpfte vehement gegen meine innere Erregung an. Aber der Erfolg hielt sich in Grenzen. Mit unruhigen Fingern schloss ich die Tür auf. Als ich den Flur betrat, kam Sonja mir völlig aufgelöst entgegen. Ihre Gesichtsfarbe glich der weißen Tapete, vor der sie stand. Aus ihren rotumrandeten Augen flossen dicke Tränen. Ihre zerzausten Haare klebten feucht an ihrer Stirn. Nur ein Gedanke kreiste in meinem Kopf, als ich sie fragte: „Guten Morgen, mein Schatz – bist Du krank oder hast Du Schmerzen?" Ich ging behutsam auf Sonja zu, aber sie hob die Hände und wich panisch zurück. Gepresst und voller Angst brachte sie mühevoll die Worte über ihre Lippen: „Nathalie hatte einen Autounfall!" Erstaunt sah ich sie an. Aber Sonja redete weiter: „Sie ist verletzt und hat starke Schmerzen. Ich wurde davon aufgeweckt. Mein Körper purzelte im Traum! "Ich nahm meine weinende Tochter in die Arme. Ja, sie waren eineiige Zwillinge. Ich hatte schon viel von solchen Phänomenen gehört. Aber nun erlebten auch wir das schier Unbegreifliche. Ich versuchte, Sonja mit tröstenden Worten zu beruhigen. Dies gelang mir nur bedingt.

Die Zwillinge begannen bereits mit 13 Jahren ihre eigene Persönlichkeit zu ergründen. Sie spürten das Bedürfnis, sich selbst zu suchen, zu finden und zu entwickeln. Sie wehrten sich hartnäckig dagegen, die gleiche Kleidung zu tragen. Sie suchten ihre Eigenständigkeit und ließen keinen Einspruch von mir zu. Sogar ihren gemeinsamen Freundeskreis teilten die beiden in irgendeiner Weise auf. Diese damalige Entwicklung entsprach nicht unbedingt meinen Wünschen. Aber mein Verstand befahl mir, die getroffene Entscheidung meiner Töchter zu respektieren. Wehmütig nahm ich seinerzeit Abschied von einer schönen Zeit. Einer Zeit, in der zwei süße, völlig identisch aussehende, kleine Mädchen auf meinem Schoß saßen. Dennoch ließ ich Sonja und Nathalie gewähren. Sie sollten ihre eigenen Wege finden.

Manchmal betrachtete ich die Situation mit großer Sorge. Denn die beiden wollten einfach rein gar nichts mehr gemeinsam haben. Sie versuchten permanent ihre Ähnlichkeit mit allen erdenklichen kosmetischen Hilfsmitteln zu verbergen. Sie wollten sich und ihrer Umwelt beweisen, dass auch eineiige Zwillinge unterschiedliche, selbständige Persönlichkeiten seien. So lebten sie sich zu meinem Bedauern in der Pubertät auseinander. Vor mir konnten sie ihre Identität nicht verleugnen. Aber ich schwieg zu dieser Thematik. - Und nun stand Sonja vor mir und wollte ihr Erlebnis gar nicht begreifen. Sie sah einfach nicht ein, dass mit einem Augenblick alle ihre Bemühungen gescheitert waren. Sie erlebte den Unfall ihrer Zwillingsschwester als Vision! Wir hielten uns in den Armen und ich spürte, dass mein Kind litt. Sonja sagte, dass auch sie überall Schmerzen habe. Trotzdem äußerte sie den Wunsch, Nathalie zu sehen. Ich bat sie um etwas Geduld und erklärte ihr, dass wir keinen zweiten Unfall riskieren sollten. Außerdem war ja Frank bei Nathalie. Später würden wir dann gemeinsam zu ihr fahren.

Auch Marlene fiel es sichtlich schwer, den Vorfall zu verarbeiten. Aber sie reagierte irgendwie anders. Sie saß nachdenklich am Frühstückstisch und knabberte lustlos an ihrem Toast. Manchmal warf sie einen fragenden Blick in Sonjas Richtung. Aber diese wich ihr aus und schaute gebannt auf die Flamme der leuchtenden Adventskerze. – Ich wollte das Schweigen brechen und fragte in die Stille hinein: „Wann rief Nathalie in der letzten Nacht an? Marlene, sagte sie Dir denn, wo sie übernachtet?" Marlene zögerte und hob verlegen die Schultern. Ihr Ellbogen bohrte beinahe ein Loch in die Tischplatte. Ihr Kopf lag schwer in ihrer Hand. Mit heruntergezogenen Mundwinkeln fauchte sie mich an: „Mama, installiere ihr doch eine Videokamera und einen Fahrtenschreiber. Dann weißt Du immer, wo sie gerade ist!" Wütend funkelte ich meine jüngste Tochter an: „Ich denke, es ist besser für Dich, wenn Du Dich jetzt für die Schule richtest." Mein scharfer Ton ließ sie aufschauen: „Sorry Mama, ich habe es nicht so gemeint." Marlene zwang sich sogar ein Lächeln in ihr Gesicht und schickte es mir entgegen. – Ja, so ist sie nun einmal. Nun sah ich, dass Marlene Sonja zuzwinkerte. Sonja sah mich an und wurde verlegen. Nein, das musste ich mir nicht geben. Ich beschloss kurzerhand, mich ein wenig frisch zu machen. Als ich wenige Minuten später die Küche wieder betrat, war der Tisch abgeräumt und meine Töchter nicht mehr anwesend. Ich verstand nicht, dass die stets pünktliche Marlene an diesem Morgen dermaßen ihre Zeit vertrödelte. Sie würde sicher den Bus verpassen. Ich klopfte nur kurz an ihre Zimmertür und trat dann ein. Vier Augen sahen mich ertappt an. Was hatten die beiden vor mir zu verbergen? – Den Telefonhörer noch in der Hand, versuchte Marlene vergeblich, diesen zu verstecken. Ich tat so, als wenn ich dies nicht bemerkt hätte und fragte sie: „Fährst Du heute erst zur zweiten Stunde in die Schule?" Sonja nahm Marlene die Antwort ab: „Sie möchte gerne mit zu Nathalie fahren. Bitte lass sie doch!" Ja, ich gewährte Marlene diesen Wunsch. Schließlich blieben auch Sonja und ich heute unserer Arbeitsstelle fern. Die beiden standen nur wenige Minuten später fertig angekleidet vor mir. Sie verabschiedeten sich mit den Worten: „Wir rufen Dich gleich an, wenn wir bei Nathalie sind." Ich entgegnete, dass ich ebenfalls bald kommen würde.

Sonjas Anruf ließ auch nicht lange auf sich warten. Sie berichtete, dass Nathalie einen Schutzengel hatte und die Verletzungen bald heilen würden. Ich atmete tief durch und wurde nun endgültig ruhiger: „Sonja, hat Dein Vater sich denn auch wieder beruhigt?" Meine Frage überraschte Sonja: „Wieso Mutti, Papa war nicht hier. Ich weiß nicht, wie es ihm geht." Sie teilte mir mit, dass Nathalie auf ihn gewartet habe. Aber er sei nicht gekommen!

Was hatte Frank dazu bewegt, unsere Vereinbarung zu umgehen? Eine mir wohlbekannte Unruhe erfasste mich. Nein, nicht schon wieder! Nein, ich würde jetzt nicht hysterisch werden. Ich würde nun nicht planlos herumtelefonieren. Ich würde mich nicht mit alten Erinnerungen quälen! Ich verbrachte nicht acht Monate in einer Klinik, um bei den ersten Zweifeln rückfällig zu werden. Obwohl der innere Kampf mich sehr viel Kraft kostete, besiegte ich mich selbst. Ich verbannte die zerstörerischen Gedanken und hielt an meinen Vorsätzen fest.

Ich behielt auch die Fassung, als Frank wenig später anrief: „Hallo Liebling, ich möchte Dir sagen, dass es Nathalie gut geht. Du musst Dir keine Sorgen machen!" Mit welcher Unverfrorenheit er mich anlog! Frank schilderte mir die genaue Diagnose. Doch ich spielte sein Spiel mit. Ein trauriges Spiel! Ich blieb besonnen, weil ich den Wunsch verspürte, dieses ‚Spiel‘ zu gewinnen. - Ich würde von nun an andere Wege gehen und Frank nicht mehr alle Erkenntnisse sofort vorwurfsvoll mitteilen. Ich würde mit wachem Auge den Verlauf der Dinge registrieren. Um vielleicht irgendwann entsprechend zu handeln. Oder gab es vielleicht für seine Lüge eine plausible Erklärung? Brachte mich etwa nur ein Missverständnis aus der Ruhe? Es würde sich zeigen.

Meine Gedanken wurden erneut durch das Läuten des Telefons unterbrochen. Die erregte, unsichere Stimme eines jungen Mannes meldete sich: „Mein Name ist Tommy Schmied, ich bin ein Bekannter von Nathalie." Er sprach hektisch weiter: „Marlene rief mich heute Morgen an. Ich mache mir große Sorgen um Nathalie!" Ich versuchte, den jungen Mann am anderen Ende der Leitung zu beruhigen. Aber er bat mich um eine Wegbeschreibung zu der Klinik. Die Stimme des jungen Mannes klang durchaus sympathisch. Ich hörte ihm zu, ohne ihn zu unterbrechen. Er erzählte von seiner Betroffenheit und wie erschüttert er sei. Auch quäle ihn sein Gewissen, weil er Nathalie trotz der Glätte an diesem Morgen nicht von der Heimfahrt abgeraten habe. Die offensichtliche Verzweiflung des jungen Mannes weckte in mir das Bedürfnis, ihn zu trösten: „Ich sagte doch schon: Es geht ihr gut. Und der Wagen ist auch zu ersetzen." Aber er kam immer wieder darauf zurück, dass er sie so schnell wie nur möglich sehen wollte. Ich bot ihm nicht ganz uneigennützig an, dass er mich abholen könne. Als ich ihm den Weg zu unserem Haus beschreiben wollte, unterbrach er mich schnell: „Ich weiß, wo Nathalie wohnt. Ich habe sie schon besucht." Ja, so kann es einem gehen, wenn die kleinen Töchter erwachsen werden.

Eine Stunde später stand Tommy mir erstmals gegenüber. Wir entschieden uns für seinen Wagen. Während der Fahrt stellte er sich als der Cousin von Nathalies ehemaligem Freund vor. Er schilderte kurz die konfliktreiche Beziehung von den beiden. Aber er versicherte mir, dass er Nathalie vor Übergriffen geschützt habe und ihr Halt schenkte. Er habe meiner Tochter Mut zugesprochen und ihr geraten, wieder nach Hause zu gehen. Nun wurde mir in diesen wenigen Minuten klar, dass ich nicht viel über die vergangenen Monate vom Leben meines Kindes wusste. Nein, das konnte doch nicht das Ergebnis meiner Erziehung sein? Wir vertrauten uns doch stets alles an. Warum spaltete sie ihr Leid ab? Wollte sie ihre damalige Fehlentscheidung nicht zugeben. Wollte sie mich schützen oder war es ihr Stolz?

Meine Gedanken wanderten zu Sonja und Marlene. Ihr eigenartiges Verhalten ließ darauf schließen, dass Nathalie sich in ihrer Not ihren Schwestern anvertraut hatte. Ich gestand mir ein, dass Geheimnisse vor der Mutter nun mal zum Erwachsen werden gehören!

Je näher wir dem Krankenhaus kamen, umso nervöser wurde ich. Als wir endlich den langen Flur erreichten, beschleunigte ich meine Schritte. Ich las die Zahlen an den Zimmertüren und konnte es kaum erwarten, bei Nathalie zu sein. Gleich würde ich meine Tochter in die Arme schließen und ihr versichern, dass ich nun wieder immer für sie da sei. Gemeinsam würden wir ihre Wunden salben. Aber es kam wie so häufig in meinem Leben ganz anders.

Als ich endlich die Tür öffnete, zwängte Tommy sich schnell an mir vorbei. Ich wusste nicht, wie mir geschah. Ich stand immer noch regungslos da, als Tommy sich über Nathalie beugte und sie an sich riss. Er wiegte sie zärtlich in seinen Armen und liebkoste ihr Gesicht. Er flüsterte ihr sein Bedauern zu und verbarg seine Tränen nicht. Ich sah zwei Menschen vor mir, die sehr vertraut miteinander umgingen. Mir wurde bewusst, dass aus dieser Freundschaft längst mehr geworden war. Wie Schuppen fiel es mir von den Augen. Nathalie, die stets umsichtig und akkurat ihr Zimmer hegte und pflegte, bemühte sich in den letzten Wochen wenig um ihr Reich. Es war ihr egal, ob ihre persönlichen Sachen ausgepackt waren oder nicht. Ich musste mir eingestehen, dass ich ihre Schränke gefüllt und ihre Kleidung eingeordnet hatte. Ich wollte ihr die Zeit lassen, sich wieder einzugewöhnen. Dass sie mich dabei seltsam und weit entfernt ansah, nahm ich nun erst zur Kenntnis. Ich wollte sie doch nicht schon wieder verlieren! Mit diesen Gedanken stand ich in dem Krankenzimmer und sah den beiden zu. Nathalie strahlte Tommy an. Ihr Gesicht war trotz der Blutergüsse so entspannt wie schon lange nicht mehr. Ich erkannte auch, dass sie nun befreit war. Ihr Versteckspiel hatte ein Ende. - Diese beiden jungen Menschen waren mehr als gute Freunde. Nun sah ich mir Tommy etwas genauer an. Sein Gesicht strahlte Sympathie aus. Er bestand durchaus meine kritische Prüfung. Denn er entsprach meinem Bild von einem Schwiegersohn.

Herzlichen Glückwunsch Tommy, Du hast vor meinen kritischen Augen den Test als Nathalies Freund bestanden.

Am Nachmittag gestanden mir Sonja und Marlene, dass sie über den Verlauf der Dinge informiert waren. Tommy bemühte sich um Nathalie und sie war ihm innig zugetan. Ich hatte nichts dagegen einzuwenden, wenn dieser nette, junge Mann uns nun oft besuchen würde.

Irgendwann im Verlauf des Nachmittags traf auch Frank zu Hause ein. Sonja überfiel ihn gleich mit Vorwürfen. Sie warf ihm vor, dass er Nathalie im Stich gelassen habe. Frank dementierte den Vorwurf recht überzeugend. Er behauptete, dass Sonja keine Ahnung habe. Seine Gesichtsfarbe wurde etwas heller, als Sonja aggressiv erwiderte: „Für wie dumm hältst Du uns eigentlich? Wir haben vom Pflegepersonal erfahren, dass Du lediglich angerufen hast!" Für mich war nun auch dieser Punkt geklärt! Frank hatte mich wieder belogen. Aber es war erstaunlich, dass es mich nicht sonderlich verwunderte. Ich würde die Beherrschung nicht so schnell verlieren. In mir war eine spürbare Veränderung vorgegangen. Ich spürte eine nie gekannte Gelassenheit in mir. Ich würde schauen, wie es weiterging. Nie wieder würde ich mich dabei verlieren.

Meine Gefühle kamen dennoch in Wallung, als Nathalie aus dem Krankenhaus entlassen wurde. Tommy teilte mir entschlossen mit, dass Nathalie die nächste Zeit bei ihm verbleiben würde. Schließlich brauchte sie noch viel Ruhe. In unserem turbulenten Haushalt mit einem kleinen Kind sei dies nicht unbedingt möglich. Er sagte das so fürsorglich, dass ich dem nichts hinzufügen wollte. Aber ich wusste auch, dass Nathalie dieses Mal für immer ging. Ich wünschte mir nur, dass die beiden mich regelmäßig besuchten. Ich wollte Nathalie nicht noch einmal verlieren.

Nathalie und ich führten vor ihrer Abfahrt ein langes, intensives Gespräch. Sie gestand mir mit leiser, unsicherer Stimme, dass ihr das Leben im Elternhaus zu anstrengend sei: „Mutti glaube mir, Papa wird sich niemals ändern. Ich hoffe so sehr, dass Du nicht irgendwann daran zerbrichst." Sie teilte mir auch mit, dass ihr Vater während meines Spätdienstes heimlich wegfahren würde. Sie habe das Vertrauen zu ihm verloren. Er habe in ihr alle Hoffnungen auf ein besseres Familienleben zunichte gemacht. Sie würde sich vor weiteren Spannungen und Konflikten schützen. Sie bat mich eindringlich auf mich aufzupassen. Sie bot mir Hilfe für den Notfall an. Aber von ihrem Vater möchte ich sie doch bitte verschonen. Er habe die Bewährungsphase nicht überstanden. Ich verstand Nathalie nicht so recht. Frank bemühte sich doch um die Mädchen. Warum machten die Zwillinge es ihm so schwer?

Dass sie weitaus mehr wussten als ich, sollte ich nur fein dosiert nach und nach erfahren.

Das Jahr 1992 begann ohne besondere Vorkommnisse. Die vorangegangenen Feiertage verliefen ohne negative Erinnerungen. Frank arbeitete viel und gab sich Mühe, ein guter und liebevoller Ehemann zu sein. Ich erlebte diese Zeit als eine harmonische Verschnaufpause. Es gab absolut keine Überreaktionen und keine Spannungen. Wenn die Mädchen sich kritisch äußerten, schob ich ihre Launen auf die Lasten der Vergangenheit. Ich hatte Verständnis dafür und wollte sie langsam davon überzeugen, dass nun alles anders war.

Das neue Aufgabengebiet in der Firma füllte mich voll und ganz aus. Ich hatte täglich neue Ideen und Vorschläge. Dieser Aspekt belebte meine Sinne. Mit Freude fuhr ich zur Arbeit und verpasste manchmal vor lauter Motivation den Feierabend. Mittlerweile nahm ich an einer Ausbildung zur Betriebssanitäterin teil. Wir waren ein eingespieltes Team und diskutierten jeden Einsatz intensiv. Als einzige Frau unter sechs Männern übernahm ich den schriftlichen und den organisatorischen Teil unserer Aufgabe. Ich war froh darüber, dass ich wieder zwanglos mit anderen Menschen umgehen konnte. Meine Erkrankung wurde nicht mehr erwähnt. Diese Tatsache erleichterte mir meinen Arbeitsalltag. Da ich nach meiner Therapie ein neues Umfeld hatte, war meine lange Abwesenheit den Kollegen nicht bekannt.

Aber vor kleinen Rückschlägen war ich dennoch nicht sicher. An einem Morgen fragte mich die sympathische Sekretärin des Firmeninhabers: „Sagen Sie mal, Frau Körner, Sie haben doch mehrere Schwägerinnen, die ich fast alle kenne.

Ihre Schwiegermutter hat mir letzten Sonntag vor der Kirche erzählt, dass eine davon geistig behindert ist. Sie würde den Alltag nicht schaffen und die meiste Zeit im Bett verbringen." Ich war ziemlich schockiert. Aber ich ließ es mir nicht anmerken. Ich sah Frau Günther nachdenklich an und dachte mir, dass mir nur die Flucht nach vorne weiterhelfen konnte. Ich wusste, dass Anna ihren Lieblingssohn immer verteidigen würde. Ich wusste auch, dass sie ausschließlich aus Liebe zu Robin einigermaßen nett zu mir war. Auch wurde mir schon häufig von Bekannten zugetragen, dass sie Unwahrheiten verbreitete. Sie tat dies mehr oder weniger mit allen Schwiegertöchtern.

Aber dass sie so weit ging. Das ahnte ich nicht. Ich hatte inzwischen meine Gedanken geordnet. Freundlich lächelnd und mit einer mir unbekannten Ruhe beantwortete ich Frau Günthers Frage: „Wissen Sie Frau Günther, ich denke meine Schwiegermutter meint mich damit. Ich war sehr krank. Vielleicht habe ich auch viele Fehler in meiner Vergangenheit gemacht. Aber mit einer Geisteskrankheit hat das keinesfalls etwas zu tun." Frau Günther, eine warmherzige, liebe Frau sah mich entsetzt an: „Ich kenne Sie doch schon so lange und schätze Sie als Mitarbeiterin sehr. Wie kann man Ihnen solche Unverschämtheiten nachsagen?" Ich bemühte mich weiterhin um meine innere Gelassenheit und riet ihr sachlich, sie solle einfach nicht darüber nachdenken. – Als ich wieder allein vor meinem Schreibtisch saß, begann mein Körper zu vibrieren. Ich hatte erhebliche Mühe, mich zu sammeln. Anna beugte also schon vor. Sollte unsere Ehe scheitern, so musste der Schuldige an den Pranger gestellt werden. Ich wusste, dass sie in der Vergangenheit mit ihren üblen Nachreden nicht sparsam umging. - Ich rechnete auch damit, dass Anna für Frank jeden Meineid schwören würde. Aber diese Geschichte grenzte wieder einmal an Rufmord. Nein, diese Verleumdung übertraf alle bisherigen Gemeinheiten. Ich dachte an Annas Intrigen in der Vergangenheit. Ich dachte daran, wie sie meine Unerfahrenheit immer wieder hervorhob. Wie sie alles kritisierte, was ich tat oder auch nicht tat. Wie Frank und ich ihre Launen ertragen mussten. Warum hatte ich mich niemals gegen diese Person gewehrt? Warum hatte ich ihr nie Grenzen gesetzt? Aber es war nun nicht mehr zu ändern. Mein Fortschritt bestand schon darin, dass mich eine maßlose Wut ergriff.

Acht Monate psychotherapeutische Behandlung zeigten mir deutlich die Defizite in meiner Vergangenheit. Es wäre unwirklich zu behaupten, dass ich diese Versäumnisse innerhalb weniger Monate aufholen könnte. Nur kleine Schritte würden mein Leben, meine Einstellung, mein Verhalten und meine Reaktionen ändern. Die Therapie lehrte mich nicht, dass ich nun als verletzter, wutentbrannter Racheengel durch die Welt ziehen sollte.

Sondern der Sinn war ein anderer. In meinem Fall könnte ich das so beschreiben: Die erste Phase galt der Entspannung. Danach kam die quälende Zeit des Wiederhervorholens verdrängter oder verschütteter Erlebnisse. Es folgte die schwere Arbeit des Verstehens vieler Zusammenhänge: Nicht gelebte Gefühle, wie Angst, Wut und Trauer nahmen schmerzlichen Besitz von mir. Auch unerfüllte Liebe und missbrauchtes Vertrauen - nicht spürbare Eifersucht und unerlaubte Neidgefühle. Ich habe gelernt, dass alle Gefühle erlaubt und „normal" sind. Ich habe gelernt, diese zu spüren und zu leben. Negative Emotionen zu bewältigen und positive Gefühle zu genießen. Ich spürte während dieser Therapie, dass ich über all diese Emotionen durchaus verfügte. Aber ich war in der Vergangenheit nicht in der Lage, diese zu ordnen. So staute ich alle Gefühle auf. Das Resultat dieses Gefühlsstaues schnürte mir die Kehle zu. Nicht ausgelebte Gefühle nahmen mir die Luft zum Atmen und drohten meinen Kopf zu sprengen. Noch während der Behandlung schenkte Doktor Braun und sein Team mir die Möglichkeit der innerlichen Aussöhnung mit den Menschen, von denen ich mich ungerecht behandelt und beherrscht fühlte. Aber auch die Menschen, welche mich real verletzten, schloss ich in meinen inneren Frieden ein. ‚Denn Hass ist ein schlechter Wegbegleiter. '

Die letzten Wochen in der Klinik nutzte ich dazu, eine Bilanz zu erstellen. Das Resultat ergab, dass ich ungefähr wusste, wie ich meine Gefühle ausleben wollte. Mir wurde klar, dass es mir nichts einbrachte, wenn ich zu meinem Schutz Mauern um mich herum baute. Ich musste mich künftig permanent darum bemühen, klare Grenzen zu setzen.

Ich würde überlegt auf den Verlauf meiner Ehe schauen. Entweder Frank und ich nutzten die Chance, oder wir würden die erforderlichen Konsequenzen ziehen und getrennte Wege gehen. Ich wollte keine Kraft für Dinge vergeuden, die momentan nicht wichtig waren. Ferner galt es noch herauszufinden, was ich denn überhaupt grundsätzlich vom Leben erwartete. Diese Frage vermochte ich mir bisher noch nicht zu beantworten. Doch etwas extrem Wichtiges durfte ich bereits für mich verbuchen: Mein Gefühl und mein Verstand wussten ganz sicher: was ich nicht wollte! Ich stellte immer wieder fest, dass dieser Grundsatz für mich viel wichtiger war.

So hing ich immer noch in meinen Gedanken um Frau Günther und Annas verleumderischer Aussage. Ja, Anna würde ich nicht mehr ändern können. Ihr würde ich auch keine Grenzen setzen können. Das wäre vergeudete Kraft. Ich würde mich schützen, indem ich mich diskret von ihr zurückziehen würde. Es durfte mich einfach nicht mehr interessieren, was irgendwer von mir denkt. Annas Unbeherrschtheit und ihre menschenverachtende Äußerungen sollten ab sofort andere Menschen treffen. Mich jedenfalls würden ihre Gehässigkeiten nicht mehr tangieren. Ich würde mir künftig allein beweisen, dass ich mein Leben durchaus meistern kann.

Ich sprach diese Situation in der ambulanten Gruppe von Doktor Braun an. Für mich gab es diesmal keinen Anlass, Frank mit Vorwürfen über seine ‚furchtbare' Mutter zu überschütten. Es gab auch keinen Grund diese Äußerungen tief in mir zu vergraben. Es nagte nicht an mir und diese neue Erkenntnis tat mir gut.

Überhaupt freute ich mich jeden Montag auf diese Gruppe. Frank sagte einmal: „Du kannst ohne therapeutische Schwimmweste überhaupt nicht existieren." Ja, damals fand ich diese Äußerung gemein. Jetzt dachte ich: ‚Wenn der ersehnte Montagabend eine therapeutische Schwimmweste ist, dann trage ich sie gerne. '

Endlich kam der Tag, an dem ich Frau Braun kennen und schätzen lernte. Ich mochte diese wunderbare Frau vom ersten Augenblick an. Ihre Güte und ihr Verständnis zogen mich regelrecht an. Wenn sie mein Verhalten einmal negativ kritisierte, verspürte ich keine Ablehnung oder gar eine Kränkung. Nein, ich fühlte ihre ehrliche Sorge. In dieser Zeit tat es mir unendlich gut, dass sich überhaupt ein Mensch um mich sorgte. Dies schwächte das Verlassenheitsgefühl in mir etwas ab.

Frau Braun spürte meine erheblich ambivalenten Gefühle in gar manchen Situationen. Mein Verstand und das dazugehörige Wissen waren im Einklang mit mir. Aber im Hinblick auf mein Gefühlsleben verbrauchte ich im Alltag noch ungeheure Kräfte. - Irgendwie musste ich aber dauerhaft meinen Körper, meinen Geist und meine Seele zusammenführen. Nur so würde ich mein Leben grundlegend und positiv verändern können. – Aber ich befand mich schließlich noch am Anfang auf dem Weg zu mir!

Die Stunden mit Frank lebte ich sehr bewusst und intensiv. Ich würde ihn nicht mehr umerziehen wollen. Ich verbot mir, ihn zu kontrollieren oder gar einen Besitzanspruch zu stellen. Ich wollte mir weiterhin anschauen, was die Zukunft mit sich bringt!

Dass ich den ersten großen Fehler bereits beging, war mir zu diesem Zeitpunkt nicht klar. Manchmal frage ich mich, ob es überhaupt ein Fehler war. Vielleicht sollte es während dieser Zeit genauso sein wie es war!

Mein persönlicher Erfolg im Berufsleben trieb mich dazu, immer mehr zu leisten. Jedes noch so kleine Lob und das kleinste Zeichen von Anerkennung steigerten meinen Ehrgeiz und meine Bereitwilligkeit. Ferner unterdrückte ich damit die Schuldgefühle im Hinblick auf meine lange Fehlzeit. So gönnte ich mir während der Arbeit keine Minute Zeit, um über private Angelegenheiten nachzudenken. Mit diesem Einsatz bekämpfte ich seinerzeit auch meine Existenzängste, welche ich nicht einfach abschütteln konnte. Ich wollte mir finanzielle Sicherheit erarbeiten.

Ich dachte niemals daran, dass Frank etwas zu meinem Unterhalt beitragen könnte. Nein, ich wollte im Ernstfall unabhängig sein.

Außerhalb der Firma verbrachte ich die meiste Zeit mit Robin. Er entwickelte sich zu einem anhänglichen kleinen Jungen. Er suchte meine Nähe und war schon glücklich, wenn er mir bei den Hausarbeiten zusehen durfte. - Ähnlich verhielt sich Marlene. In den vergangenen Jahren war sie oft sehr zurückhaltend. Nun suchte sie immer wieder die Nähe zu mir und Robin. Dennoch scheuten wir auch keine unliebsame Auseinandersetzung. So tasteten Marlene und ich uns an unsere persönlichen Grenzen heran. - Sonja bewohnte noch immer ihre eigenen Räume in unserem Haus. Sie genoss ihre Eigenständigkeit. Wenn sie Familienanschluss suchte, brauchte sie nur die Treppe nach oben zu gehen.

Auch Frank bemühte sich spürbar und sichtlich um unser Vertrauen. Wir schmiedeten erstmalig während unserer zweiundzwanzigjährigen Ehe Urlaubspläne. Gemeinsame Ausflüge an so manchem Wochenende stabilisierten meine Hoffnungen und erfreuten auch den kleinen Robin. Die Weichen für eine bessere Zukunft waren mal wieder gestellt. - Frank akzeptierte mein Engagement in der Firma. Er begrüßte meine Selbstständigkeit und versuchte auch zu Hause, mich zu entlasten.

An einem wunderschönen Nachmittag eines hochsommerlichen Tages ließ Frank mich tief in sein Herz blicken und ich liebte ihn dafür noch mehr. Wir arbeiteten zuerst gemeinsam in unserer Außenanlage. Die Hitze hielt uns nicht davon ab, froh gelaunt den Rasen zu mähen und das Unkraut zu entfernen. Erschöpft und dennoch unendlich glücklich ließen wir uns auf unseren Gartenmöbeln nieder. Frank hatte diese vor wenigen Wochen selbst gefertigt. Es berührte mein Herz als ich sah, dass er mir einen eigenen Stuhl schenkte. Die Rückenlehne zierte ein Herz und darunter standen die berühmten drei Worte: Ich liebe Dich! Stürmisch warf ich mich in die Arme von Frank. Ich küsste ihn übermütig auf die Wange, auf die Stirn und auf den Mund. Seine Arme umschlangen meinen Körper und ich spürte den zarten Druck seiner Hände auf meinem Rücken. Er wirbelte mich herum und wir drehten uns vergnügt im Kreis. Dabei sahen wir uns tief in die Augen und ließen uns in das herrlich duftende Gras sinken. Wir hielten uns an den Händen. So fest, als wollten wir uns niemals wieder loslassen.

Diese gemütliche Ecke unseres Gartens wurde für uns eine Oase des Friedens. Und hier ließen wir uns auch jetzt wieder nieder. Ich sah meinen Mann an und bewunderte sein Antlitz. Diese markanten Gesichtszüge. Aus denen Augen leuchteten, die mein Herz immer wieder höherschlagen ließen. Sein Mund, der mich nun wortlos, dennoch vielversprechend anlächelte. Seine braune, samtweiche Haut, nach der ich mich so sehr sehnte. Meine Hand glitt nun zärtlich über sein pechschwarzes Haar, welches Frank ein südländisches Aussehen verlieh. Dieser Mann glich noch immer einem Wesen aus dem Märchen von ‚Tausend und einer Nacht.'

Frank legte nun seinen Arm um meine Schulter. Er hauchte mir einen Kuss auf die Wange und ich schmiegte meinen Kopf an seine Schulter. Unsere Blicke glitten über das wunderschön angelegte Fleckchen Erde, das wir unser Eigen nennen durften. Frank räusperte sich und suchte meinen Blick: „Schau Melanie, ich sehe vor meinem geistigen Auge unsere Enkelkinder fröhlich über den Rasen laufen. Ich höre sie lachen und singen. Und wenn mal eines hinfallen sollte, dann werde ich das Pflaster holen." Mir fehlten die Worte. Frank sprach bisher niemals von der Zukunft. Und als er weitersprach, hüpfte mein Herz vor Freude: „Liebling, ich bereue nicht eine Sekunde, dass wir zusammengeblieben sind!" Sollten etwa meine heimlichsten Träume in Erfüllung gehen? Unser bisheriger gemeinsamer Weg glich einem Labyrinth. Wir liefen und liefen. Doch immer wieder in die falsche Richtung. Sahen wir endlich Licht am Horizont? Gab es einen Ausweg für uns, mit nicht mit spitzen Steinen gepflastert war? Sollten wir nun alle Hindernisse überwunden haben und endlich die Früchte der vielen schweren Jahre ernten?

Die Voraussetzungen dafür warteten lediglich darauf, auch genutzt zu werden. Wir besaßen ein schönes Haus, welches bald abbezahlt sein würde. Vier kluge Kinder, die unser Leben stets bereicherten. Eine finanzielle Grundlage, auf die wir sparsam bauen konnten. Ja, und unser süßer Zwergpudel rundete eine harmonische Familie ab. - Frank wirkte nun sehr nachdenklich. Seine Worte klangen nicht wie ein Versprechen, sondern wie ein Gelübde. Ich glaubte in diesem Moment, dass er diese Worte auch an sich selbst richtete. Ich setzte all dem nichts entgegen. Zwischen uns herrschte ein stilles Einvernehmen.

Dass Frank sich nun ebenfalls beruflich mehr engagierte, war für mich nachvollziehbar. Außerhalb seiner Dienstzeiten nahm er an ambulanten Gruppentherapien teil. Nicht als Patient wie ich in den langen Monaten vorher. Nein, er moderierte diese Stunden und half den Menschen auf dem Weg in die Gesundheit. - In vertrauten, gemeinsamen Stunden tauschten wir uns aus und lernten voneinander. - Wir sahen dem ersten Schultag von Robin mit etwas Sorge entgegen. Dennoch mussten wir uns damit auseinandersetzen, da dieser in Kürze sein sollte. Robin fürchtete sich vor dieser Veränderung. Bereits im Kindergarten bedurfte es großer Geduld, bis Robin sich eingegliedert hatte. Erst in den letzten Monaten gab es diesbezüglich keine Probleme mehr. Robin konnte sich nicht durchsetzen. Wie auch? ,Erziehen heißt vorleben! ' Und was wurde dem kleinen Jungen vorgelebt?

Um Konflikte zu vermeiden, spielte er lieber allein. Sein kleiner Freund verhielt sich ganz anders. Micha war seinem Alter entsprechend anderen Kindern weit voraus. Er wusste sich in jeder Situation zu behaupten.

Micha wuchs im Haus neben dem unserem auf. Ich tauschte mich oft und gern in Erziehungsfragen mit seiner Mutter aus. Micha verbrachte viel Zeit in unserer Familie und wurde somit Robins engster

Vertrauter. Aber im Kindergarten verhielt sich Micha eben nicht defensiv wie Robin. Nein, er spielte auch mit anderen Kindern. Erst als Robin den ebenfalls schüchternen Stefan traf, baute er die Mauern um sich herum ein wenig ab. Robin machte von nun an Fortschritte. Micha half ihm auch dabei und so wirkte Robin in den letzten Monaten freier und fröhlicher. – Ich bemühte mich, meinen Sohn immer wieder zu ermutigen. Denn schließlich gingen seine Freunde aus dem Kindergarten nun auch bald mit ihm zur Schule.

Frank überraschte die Kinder und mich in dieser Zeit häufig mit Geschenken. Mal einen süßen Teddy für Robin. Mal verwöhnte er ihn mit feinen Leckereien. - Mich begeisterte er eines Tages mit einer Mikrowelle. Diese wünschte ich mir schon seit geraumer Zeit. Sie würde mir den Haushalt erleichtern. Um Erleichterung durch moderne Technik bemühte sich Frank in der Vergangenheit niemals. Aber wir gönnten uns ja grundsätzlich keinen Luxus. - Ich erinnerte mich an das vergangene Weihnachtsfest. Ein wunderschöner Adventskranz, prachtvoll und elegant zierte unseren Tisch im vorweihnachtlich geschmückten Wohnzimmer. Die fliederfarbenen Schleifen passten hervorragend zur gesamten Dekoration in diesem gemütlichen Zimmer. Frank überraschte Robin mit einem Adventskalender. Jeden Tag verbarg dieser für unseren kleinen Liebling eine Überraschung. Durch die Großzügigkeit und die Aufmerksamkeit meines Mannes wurde jegliches Misstrauen aus meinem Gefühlsleben verbannt.

10. K a p i t e l

D e r R ü c k f a l l

Die ersten Zeichen einer Bedrohung wurden wieder einmal durch das Telefon erkennbar. Ich stand dieser Situation ratlos gegenüber. Das schrille Läuten erschütterte zu den üblichen Zeiten unser noch nicht so ganz stabiles Fundament. Frank wollte mich beruhigen: „Schatz, lass Dich einfach nicht darauf ein. Es gibt Menschen, die mit Zurückweisungen nicht umgehen können." Trotz seiner Sorglosigkeit fiel es mir schwer, ihm zu glauben. Frank sah meinen kritischen Blick und lenkte weiter ein: „Wenn ‚sie' es wirklich ist, dann beabsichtigt sie mit diesem Terror unserer Liebe zu schaden!" – Sollte ich das Vorgehen dieser Person wirklich nicht ernst nehmen? Franks bittender Blick haftete an mir. Ja, er vermochte diese Frau wohl besser einzuschätzen als ich. Da ich fest von seiner Ehrlichkeit überzeugt war, schob ich meine Bedenken in den Hintergrund. Ich wollte mich nicht von der Aversion gegen diese Frau treiben lassen. Mein übersteigerter Enthusiasmus unsere Ehe zu retten, zwang mich wieder einmal zu schweigen.

In meinen Phantasien wäre ich nur zu gerne erhobenen Hauptes an diese Frau herangetreten. Doch Frank untergrub mein Begehren damit, dass er mich auf die Sinnlosigkeit meines Vorhabens hinwies: „Melanie, das hast Du doch gar nicht nötig. Außerdem wird sie begreifen müssen, dass sie uns nicht trennen kann." – Nach diesen und ähnlichen Aussagen von Frank verwarf ich meinen Plan und ließ die ,Dame' gewähren. - Mein blindes Vertrauen und meine Angst, Frank doch noch zu verlieren, ließen mich in der Defensive verharren. Ich konzentrierte mich weiterhin intensiv auf meine Kinder. Mich forderten auch mein Berufsleben und die häuslichen Pflichten.

Somit schenkte ich unserer Telefonterroristin alle Möglichkeiten, ihr unmenschliches Treiben fortzusetzen.

Frank gab inzwischen alle ihm in der Vergangenheit wichtigen Freizeitaktivitäten auf. Er erklärte dieses Vorgehen damit, dass er Prioritäten setzen müsse. Dieser Aspekt leuchtete mir ein. Frank beschränkte sich neben Beruf und Familie lediglich darauf, sich alle zwei Wochen samstags ein auswärtiges Fußballspiel anzusehen. Ich wunderte mich darüber, aber Frank würde seine Gründe dafür haben.

Ein leichtes Unbehagen ergriff mich erstmalig, als Robin seinen Vater unbedingt begleiten wollte. Robin teilte die große Leidenschaft für den Fußballsport mit seinem Vater von Beginn an. Aber Frank lehnte Robins Bitte strikt mit der Begründung ab, dass er noch viel zu klein dazu sei.

Mir persönlich wäre Frank entgegengekommen, wenn er Robin in diesen Stunden beaufsichtigt hätte. Da es sich ausschließlich stets um die Wochenenden handelte, an welchen ich in der Firma arbeitete. Aber mein Misstrauen über Franks neue Freizeitgestaltung wurde dennoch schon bald geweckt.

An einem dieser Samstage saß ich an meinem Schreibtisch und bereitete mich auf den Feierabend vor. Frank hatte gerade eben angerufen und mir mitgeteilt, dass er schon zu Hause auf mich wartete. Er erzählte mir von dem guten Spiel und seinem erfolgreichen Favoriten. Ich freute mich für meinen Mann und versprach ihm, bald nach Hause zu kommen.

Wenig später trat mein langjähriger Freund und Kollege Ronald ein. Missmutig fiel sein Blick auf die bereits von mir gesäuberte Kaffeemaschine: „Ich dachte, dass ein Kaffee meine Laune heben kann. Aber nicht einmal diesen bekommt man hier!" Ich kannte Ronald nur zu gut um zu wissen, dass er seinem Unmut gleich Luft machen würde: „Du weißt ja, wo der Kaffee ist. Ich leiste Dir so lange Gesellschaft. Vergiss aber die zweite Tasse nicht!" Ich schmunzelte vor mich hin und hörte Ronald im Hintergrund hantieren. Mürrisch murmelte er vor sich hin. Ich verstand ihn nicht und bat ihn etwas lauter zu sprechen. Nun setzte er sich neben mich. Der wohltuende Duft des frischen Kaffees lockerte die Stimmung und Ronald sagte missmutig: „Melanie, es ist eine Schande. Die ganze Woche über freute ich mich auf ein Fußballspiel. Ich komme heute dort an und muss erfahren, dass es nicht stattfindet. Es wurde einfach abgesagt!" Mir fehlte das Verständnis für sein Unglück und konnte die Tragik nicht nachempfinden. Denn ich kann diesem Sport nichts abgewinnen. Aber ich wollte Ronald nicht brüskieren und fragte, wer dies denn zu verantworten habe. - Als Ronald sprach liefen eiskalte Schauer über meinen Rücken. Es kristallisierte sich heraus, dass es sich um das gleiche Fußballspiel handelte, dessen Verlauf mir Frank vor wenigen Minuten völlig anders geschildert hatte.

Ronald sah meine Betroffenheit. Er besaß mein Vertrauen und ich offenbarte ihm meinen Kummer. Abschließend bat ich Ronald um absolute Diskretion. Welche er mir selbstverständlich zusicherte. - Nun standen für mich berechtigte Zweifel im Raum.

Ich begriff, dass ich in den vielen Monaten meiner Psychotherapie physisch und psychisch gestärkt wurde. Meine Augen öffneten sich und ich sah einen Streifen am Horizont. Mein Mund lernte wieder zu kommunizieren. Meine Ohren hörten dem Leben interessiert zu, Ich lernte meinen Körper zu spüren und meine geschundene Seele zu salben. Aber dies alles erlebte ich unter dem schützenden Mantel von Doktor Braun. - Nun fühlte ich mich allein in der harten Realität. Hatte ich mich etwa von einem Extrem in das andere manövriert? – Ja, ich wollte lernen, meine Überreaktionen zu zügeln. Nun stellte ich mit Erschütterung fest, dass ich mit dem Ziel, Frank an mich zu binden auf keine Zeichen mehr reagierte.

Als ich an diesem Nachmittag erschöpft zu Hause ankam, wunderte es mich nicht, dass Frank nicht da war. Als er irgendwann eintraf und mir erzählte, dass ein Massenandrang an der Tankstelle ihn aufgehalten hatte, nickte ich ihm resignierend zu. In den letzten Stunden hatte ich viel nachgedacht. Nein. Ich würde nun nicht auf einmal alles zerstören. Ich wollte mir den Verlauf der Dinge doch kritisch anschauen, um dann eine Entscheidung zu treffen.

Wenige Tage später bat Frank mich, seinen Wagen zu einer Inspektion zu bringen. Als ich den Fahrzeugschein aus dem Handschuhfach nehmen wollte, sah ich Franks Ehering dort liegen. Ich verstand das nicht so recht. Trotz allem, was in unserer Beziehung geschah. Er hatte diesen Ring noch nie abgelegt. Sicher gab es auch hierfür eine logische Erklärung.

Frank und ich trafen uns erst am Abend wieder. Wir saßen uns gegenüber und unterhielten uns über den Tagesablauf. Aber bevor ich ihn nach seinem Ehering fragen konnte, sah ich den goldenen Reif an seinem Finger blinken. Ich würde künftig darauf zu achten, ob Frank den Ring eventuell nur zu Hause trug.

Robin sollte im Zusammenhang mit seiner Aufnahme in das erste Schuljahr ärztlich untersucht werden. Ich war davon überzeugt, dass Frank es sich nicht nehmen lassen würde, an diesem Termin teilzunehmen. Aber er reagierte verlegen und suchte nach Ausflüchten. Mir fehlte jegliches Verständnis für Franks banale Erklärungen und forderte ihn zur klaren Stellungnahme auf. Ich stand ihm gegenüber und sah ihn herausfordernd an. Frank senkte seinen Blick und ich sah ein Zucken um seine Mundwinkel. Aber noch mehr verunsicherten mich die Tränen, welche über seine Wangen liefen. Wortlos nahm ich seine Hand. Er ließ es geschehen und sah mich nun mit feuchten Augen an. Aber seine Antwort traf mich hart: „Liebling, Du musst mir glauben, was ich Dir nun sage!" Er ließ sich in einem Sessel nieder und forderte mich mit einer Handbewegung auf, dies auch zu tun. Ich ahnte, dass mich nichts Gutes erwartete. Frank verschränkte seine Hände ineinander. Seine Schultern waren nach vorn gebeugt. Ich sah die Verzweiflung in seinem Blick, als ich ihn reden hörte: „Liebling, ich befinde mich in einer schwierigen Situation und kann diese schwere Last nicht mehr allein tragen. Bitte hilf mir auf der Suche nach einer Lösung!" Langsam erhob ich mich und ging auf ihn zu. Ich kniete vor ihm nieder und nahm sein Gesicht in meine

Hände: „Frank, was ist geschehen?" Ich spürte seine Angst vor der Offenheit. Aber er redete weiter: „Weißt Du, die Vergangenheit holt einen immer wieder ein. Aber ich muss Dir die Wahrheit sagen. Sonst werde ich verrückt. Ich kann diese Last alleine nicht mehr tragen." Frank erzählte mir, dass seine ehemalige Geliebte ihn bedrängen würde. Sie bestünde immer häufiger darauf ihn zu treffen. - Meine Zwischenfrage nach der Identität dieser Frau ignorierte Frank einfach und sprach weiter: „Sie trennte sich meinetwegen von ihrem Mann und fordert nun meine Unterstützung. Melanie, ich befinde mich in einer prekären Situation." Ohne Frank wirklich zu verstehen, fragte ich ihn: „Warum machst Du das zu Deinem Problem. Sie ist ja wohl erwachsen und muss die Konsequenzen ihres Handelns allein tragen." Aber Frank sagte mir, dass er sich schuldig und mitverantwortlich fühle. So habe er sich auf ihr Drängen hin bereit erklärt, einige Tage mit ihr in Süddeutschland zu verbringen.

Das starke Hämmern in meinem Kopf sprengte beinahe meine Schädeldecke. Mein Herz raste vor Eifersucht und Angst. Meine gesteigerte Wut traf diese unbekannte Frau mit voller Härte. - Wie konnte sie Frank zu solchem Handeln zwingen? Frank hielt nun meine Hand und bat mich mit einem rührenden Aufschlag seiner traumhaft schönen Augen um Verständnis. Eindringlich versicherte er mir, dass er in diesen wenigen Tagen alle Unklarheiten beseitigen würde. Frank fügte beschwichtigend hinzu, dass ich keinesfalls an seiner ehelichen Treue zweifeln dürfe. Ich müsse ihm bedingungslos vertrauen! Mir blieb keine andere Wahl. Frank hatte diese Entscheidung bereits getroffen. Mir blutete das Herz, aber ich willigte ein. Er versprach mir, mich täglich anzurufen und in Gedanken immer nah bei mir zu sein. - Meine Töchter durften von Franks Vorhaben nichts erfahren. Sie hätten im Gegensatz zu mir an Franks Worten gezweifelt. – So richtete ich Franks kleinen Reisekoffer heimlich. Monoton und ohne zu denken gelang mir das auch ohne große Emotionen. Ich redete mir erfolgreich ein, dass Frank ein Seminar besuchen würde. Ich musste mich vor der Realität schützen. Sonst wäre es mit meiner Beherrschung vorbei gewesen. Der Abschied von Frank fiel mir schwer. Er ließ mich dieses Mal mit vielen Fragen zurück. Robin umarmte seinen Vater zärtlich und hingebungsvoll. Immer wieder küsste er Franks Gesicht. Völlig unerwartet ließ Robin von seinem Vater ab und eilte schluchzend in meine Arme.

Ich denke, der kleine Junge ahnte mehr als ich, dass er seinen Vater bald für immer verlieren würde.

Wir standen noch an der Straße, als Franks Wagen längst außer Sichtweite war. Ich hielt die kleine Hand meines Sohnes fest umklammert. Wollte ich ihm oder mir mit dieser Geste Halt schenken? Trotz alledem blieb ich von der Notwendigkeit dieser Reise überzeugt. Es quälte mich, den geliebten Mann bei einer anderen Frau zu wissen. Es enttäuschte mich tief, unseren geplanten gemeinsamen Urlaub dieser Frau zu opfern. Aber Franks Offenheit und seine ehrliche Ausführung ermutigten mich, an einen positiven Ausgang zu glauben! Es belastete mich nicht, dass ich mal wieder allein war. So verging auch der Tag der Voruntersuchung in der Schule. Andere Mütter erschienen auch allein mit ihren Kindern. Mein kleiner Junge schenkte mir sehr viel Trost in dieser schweren Zeit. - Frank hielt sein Versprechen, indem er täglich anrief. Ich glaubte auch seinen Beteuerungen, dass er ein Einzelzimmer bewohnte. Über den Zweck seines Aufenthaltes sprachen wir am Telefon nicht. Frank wollte erst nach seiner Rückkehr mit mir darüber reden. - Natürlich musste ich damit rechnen, dass Anna sich nach Frank erkundigte. Ohne sie dabei anzusehen, erzählte ich ihr von der nicht zu umgehenden Fortbildung. Sie sah mich fragend an. Aber ich wich ihrem Blick aus. Sie fragte mich, wie lange ich diese Zustände denn ertragen wolle. Peinlich berührt und ertappt wandte ich mich von ihr ab. Ihre für mich ungewöhnlich mitfühlende Stimme folgte mir: „Wenn Frank fortgehen möchte, dann lass ihn gehen. Ich werde Dir und den Kindern helfen." – Wie sollte ich diese Worte einordnen? Annas Angebot kam sehr überraschend für mich. Räumte sie unserer Ehe etwa keine Chance mehr ein? Oder erfüllten sich ihre Hoffnungen? - Sollte ich nun wütend oder dankbar sein? Misstrauisch fiel mein Blick auf Anna. Noch vor wenigen Wochen überraschte sie Frank mit einer goldenen Kette, deren Wert mir fast den Atem raubte. Ja, sie tat so vieles, um ihren Liebling an sich zu binden. Und nun sollte ich ihn gehen lassen? Das hieße schließlich auch, dass Frank nicht mehr in ihrer unmittelbaren Nähe bliebe.

Nein, ich glaubte Anna kein Wort. Sie schürte lediglich mein Misstrauen. Im Grunde genommen musste ich schwierige Situationen stets allein bewältigen. - Ich wartete voller Sehnsucht auf Franks Heimkehr. Mein Arbeitstag verging wie im Fluge und zu Hause bereitete ich seine Ankunft vor. Als ich endlich seinen Wagen vorfahren hörte, beschleunigte sich mein Pulsschlag um einiges.

Endlich stand Frank vor mir. Wie gut und erholt er doch aussah. Nichts war übrig geblieben von der besorgten Mimik meines Mannes. Er wirkte gelöst und erleichtert. Frank ließ mich gar nicht erst zu Wort kommen. Während er mich fest an sich zog, raunte er mir leise in mein Ohr: „Guten Tag mein Schatz, wir haben es überstanden. Sie hat endlich eingesehen, dass ich ohne Dich und die Kinder nicht leben will. Wir werden Freunde bleiben. Aber außerhalb der Klinik werde ich sie nie wiedersehen." Wir redeten sehr viel an diesem Abend. Nun wusste ich sicher, dass es sich bei unserem Telefongespenst um eine Mitarbeiterin aus der Klinik handelte. Aber dies war in diesem Moment nicht wichtig für mich. Ich dachte nur an die Tatsache, dass diese Affäre endlich beendet war.

Nun stand erst einmal Robins erster Schultag an. Seine Schwestern und Tommy würden mit uns zur Schule kommen. Im Rahmen einer kleinen Familienfeier sollte Robins großer Tag festlich gestaltet werden. Frank war an diesem Morgen überaus nervös. Es war ihm sichtlich unangenehm, dass er einen Termin in der Klinik wahrnehmen musste. Mit den Worten, dass er bald wiederkommen würde, lief er hastig zu seinem Wagen.

Aber Frank kam nicht pünktlich zurück. Ich sprühte innerlich vor Zorn und Enttäuschung. Es ging heute um unseren Sohn und Frank war wieder nicht da. Als er endlich eintraf, war die Zeremonie in der Schule längst vorüber. Auf meine Vorwürfe reagierte mein Mann äußerst aggressiv. Ich wollte nicht näher darauf eingehen. Robins erster Tag in der Schule sollte ihm in angenehmer Erinnerung bleiben. Aber ich ignorierte seinen Vater. Und Frank kam das sehr gelegen. Denn so konnte er am späten Nachmittag erneut das Haus wortlos verlassen. Danach wich auch die Spannung von mir und ich konnte mich besser auf die Gäste konzentrieren.

Die Zeit der großen Szenen war nun endgültig vorbei. Ich wollte Frank nicht mehr um jeden Preis lieben und von ihm geliebt werden. Ich wollte mich nicht mehr ständig demütigen lassen. Wenn ich auch zu der Problematik schwieg. Ich würde eine Lösung finden, bevor es erneut zur Eskalation kam. Ich würde die Liebe zu ihm nicht wieder über das Wohl meiner Kinder stellen und schon gar nicht über mein eigenes Wohlergehen. - Frank wirkte permanent gehetzt und unzufrieden. Er bemühte sich den Schein zu wahren. Aber es gelang ihm nur schwer.

An einem meiner Therapieabende lud Doktor Braun die gesamte Gruppe zu einem Wochenendausflug ein. Ich nahm diese Einladung gerne an. Nathalie erklärte sich bereit, ihren kleinen Bruder zu betreuen. Sonja und Nathalie begrüßten meine Entscheidung ebenfalls. Sie freuten sich über die ‚sturmfreie Bude' - Wider Erwarten versicherte mir auch Frank, dass mir ein Tapetenwechsel sicher gut bekommen würde. Er brachte mich sogar zum vereinbarten Treffpunkt.

Der Ausflug wurde zu einem vollen Erfolg. Doktor Braun brachte uns zu einer alten Mühle in der Nähe von Hannoversch-Münden. Mit großem Stolz zeigte er uns sein Anwesen. Mich faszinierte dieses zauberhafte Fleckchen Erde. Ein altes Gemäuer aus dem 17.Jahrhundert stand mächtig und viel sagend vor mir. Eingebettet in idyllisches Grün lud uns dieses historische Gebäude in eine andere, fremde Welt ein.

Ich erinnerte mich an Doktor Brauns frühere Schwärmereien. Er erwähnte diese Mühle oft und gern. Aber dass mich hier ein kleines Wunder erwartete, das hätte ich niemals zu träumen gewagt. Er sagte immer, dass das Gras dort grüner ist als sonst irgendwo und die unbefleckte Natur intensiv auf die Besucher einwirkt. – Doch die Wirklichkeit übertraf all seine Erzählungen. Eine Oase des Friedens und ich durfte hier sein! Herrliche drei Tage lagen vor mir. Abgeschirmt von dem Stress des Alltags und den Sorgen zu Hause genoss ich jede Sekunde.

An einem dieser Abende saß ich allein auf der Außentreppe der Mühle und roch die angenehmen Düfte dieses Spätsommers. Mich faszinierte der klare Sternenhimmel. Ich zog den Rauch meiner Zigarette genüsslich ein. Meine Gedanken schweiften wehmütig zu Frank. Würden wir einen Weg finden. Wie auch immer dieser aussehen würde. Ich wollte niemals wieder die Achtung vor mir selbst verlieren. Und sollten wir uns wirklich einmal trennen, dann hoffte ich zumindest auf seine Freundschaft. – Ich besann mich wieder auf meine märchenhafte Umgebung und fühlte gute Mächte um mich herum. Ja, ich würde sehen, was mir die Zukunft bringt. In dieser friedvollen kleinen Welt fühlte ich kein Leid und spürte nicht das Gefühl der Ausweglosigkeit. Nein, ich spürte, dass hier alle negativen Gedanken schwanden. Nach einiger Zeit war mein Kopf frei von jeglichem Druck. Frei für konkretes, klares Denken. Ich glaube nicht an Zufälle. Und so konnte es auch kein Zufall sein, dass Doktor Braun gerade zu diesem Zeitpunkt diese Einladung aussprach und ich ihr nur zu gern folgte. Hier war auch mein Gott. - Doch auch alles Schöne geht einmal zu Ende. In der Hoffnung, diesen Ort des Friedens einmal wieder zu sehen, fuhren wir zurück in unsere Heimat.

Frank war nicht am vereinbarten Treffpunkt. Unterlag ich einem Missverständnis? Ich war verunsichert und rief zu Hause an. Erleichtert vernahm ich Franks Stimme. Ich teilte ihm mit, dass wir angekommen waren. Doch ich vernahm erst einmal nur sein Schweigen. Nach wenigen Sekunden fragte er mich desinteressiert: „Und was soll ich nun mit dieser Information anfangen?" Mir stockte der Atem. Was sollte diese respektlose Frage? Meine Gedanken wirbelten in meinem Kopf umher. Ich wusste, dass Frank es nicht liebte, wenn ich ohne ihn wegfuhr. Aber er war doch einverstanden gewesen! Ich wollte seine irritierende Äußerung einfach ignorieren. Deshalb bat ich ihn mit fester Stimme, dass er mich doch nun abholen möge. Frank lehnte meine Bitte ohne Begründung ab. Ich legte aufgebracht den Hörer auf die Gabel und wählte Nathalies Rufnummer. Sie erklärte sich sofort bereit, mich abzuholen.

Tommy hatte zwischenzeitlich einen Kaffee aufgebrüht. Als ich das heiße Getränk trank, wurde ich etwas ruhiger. Ich sah keine Veranlassung, meine Tochter anzulügen und berichtete ihr von den Worten ihres Vaters. Nathalies Wut stieg ins Unermessliche. Sie schimpfte laut und überschüttete mich mit Vorwürfen. Mit funkelnden Augen sah sie mich an: „Wie lange willst Du diesen Mann denn noch ertragen und was hält Dich eigentlich bei ihm?" Ja, in solchen Momenten fragte ich mich das auch. Ihre Vorwürfe waren berechtigt. Und so ließ ich ihren Zorn über mich ergehen.

Ich versprach Nathalie, dass ich diesen Vorfall nicht hinnehmen würde. - Tommy fuhr mich und Robin nach Hause. Im Wagen schwiegen wir alle. Ein jeder hing seinen eigenen Gedanken nach. Ja, Nathalie war sehr wütend auf Frank! Sie sagte immer wieder, ihr Vater sei ein guter Schauspieler. Aber sie gehöre weder zu seinen Fans noch zu seinem Publikum. Nathalie machte auch vor Frank keinen Hehl aus ihrer Meinung. Und er nahm ihr das sehr übel. So wurden die Spannungen zwischen den beiden immer größer. Ich spürte auch die steigende Unversöhnlichkeit. Nathalie sagte einmal: „Mutti, dieser Mann kann mich nicht mehr enttäuschen, denn ich nehme ihn nicht mehr in mein Herz auf!" - Frank hingegen fühlte sich von Nathalie verletzt. Er sagte, sie orientiere sich nur nach mir und sei deshalb nicht objektiv. Sonja sah das alles ein wenig anders. Sie setzte sich ständig mit Frank auseinander. Sie bestand auf Erklärungen, wenn Frank ihr ungerecht erschien. Sie überschüttete ihn mit Vorwürfen, weil er sich langsam wieder von seiner Familie entfremdete. Sie staute ihre Wut nicht auf. Sonja ging in die Offensive. Denn auch ihr war bewusst: ‚Dieses Mal ist es der Anfang vom absoluten Ende. '

Sie äußerte schon damals die Befürchtung, dass Frank nun zu hoch pokerte. Sonja befürchtete, dass nicht nur Frank bei seinem Spiel sehr viel verlieren würde, sondern dass er auch unser schönes, sicheres Zuhause verspielte.

Ich bemühte mich, Sonja in solchen Momenten zu beruhigen. Aber ich klang wenig überzeugend. Denn auch ich war nicht mehr davon überzeugt, dass Frank seine Geliebte aufgegeben hatte. Aber ich wusste, dass ich diese Tatsache nicht mehr hinnehmen würde. Marlene ignorierte die Problematik. Sie sagte, dass sie kein Verständnis für mich und Frank aufbringen könne: „Ihr seid erwachsene Menschen. Wenn ihr nicht miteinander leben könnt, dann beendet endlich dieses Desaster." Ja, Marlene wollte ihr junges Leben genießen. Und sie hatte ein Recht darauf!

Der kleine Robin hoffte weiterhin an eine Zukunft im Schutz seiner Familie. Ich erinnere mich an sein strahlendes Gesicht, als er zu mir sagte: „Mutti, freust Du Dich auch, wenn Papa Dich immer anruft und so lange mit Dir spricht? Ich finde es schön, wenn er Dir sagt, wie lieb er Dich hat!" Ich entgegnete: „Selbstverständlich mein Schatz. Ich freue mich immer, wenn Papa anruft." Was sagte Robin da? Frank rief mich selten in der Firma an. Und wenn dies geschah, dann redeten wir kurz über organisatorische Angelegenheiten.

All das fiel mir an jenem Abend ein, als ich mit Nathalie und Tommy zu Hause ankam. Beide lehnten meine Bitte mit nach oben zu kommen dankend ab. So ging ich diesen Weg mit Robin allein. - Meine Vermutung bestätigte sich leider. Frank sah mich aus glasigen Augen an. Sein alkoholisierter Zustand war nicht zu übersehen. Frank kam uns auf unsicheren Beinen entgegen. Aber er lächelte uns an:

„Robin, ich habe eine Überraschung für Dich!" Erfreut und erwartungsvoll lief Robin auf seinen Vater zu. Frank geleitete den Jungen in dessen Zimmer. Dort fiel mein Blick auf eine Musikanlage. Ich konnte diese Investition nicht nachvollziehen. Frank spürte wohl mein Unbehagen und kam meiner Frage zuvor: „Diese Anlage habe ich günstig von einem Kollegen gekauft. Melanie, schau' nicht so. Robin freut sich doch." - Ja, Robin freut sich! Dass Frank uns zwei Stunden vorher einfach sitzen ließ, sollte nun vergessen sein! Dennoch übte ich keine Kritik. Ich wollte Frank in seinem Zustand nicht provozieren.

Als Robin und Frank schliefen, bereitete ich alles Notwendige für den nächsten Arbeitstag vor. – Ich dachte über mich und meine Situation nach. Ja, eigentlich könnte ich mit mir zufrieden sein. Ich mochte meinen Beruf und pflegte wieder soziale Kontakte. Ich lebte ohne Depressionen und quälende Ängste. Ich hatte an Lebensqualität sehr viel gewonnen.

Aber wieso um alles in dieser Welt machte ich in der Beziehung zu Frank keine Fortschritte? Das entsprach einfach nicht meinem Anspruch an mich! – Ich würde diese andere Frau niemals akzeptieren. Ich erinnerte mich in diesen Minuten, dass Frank mich einst um diesen Kompromiss bat. Allein der Gedanke daran brachte mein Gefühlsleben in Wallung. Ich spürte glühende Hitze in meinem Gesicht. Ja, schon allein der Gedanke an Franks unmenschlichen Vorschlag schürte den Zorn in mir. Mein Gatte sollte sich täglich darüber freuen, dass ich mich verändert hatte. Ich lächelte und spürte den Schalk in mir, als meine Phantasie mir andere Bilder ins Gedächtnis rief. Damals schrie ich ihn hysterisch an: „Grüße deine hinterhältige Mätresse von mir. Sie soll endlich ihr Gesicht zeigen und nicht nur feige aus dem Hintergrund agieren!" Ich sah Franks entsetzten Blick, als ich weiter wütete: „Nein, vielleicht ist es doch besser, wenn sie bleibt wo sie ist. Ich glaube, ich würde sie steinigen!" Frank ließ mich seinerzeit einfach stehen und rannte aufgebracht aus dem Zimmer. Aber in meinen Phantasien wünschte ich dieser Frau alle erdenklichen Schmerzen. Auch würde ich ihr gönnen, dass das Leben ihr ihre Schandtaten zurückzahlt!

Warum schützte Frank dieses Phänomen so sehr? Was hatte diese ‚Psychoterroristin' zu verbergen? Warum unterstützte er ihre hinterhältigen Machenschaften bis zur Selbstvernichtung?

Eines Abends kam Frank übel gelaunt nach Hause. Mit der Aussage, er habe Ärger in der Klinik gab ich mich zufrieden. Frank wollte sich schlafen legen um zu entspannen. Er bat mich, ihn nicht mehr zu stören. Ich entsprach dieser Bitte und widmete mich meiner Hausarbeit. Aber ich wurde ständig durch das Läuten des Telefons unterbrochen. Aber unsere Telefonterroristin wollte mal wieder nicht mit mir sprechen. Sie legte auf, wenn ich den Hörer abnahm. Regelmäßig im Abstand von etwa zehn Minuten wiederholte sich dieser nervenaufreibende Vorgang.

Erst als die Obergrenze meiner Belastbarkeit erreicht war, bat ich Frank um Unterstützung. Aber er fauchte mich ungehalten an und verwies mich auf seine Bitte um Ruhe! Ich beschloss das permanente Läuten zu ignorieren. Es gelang mir nur unter der Aufwendung meiner gesamten Kräfte. Und irgendwann hörte die Belästigung zu meiner Erleichterung auf. Als ich mich viel später ebenfalls zur Ruhe begab, wurde ich wieder durch dieses mittlerweile beängstigte Läuten geweckt. Mein Blick suchte den Wecker. ‚Mitternacht ist schon lange vorbei. Dieses verdammte Weib hatte sie doch nicht alle! ‘

Dennoch sprang ich hastig aus meinem Bett. Schließlich gab es ja auch noch ein Leben neben dieser Frau. Es hätte ja durchaus jemand anderes sein können. Als ich das Gespräch annahm, war ich doch sehr überrascht; die Dame zeigte niemals ihr Gesicht, sie schien keinen Namen zu haben. Und nun vernahm ich tatsächlich ihre Stimme: „Ich möchte sofort Frank sprechen!"

Aha, bisher dachte ich, sie sei Krankenschwester. Ja, vielleicht absolvierte sie nebenbei eine Ausbildung zum Feldwebel bei der Bundeswehr. Denn genau so klang ihr befehlender Ton. Ich reagierte gleich einem Gefreiten in der Grundausbildung. Den Befehl ausführend eilten meine Beine im Zuge des Kommandos zu Frank. Er wies mich mit scharfen Worten zurück. Ich folgte auch seiner Anweisung, ihn in Ruhe zu lassen. Schließlich trug er den Rang eines Unteroffiziers der Reserve. – Aufsteigender Zorn ließ mich aus meiner Starre erwachen. Ich lief zum Telefon und knallte den Hörer einfach auf die Gabel. Doch die weniger müde Telefonterroristin gab sich damit nicht zufrieden. Kaum wollte ich mich unter meiner warmen Decke entspannen, da läutete das Telefon schon wieder...! Warum machte ich meinem Zorn nicht Luft? Nein, gleich einem gut dressierten Hund versuchte ich Frank erneut zum Aufstehen zu bewegen. Rasend vor Wut sprang er aus dem Bett und lief in den Flur. Hastig riss er das Telefonkabel aus der Dose. Auf dem Weg zurück ins Schlafzimmer zischte er: „Sie soll mich endlich in Ruhe lassen. Ich habe die Schnauze gestrichen voll!" Ich wagte es nicht, irgendwelche Fragen an ihn zu richten. Mir wurde lediglich erneut klar, dass diese Person keine Grenzen akzeptieren würde. Dieses Wissen steigerte nicht gerade meinen Mut. - Warum konnten Frank und ich nicht friedlich zusammenleben? Warum gönnte diese Frau uns nicht einmal die Nachtruhe?

Sollte ich mich tatsächlich von Frank trennen? Mich ergriff eine unerklärliche Angst. Denn bereits vollzogene Trennungen revidierten wir bereits nach kurzer Zeit. Und nur die Anwälte rieben sich die Hände. Denn ihre Honorare für unsere Auseinandersetzungen waren beträchtlich.

Bevor ich in dieser Nacht zur Ruhe fand, verbot ich mir in naher Zukunft jegliche spontane, unüberlegte Handlung. Ich würde nachdenken und zum erforderlichen Zeitpunkt reagieren. Wenn ich die Nerven behielt, würde meine Zeit sicher kommen!

Wenige Tage später überraschte mich Frank mit der Information, dass er sich an dem geplanten Altenpflegeheim nicht beteiligen würde: „Weißt Du Melanie, dieses Vorhaben ist nicht so sicher wie meine Anstellung in der Klinik. „Ja Frank, Du hast Recht. Ich habe auch nicht mehr mit der Durchführung dieses Projektes gerechnet." Trotz alledem fiel mir diese Antwort nicht leicht. Denn ein kleiner Funken Hoffnung für diesen gemeinsamen Plan lebte bisher immer noch in mir. - Ich ersparte mir die Frage nach den bereits geleisteten Zahlungen. Damit würde ich Frank lediglich zu weiteren Lügen animieren oder einen Streit anfechten.

An einem wenige Wochen später stattfindenden ‚Seminar' in einer pfälzischen Kleinstadt wollte Frank unbedingt teilnehmen. Seine übertriebene Freundlichkeit in den Tagen zuvor weckte mein Misstrauen. Ich blieb nur äußerlich ruhig. Denn ich wusste, dass er mich wieder anlog! Aber mein Plan stand fest. Dieses Mal würde ich nicht zu Hause sitzen und warten bis Frank wiederkommen würde. Erstmalig wollte ich aktiv werden!

Da ich Franks Aussagen niemals vorher überprüfte, beantwortete er alle meine Fragen bereitwillig und ausführlich. Also packte ich wie immer seine Koffer. Auch die Abschied Zeremonie unterschied sich in nichts von den anderen. Welch eine Farce! - Natürlich hatte Frank mich angelogen. In der von Frank genannten Klinik fand zu diesem Zeitpunkt kein Seminar statt. Nur ein Anruf genügte um dies herauszufinden! – Ein weiterer fingierter Anruf am Arbeitsplatz meines Mannes brachte mir die Gewissheit, dass Frank Urlaub genommen hatte.

Es kränkte mich, dass Frank mich geistig für derart minderbemittelt hielt. Ich war im Hinblick auf Frank Körner immer sehr naiv. Das sollte aber nicht mit Dummheit verwechselt werden.

Was sich Frank nicht nur in jüngster Zeit mir gegenüber herausnahm, glich wahrhaftig mehr als einer Beleidung meiner Intelligenz.

Na ja, ich trug zu dieser Einschätzung schließlich einiges bei. Dennoch war Frank meine Entwicklung vom naiven Kind zur erwachsenen Frau scheinbar noch nicht aufgefallen. Mein lieber Mann unterlag dem Irrtum, dass ich ein Leben lang um seine Liebe hecheln würde wie ein kleiner Hund. Aber in diesem Punkt irrte er sich gewaltig! Ich weigerte mich, mir weiterhin alle Lügen und Erniedrigungen bieten zu lassen.

Mein Freund Ronald bot seine Hilfe mir an. Er würde mit mir in die Pfalz fahren. Ich nahm sein Angebot dankend an. - Später bat ich meine Eltern darum, Robin zu beaufsichtigen. Ich sprach mit meiner Mutter offen über mein Vorhaben. Aber ihre Antwort erstaunte mich: „Willst Du Dir das wirklich antun? Du weißt doch genau, was Dich dort erwartet. Bitte Melanie, tu' das nicht." Ihre flehende Stimme zwang mich zum Nachdenken: Unterschätzte sie mich auch oder waren ihre Zweifel berechtigt? Vielleicht hatte sie Recht mit ihrer Vermutung. Denn bereits jetzt stand ich dermaßen unter Strom, dass eine kleine Flamme ein riesiges Feuer entfacht hätte. In diesem Sinne verwarf ich meine Pläne wieder. Aber eine andere Idee fand ich auch nicht schlecht: Ich rief bei einer Detektei an und erkundigte mich nach deren Preise für eine Überwachung. Als ich den Hörer auflegte, musste ich mir eingestehen, dass ich diese erste Runde verloren hatte. Als ich den Preis für die Nachforschungen erfuhr, wurde mir heiß und kalt. Ich hätte dafür ein Monatsgehalt benötigt. - Also wartete ich wieder auf Franks Rückkehr. Aber ich spürte eine Veränderung in mir: Trotzdem ich in diesen Tagen mit der Gewissheit lebte, dass Frank in der Begleitung seiner Geliebten unterwegs war, überstand ich diese Zeit relativ gut.

Es fiel mir auch nicht mehr so schwer mit vertrauten Menschen über meine Situation zu reden. Ich entschied mich für die Wahrheit. So machte ich keinen Hehl mehr daraus, dass Frank sich im Urlaub befand.

Franks Heimkehr glich auch dieses Mal wieder jeder anderen vorher. Er wähnte sich noch immer in Sicherheit. Zumal er täglich angerufen hatte und mir von dem stressigen Seminar berichtete. Ich setzte dem nichts entgegen und erzählte von den Mädchen, Robin und dem Hund. So gingen wir ohne große Diskussionen zum ‚normalen' Tagesablauf über. Frank blieb meist friedlich, sofern ich die Dame ohne Namen nicht erwähnte. Es belastete mich nicht allzu sehr, mit dem gespenstigen Flair dieser anderen Frau zu leben. Ich bereitete mich allmählich auf ein Leben ohne Frank und sein lästiges Anhängsel vor.

Ich ahnte den hohen Schwierigkeitsgrad meiner gedanklichen Vorbereitungen nicht annähernd. Aber die Unwissenheit schützte mich in dieser Zeit vor der grauenvollen Realität.

Wieder einmal neigte sich ein Jahr dem Ende zu. Und wieder brachte Frank einen wunderschön geschmückten Adventskranz mit nach Hause. Es hätte alles so gut sein können ...! Aber nichts war gut! Als am Nachmittag des Heiligen abends das Telefon erbarmungslos unsere Ruhe störte, ging ich einem Konflikt nicht mehr aus dem Weg. Als Frank mir nach diesem Anruf sagte, dass er kurz zu einem Patienten müsse, fiel ich ihm wütend ins Wort: „Ist Deine Hündin wieder läufig?" Ich wusste, dass diese Frage eine Provokation war. Aber ich wollte Frank verletzen. Ich sagte ihm, dass ich diese Lüge nicht hinnehmen würde und seinen Ausflug zu verhindern wisse. Frank sprühte vor Zorn. Aber er erwiderte nichts und blieb schmollend zu Hause.

Tommy und Nathalie spürten die starken negativen Schwingungen im weihnachtlich geschmückten Hause Körner sehr schnell. Sie waren nicht bereit zu bleiben und verabschiedeten sich schnell und diskret. Aber nicht ohne ihre Geschwister und mich zu sich nach Hause einzuladen. – Aber ich lehnte dankend ab. Meine Hoffnung auf ein friedvolles Fest erfüllte sich an diesem Abend nicht. Sonja zog es im Hinblick auf die Umstände vor, bei einer Freundin zu übernachten. Frank strafte mich mit Nichtbeachtung und schloss sich später im Gästezimmer ein. - Unterdessen beschäftigte ich mich mit Robin und seinen neuen Spielsachen. Seine Freude entschädigte mich ein wenig für die Missstimmung. Marlene wollte sich nicht so einfach dieser Situation aussetzen. Sie schlang ihre Arme um mich und weinte bitterlich: „Mutti, ich halte das nicht länger aus. Lass uns bitte zu Oma und Opa fahren! Wenn Papa doch wegfahren will, dann halte ihn nicht auf." Obwohl meine Tochter nun fast neunzehn Jahre alt war, schien sie hilflos wie ein kleines Mädchen zu sein. - Frank saß mittlerwelle auf dem Sofa und nörgelte aus dem Hintergrund. Dass ich ihm seine Tour vermasselt hatte, nahm er mir sichtlich und hörbar übel.

Ja, ich würde Marlenes Wunsch entsprechen. Schwermut erfasste meine Seele. So wollte ich das Fest der Liebe und des Friedens dieses Mal nicht erleben. Frank sollte fahren wohin er wollte. - Ich packte ein paar Sachen in meine Reisetasche und lud diese in mein kleines Auto. Im Stillen hoffte ich, dass Frank uns zurückhalten würde. Aber er tat nichts dergleichen. Also startete ich meinen Wagen und fuhr davon. – Marlene ließ ihren Tränen freien Lauf. Ich beruhigte sie immer wieder mit tröstenden Worten. Der kleine Robin spielte auf dem Rücksitz unbefangen mit dem Hund. Ich bemühte mich in den dreißig Minuten der Fahrt um Fassung. Als wir unser Ziel erreichten, war auch Marlene ruhiger geworden. Meine Eltern stellten zum Glück keine Fragen. Der Verlauf des Abends bestätigte mir, dass meine Entscheidung richtig war. Marlene und Robin wurden durch ihre Cousins und Cousinen abgelenkt. Auch ich fand Abwechslung im Gespräch mit meinen Geschwistern. Ich unterdrückte mein Bedürfnis, Frank doch noch anzurufen. Ich wusste schließlich, dass er nicht zu Hause war. - Frank schmollte noch einige Tage. Aber mich interessierte es nicht. Im Rückblick auf das „Fröhliche Weihnachtsfest" mit ihm hatte ich nachgedacht. Den Ausgang meiner Gedankengänge teilte ich Frank direkt nach den Feiertagen mit: „Das nächste Weihnachtsfest wirst Du uns nicht vermiesen. Ich werde Dich verlassen!" Ja, das war meine ehrliche Meinung. Und ich hatte konkrete Pläne.

Das neue Jahr 1993 begann regnerisch und kalt. In diesem Jahr würde ich vierzig Jahre alt werden. Eine Zahl, die mich zum Nachdenken anregte. Bis zu diesem Zeitpunkt würde ich mein Leben in andere Bahnen lenken. Das war ich mir schuldig.

Frank glaubte offenbar, dass seine abgedroschenen Phrasen wieder auf fruchtbaren Boden fallen würden. Aber ich blieb bei meinem Entschluss. Seinen Anstrengungen schenkte ich keine Beachtung mehr. Außerdem wusste ich genau, dass er sich während meiner Dienstzeiten nie zu Hause aufhielt. Sprach ich ihn darauf an, stritt er dies vehement ab. Gespräche über dieses Thema lohnten sich nicht mehr. Frank verstrickte sich mehr und mehr in seinem Netz aus Lügen und Verdrehungen. Oder besser gesagt, seine Wahrheiten waren weit dehnbare Begriffe.

Beinahe wäre ich einmal schwach geworden. Denn Frank klagte über ständige Übelkeit und Unwohlsein. Er bat mich um meine Hilfe. Zu Beginn gönnte ich ihm sein Leiden. Jedoch die Sorge um Franks Gesundheit wuchs und ließ mich vorübergehend mitfühlen.

Der Tag der Besinnung kam schneller, als mir lieb war. Es war an einem von der Schönwetterfront vernachlässigten Vormittag. Eine graue Wolkendecke ließ die Sonne nicht scheinen. Aber mich störte das nicht. Zufrieden saß ich an meinem Schreibtisch und sah hungrig der Frühstückspause entgegen. Anke, eine junge Kollegin breitete bereits ihre Zeitung aus. Der Duft ihres heißen Kaffees schenkte der gemütlichen Atmosphäre etwas Wohltuendes. Ich lehnte mich in meinem Stuhl zurück, um die wenigen Minuten zu genießen. Das große Fenster erlaubte mir den Blick zur nahen Straße. Erstaunt beugte ich mich nach vorne. ‚War das nicht Franks Wagen? ‘ Ja, ich sah, dass Frank ausstieg. Ich erhob mich und wollte ihm entgegengehen. Doch Anke erhob sich plötzlich und abrupt von ihrem Stuhl. Blitzschnell stand sie neben mir. Mitteilungsfreudig zeigte sie mit dem Finger in Franks Richtung und redete völlig ahnungslos: „Was will der denn hier? – Das ist der Lebensgefährte meiner Nachbarin! Kennst Du diesen Mann?"

Inzwischen stand Frank in der Tür und Anke sah ihn an und schwieg. Offensichtlich erkannte Frank die junge Frau nicht. Er maß meiner Verwirrung keine Bedeutung bei, als er mir eine Tüte mit leckeren Teilchen reichte. Frank begrüßte Anke und mich überaus freundlich. Er sagte lächelnd: „Ich bin gerade auf dem Weg zur Klinik und wollte Dich überraschen." Frank kam näher und hob seine Hand, um mir über die Haare zu streicheln: „Lass es Dir gut schmecken. Wir sehen uns dann heute Abend!" Wie ferngesteuert hob ich die Hand zum Gruß und murmelte verlegen: „Ich danke Dir." Ich aktivierte all meine Kräfte, um nicht lauthals zu schreien. Frank schloss die Türe hinter sich. Aber Ankes Worte standen wie Zündstoff im Raum. Nun wandte ich langsam meinen Blick zu ihr. Sie war noch immer unbefangen, als sie sagte: „Wegen dem hat sich meine Nachbarin scheiden lassen. Er selbst ist schon lange geschieden. Woher kennst Du den Mann denn?" Zuerst sah ich sie betroffen an. Dann erwiderte ich mit fester Stimme: „Er ist seit dreiundzwanzig Jahren mein Ehemann."

Ankes Züge verfinsterten sich: „Melanie, das tut mir jetzt furchtbar leid für Dich. Ich wollte Dich nicht verletzen. Aber die Leute reden so viel!" Ich unterbrach sie etwas schroff: „Die Leute interessieren mich nicht. Ich bin froh, dass ich es nun weiß." Dennoch bat ich Anke, mich allein zu lassen. – Mir zog es den Boden unter meinen Füßen weg. Ich bemühte mich um Fassung. Doch das fiel in diesen Minuten sehr, sehr schwer.

Diese wenigen Minuten brachten die längst fällige Veränderung!

Ich bemühte mich intensiv darum, meine Fassung wieder zu erlangen. Es sollte keine Szenen und keine unsachlichen Diskussionen geben. Schuldzuweisungen und Schmutzwäsche würde ich zu vermeiden wissen. Neue frische Wunden durften nicht entstehen.

Nachmittags traf ich Frank zu Hause an. Ehrlich, ich wollte meinen Vorsätzen treu bleiben. Aber vielleicht hätte er mir nicht lachend im Flur begegnen dürfen? – Vielleicht hätte ich dann die Kontrolle über meine Hände behalten. Als er zum Greifen nah vor mir stand, passierte das Unbegreifliche: Ich schlug ihm mit voller Kraft in sein Gesicht. Ich nutzte seine Schrecksekunde, um etwas Abstand zu gewinnen. Aber Frank stand einfach da und rieb sich die Wange: „Was um alles in der Welt ist denn in Dich gefahren?" Vor gar nicht langer Zeit hätte ich einen solchen Angriff nicht so schadlos überstanden. Ich atmete nun wieder normal und sah Frank mit erhobenem Kopf an. Ich spürte meinen Triumph und kostete diesen aus. Oh, tat das gut! Ich hatte meinem Mann gerade ins Gesicht geschlagen und fühlte mich wunderbar dabei.

Mich würde ein Frank Körner niemals mehr ungestraft verletzen! Frank gab ein erbärmliches Bild ab. Wieder drangen Ankes Worte in meine Ohren. Ich drehte mich abrupt um und lief in die Küche. Denn ich traute meiner rechten Hand nicht wirklich! - Ich verspürte nicht die geringste Reue. Wenn ich Frank alles heimzahlen wollte, ständen mir noch viele Freischläge zu. - Aber dieses Niveau wollte ich nicht erreichen. Als Frank etwas sagen wollte, kam ich ihm zuvor: „Ich möchte später mit Dir reden." Franks Blick und seine Haltung verrieten mir seine Nervosität.

Aber ich musste Robin bei Anna abholen und ihn zu Bett bringen. Frank sollte sich noch einige Zeit gedulden.

Am Abend saßen wir uns gegenüber. Ich bewahrte immer noch die Ruhe. ‚Nur nicht lange um den heißen Brei herumreden'. dachte ich mir. Ich sammelte noch ein klein wenig Mut und dann war es soweit: „Frank, ich möchte mich endgültig von Dir trennen!" Ruhig und sicher bat ich ihn um eine gemeinsame Lösung. Ich ließ keinen Zweifel an meiner Aussage zu. Das Gespräch mit Anke behielt ich für mich. Dieses Wissen war mein erster Trumpf während des Spiels, in dem die Karten von Geisterhand gemischt wurden. Ich würde Frank keinen Informationsvorschuss mehr zubilligen, den er eventuell später gegen mich verwenden konnte. Meine Gesundheit war mein Kapital. Ich würde mir von Frank nichts mehr nehmen lassen. Sollte Frau Krüger von der Jugendbehörde doch kommen. Ich würde ihr zeigen, wie ‚labil' ich derzeit war!

‚Ja, ich würde es ihr zeigen …! ' Aber ich sollte mich auch in diesem Punkt irren.

Zu allem entschlossen teilte ich Frank mit, dass ich die Klinikleitung über seine Affäre in Kenntnis setzen würde, wenn er noch einmal versuchen sollte, mir Robin wegzunehmen. Wider Erwarten zuckte Frank bei meiner Drohung zusammen. Nun wusste ich, dass ich noch einen Trumpf in den Händen hielt. Frank bat mich eindringlich um Diskretion. Ja, er willigte in die Trennung ein. Ich war tatsächlich so naiv zu glauben, dass Frank sich kampflos und Unterhalt zahlend zurückziehen würde. - Wir vereinbarten, dass er Sonjas Wohnung beziehen würde. Sonja würde sich das ebenso schön gelegene Gästezimmer nach ihren Wünschen einrichten, sofern sie einverstanden war.

Auch über eine finanzielle Lösung wurden wir uns schnell einig. Frank versprach einen angemessenen Unterhalt für Robin zu zahlen. Die Zwillinge waren im Hinblick auf ihre Berufstätigkeit finanziell unabhängig. Und Marlene würde im Herbst eine Ausbildung in einer Anwaltskanzlei beginnen. Frank versprach, sie bis zum Ende des Gymnasiums zu unterstützen. - Die Kosten für das Haus würden wir gerecht aufteilen. Schließlich bewohnten wir es ja beide.

Zufrieden sahen wir uns in die Augen. Diese gemeinsam getroffene Lösung war der erste Schritt in ein besseres Leben! - Sonja stimmte unserem Vorschlag ohne Einwände zu. Sie unterstütze die Pläne ihrer

Eltern, um auch ihre Ruhe zu finden. Das sagte sie am Ende unseres Gespräches.

Frank musste bereits wenige Tage später „dringend verreisen." Dass er uns bei der Umstrukturierung der Wohnverhältnisse nicht helfen würde, ahnte ich im Voraus. So begannen meine Töchter und ich mit Franks Umzug in untere Etage unseres Hauses. Ich ordnete seine Kleidung, seine Bücher, seine persönlichen Sachen und alles was er benötigte. Mein Handeln glich dem eines Frühjahrsputzes. Ich verspürte nicht eine Sekunde unangenehme Gefühle. Die umfangreichen Arbeiten und der Stress ließen keine schmerzlichen Emotionen zu. Die Hoffnung auf eine Verringerung der Spannungen und ein respektvolleres Miteinander steigerten meinen Arbeitseifer enorm.

Frank gefiel seine kleine Wohnung ebenfalls sehr gut. Er bezog sie unmittelbar nach seiner Rückkehr. Ich wunderte mich lediglich darüber, dass er unsere gemeinsame Rufnummer des Telefons für sich beanspruchte. Aber dies sollte kein Problem darstellen. Ich ließ eben Sonjas Anschluss nach oben verlegen. Nun gaben wir unsere Trennung offiziell bekannt!

Eigentlich hätten wir mit dieser Kosten sparenden Lösung bis an das Ende unserer Tage leben können. Wenn da nicht diese anspruchsvolle Dame gewesen wäre. Sie griff gierig nach dem nächsten Stück von unserem leckeren Kuchen.

Frank begann schon bald damit, die Unterhaltszahlungen für Robin einzustellen: „Melanie, das musst Du nun wirklich verstehen! Ich führe doch nun einen eigenen Haushalt. Und Du weißt auch, dass ich mal ausgehen möchte. Ferner brauche ich hin und wieder ein erholsames Wochenende zur Entspannung." - Aber er versprach mir mit seinem unwiderstehlichen Blick, dass er einmal wöchentlich meinen Kühlschrank füllen würde. Uns sollte es schließlich an nichts fehlen. ‚Ein wahrlich großzügiger Mensch! ' –

Die Abende verbrachten Frank und Eva in deren Haus. Ich wunderte mich darüber, dass er immer vor Mitternacht nach Hause kam. Nun hätte er offiziell bei ihr bleiben können und dennoch tat es nicht. - Ich konnte mir die Frage nach dem Grund nicht verkneifen. Frank sah mich traurig an: „Eva muss morgens früh aufstehen. Und außerdem muss sie sich erst einmal an die Situation gewöhnen!" Ich nickte mitfühlend. - Aber viel zu gerne hätte ich laut gelacht.

Während der nächsten Monate verstanden wir uns richtig gut. Manchmal tranken wir Kaffee und redeten über dies und das. Ich hörte ihm wie früher zu, wenn er von seinen beruflichen Erlebnissen berichtete. Auch ich erzählte ihm meine täglichen Begebenheiten. Wir lernten sogar, wieder miteinander zu lachen. Ja, ich genoss diese Stunden. Schließlich habe ich mich nicht von Frank getrennt, weil ich ihn nicht mehr liebte. Sondern die extremen Umstände zwangen mich dazu. Und so freute ich mich über die gemeinsamen Stunden mit ihm. Ich wehrte mich auch nicht gegen die mangelnde finanzielle Unterstützung. Sicher würde er das bald ändern!

Nicht einmal zwei Monate später kamen wir uns wieder näher: „Melanie rede bitte mit niemanden darüber." Das waren seine Worte, als ich mich das erste Mal frühmorgens glücklich aus seinen Armen löste. Ich schaute ihn fragend an und sicherte ihm Diskretion zu. Denn mir gefiel mein Leben so, wie es war. Franks weitere Worte regten mich zum Nachdenken an: „Glaube mir, in zwei bis drei Jahren haben wir beide eine reelle Chance. Denn Eva nimmt sich das, was sie will! Aber wenn sie es leid ist, wirft sie es wieder weg!" Wie sollte ich diese Aussage einordnen? Am besten überhaupt nicht!

In den folgenden Wochen sah ich, dass Frank an Gewicht verlor. Der Glanz in seinen dunklen Augen schien erloschen zu sein. Er lächelte nicht mehr. Nach einem Arztbesuch teilte Frank mir mit, dass er vor einem operativen Eingriff stand. Seine Schilddrüse verursachte ihm gesundheitliche Probleme. Ich nahm ihn in die Arme und sprach ihm Trost zu. In der Nacht vor dem Eingriff teilte ich mit ihm seine Ängste. Aber Frank litt auch unter der Angst, dass Eva seinen Betrug entdecken könnte. Denn schließlich betrog er sie nun mit mir! Aber in ihrer Selbstherrlichkeit stand diese Frau über den Dingen. Frank und ich würden diesem egozentrischen Wesen niemals gewachsen sein.

Es war abzusehen, dass ich diesen Zustand auf Dauer nicht ertragen konnte. In einer unserer gemeinsamen Nächte flehte ich Frank an, zu mir zurückzukommen. Er hielt mich im Arm und sagte leise: „Erst nach unserer Scheidung können wir einem Neubeginn ins Auge sehen. Stimme dem Antrag bitte zu. Dann komme ich irgendwann ganz zu Dir zurück. Das verspreche ich Dir." Ein makabrer Scherz? Ich vermochte seine Worte nicht zu realisieren. Er schlief neben mir und mit mir. Und bat mich in diesen Minuten um die Scheidung! Blitzschnell wurde ich hellwach. Das durfte nicht so weitergehen.

Ja, ich war von meinem Weg abgekommen. Durch mein eigenes Fehlverhalten musste ich nun wieder leiden.

Eines Tages kam Frank sichtlich erregt nach Hause. Ich sah ihm seine Panik an: „Eva darf niemals erfahren, dass ich Dich liebe. Sie würde uns zerstören!" Ich entgegnete: „Was ist geschehen? Von mir erfährt sie es nicht!" Frank sah mich dankbar an. Ich nahm sein Aufatmen enttäuscht zur Kenntnis. - So wusch ich nach wie vor seine Wäsche. Ich säuberte seine Wohnung und stellte keine finanziellen Ansprüche. Was könnte ein Mann sich mehr wünschen? - Völlig in seinem Bann tat ich alles, was er von mir erwartete. Ich verließ kaum noch das Haus. Schließlich könnte Frank nach mir verlangen oder gar anrufen. Hielt er sich bei Eva auf, so stand ich mit meinem Wagen in der Nähe. Ich weinte und haderte mit meinem Schicksal. Nach diesen selbst zerstörerischen Gefühlsausbrüchen fuhr ich erschöpft nach Hause. Das Chaos hatte mich wieder!

Als ich eines Abends von meiner allwöchentlichen Therapie zurückkam, besuchte ich Rosi und Rainer. Auch sie glaubten noch immer an die endgültige Trennung von Frank und mir. Rainer fragte mich kritisch nach dem Verlauf der Therapie. Ja, in diesem Gespräch wurde mir klar, dass ich dort nur noch körperlich anwesend war. Für meinen Schwager, der von einer pragmatischen Natur geprägt ist, war es nicht nachvollziehbar, dass man im Gespräch mit fremden Menschen aus einem seelischen Tief finden kann. Er sah mich an und sagte: „Wenn ich doch weiß was ich will, dann brauche ich keine Therapiegruppe." Wie Recht er doch hatte. Ich setzte mich Montag für Montag diesem Stress aus. Während des Spätdienstes opferte ich meinen Urlaub. Und letztendlich verschwieg ich Doktor Braun seit einiger Zeit die wichtigsten Dinge in meinem Leben. Ich entschied mich an diesem Abend zu meinen Ungunsten gegen die Therapie.

Doktor Braun reagierte in der nächsten Gruppenstunde skeptisch und mit spürbarem Unverständnis auf meinen plötzlichen Entschluss. Aber er akzeptierte meine Kündigung mit den Worten:

„Damals flohen Sie vor sich in die Krankheit. Nun wollen Sie in die Gesundheit flüchten...!" Ja, ich wollte fliehen. Ich wusste nur mal wieder nicht wohin.

Doktor Braun ahnte nichts von meinen Nöten. Mein schlechtes Gewissen plagte mich dennoch schon nach wenigen Tagen. Zu keinem Zeitpunkt wollte ich meinen damaligen ‚Retter' enttäuschen oder gar hintergehen. Und Frau Brauns angenehme Gegenwart vermisste ich bereits nach der ersten Woche.

Ich musste von nun an ohne therapeutische Schwimmweste durch ein Haifischbecken schwimmen. Und wieder einmal war ich auf der Suche nach einem Ausweg. Denn auch Robin litt sichtbar unter den Verwirrungen. Frank traf sich nur heimlich mit uns. Nämlich nur dann, wenn Eva arbeitete. Die gemeinsamen Stunden wurden von diesem Wissen überschattet. Und Robin spürte das auch. Mir missfiel dieses teuflische Spiel von Tag zu Tag mehr.

Nach wie vor kam Frank abends pünktlich von Eva nach Hause. Hörte ich seinen Wagen, schlief ich beruhigt ein. – Doch eines Abends kam er nicht zur gewohnten Zeit. Zuerst machte ich mir Sorgen. Aber schließlich hielt ich mir die Situation vor Augen und schlief irgendwann unter Tränen ein.

Ich wurde durch das Läuten des Telefons wieder geweckt. Frank meldete sich aufgeregt am anderen Ende der Leitung: „Liebling, entschuldige bitte die Verspätung. Aber wir bekamen unerwartet Besuch. Verstehe bitte, dass ich nicht so einfach wegfahren konnte!"
Ich fragte ihn wütend: „Sag mal, hast Du noch alle Tassen im Schrank? Und Du wagst es auch noch mich zu wecken?" Was bildete sich Frank Körner nur ein. Außer mir vor Zorn legte ich einfach auf. - Nein, ich spielte bisher jedes seiner verwirrenden Spiele mit. Aber mir ging es zunehmend nicht mehr gut dabei.

Wenige Tage später saß ich meinem Rechtsbeistand gegenüber. Ich bat ihn um die Wahrnehmungen meiner Interessen. Als ersten Punkt führte ich die Unterhaltszahlungen an. Bei meinem zweiten Punkt atmete ich schwer als ich sprach: „Ich möchte, dass mein Mann aus unserem gemeinsamen Haus auszieht." Ich sprach von den Umständen, welche mich zu diesem Schritt bewogen. Mein Anwalt stimmte mir zu und wollte sofort die erforderlichen Schritte einleiten. Als ich später in einem Cafe' über das Gespräch nachdachte war mir klar, dass ich das Richtige tat. Ich würde Frank und Eva sich selbst überlassen und beide aus meinem Leben streichen! Trotz alledem begann ich mich brennend für diese Frau und deren Vergangenheit zu interessieren. Ich wollte wissen wie sie lebt, was sie tut und wie sie ist. Ich suchte und fand eine Verbindung zu ihrem geschiedenen Mann. Dieser stimmte überrascht einem Treffen sofort zu!
Warum kam ich nicht schon früher auf diese Idee?

Nach der Aussprache mit ihm wurde mir endgültig bewusst, dass ich viele Jahre gegen Windmühlen gekämpft habe. Ich erfuhr von dem Mann, dass seine ehemalige Frau sich vom Leben nahm, was ihr gefiel. Aber Jens ließ keinen Zweifel daran, dass er diese Frau trotz alledem noch immer liebte und verehrte. - Als ich noch in meiner Leichtgläubigkeit von einer gemeinsamen Zukunft mit Frank träumte, war für mich bereits alles verloren.

Wir trafen uns an einem warmen Sommertag. Irgendwie erschien mir dieser Mann seltsam. Ich würde die Hintergründe bald erfahren: Seine psychische Verfassung war so gar nicht gut. Als ich nach meinen Zigaretten griff, erschrak er sehr. Er befürchtete, dass ich unser Gespräch aufzeichnen wollte: „Warum sollte ich das tun?" Ich versicherte ihm, dass ich mich in friedlicher Absicht mit ihm unterhalten möchte. Er schien durch meine Worte beruhigt zu sein. Jens erzählte mir zu Beginn unseres Gespräches, dass er wegen einer Erkrankung bereits mit 38 Jahren Frührentner sei. Er teilte mir Erfahrungen mit, welche den meinen glichen. Er litt doch wohl nicht unter Wahnvorstellungen? Als ich ihn auf die Beziehung von Frank und Eva ansprach, sah er mich ungläubig an. Er erzählte mir unter anderem, dass die beiden ihn während seiner Erkrankung stets fürsorglich unterstützten. Jens hielt es anfangs als unmöglich, dass seine Frau ihn hintergangen habe. Dennoch sah ich seine unruhigen Hände. Seine steigende Nervosität veranlasste mich dazu, erst einmal dieses heikle Thema zu wechseln. - Später erzählte er mir, dass er wegen seiner Erkrankung in die Scheidung eingewilligt habe. Nur aus Liebe zu Eva stimmte er der Trennung zu. ‚Das kam mir doch bekannt vor! ' Im Hinblick auf sein Entgegenkommen zeigte sie sich großzügig. Eva mietete für ihn eine kleine Wohnung und unterstützte ihn auch finanziell. Ich dachte: ‚Mann, Du bist mindestens genau so naiv wie ich! '

Es gelang mir kaum diese Informationen zu ordnen. Dieser Mann schien hochgradig manipuliert zu sein. Er glaubte seiner Frau immer noch jedes Wort. Aber das kannte ich ja schließlich auch! Aus seinen weiteren Erzählungen schloss ich, dass er manchmal doch erhebliche Zweifel an Evas Aussagen hegte. Jens nahm auch Unregelmäßigkeiten wahr. Aber seine geschiedene Frau habe auf alle seine Fragen eine logische Erklärung. Denn schließlich sei er ja krank. Aber als er sich zu sehr mit Evas Leben beschäftigte, wurden ihm Wahnvorstellungen unterstellt. ‚Oh, das kam mir doch auch bekannt vor! '

Bestand er auf Antworten für all seine Fragen, bekam er massenweise Schuldgefühle einsuggeriert. So fühlte er sich mit der Zeit allein für die Probleme in seiner Ehe verantwortlich. Er isolierte sich, indem er alle Kontakte zur Außenwelt abbrach. Aber seine Frau sei stets für ihn da gewesen und habe ihn ‚psychologisch' betreut.

Ich war entsetzt. ‚Diese Frau machte ihren Beruf zur gefährlichen Waffe! ' Mit traurigem Blick schilderte er mir, dass sein Vater früher eine kleine Firma besaß. Aber er gab diese vor langer Zeit auf. Jens erhielt einen hohen Geldbetrag aus dem Verkauf des Betriebes. Aber Evas Haus bedurfte einer kostspieligen Renovierung. Selbstverständlich investierte Jens sein kleines Vermögen. Für ihn war es nur wichtig, dass seine Frau zufrieden war. Jens stützte sein Gesicht mit seinen Händen. Er senkte seine Augenlider, als er leise weitersprach: „Die Hofeinfahrt zu ihrem Haus konnte ich nicht mehr in Ordnung bringen. Mein Geld reichte dafür nicht mehr dafür aus." Das ehrliche Bedauern in seiner Stimme schürte meinen Zorn. Aber ich hielt mich zurück. Er sprach gepresst weiter: „Auch ihren Wunsch nach einem gemütlichen Gartenhaus konnte ich nicht mehr erfüllen. Aber sie sorgt trotzdem gut für mich!" Für ihn war es auch selbstverständlich, dass er sie nur nach vorheriger Absprache besuchen durfte: „Aber Eva schaut regelmäßig nach mir. Zu Hause braucht sie schließlich ihre Ruhe!" Ich war fassungslos. Ich war in den vergangenen Jahren nicht gerade hellwach und umsichtig in meiner Beziehung zu Frank. Aber mein Gegenüber dachte wohl überhaupt nicht nach! Was ich hier hörte, glich dem absoluten Wahnsinn! Ich verspürte eine maßlose Wut auf Frank und Eva. Wie konnten zwei Menschen, denen psychisch kranke Personen anvertraut wurden so etwas tun? Ich bemühte mich um etwas mehr Objektivität. Vielleicht sollte ich mich nicht zu stark auf Jens Version der Geschehnisse einlassen. Denn schließlich erzählte er alles aus seiner Sicht. Vielleicht musste hier berufliches und privates Handeln getrennt werden?

Doch die Parallelen zu meinen Erfahrungen waren nicht so einfach zu dementieren. Regungslos saß ich auf meinem Stuhl und hörte ihm weiter zu. Plötzlich änderte sich seine Haltung. Sein Körper straffte sich und seine Mimik verlor die weichen Züge. Jens Augen weiteten sich. Er fragte mich hart mit gefestigter Stimme: „Bist Du sicher, dass die beiden mir etwas vorgespielt und mich betrogen haben?" Erschüttert über die plötzliche Veränderung des Mannes überschlugen sich meine Gedanken. Wir saßen nun schon zwei Stunden zusammen. Ich hatte mein Wissen zu Beginn unseres Gespräches in den Raum gestellt. Er zweifelte es massiv an. Ja, er verteidigte Eva und Frank mit aller Entschiedenheit. Und nun sah ich einen völlig anderen Jens. Sein Blick war starr und hasserfüllt. Zu welchen Reaktionen war dieser Mann fähig? War mein Treffen mit ihm tatsächlich eine gute Entscheidung gewesen? Zu meiner Entschuldigung räumte ich in diesem Moment für mich ein, dass ich nichts von seiner psychischen Erkrankung wusste. Am Telefon konnte ich nichts dergleichen wahrnehmen. – Aber nun musste ich vorsichtig sein.

Jens schwieg nun ebenfalls. Er grübelte vor sich hin. Doch offensichtlich fiel ihm mein Schweigen auf: „Warum sprichst Du nicht mehr mit mir? Ich habe noch viele Fragen an Dich. Außerdem tut es mir gut, mit Dir zu reden." Aber ich suchte angestrengt nach einer Möglichkeit, dieses Gespräch zu beenden.

Wieder vernahm ich seine Stimme: „Ja, ich wollte die Wahrheit nicht sehen. Aber nun werde ich die beiden zur Rede stellen! Sollte Eva mich betrogen haben, werde ich mich bitter rächen!" Ich legte beruhigend meine Hand auf die seine: „Bitte Jens, Du bist doch nun geschieden und kannst es nicht mehr ändern. Nimm es einfach hin, wie es ist!" Scheinbar erschrocken blickte ich auf meine Uhr: „Jens, ich muss dringend weg. Robin wartet auf mich!" Mir wurde die Nähe des Mannes unheimlich. Ich verabschiedete mich von Jens mit den üblichen Floskeln, wenn man ein weiteres Treffen nicht wirklich wünscht: „Mach es gut! Wir können ja mal telefonieren!"

Zu Hause sprühte ich vor Wut und Enttäuschung. Aber warum sollte ich Eva nun noch schützen. Sie hat mich schließlich viele Jahre gedemütigt und tyrannisiert. Nein, ich würde diese Frau nicht mehr schonen. Nach Jens Ausführungen wusste ich nun sehr viel über sie und ihren miserablen Charakter. Ja, eigentlich war sie nun ein offenes Buch für mich. Nach all den Details verachtete ich diese Frau noch mehr. Ich würde ihr nicht, wie der eingeschüchterte Jens ebenfalls den Heiligenschein polieren. Denn dieser stand ihr nicht zu! Und die Hörner des Satans durfte Frank künftig selbst spiegelblank reiben! Ich würde von nun an auf all meine Rechte bestehen. Frank und Eva ließen es sich viele Jahre auf Kosten ihrer Partner gut gehen. Diese mussten sich mit bescheidenen Mitteln zufriedengeben.

Ich würde diesen Zustand für mich zu ändern wissen.

Am nächsten Tag rief Jens mich noch einmal an, um mir mitzuteilen, dass er seine ehemaligen Schwiegereltern besucht habe. Er erzählte ihnen von dem Treffen mit mir. Diese versuchten mit allen Mitteln ihn beruhigen. Aber er habe bemerkt, dass sie über die Beziehung ihrer Tochter gut informiert waren. Auch habe er Franks Wagen vor Evas Haus gesehen. Er bat um ein weiteres Gespräch. Eventuell sogar mit Frank und Eva. Diesen Vorschlag lehnte ich entschieden ab. Mit dieser Frau würde ich mich nicht an einen Tisch setzen.

Wenige Tage später kam die Erleichterung. Jens rief mich wieder an. Aber dieses Mal sollte es das letzte Gespräch sein. Man hatte ihn wieder unter Kontrolle! Mit weinerlicher Stimme hörte ich ihn sagen: „Ich darf Dich nicht mehr anrufen. Eva hat mir den Umgang mit Dir verboten.

Sie streicht mir rigoros die ‚freiwilligen' Unterhaltszahlungen, wenn ich ihre Anweisungen nicht befolge." Ich spürte die Angst dieses Mannes. Er tat mir einfach nur noch leid. Aber ich war auch froh darüber, dass ich nicht mehr mit ihm reden musste. Mir war dieser Mann suspekt. Aber mir wurde wieder deutlich, welche Macht diese Frau besaß. Sollte sie doch die Welt beherrschen. Mich und meine Kinder würde ich vor ihr zu schützen wissen.

Ich sprach mit Frank über meine neuesten Erkenntnisse. Auch mein Entsetzen über das Schicksal von Jens brachte ich zum Ausdruck. Frank reagierte wider Erwarten ziemlich gelassen. Warnend sah ich Frank an und gab ihm einen ernst gemeinten Rat: „Versuche niemals, mich in dieser Form hereinzulegen. Du würdest es bitter bereuen!" Ich drohte ihm mit allen mir zur Verfügung stehenden Mitteln. Danach forderte ich ihn auf, ab sofort den vereinbarten Unterhalt zu zahlen. Und siehe da, es funktionierte prompt. Ich schloss daraus, dass Jens die Schwachstelle von Evas Mühlenrad war.

Von diesem Tag an musste ich meine Eltern nicht mehr ständig um finanzielle Unterstützung bitten. Mein Gehalt und Franks ‚freiwillige' Zuwendung ermöglichten den Kindern und mir ein besseres Leben. Zumal ich keine teuren Urlaubsreisen mehr mitfinanzieren musste.

Franks Schwester Irina warf mir wenig später vor, dass es Frank finanziell nun gar nicht mehr so gut ginge: „Warum willst Du ihn finanziell ruinieren?" Wütend sagte ich ihr, dass Franks Zahlungen noch weit unter der gesetzlichen Regelung liegen würden. Aber Irina glaubte mir nicht. Frank verstand es gut, mit traurigem Gesicht und hängenden Schultern die Menschen für sich einzunehmen. Trotzdem bestand ich darauf, dass er Irina die Wahrheit sagen sollte. Ob er es je getan hat, bezweifle ich bis heute.

Ja, es tat mir weh, mit Frank auch Irina zu verlieren. Aber sie liebte ihren Bruder so sehr, dass sie nicht mehr objektiv denken und fühlen konnte. Ich musste mir immer wieder deutlich machen, dass ich nicht nur Frank und Irina verlieren würde, sondern die gesamte Familie. Eine Familie, zu der ich als ein halbes Kind kam. Ich hoffte all die Jahre auf Integration. Aber weder ich noch meine Kinder passten nicht in deren Welt. Keiner von ihnen versuchte auch nur annähernd mich zu verstehen. Meine Kinder und ich hätten Trost und emotionale Unterstützung gebraucht. Aber alle Familienmitglieder verschlossen fest die Augen und ihre Türen vor dieser Tragödie!

Ja, für mich begann nun eine sehr einsame Zeit. Ich vermied es wieder, andere Menschen mit meinen Sorgen zu behelligen. Außerhalb meiner Wohnung bemühte ich mich um ein sicheres Auftreten. Tief in meiner Seele quälte mich ein nicht zu überwindendes Gefühl des Versagens. Warum sich auch ein großes Schamgefühl manifestierte, wusste ich nicht zu deuten. Wo hatte ich mich nun wieder hineinmanövriert? Die Nächte wurden immer länger. Und somit auch die Stunden des Grübelns.

Und Frank kam weiterhin gegen Mitternacht ...!

Ich bereute auch zutiefst, vor einigen Monaten zweimal den Kontakt zu dieser unmenschlichen Frau gesucht zu haben. Zum einen schrieb ich ihr einen Brief mit der Bitte, sich aus unserem Leben zurückzuziehen. Ich appellierte an ihr Verständnis im Hinblick auf unsere Kinder und unsere langjährige Ehe. Ja, dieses Schreiben war ein Bittbrief. Frank überbrachte mir die Antwort lapidar in einem Satz: „Lass Eva in Ruhe, sie ist nun sauer!" – Ach ja" Eva war sauer! Ich verstand den Sinn dieser Aussage nicht. Woher nahm sie das Recht, ,sauer' zu sein? Trotzdem rief ich sie wenige Tage später an. Die überhebliche Wahl ihrer Worte übertrafen alle Gemeinheiten, welche mir bisher bekannt waren. Eiskalte und brutale Worte dieses Biestes brachten mich an alle Grenzen meiner Belastbarkeit. Sie zerquetschte mich wie lästiges Insekt. Nein, weitere Bemühungen um meine Ehe würde ich mir nicht antun. Diese Frau schien über jeden Zweifel erhaben zu sein.

Aber derartige Versuche, noch etwas zu bewirken gehörten der Vergangenheit an. Lediglich in diesen schlaflosen Nächten spürte ich noch einmal die Demütigung und die ohnmächtige Wut in mir. Jedoch am Tage verlor ich mein Ziel nicht aus den Augen. Frank musste aus unserem gemeinsamen Haus ausziehen! Ich würde sehr wachsam im Hinblick auf ihn sein. Mein Handeln hatte nichts mit meiner Liebe und meiner Sehnsucht nach ihm zu tun. Nur der Wunsch nach meinem inneren Frieden wurde immer größer. Mein 40. Geburtstag würde in wenigen Wochen sein. Bis dahin wollte ich mein Leben geordnet wissen.

11. K a p i t e l

Lieben heißt loslassen und Verzicht – so schmerzlich es auch ist.

Den nächsten Urlaub musste Frank ohne meinen ‚Segen' antreten. Dennoch wartete ich im Geheimen auf seinen Anruf. Ich ließ ihn nicht spüren, dass ich diesen wenigen Minuten entgegenfieberte. Manchmal hob ich den Hörer einfach nicht ab, wenn das Telefon läutete. Ich wollte Frank verunsichern. Diese Maßnahme kostete mich große Überwindung. Aber ich schaffte es dennoch. Mein Erfolg verlieh mir Stärke. Ich ließ meine Stimme bewusst kühl klingen, wenn ich mit ihm sprach. - Eva duschte wohl täglich zur gleichen Zeit. Denn ich hörte das Rauschen des Wassers im Hintergrund, wenn Frank sich leise mit mir unterhielt. Ich machte ihm keine Szenen und ich weinte auch nicht mehr. Mein Verstand hatte endlich mein Gefühl besiegt.

Ich wusste mich durchaus sinnvoll zu beschäftigen. An diesem Wochenende, während Franks Abwesenheit lackierte ich die Heizkörper im oberen Stockwerk. Als ich am Abend erschöpft und dennoch zufrieden mein Werk betrachtete, war ich stolz auf mich. Ich brauchte keinen Mann für solche Arbeiten. Auch alltägliche, organisatorische Angelegenheiten bewältigte ich schon lange allein. Die Erziehung der Kinder fiel grundsätzlich in mein Aufgabenbereich. Und mein Einkommen war auch gesichert. Also, wofür brauchte ich einen Frank Körner? Der nie anwesend war, wenn ich ihn brauchte.

Am darauffolgenden Montagmorgen erledigte ich noch einige Dinge im Haushalt. Eine wohltuende, innere Ruhe stimmte mich optimistisch.

Ich würde noch warten, bis Robin aus der Schule kommt. Nach seinen Hausaufgaben erwartete mich mein Spätdienst in der Firma. Mone und Mirco wollten den Jungen am Nachmittag beaufsichtigen. Ja, auf die beiden konnte ich mich nach wie vor verlassen. Sie nahmen ihre Patenschaft ernst. Es interessierte sie rein gar nicht, welche Gefechte Frank und ich gerade austrugen. Für die beiden zählte nur, dass es dem kleinen Robin gut ging. Sie lenkten ihn häufig mit verschiedenen Aktivitäten ab. Und sie schenkten ihm Liebe, Verlässlichkeit und Geborgenheit, welche Robin von seinen Eltern nicht erfahren durfte.

Am Abend würden sie ihn zu Bett bringen. Nicht ohne ihm eine Geschichte vorzulesen. Ich konnte beruhigt meinen Dienst antreten.
In meinem Berufsleben hatte sich nichts verändert. Vielleicht nahm ich auch von dort etwas mehr Selbstwertgefühl mit nach Hause. Auch an diesem Tag fehlte mir die Zeit, um über unangenehme Dinge nachzudenken. – Bis ein Anruf der für unsere Region zuständigen Polizeidienststelle mich in seelischen Aufruhr versetzte. Ein Beamter teilte mir mit, dass Marlene vor wenigen Minuten einen schweren Autounfall hatte. Mein Verstand war nicht gewillt, diese Information aufzunehmen. Wie aus weiter Ferne hörte ich den Polizeibeamten sprechen. Er schilderte mir den Unfallhergang und sagte mir, dass Marlene bald in das nächstgelegene Krankenhaus gebracht würde. - Ich weiß nicht, wie andere Mütter mit solchen Nachrichten umgehen. Aber mich erfasste eine quälende Angst. Die Vorstellung, dass meine Marlene irgendwo auf einer Schnellstraße eingeklemmt in dem Wagen ausharren musste, raubte mir fast die Besinnung! Aber ich musste mich zwingend beruhigen. Denn meine Tochter brauchte mich jetzt. Und wie soll eine völlig aufgelöste Mutter ihrem Kind helfen?
Als ich zur Klinik fuhr, beruhigte ich mich im Gebet. Ich ließ mich in Gottes Hände fallen. Die Erfahrung im Glauben lehrte mich, dass ich aufgefangen wurde. - Bei meinem Eintreffen war Marlene noch nicht in der Klinik. Aber ich musste nur wenige Minuten warten. Sie war nicht bei Bewusstsein. Die Rettungssanitäter bahnten sich eilig einen Weg durch den langen Krankenhausflur. Aber ich durfte einen Blick auf mein Kind werfen. Ich eilte zu ihr, um ihre langen, blonden Haare zu streicheln. Sie lebte, und das allein zählte. Der herbeieilende Arzt teilte mir beruhigend mit, dass Marlene gründlich untersucht werden würde. Es könnte lange dauern. Ja, ich würde gerne warten.

Irgendwann war auf dem Flur Ruhe eingekehrt. Ich nahm die wenigen Menschen nicht wahr. Ich hielt permanent Zwiesprache mit Gott. Ich vertraute ihm all meine Sorgen und Nöte an. Allein konnte ich diesem massiven Druck und der Angst nicht standhalten. Das fühlte ich genau. Ich spürte die Liebe und die Nähe Gottes mehr denn je. Gott würde barmherzig sein, und mir mein Kind nicht nehmen. Ich würde dafür Frank gern seine Freiheit geben und Eva nicht mehr in meinen Gedanken foltern. Der Verlust meines Mannes wird sicher irgendwann tragbar. Aber den Verlust meines Kindes würde ich nicht überstehen. Franks Gesicht trat vor mein geistiges Auge und ich hörte seine Stimme flüstern: ‚Wir bleiben zusammen, bis der Tod uns scheidet. ‘ In diesem Augenblick auf dem sterilen Flur des Krankenhauses, allein und von der Welt verlassen schmerzten diese Worte. Sie schürten meine Angst. In Zwiesprache mit Gott und der Gewissheit, dass ich mich von Frank trennen würde, überkam mich eine große Trauer. Ich teilte Gott in meinen Gedanken mit, dass wir diese Trennung nicht aus niedrigen Beweggründen herbeiführen wollten. Ich gelobte, meinen Kindern eine gute Mutter zu sein. Auch wenn Frank nicht mehr bei uns leben würde. Meinen Töchtern und meinem kleinen Sohn sollte es an Liebe und Verständnis niemals fehlen. Meine Gedanken gingen zu dem Tag, als Frank mir drei Postkarten schenkte, auf welche Bibelverse gedruckt waren. Die erste Karte diskutierten wir recht lange. Sie hatte den Aufdruck: „HÄTTE JESUS DAS GETAN?“ Nein, Jesus hätte das, was wir uns antaten niemals getan.
Robin kam damals dazu und wollte den Text erklärt haben. Nach meinen Erläuterungen bat er mich um diese Karte. Noch heute schmückt sie Robins Zimmer. Bei vielen seiner Entscheidungen faltete Robin seine kleinen Hände und setzte sich in Verbindung mit Gott mit dieser Frage auseinander.
Ja, ich würde den Kindern zwar nicht den Vater ersetzen können, aber ich würde ihnen eine liebende Mutter sein. Ich würde ihnen an Gefühlen alles geben, was ich zu geben hatte. Die Liebe zu meinen Kindern half mir aus so mancher Krise heraus. So kam mir eine weitere Karte von Frank in den Sinn. Der Schriftzug lautete: „Früchte reifen an der Sonne; Menschen reifen durch die Liebe.“ Und mit Gottes Liebe und meiner Fürsorge würde Marlene sicher wieder gesund! - Nun straffte ich meine Schultern und ordnete ein wenig meine Kleidung. Ich spürte, dass meine Augen brannten und mein

Gesicht feucht von Tränen war. Aber es waren erlösende Tränen. Tränen, die von Gott getrocknet wurden. - Ich hörte Schritte und erhob meinen Blick. Eine Frau in weißer Kleidung beugte sich zu mir herab und sagte höflich: „Guten Abend ich bin Schwester Ruth. Möchten Sie eine Tasse Kaffee?" Ich hörte nur die Worte: „Schwester Ruth". Diese Art der Vorstellung missfiel mir. Niemals würde ich eine Krankenpflegerin als meine Schwester sehen. Die Erfahrungen mit Eva und ihren Kolleginnen reichten mir völlig aus. Aber den Kaffee wird Ruth wohl nicht vergiftet haben. Im Vertrauen darauf nahm ich dieses Angebot lächelnd an: „Ich danke Ihnen, Ruth"

Ja, das war die Lösung. So würde ich diese Berufsbezeichnung künftig umschreiben. Nun saß ich bereits zwei Stunden auf diesem Stuhl und wartete. Ich wurde zunehmend nervöser. Also lief ich jetzt im Flur auf und ab. Mir kam der Gedanke, dass ich Sonja und Nathalie informieren musste. Aber diese Idee verwarf ich gleich wieder. Ich würde erst das Gespräch mit dem Arzt abwarten. Von nun an konnte ich nicht mehr denken. Ich spürte Leere und Einsamkeit in mir. Wie sollte ich das aushalten? Zögernd nippte ich an dem Kaffee. Das heiße Getränk tat mir gut. Es flößte Wärme in meinen Körper und ich hörte langsam auf zu frösteln. Ich weiß nicht wie viel Zeit verging.

Nach langem Warten sah ich endlich einen Arzt auf mich zukommen. Ich stand unsicher auf und schaute ihn fragend an. Er lächelte mir aufmunternd zu. Seine sonore Stimme klang beruhigend in meinen Ohren. Marlene hatte einen komplizierten Schulterbruch erlitten. Die kleinen Schnittwunden in ihrem Gesicht würde man bald nicht mehr sehen. Ihr langes Haar hatte schlimmeres verhindert. Es schützte Marlenes hübsches Gesicht beim Zerbersten der Frontscheibe. Ein Bruch an der linken Hand würde ebenfalls problemlos wieder heilen. Die Prellungen würden zwar lange schmerzen, aber das sei eben so. Auch von der Gehirnerschütterung würde sie sich erholen.

Marlene würde gesund werden! Nur das allein zählte in diesem Augenblick für mich. – Bald darauf durfte ich zu ihr. Ich wollte sie in den Arm nehmen und sie küssen. Aber ich bekam sofort ihren Unmut zu spüren: „Nein Mama, hör' auf damit, das tut mir weh. Und außerdem bin ich kein Baby mehr." Diese Reaktion beruhigte mich nun endgültig. Denn das war wieder unsere Marlene, wie ich sie kannte und liebte. In dieser Stunde störte mich auch ihr pubertäres Genörgel nicht.

So war sie eben. Sentimentalitäten in belastenden Momenten lehnte sie stets hartnäckig ab. Als Tommy, Nathalie und Sonja später eintrafen war Marlene sehr müde. Aus diesem Grund bat ich um Nachsicht. Marlene sollte jetzt schlafen und wir fuhren nach Hause.

Es war fast Mitternacht, als wir dort eintrafen. Meine Töchter redeten aufgeregt durcheinander. Ich fühlte mich restlos ausgelaugt und überfordert. Als Robin endlich eingeschlafen war, bat ich um Ruhe. Ich hatte das Bedürfnis allein zu sein.

Von mir fiel alle Anspannung der letzten Stunden ab. Ich wollte duschen. Aber mir fehlte die Kraft dazu. Ich ging durch die Räume, die seit vielen Jahren unser Zuhause waren. Räume, die viel Leid sahen. Aber sie durften auch am fröhlichen Lachen von vier Kindern teilnehmen. Diese Zimmer schenkten den Kindern Schutz und Geborgenheit. Würden diese Räume, die ich so liebevoll gestaltet hatte, nach der Trennung von Frank noch mein Zuhause sein? Ich wusste es nicht. Wieder spürte ich diese Leere in mir. Marlenes Unfall hatte sich doch sicher herumgesprochen. Aber niemand rief mich an. Mich schmerzte dieses Desinteresse bis tief in meine Seele. Aber mein Stolz verbot mir, zum Telefon zu greifen. Ich fand einfach keine Ruhe. Saß ich gerade mal, musste ich wieder aufstehen und im Raum herumlaufen. Ich ging in Marlenes Zimmer und atmete ihren Duft ein. Wie Balsam legte dieser sich auf meine schmerzende Seele. Ich dachte an meine Eltern. Sonja hatte sie vom Krankenhaus aus informiert. Sie würden sich sicher um ihr Enkelkind sorgen. - Marlenes Freund, dessen Wagen nur noch Schrottwert besaß, fragte auch nicht nach ihr. Vielleicht würde es Rosi und Rainer interessieren? Ja, ein guter Einfall. Leider bedachte ich die Uhrzeit nicht. Die beiden gingen in der Regel früh schlafen. Aber das fiel mir erst ein, als ich die Nummer schon gewählt hatte. Einfach wieder auflegen wollte ich auch nicht. Dann hörte ich die Stimme meines Schwagers. Mutig berichtete ich von Marlenes Unfall. Ich fasste mich kurz und erklärte, dass die Verletzungen heilen würden. Aber Rainer ging nicht auf ein Gespräch mit mir ein. Er bedankte sich kurz und höflich für die Information. Dann war die Verbindung unterbrochen und ich war wieder allein.

Weit nach Mitternacht legte ich mich schlafen. Schließlich musste ich morgens sehr früh ins Krankenhaus. Marlene benötigte einige persönliche Sachen.

Marlene hatte erst vor wenigen Wochen ihre Ausbildung zur Rechtsanwaltsfachangestellten begonnen. Nun musste ich ihren Arbeitgeber informieren. Gleich nach dem Frühstück setzte ich mich mit der Anwaltskanzlei in Verbindung. Endlich tröstende Worte, endlich Mitgefühl, endlich wurde mir Hilfe angeboten. Ich konnte die Worte von Herrn Speng nicht tief genug in mich aufsaugen. Er bot mir an, Marlenes Interessen zu vertreten. Über die Kosten müsse ich mir keine Gedanken zu machen. Das tat mir gut. Mir war am Morgen auch schon der Gedanke gekommen, dass nun einiges auf uns zukommen würde. Schließlich gehörte der Wagen nicht ihr. Aber irgendwie würden wir das schon regeln.

Marlene war schon wach, als ich zu früher Stunde kam. Ich wollte bewusst heiter wirken. Ich versuchte permanent, ihr mitzuteilen, dass sie sich erst einmal keine Sorgen machen sollte. Aber sie jammerte und weinte. Meine tröstenden Worte erreichten sie kaum. Ich unterlag der Illusion, dass Marlene nicht nach ihrem Vater fragen würde. Selbstverständlich verlangte sie nach ihm. Ich versprach ihr, ihn sofort zu unterrichten, wenn er zu Hause eintreffen würde. Diese Sätze wurden ausschließlich von meinem Mund formuliert. Mein Gefühl und mein Verstand lehnten jeden Gedanken an Frank ab. Ich verabschiedete mich mit dem Versprechen am Abend wieder nach ihr zu schauen. - Auf dem Weg nach Hause musste ich dann doch über Frank nachdenken. Warum hatte ich am Morgen die Tageszeitung vor seine Tür gelegt? Die Titelseite zeigte das Unfallgeschehen vom Vortag. Hoffte ich etwa, dass Frank nach Hause kommen würde? Nein, er sollte doch bleiben, wo er ist. Ich würde diese Situation auch ohne Frank bewältigen.

Die wieder gewonnene Fassung schenkte mir Hoffnung. Ich sah den Dingen positiv entgegen. Ja, der gestrige Abend im Krankenhaus und die darauffolgende lange Nacht, in der ich unruhig durch die vertrauten Räume lief, überkam mich ein eigenartiges Gefühl. Ich begrub in dieser Nacht nicht nur meine unerfüllte Liebe zu Frank, sondern auch alle Hoffnungen auf eine gemeinsame Zukunft. Ich fühlte in diesem Moment keinen Schmerz. Nur ein leichter Druck zwängte meinen Brustraum ein. Diesen vermochte ich auszuhalten. Irgendwann würde auch dieser Schmerz nachlassen. War da noch ein leichter Druckschmerz im Kopf? Auch diesen ignorierte ich, weil ich mich auf wichtigere Dinge konzentrieren musste. Ich würde

Prioritäten setzen. Dabei kam mir Frank in den Sinn, weil die Trennung von ihm Priorität besaß. Erst danach würde ich weiter planen.

Ich schloss die Haustür auf und erschrak. Frank stand überraschend vor mir. Seine Augen sahen glanzlos und müde aus. Die tiefe Bräune seines Gesichtes war einer faden Blässe gewichen. Hatte er wieder Beziehungsstress mit Eva? Damit sollte er mich nur in Ruhe lassen. Ich würde nie wieder mit ihm darüber diskutieren. Mein Problem war nämlich in diesem Moment ein ganz anderes. Ich musste meine rechte Hand mit großer Kraftanstrengung in die Innentasche meiner Jacke verbannen. ‚Nein, ich würde ihm heute nicht ohrfeigen. ' Ich würde mich vor anschießenden Schuldgefühlen schützen, indem ich meine Hand in der Jacke ließ! Und ich schaffte es tatsächlich – ich schlug nicht zu.

Frank erkannte die aufkommende Gefahr nicht und versuchte mir einen Begrüßungskuss zu geben. Als er mich an sich ziehen wollte, wurde ich wütend. – Was bildete sich dieser Mensch ein? Er kam vom Urlaub mit seiner Geliebten und tat, als wenn nichts geschehen wäre. Nein, Ich würde auch nicht auf seinen bittenden Blick hereinfallen und seine vorwurfsvollen Worte überhörte ich einfach.

Ich sah die Zeitung in seiner Hand. Aber er sagte, dass er gerade erst nach Hause gekommen sei. Die Zeitung habe er noch nicht gelesen. Und zu guter Letzt fragte er mich kritisch, wo ich zu so früher Stunde gewesen sei. Hatte Frank denn gar kein Gespür dafür, wann es besser wäre zu schweigen? Er nahm auch nicht zur Kenntnis, dass ich nicht antwortete. Entschuldigend sah er mich an und sagte: „Wir konnten nicht früher kommen. Evas Auto musste für zwei Tage in eine Werkstatt...!" Als er mir die Art der Reparatur auch noch erklären wollte, drehte ich mich hastig um und ging nach oben. In Gedanken lobte ich meine rechte Hand. Denn sie wollte eigentlich noch im letzten Moment meine Jackentasche blitzartig verlassen!

Ich verspürte großen Durst. Ein Glas Sprudelwasser stillte mein Bedürfnis. Ich ließ mich erschöpft in meiner gemütlichen Küche auf einen Stuhl fallen. Immer wieder sagte ich mir mit allem Nachdruck: „Er darf dir nicht mehr leidtun. Er hat dein Mitgefühl nicht verdient!" Etwas beruhigt sah ich nun zum Fenster hinaus. Das Laub wurde schon wieder bunt. Ich liebte diese Jahreszeit wie die anderen auch.

Jede für sich zeigt ihre Schönheit und ihre Vorzüge. Man muss diese nur sehen wollen.

Der beginnende Herbst, ein schönes, farbenprächtiges Spiel. Und in wenigen Wochen durfte ich mich wieder auf die schönste Zeit des Jahres freuen. So überstand ich jedes Jahr die grauen, verregneten Herbsttage. In der Vorfreude auf die Adventszeit genoss ich die Regentage im warmen Zimmer. Ja, in diesem Punkt bin ich immer ein Kind geblieben. Der Winter mit seiner weißen Pracht erfreute meine Seele jedes Jahr aufs Neue. Dann der Frühling mit seinen Vorboten auf den Sommer: Krokusse, Narzissen und Tulpen. Mein Herz würde wieder lachen. Ganz zu schweigen von den warmen Sommermonaten. Ich genoss jeden einzelnen Sommertag. Regnete es einmal, dann wartete ich geduldig auf die wiederkehrende Sonne.

Ich würde diesen Kreislauf künftig ohne Frank durchleben. Er fand die kindliche Freude in mir nicht besonders positiv. ‚Eine erwachsene Frau sollte sich auch entsprechend benehmen. ' Also würde ich auch diese Gefühle nicht mehr verdrängen müssen und sie einfach ausleben dürfen. Warum kam ich gerade jetzt auf diese positiven Begleiterscheinungen im Hinblick auf die bevorstehende Trennung?

Das Wohnzimmer - ich würde es nutzen, wie es mir gerade gefiel. Franks imaginärer Sportkanal würde meine Nerven nie wieder strapazieren. Ich würde meine romantische Musik hören wann immer es mir danach war und niemand sollte mehr darüber spotten.

Wahrscheinlich wäre mir noch mehr eingefallen, wenn nicht Frank plötzlich in der Tür gestanden hätte. Er sah mich vorwurfsvoll an: „Warum hast Du mich nicht über Marlenes Unfall informiert?" Ich schaute auf die Zeitung in seiner Hand: „Interessiert es Dich wirklich? Und wo sollte ich Dich erreichen?" Entgegnete ich schnippisch. Ich sah Franks Erregung. Er stellte viele Fragen. Ich sagte nur gelangweilt: „Im Krankenhaus erfährst Du alles!" Ich hatte einfach keine Lust mehr, mit ihm zu debattieren. Wie er da stand. Ganz in schwarz gekleidet und ihn umhüllte Evas Duft. - Grauenvoll!

Ich sah die Sorgenfalten in seinem Gesicht. Aber Frank hatte sich für mein Befinden auch niemals ernsthaft interessiert.

Als ich ihn schließlich aufforderte zu gehen, verließ er zögernd den Raum.

In den nächsten Tagen hatte ich viel zu erledigen. Ich kümmerte mich um die Schadensregulierung und informierte die betreffende Unfallversicherung. Ferner war ein Gespräch mit den Eltern von Marlenes Freund nicht zu umgehen. Sie waren von dem Totalschaden ihres Wagens nicht begeistert. Aber auch diese Unterredung brachte ich hinter mich.

Endlich kam der erlösende Brief meines Anwaltes. Er schrieb, dass die ‚Gegenseite‘ mit dem Auszug ihres Mandanten aus dem gemeinsamen Haus einverstanden sei. Der Gesetzgeber sah für unsere Situation einen Härtefall vor. Franks seit langem bestehende Verbindung zu dieser Frau sei mir und den Kindern nicht mehr zuzumuten. Mit gleicher Post erhielt ich die Unterhaltsberechnung. Ich war mit dem Erreichten zufrieden.

Auch Frank bekam diesen Brief. Er bat mich daraufhin um ein Gespräch unter vier Augen. Erstaunt fragte ich ihn: „Was gibt es denn noch zu besprechen? Es ist doch in beiderseitigem Einvernehmen alles geregelt." Ich war allein und forderte ihn mit einer Handbewegung auf, sich zu setzen. Frank sah mich an, als hielt er sein Todesurteil in Händen: „Melanie, ich habe noch einmal nachgedacht. Lass mich doch bitte hierbleiben. Selbstverständlich würde ich mich auch von Eva trennen!" Energisch schüttelte ich den Kopf: „Nein Frank, Du hast alle Chancen vertan. Ich vertraue Dir nicht mehr." Ich wollte auch gar nicht mehr darüber nachdenken. Ich bat ihn lediglich, so schnell wie möglich auszuziehen.

Sieben Jahre lang beendete er diese Beziehung zu Eva nicht. Woran sollte ich in diesem Augenblick noch glauben?

Manchmal konnte ich meine spitze Zunge eben doch nicht zügeln: „Wenn Du jetzt bei Eva einziehst, kann die Hofeinfahrt noch geplättet werden. In wenigen Wochen schneit es!"

Frank antwortete darauf nicht. Doch ich empfahl ihm auch, dass mir schon seit Jahren versprochene Gartenhaus doch bitte demnächst auf Evas Wiese zu stellen. Franks Pupillen vergrößerten sich deutlich. Früher war dies für mich das Zeichen zu schweigen. Aber Frank ängstigte mich nicht mehr: „Das Geld dafür hast Du jahrelang bei den Kindern und mir eingespart. Aber es wird euch keinen Segen bringen!" Mir tat es gut, wütend zu sein. Und mir tat es gut, ihn zu demütigen und zu verletzen.

Marlene verweilte noch immer im Krankenhaus, als der befürchtete Brief ins Haus flatterte. Ich kannte den Stempel und ich kannte die Unterschrift. Die diensteifrige Dame vom Jugendamt kündigte ihren Besuch an. Gleich einem schlechten Film spulte sich die Begegnung mit dieser Frau vor meinem geistigen Augen ab. Wenn auch mehr als zwei Jahre vergangen waren. Diese falsche Schlange würde ich zeitlebens nicht vergessen. Und nun sollte ich sie wieder treffen? Am kommenden Dienstag um neun Uhr morgens musste ich meine Belastbarkeit unter Beweis stellen.

Ich wusste natürlich, dass der Gesetzgeber diesen Besuch vorschrieb, aber auch diese Gewissheit beruhigte mich nicht wirklich.

- O je, ich musste mich bis dahin noch deutlich ruhiger werden.

12. Kapitel

Auf dem Weg zu mir

Frau Krüger bat in diesem Brief um ein Gespräch in meiner Wohnung. Sie wollte sich von Robins Wohlergehen überzeugen. Amtsdeutsch vom Anfang bis zum Ende. Grässlich! - Ich informierte meine Töchter über den anstehenden Besuch. Alle drei Mädels schienen sichtlich beunruhigt zu sein.

Aber ich konnte und wollte dieses Zusammentreffen nicht verhindern. Denn ich hatte mit dieser Frau Krüger noch eine Rechnung offen. Sie würde mich nie wieder als ‚labil' bezeichnen können. Und sie würde mir mein Kind nicht wegnehmen!

Der Dienstag kam schneller als ich dachte. Am Abend vor dem Besuch verließ mich beinahe der Mut. Ich versah meinen Spätdienst nervös und unkonzentriert. Hoffentlich würde ich mich bis zum nächsten Morgen wieder beruhigen. Vielleicht würde ich tatsächlich nicht labil wirken, weil ich mich auch gar nicht schwach fühlte! Aber die Dame vom Jugendamt sollte meine zunehmende Unsicherheit keinesfalls spüren. – Ich erwachte am nächsten Morgen bereits sehr früh. Nach einem ausgiebigen Bad fühlte ich mich etwas besser. Als Kleidung wählte ich legere, blaue Jeans und einen lässigen hellen Pulli. Diese Auswahl sollte ein Zeichen der Unbefangenheit darstellen. Ich las diesen Tipp erst kürzlich in einer Frauenzeitschrift. Später frisierte ich meine Haare und schminkte dezent mein Gesicht. Zufrieden mit meinem Äußeren rannte ich nun durch alle Räume meiner Wohnung.

Ich wischte Staub - wo keiner war. Ich saugte den Teppich ab, der es gar nicht nötig hatte. Aber mir tat das gut. So verging die Zeit etwas schneller.

Als ich feststellen musste, dass Frau Krüger sich bereits um zwanzig Minuten verspätet hatte, stieg Zorn in mir hoch. Ich würde meinen Unmut später zum Ausdruck bringen. Ja, das nahm ich mir vor. - Wenig später fuhr ihr Wagen vor. Ich erwartete das Läuten an meiner Tür. Doch es tat sich nichts. Mein Herz stolperte und pochte stärker als gewöhnlich. Ich vernahm aus dem Erdgeschoss die Stimmen von Frank und Frau Krüger. Die beiden begrüßten sich herzlich. Was sollte das nun schon wieder? – Sie war mit mir verabredet! Was sollte ich tun? Ich stand ziemlich ratlos da. Gerade atmete ich tief durch, als ich Frank rufen hörte: „Melanie, Frau Krüger ist nun da! Kommst Du bitte in meine Wohnung?" Ich glaubte nicht richtig zu hören. Es war gut, dass die beiden meinen Zorn schürten. In letzter Zeit erzielte ich die besten Erfolge, wenn ich wütend war.

Ich betrat die Treppe und ging nur wenige Stufen hinab. Lächelnd, aber bestimmt sagte ich: „Soweit ich mich erinnern kann, haben Sie mit mir einen Termin vereinbart. Sie schrieben mir, wenn ich nichts Gegenteiliges hören würde, wollten Sie um neun Uhr bei mir sein. Wenn dies sich geändert hat, dann hätten Sie mich informieren müssen!" Meine Stimme klang fest und sachlich. Keine Unsicherheit und keine Angst. Ich war mächtig stolz auf mich. Zu meiner Freude erkannte ich, dass die Unsicherheit nun auf Frau Krügers Seite war. Dieser Punkt ging an mich. Zögernd entschuldigte sie sich für die Verspätung und das irrtümliche Läuten an Franks Tür. Sie fragte mich fast schüchtern, ob Sie nun nach oben kommen dürfe. Großzügig erlaubte ich es ihr und machte den Weg frei.

Sie nahm den angebotenen Platz dankend an. Diese Ebene gefiel mir. So könnten wir ins Gespräch kommen. Ich bot ihr einen Kaffee an, welchen sie ebenfalls gern annahm. Ihre Unsicherheit war noch immer spürbar. Ich wählte den Stuhl ihr gegenüber. Für mich war es wichtig, ihr in die Augen zu sehen. Inzwischen spürte ich keine Feindseligkeit mehr in mir. Aber auch Frau Krüger strahlte etwas anderes aus, als bei unserem letzten Treffen. Nun begann sie zu sprechen: „Frau Körner, Sie wissen, dass das Jugendamt bei jeder Trennung tätig werden muss.

Sofern minderjährige Kinder im Haushalt leben?" Ja, das war mir bekannt. Sie fragte mich, ob ich mit dem gemeinsamen Sorgerecht einverstanden wäre. Nein, das war ich nicht! Ich machte ihr entschieden und deutlich klar, dass diese Variante für mich indiskutabel sei. Vom Verband alleinerziehender Mütter und Väter war mir bekannt, dass in diesem Fall ich die Sorge tragen würde und Frank alle Rechte. Frau Krüger dementierte meine Aussage nicht. Sie teilte mir sachlich mit, dass es auch durchaus Vorteile gäbe, sofern die getrenntlebenden Elternteile in Erziehungsfragen einer Meinung seien. Mir war schon klar, dass diese Regelung nicht in jedem Fall negativ zu bewerten war. Aber ich wollte das alleinige Sorgerecht. Ich würde an dieser Forderung festhalten. - Wir hatten das wesentliche schon besprochen, als Frank plötzlich in der Tür stand. Er klopfte wie immer nicht an. Aber ich wies ihn in diesem Augenblick nicht darauf hin. Ich fragte ihn abweisend nach seinen Wünschen. Er bat darum, sich einen Moment setzen zu dürfen. Er habe eine wichtige Entscheidung mitzuteilen. Was nun kam, zog mir beinahe die Schuhe aus. Frank setzte sich neben mich und sah Frau Krüger ebenfalls überzeugt in die Augen. Er räusperte sich und fing an zu sprechen.

Seine Worte lösten in mir blankes Entsetzen aus. Er teilte uns mit, dass er sich besonnen habe und unbedingt bei seiner Familie bleiben wolle. Er legte beschwichtigend seinen Arm um meine Schultern und sah mich eindringlich an: „Melanie, gib mir doch diese letzte Chance!" Frau Krüger sah mich an und erwartete meine Antwort. Mir wurde heiß und kalt. ‚Sollte Frank nun ehrlich sein Doppelleben aufgeben wollen? ' Es musste doch etwas daran sein, wenn er seine Bitte in Gegenwart von Frau Krüger äußerte.

Ich bat völlig irritiert um eine Bedenkzeit. Frank und ich verabredeten uns für den kommenden Abend zu einer Aussprache. Frau Krüger stand daraufhin auf und verabschiedete sich mit den Worten, dass dies eine gute Entscheidung sei.

‚Sehr zum Wohle des Kindes! ' Sie schrieb in ihren Bericht, dass der Ehemann nicht ausziehen wolle. Sondern endgültig zur Familie zurückfinden möchte. Und wer fragte mich nach meiner Meinung zu diesem erneuten Sinneswandel meines Mannes?

Ich sah dem Gespräch mit Frank mit gemischten Gefühlen entgegen. Eva würde Franks Begehren niemals kampflos hinnehmen. Dieser

Aspekt war für mich nicht vom Tisch zu fegen. Und ich beabsichtigte nicht, mich dem Terror dieser Frau weiterhin auszusetzen.

Als ich am Nachmittag an meinem Schreibtisch in der Firma das Geschehene noch einmal überdachte, sagte mir mein Gefühl, dass ich Frank nicht vertrauen durfte. Dennoch war ich fassungslos über sein Vorgehen. Aber ich würde mir seine Argumentation dennoch anhören. Allein mit banalen Versprechungen ließ ich mich nicht abspeisen. Ich wollte Fakten hören und keine Augenwischerei betreiben.

Doch zu meinem Bedauern konnte ich die Firma an diesem Abend nicht pünktlich verlassen. Ich wollte Frank meine Verspätung telefonisch mitteilen. Aber Franks Leitung war mal wieder nicht frei! Zehn Minuten später versuchte ich wieder vergeblich ihn zu erreichen. Ich startete die Probe aufs Exempel und wählte wie in früheren Zeiten Evas Telefonnummer. ‚Zufällig redete auch sie zu diesem Zeitpunkt.‘

Hatte Frank heute Morgen nicht versichert, jeden Kontakt abgebrochen zu haben? Wenn ich ehrlich bin, habe ich es keinen Augenblick lang geglaubt. Aber ich musste es beweisen. Und dazu war ich fest entschlossen. Ich wusste aus Erfahrung, dass die beiden lange Gespräche führten. Mein Vorhaben hätte mich meine Anstellung kosten können. Aber ich musste mir jetzt Gewissheit verschaffen. Ich verließ meinen Schreibtisch so, als wäre ich nur für einen Augenblick aus dem Raum gegangen. Das Telefon stellte ich leise, damit niemand ein eventuelles Läuten hörte.

Ohne Jacke, ohne Tasche, nur den Autoschlüssel in der Hand lief ich zum nahen Parkplatz. Ich schaute mich kurz um. Nein, niemand sah, dass ich wegfuhr. Die kurze Strecke nach Hause hatte ich schnell hinter mich gebracht. Kurz vor unserem Haus ließ ich den Wagen ausrollen. Der Motor war bereits abgeschaltet. So konnte Frank mich nicht hören. Leise schloss ich die Haustüre auf und schlich mich hinein. Frank war noch nie vorsichtig gewesen. Dieser Leichtsinn kam mir nun gelegen. Seine Wohnungstür war nur angelehnt. Deutlich vernahm ich seine Stimme. Mein Verdacht bestätigte sich bereits in den ersten Sekunden.

Schamlos flirtete Frank mit Eva am Telefon. Ich verstand jedes einzelne der für mich entwürdigenden Worte. Von einer Trennung konnte gar nicht die Rede sein. Ich sah Frank durch den Türspalt. Er saß auf seinem Bett und hielt den Hörer lässig in der Hand. Das

Telefon lag neben ihm. Längst hörte ich dem Gesäusel nicht mehr zu. Hatte ich mir nicht geschworen, nie wieder unkontrolliert zu handeln? Diesen Schwur brach ich in Sekundenschnelle. - Frank war auf meinen Angriff nicht vorbereitet. Aus diesem Grund fand er auf die Schnelle keine Möglichkeit zur Flucht. Außerdem nahm ich die bessere Position ein. Wie eine Hyäne stürzte ich mich auf ihn. Ich riss ihm den Telefonhörer aus den Händen. Frank starrte mich erschrocken an! Er konnte sich aber nicht mehr wehren. Ich ergriff blitzschnell das Telefon schlug es ihm mehrmals gegen den Kopf.

Vier oder fünf Mal etwa! Erst als ich eine Verletzung an seiner Stirn sah, kam ich wieder zur Besinnung. Während der gesamten Zeit und des grauenvollen Geschehens schrie ich ihm meine Wut und die grenzenlose Verachtung entgegen.

Ich ignorierte auch die Tatsache, dass alle Türen nach draußen offenstanden. Aber das interessierte mich in diesem Augenblick auch nicht wirklich. Sollten die Nachbarn doch endlich hören, was sich hier in diesen vier Wänden abspielte und was ich dazu zu sagen hatte. Frank saß regungslos da. Ich schaute mir die Wunde an: „Nur ein Kratzer, hab' Dich nicht so!" schrie ich ihm ohne Mitgefühl zu. Ich gab ihm lauthals zu verstehen, dass er noch heute zu verschwinden habe.

Nun rauschte ich wutentbrannt aus dem Haus. Vorbei an meinem Nachbarn, den ich wie so oft in der Vergangenheit ignorierte. Ich stieg in meinen Wagen und fuhr zurück in die Firma. Meine Abwesenheit war noch nicht bemerkt worden. Mit zitternden Händen griff ich zur Zigarettenschachtel. Ich empfand keine Reue über das, was ich getan hatte. Kein bisschen Schamgefühl und auch kein Mitleid für Frank. Der Vorfall war in meinen Augen schon lange überfällig gewesen. Nun war es eben geschehen!

Aber mein Ausbruch zeigte mir deutlich, dass eine Trennung auf keinen Fall zu vermeiden war. Ich befürchtete, dass irgendwann alle Grenzen überschritten würden. Meine nach Rache dürstenden, für Frank lebensbedrohlichen Phantasien warnten mich vor einem Fortbestand dieser Beziehung zu dritt.

An diesem Abend war ich froh, als mein Dienst zu Ende war. Bei meiner Ankunft erwartete Frank mich im Flur unseres Hauses. Und wieder wollte er mit mir diskutieren. Aber ich verweigerte ihm diese

Bitte entschieden. Ich wies ihn darauf hin, dass ich notfalls bei Gericht eine einstweilige Verfügung anstreben würde, wenn er das Haus nicht freiwillig verließe. Frank glaubte noch immer, sein kleines Dummchen vor sich zu haben! Ich denke, dass er es nicht ertragen konnte, dass ich ihm nicht mehr zu Füßen lag.

Wenige Tage später war es endlich soweit. Eva hatte gnädig eingewilligt, dass Frank künftig bei ihr wohnen durfte. Manchmal war sie eben doch sehr gütig! - Mit stark umrandeten Augen erzählte er mir, dass Eva die Meinung vertreten würde, dass man eine Beziehung nicht durch das ständige Zusammenleben belasten sollte. Ich traute meinen Ohren nicht. Warum gab er mir nicht früher diese Information. Ich hätte diese Beziehung sehr gerne und schon viel früher belastet! - Aber Frank wirkte so hilflos und sehr müde. Er würde auch seine Essgewohnheiten ändern müssen. Eva lebte nämlich vegetarisch und Frank liebte einen deftigen Braten.
Ich versprach ihm beim Abschied, dass er Robin zu jeder Zeit sehen durfte. Ich bot ihm an, dass er seinen Hunger zu Hause stillen könnte. Ich verkniff mir ein Lachen. Frank und Eva trieben seit einigen Jahren ein gemeines Spiel. Sie forderten und lebten ohne Skrupel ihre außereheliche Beziehung. Doch nun fiel es ihnen schwer, die längst überfälligen Konsequenzen einer verständnislosen Ehefrau hinzunehmen.
Als Frank an einem Samstag im Oktober 1993 auszog, spürte ich keinen Schmerz mehr. Ich fuhr frühmorgens mit Robin zu Nathalie. Tommy hatte sich zwischenzeitlich als große Stütze erwiesen. Er war mir gleich einem eigenen Sohn ans Herz gewachsen. Nathalies künftige Schwiegereltern hießen uns stets willkommen. Tommy sorgte sich auch um Robin. Er beschäftigte sich gern mit seinem kleinen zukünftigen Schwager. Ja, Tommy erwies sich als der ideale Partner für meine Tochter und der willkommene Schwiegersohn für mich. - Nathalie wünschte auch an diesem Tag keine Gespräche über ihren Vater. Er hatte sie so maßlos enttäuscht, dass sie nur mit völliger Ignoranz die Situation beherrschte. Ich erzählte lediglich, dass ich die Einliegerwohnung künftig vermieten müsse. Ich würde mich auf Franks Versprechungen im Hinblick auf den Unterhalt nicht verlassen. - Ja, Franks Auszug berührte mich in diesen Tagen wenig. Aber Robin

weinte bittere Tränen um seinen Vater. Auch Marlene schlich betrübt durch die Wohnung.

Es war nicht anders zu erwarten. Frank rief täglich bei uns an. Er wollte wissen, ob die Wohnung vermietet sei oder wie es Robin und den Mädchen ginge. Seine Stimme klang nach wie vor traurig. Aber das war allein sein Problem.

Bald darauf häuften sich seine Besuche. Ich konnte es nicht einordnen, aber ich ließ es zu. - Schließlich war es soweit, dass ich morgens manchmal einen Braten in den Backofen schob, bevor ich meinen Dienst in der Firma antrat. So ermöglichte ich Frank, gelegentlich dem Sojagericht zu entfliehen. Ja, Liebe geht durch den Magen! – Meine Liebe gehörte Frank noch immer. Und um Eva zu hintergehen, wäre mir noch so manches eingefallen. Aber das wollte ich dann doch nicht riskieren. Denn Frank sollte künftig weiterhin bei ihr wohnen!

Anna hatte ihr Wort selbstverständlich nicht gehalten. Sie lehnte es nun entschieden ab, Robin während meiner Dienstzeiten zu beaufsichtigen. Dieser Sinneswandel stellte mich vor ein Problem. Ich musste schnell eine Tagesmutter für meinen Sohn finden. Der Junge kam mit der Umstellung nicht gut zurecht. Rückblickend war die Situation auch nicht tragbar für mein Kind. Sein junges Leben zwischen Hoffen und Bangen. ‚Mal hatte er seinen Vater und mal hatte er ihn nicht.'

Und nun wollte die Oma ihn auch nicht mehr. Robins kindlicher Verstand vermochte Annas Ablehnung nicht zu deuten. Ich versuchte seine Traurigkeit durch Liebe und Fürsorge zu mindern. Wir bastelten gemeinsam Schmuck für die Adventszeit. Mein Bemühen lag darin, Marlene und Robin intensiv mit einzubeziehen. In diesen Stunden befreiten wir uns von den Gedanken an Frank und unsere manchmal aufkommende Sehnsucht nach ihm.

Der Nikolaustag sollte für uns ein kleines Fest werden. Er fiel in diesem Jahr auf einen Sonntag. Auch ohne Frank würden wir einen besinnlichen Adventssonntag haben. Keine Spannungen, keinen Telefonterror und keine Diskussionen! - Nathalie und Tommy freuten sich über unsere Einladung und nahmen diese gerne an. Tommy verkleidete sich als Nikolaus. Er imitierte diesen derart perfekt, dass Robin ehrfürchtig und alles versprechend vor ihm stand. Später genossen wir den vorzüglichen Weihnachtsstollen bei brennenden Kerzen.

Am Abend verabschiedeten sich Nathalie und Tommy fröhlich von uns. Sonja folgte schweren Herzens der Einladung einer Freundin. Sie wäre gerne bei uns geblieben. Marlene, Robin und ich saßen nun allein im vorweihnachtlich geschmückten Wohnzimmer. Robin bat Marlene, ihm eine Geschichte vorzulesen. Sie kam seiner Bitte zögernd nach. „Mutti, diese Märchen sind immer so sentimental." Aber dennoch erfüllte sie den Wunsch ihres Bruders. Später sangen wir gemeinsam einige Weihnachtslieder. Wir belustigten uns, wenn wir die Töne nicht so recht trafen. Wir wurden wieder ernst, als ich den Kindern aus der Bibel vorlas. Robin hörte interessiert zu und stellte einige Fragen dazu. Sein kleines Herz war voller Mitgefühl für dieses arme Kind, das im Stall von Bethlehem in einer kalten Nacht geboren wurde. Aber er war auch fasziniert, als er begriff, dass in dieser Nacht der Heiland auf die Erde kam. Seine großen Augen sahen mich an: „Mama, dann sind wir nun alle gerettet?" Ich nahm meinen Sohn in die Arme: „Ja, mein Liebling. Und egal was passiert. Verliere niemals den Glauben daran!" Meine Worte sollten auch Marlene erreichen. Ich suchte ihren Blick, aber sie verbarg ihre Augen mit den Händen. „Marlene, was hast Du?" Sie schaute mich nun an. Ich sah Tränen in ihren Augen: „Mutti, warum ist Papa heute nicht da. Ich vermisse ihn so sehr!" Sie wirkte auf einmal sehr hilflos und traurig. Ich setzte mich neben sie und sah sie an: „Kind, Du weißt doch, wo Papa ist. Glaube mir, es war die beste Lösung." Nun hörte ich auch Robin weinen. Und ich bemühte mich um meine eigene Fassung.

Ich wollte meine Kinder beruhigen, indem ich zu erklären versuchte, dass ihr Vater erst wenige Wochen fort sei. Tränen seien in dieser Phase normal und befreiend. – So endete dieser schöne Tag mit Tränen und Trauer um Frank.

Aber nach diesem dämmrigen Abend und der langen, dunklen Nacht kam zögernd ein neuer Tag. Er würde uns wieder Licht und Erleichterung bringen. Wie an jedem Wochentag richteten wir uns nach unserem Plan. Als Marlene und Robin aus dem Haus waren, räumte ich die Wohnung auf und richtete mich für meinen Spätdienst. Am Abend würde Marlene ihren Bruder beaufsichtigen.

Die Wohnung im Erdgeschoss war inzwischen vermietet. Ich beabsichtigte, etwas früher nach Hause zu kommen. Denn die junge

Mieterin bat mich um einen Termin, da es noch einiger Klärungen bedurfte. Ich versprach, gegen einundzwanzig Uhr zu Hause zu sein. - Das Gespräch dauerte nicht allzu lange. Bei einem Glas Wein unterhielten wir uns noch angeregt über alltägliche Dinge. Zwei Stunden später zeigte der Alkohol seine Wirkung und ich wurde müde. Ich verabschiedete mich von Jana mit dem Wissen, dass wir beide uns gut verstehen würden.

Als ich nach oben kam, schaute ich zuerst nach Robin. Er schlief so friedlich und süß. Ich beugte mich leise über sein Bett und strich ihm zärtlich über seine weichen Haare. Dieses Kind berührte mein Herz so stark, dass es bei seinem Anblick stets höherschlug. Ich hauchte ihm einen Kuss auf die Wange und ordnete vorsichtig seine Decke: ‚Schlaf gut, kleiner Robin und träume etwas Schönes. '

Später kuschelte auch ich mich wohlig in meine Decke ein. Ob ich noch ein wenig lesen sollte? Nein, die Müdigkeit siegte über mein Bedürfnis nach meiner Lektüre. Ich löschte das Licht und schlief wenig später ein.

Aber ich wurde schon bald durch ein merkwürdiges Geräusch geweckt. War es nur ein Traum? - Denn nun war es wieder still. Vielleicht hatte Robin schlecht geträumt? Ich lauschte verunsichert in die Dunkelheit.

Nein, in Robins Zimmer war alles still! - Vielleicht musste ich mich auch erst daran gewöhnen, dass ich nicht allein in diesem Haus lebte. Sicher kam das Geräusch aus der unteren Wohnung. Ein wenig beruhigt entspannte ich mich und wollte wieder schlafen. Aber eine leise Stimme ließ mich erneut aufschrecken: „Melanie, Melanie bitte erschrecke nicht. Ich bin wieder da!" Ich saß blitzschnell in meinem Bett. – Frank!? – Litt ich nun tatsächlich unter Halluzinationen? Nein, ich sah es ganz deutlich. Frank stand leibhaftig vor meinem Bett. Ich erkannte seine Umrisse in der Dunkelheit meines Schlafzimmers. Ohne wirklich zu verstehen schaltete ich die Nachtleuchte an. Noch ehe ich Fragen stellen konnte, sank er weinend vor meinem Bett nieder: „Eva hat mich ihres Hauses verwiesen!"

Ja, das sah diesem Ungeheuer ähnlich. Mitten in der Nacht setzt sie den Mann vor die Tür, den sie unbedingt haben wollte! Ich war wieder einmal fassungslos. Würde diese Frau niemals aus meinem Leben verschwinden? Ich nahm Frank dennoch in meine Arme und wiegte ihn wie ein kleines Kind hin und her. Mein Herz raste vor Erregung.

Meine Hände streichelten den hilflosen Mann in meinen Armen. Aber mein Kopf wurde von nüchternen Gedanken überflutet:

‚Was würde mein Anwalt dazu sagen, wenn ich Frank wieder aufnehmen würde? Und Nathalie, sie würde mir heftige Vorwürfe machen. Die wenigen Menschen, die mir bisher hilfreich zur Seite standen, würden mich nie wieder unterstützen. '

Aber mir fehlte die Kraft, ihn in diese dunkle, kalte Nacht zu schicken. Ich löste mich langsam von ihm, um räumliche Distanz zu schaffen. Ich bat ihn, im Wohnzimmer auf mich zu warten. – Als Frank den Raum verlassen hatte, sprang ich hastig aus dem Bett und zog mir einen Freizeitanzug über. Ich erfrischte mich im Badezimmer ein wenig, um Frank nun gegenüberzutreten.

Er saß auf dem Sofa und stützte mit den Händen seinen Kopf ab. Sein Haar war zerzaust und seine Kleidung verriet, dass die Auseinandersetzung mit Eva nicht nur verbal war. Aber dies sollte meine Sorge nicht sein. Ich unterlag meinen Bemühungen um die erforderliche Distanz nun doch ein wenig. Denn schließlich gehörte diesem verstörten Menschen auf meinem Sofa noch immer meine uneingeschränkte Liebe. Aber diese ruhte tief in meinem Herzen und sollte mein Handeln nicht wieder beeinflussen. – Ich rückte nah an Frank heran und streichelte seine Wange: „Was hast Du getan?“ Frank flüsterte mir leise zu, dass Eva in ihrem Zorn alle seine persönlichen Sachen planlos in den Wagen geworfen habe. Sie sei wegen einer Sportsendung wütend geworden.

 – ‚Es war doch wohl nicht der Eurosportkanal? ' –

Wie und was auch immer der Grund war. Mir wurde seinerzeit von Jens berichtet, dass Eva bereits bei dem geringsten Widerwort zu explodieren drohte. Und er sagte auch: „Evas Wille ist Gesetz!“ Aber ich kannte auch meinen Frank. Die Kinder und ich durften auch nicht eigenständig denken und handeln. Und nun kämpften Frank und Eva um die Machtverhältnisse in ihrer Beziehung. Aber auch das sollte mein Problem nicht mehr sein. Denn ich fühlte mich in der unter Einsatz all meiner Kräfte erkämpften Demokratie sehr wohl. Aber nun war Frank hier und ich wurde erneut mit meiner Vergangenheit konfrontiert. Während ich nachdachte, ließ ich Frank von sich und seinem neuen Leben berichten.

Erst als mein Kopf wieder frei war, hörte ich ihm tatsächlich zu: Er vermochte nicht nachzuvollziehen, dass seine Traumfrau seinen Lieblingssport als ‚primitiv' bezeichnete.

‚Ja, hier handelte es sich wahrlich um eine ernsthafte Problematik. ' Mir sträubten sich die Nackenhaare. Um diesen Schwachsinn schnell zu beenden, bot ich Frank das Gästezimmer an: „Ordne doch erst einmal Deine Gedanken. Vielleicht sieht morgen früh die Welt für Dich wieder anders aus." Er folgte meinem Vorschlag ohne Einwände. Er wäre in dieser Nacht mit allem einverstanden gewesen. Ja, Frank pokerte gerne hoch. Nun, da er ein Match verlor, fühlte er sich tief betroffen. Ich vermochte diesen Mann früher einmal sehr gut einzuschätzen! – Ich ahnte förmlich in diesen Minuten, dass mit Frank auch steigende Anforderungen auf mich zukommen würden. Frank war nicht mehr der Mann, den ich zu kennen glaubte. Ich sah seine Veränderung und stand dieser Erkenntnis hilflos gegenüber. Was war aus ihm nur geworden? - Eigentlich stellte er nun mein Spiegelbild dar: Meine Abhängigkeit zu ihm führte zu dem Verlust meiner eigenen Identität. Bis meine Seele schließlich erkrankte. - Nun sah ich deutlich, dass auch Frank sich in einer Abhängigkeit quälte. Denn er kam nicht nach Hause, weil er seine Familie vermisste oder er gar unter Heimweh litt. Nein, er kam zurück, weil er hier eine Schlafgelegenheit suchte. – Bereits am nächsten Morgen war ich davon überzeugt, dass die Tage mit ihm gezählt waren.

Ich unterbreitete Frank den Vorschlag, dass er erst einmal das Gästezimmer bewohnen solle, um zur Ruhe zu finden. Er sah mich aus seinen unwiderstehlichen Augen an und bat mich: „Melanie, ich brauche Dich mehr denn je! Bitte lass mich zu Hause bleiben!" Ich entgegnete ihm bitter: „Wenn sie Dich ruft, wirst Du sowieso wieder gehen."

Ich sprach ausschließlich mit meinen Töchtern über die neue Situation. Ich wollte keine Erklärungen abgeben müssen. Robin war der Einzige in der Familie, der sich unbefangen und fröhlich zeigte.

Nathalie und Tommy überraschten mich in diesen Tagen mit der Nachricht, dass sie sich verloben möchten. Tommy strahlte mich an, als er sagte: „Eine Woche vor Weihnachten wirst Du vierzig Jahre alt. Ist das nicht ein Grund zu feiern?" Nein. Für mich war dies kein Grund zum Feiern. Mir fiel es schwer, ihm die Freude nicht zu verderben. Aber er sprach weiter: „Wir laden Dich zu unserer Verlobung an diesem Tag ein. So werden wir uns allen gerecht.' ‚Ach Tommy, Du bist wunderbar. ' Diesem Vorschlag stimmte ich gerne zu.

Frank war nicht bereit an unserem Familienfest teilzunehmen. Für mich war dies ein weiterer Beweis, dass er nicht ehrlich an einer Versöhnung mit Nathalie interessiert war.

Die wunderschön geplante Familienfeier gestaltete sich dennoch sehr harmonisch. Nur wenige Sekunden dachte ich hin und wieder an Frank. Eine gemeine Stimme rief in mir: ‚Warum grenzt Du ihn dermaßen aus? Du erwähnst ihn nicht einmal!' Aber meine dominante innere Stimme antwortete schlagfertig: „Frank begann vor vielen Jahren sich selbst auszugrenzen. Dies ist nun die Frucht seiner eigenen Saat!' Außerdem waren die Zeiten vorbei, dass man nach ihm fragte.

Ja, ich war nun vierzig Jahre alt und Nathalie hatte sich verlobt. Die Zwillinge hielten sich zu der Tatsache bedeckt, dass ihr Vater das Weihnachtsfest mit uns verbringen würde. Nathalie sagte missgestimmt: „Ich lasse mich nicht von ihm vertreiben. Ich werde kommen. Außerdem habe ich mir nichts vorzuwerfen!'

Frank bemühte sich am Heiligen Abend um eine friedliche Stimmung. Er half Tommy sogar, die neue Loopingbahn für Robin aufzubauen. Währenddessen besuchten Nathalie, Robin und ich am Nachmittag des Heiligen abends meine Schwester und deren Familie. Wie in jedem Jahr herrschte hier eine festliche Atmosphäre. Als wir später wieder nach Hause fuhren, war auch für uns die Weihnachtsstimmung perfekt. Starke Schneefälle sorgten für ein weißes Weihnachtskleid. Ja, so wünschte ich mir Weihnachten.

Aber der erste Feiertag brachte bereits die ersten Anzeichen dafür, dass Frank keine Ruhe fand. Die Mädchen vergnügten sich im Wohnzimmer mit einem Kartenspiel. Tommy und Robin räkelten sich auf dem Boden. Sie jagten die kleinen Autos durch die Loopingbahn. Meine Töchter alberten ausgelassen und fröhlich. - Aber Frank wollte lieber traurig sein. Er brachte seinen Unmut schließlich zum Ausdruck. Wiederholt forderte er uns alle auf, Rücksicht auf seine schlechte Verfassung zu nehmen. Robin sah seinen Vater traurig an. Er verstand ihn nicht. Die Mädchen reagierten auf Franks Verhalten eher aggressiv.

Ich kannte den Auslöser. Frank und Eva waren längst wieder versöhnt. Er provozierte einen Streit, um anschließend das Haus zu verlassen. ‚Diese und ähnliche Situationen erlebte ich in der Vergangenheit zur Genüge. ‘ Nathalie fiel als Erste auf Franks Provokation herein. Als er uns massiv zum Schweigen aufforderte, erwiderte sie schroff: „Wenn es Dir hier nicht gefällt, kannst Du ja gehen! Lass uns mit Deinen Nörgeleien endlich zufrieden. Du kannst einfach nicht ertragen, wenn wir fröhlich sind!" Frank sah Nathalie zornig an: „Ja, Du hast recht. Ich werde gehen. Damit ich endlich meine Ruhe habe." Er zog seine Schuhe an und nahm den Mantel von der Garderobe. Wir zuckten alle zusammen, als die Tür mit einem lauten Knall in das Schloss fiel!

‚Fröhliche Weihnachten! ‘

Von dieser Stunde an lief unser gewohnter Film ab. Dass Frank den Jahreswechsel nicht im Kreise seiner Familie verbrachte, war für uns alle vorauszusehen.

Wenige Wochen später bezog er eine kleine Wohnung in einem anderen Ort. Er nahm weiterhin alle Vorteile der Familie in Anspruch. Ich wusch seine Wäsche und Marlene säuberte einmal pro Woche seine Wohnung. Aber ich schlief nachts wieder besser. - Wie so oft wollte Frank sich darüber klar werden, wie er sich sein weiteres Leben vorstellte. Ich wusste die Antwort im Voraus. Frank wünschte sich vom Leben alle erdenklichen Vorteile! Seine Familie, seine Geliebte und sein schönes Haus. Seine neue Wohnung schenkte ihm noch mehr Freiraum als bisher.

Mein gefühlsmäßiger Abstand zu Frank ließ mich diese Zeit unbeschadet überstehen. Auch meine erworbene Selbstständigkeit wollte ich nicht wieder aufgeben. Ich genoss sie jeden Tag ein wenig mehr! - Frank wagte es dennoch über eine ‚eventuelle‘ gemeinsame Zukunft mit mir zu reden. Vielleicht wollte er das auch tatsächlich? Aber auf den Trümmern einer großen Liebe ohne das erforderliche Fundament kann man einfach nichts aufbauen, sagte ich mir. So pendelte er ständig zwischen seiner Geliebten und mir hin und her. Ich schaffte es nicht, ihn ganz aus meinem Leben zu streichen. Ich versuchte seine Persönlichkeit zu analysieren, um ihn besser zu verstehen. Nur so ertrug ich diese Zeit ohne selbst wieder in eine Krise zu geraten.

Der Frank, der liebevoll und nett sein konnte. Der mit großer Wahrscheinlichkeit immer nach einem Ausweg aus dieser für alle Beteiligten unerträglichen Situation suchte. Sich aber mehr und mehr in seinem Lügengebäude verrannte. - Der Egoist, der auf nichts und niemand Rücksicht nahm. Diese Phase dauerte nie sehr lange an, da sie nicht in sein Persönlichkeitsbild passte. - Der Vater, der oft betonte, wie wichtig ihm seine Kinder sind. Aber für die er niemals die erforderliche Geduld und das nötige Verständnis aufbrachte. - Der Charmeur, der mit auserwählten Geschenken und den dazu passenden Worten sogar Stahl zum Schmelzen bringen konnte. – Der Tyrann, der unter Alkoholeinfluss alles vernichtete, was er sich vorher mühsam aufgebaut hatte!

Frank besuchte mich und die Kinder häufig. Ich sah, dass er langsam jegliche positive Ausstrahlung verlor. Ich wusste zu dieser Zeit nicht, wie er mit seinem Alkoholproblem umging. Da er niemals betrunken ein Fahrzeug führte, kam er in unserem Haus stets nüchtern an. Aber offensichtlich ging es ihm schlecht. Ich weigerte mich vehement, seine Probleme mit ihm zu diskutieren. Mir waren die Gespräche mit Frank viel zu anstrengend und zermürbend. Denn mir fehlten auch die Kenntnisse über psychologisch untermauerte Vorträge. Ich setzte für mein Leben andere Prioritäten:

‚Ich musste gesund und stark bleiben und jeden Tag in der Firma, wie auch zu Hause hart arbeiten. Ich investierte Zeit für meine Kinder und ein wenig Freizeit gönnte ich mir auch. ' So gestaltete ich mein neues Leben!

Es gibt keine Probleme!
Es gibt lediglich Anforderungen mit
unterschiedlichen Schwierigkeitsgraden
(Balser)

13. K a p i t e l

Meine Kraft wächst mit dem Erreichten
und den neuen Anforderungen!

Wahrscheinlich wäre dieser Zustand für immer so geblieben, wenn Frank nicht im Januar 1995 verkündet hätte, dass er wieder bei uns einziehen würde! - Ich hatte mein Leben mühevoll in geordnete Bahnen gelenkt und konnte nachts sorglos schlafen. Jeder neue Tag war für mich zu einer Herausforderung geworden. Wenn ich auch finanziell nicht auf Rosen gebettet war, so mangelte es mir dennoch an nichts. Das Leben bot mir wesentlich wichtigere Werte. Ich hatte gelernt, mit der Liebe zu Frank in meinem Herzen zu leben. Ohne für immer mit ihm zusammen zu leben.
Nach Franks Offenbarung sollte ich nun wieder alle mühsam erworbenen Annehmlichkeiten meines Lebens aufgeben. Nein, darauf würde ich mich nicht einlassen.
Aber Frank berief sich auf sein Recht als Miteigentümer des Hauses.
Ich verbrachte viele Stunden in meinem behaglichen Wohnzimmer damit, meine Rolle in diesem Drama zu definieren. Ich würde sehr viel aufgeben müssen, wenn ich wieder zur Dauerbesetzung in diesem dramatischen Film gehören sollte. Einer der größten Erfolge meiner persönlichen Entwicklung war mein Stolz. Mir war klar, dass ich niemals im Leben seelisch unverwundbar werden würde. Aber meinen Stolz wollte ich nie mehr verlieren.
Ich lebte in dem Bestreben, dass Frank und ich uns auf eine von Vernunft geprägten Scheidung konzentrieren sollten. Mein größter Wunsch bestand darin, dass wir unseren Kindern Eltern bleiben und uns künftig freundschaftlich begegnen würden. So bliebe Frank ein wichtiger Mensch in meinem Leben. Die Kinder und ich würden ihn nicht ganz verlieren. Denn dieser Gedanke brach mir fast das Herz.
Ich bezog Evas Vorstellungen leider in diese Überlegungen nicht mit ein. Denn ich dachte nicht mehr an ihre unmenschliche Forderung von einst: ,Frank solle sich zwischen ihr und seiner Familie entscheiden! ' Und zu seiner Familie zählten nun auch mal seine Kinder!
Aber nun fielen mir diese grausamen Worte wieder ein. Wie würde Frank damit leben, den kleinen Robin nicht aufwachsen zu sehen? Ganz abgesehen von der Tatsache, dass Nathalie in wenigen Monaten

ihr erstes Baby bekommen würde, auf das ich mich so sehr freute. Auch Franks Enkelkind war unterwegs!

Ich gab mir einen Ruck, um diese Gedankengänge nicht weiter zu verfolgen. Ich musste das Gefühlsleben von Frank nicht mehr unbedingt verstehen. Ich benötigte all meine Kraft um zu überlegen, wie ich Rückschläge für mich abwenden könnte. Ja, ich musste alle möglichen Eventualitäten bedenken.

Während der langen Zeit meiner Selbstfindung sammelte ich wichtige Erkenntnisse. Sogar mein Feindbild ‚Eva' verlor im Verlauf der letzten Monate an Intensität. Hätte sie überhaupt jemals diese Machtposition erreicht, wenn Frank oder ich es nicht zugelassen hätten? Niemals wäre ihr Agieren auf derart fruchtbaren Boden gefallen, wenn ich mich ernsthaft und gesund gewehrt hätte. – Vielleicht versprach Frank ihr ebenso die absolute Treue wie mir? Ich würde und ich wollte es niemals erfahren. Und es sollte auch mein Denken nicht mehr beherrschen oder gar beeinflussen.

Ich saß noch immer auf meinem Sofa und dachte über Franks Einzug in unser Haus nach. Um mich abzulenken, zündete ich mir eine Zigarette an. Ich zog daran, als wenn ich die Antworten auf meine vielen Fragen inhalieren wollte. Der Tee war längst abgekühlt. Aber ich nippte dennoch daran. Mein Blick wanderte durch den Raum. Von den Wänden lachten mir die Kinder entgegen. Auch ich schickte ihnen in diesem Augenblick ein Lächeln zu. Ja, ich war stolz auf meine drei Töchter und auf meinen Sohn. Die Mädchen sahen so hübsch aus mit ihren langen blonden Haaren und den leuchtend blauen Augen. Ihre anmutigen Lippen lachten so gerne und in ihren Augen blitzte stets der Schalk. Sie waren zu zuverlässigen und fleißigen jungen Frauen herangewachsen. Und ich hoffte an diesem Abend, dass sie gesunde Wurzeln haben. – Nun fiel mein Blick auf unser Nesthäkchen. Robin glich seinem Vater äußerlich sehr. Seine dunklen Augen sahen mich eindringlich an. Um seine schön geschwungenen Lippen war ein Lächeln nur zu erahnen. Robin wirkte auf dem Foto viel zu ernst für einen neunjährigen Jungen. Ich schwor mir in diesem Augenblick wieder einmal, dass es ihm an Liebe und Zuwendung niemals fehlen sollte. - Ein weiteres Bild zeigte mir unseren Zwergpudel Mine. Ich schaute es wehmütig an. Denn die Hündin lebte seit einiger Zeit bei Nathalie. Sie wünschte sich etwas von Zuhause und bat darum, Mine mitzunehmen zu dürfen. Ich entsprach Nathalies Bitte sofort. Denn ich war auch ohne Mine voll ausgelastet. Dennoch vermisste ich die anhängliche Hündin sehr. Sie lebte zehn Jahre in unserem Haus. – Als ich auf Franks Foto schaute, befahl ich mir, die Fotogalerie nun zu verlassen.

Schluss mit den Erinnerungen. Ich stand auf und ordnete die Kissen auf dem Sofa. Ich räumte noch meine Tasse und den Aschenbecher weg, um mich endlich schlafen zu legen. Morgen würde mir ein neuer Tag wieder neue Kraft schenken. –

Aber auch in meinem kuscheligen Bett fand ich keine Ruhe. Ich dachte an die Zeit, als ich dem Wahnsinn nahe war. Damals wollte ich Frank auf keinen Fall verlieren. Ich hatte manchmal makabre Phantasien. In jenen Tagen wäre es für mich besser zu ertragen gewesen, wenn ich Frank durch den Tod verloren hätte. Ich glaubte damals, durch den Besuch seiner Grabstätte wäre er für mich nicht ganz verloren. Und ich dürfte um ihn weinen, wann immer ich wollte. Ich würde ihm Blumen bringen und seine Kinder wüssten stets, wo sie ihn finden könnten. Ja, solchen Phantasien ließ ich freien Lauf. - Ich räkelte mich unter meiner Decke. Denn diese ungute Art der Erinnerungen gefielen mir nicht. Sie stimmten mich sentimental und gehörten der Vergangenheit an. Und trotz alledem tat es mir gut, mich dem wahren Verlauf der Dinge nicht zu sperren. Denn nur unter der objektiven Betrachtung der Geschehnisse würde ich auch in Zukunft klar sehen und definieren können. Vor allem dürfte ich keinen Schritt von meinem Weg abweichen. – Ein Weg, der nicht sehr breit war. Aber ich ging ihn sicher und zielstrebig. Ich fand diesen schmalen, überschaubaren und sicheren Weg mit der Hilfe Gottes. Denn schon die Bibel rät von dem breiten Weg der vielen Versuchungen und Verblendungen ab.

Warum fand ich noch immer keinen Schlaf? Warum erregte mich Franks Ankündigung denn so sehr? Ich gestand mir ein, dass ich neben Frank auch andere, heimliche Wünsche hegte.

Denn manchmal träumte ich von einem neuen, anderen Glück. Ich sehnte mich nach Nähe und Geborgenheit. Ich wünschte mir einen Partner, der mich als gleichberechtigte Partnerin sieht. – Vor wenigen Wochen traf ich Willi. Er lud mich zu einem gemeinsamen Abendessen ein. Ich folgte dieser Einladung gerne und verbrachte einen harmonischen Abend mit ihm. Wir trafen uns einige Male. Aber leider verschwieg Willi mir seine Lebensgefährtin. Als ich von ihr erfuhr, dachte ich: ‚Schade Willi, wir hätten gut zusammengepasst. '

Ich lernte auch vor einiger Zeit Claus in unserer Firma näher kennen. Ein junger Mann mit einer enormen Ausstrahlung. Er arbeitete als Industriemeister und leitete eine Abteilung. Manchmal erledigte ich den Schriftverkehr für ihn. Und ich stimmte seine Termine ab. Wir unterhielten uns regelmäßig über dies und das. Im Verlauf der Jahre waren wir vertraute Freunde geworden. Claus war nicht verheiratet und lebte im Haus seiner Eltern. Erst in den letzten Wochen berichtete er hin und wieder von seinem Privatleben. Zwar nur zögernd und ziemlich bedeckt, aber für diesen scheinbar unnahbaren Mann war das schon sehr viel. Wir planten einmal einen gemeinsamen Besuch im Schwimmbad. Aber es kam etwas dazwischen. Wir beschränkten uns weiter auf die Pausengespräche. Dies und vieles mehr überdachte ich in dieser langen Nacht. Oft verglich ich mein Gehirn mit der Festplatte eines Computers. Ich löschte überflüssige Dateien durch die Datenträgerbereinigung und defragmentierte regelmäßig die Festplatte. Im schlimmsten Fall half die komplette Formatierung. So schaffte ich Kapazität für ein neues System und andere Daten. Denn genügend Speicherplatz sorgt für eine gute Übersicht, sofern der Arbeitsspeicher ausreicht.

Am nächsten Tag kämpfte ich permanent gegen meine Müdigkeit an. Ich nahm mir vor, den versäumten Schlaf nachzuholen.

Aber Frank besuchte mich an diesem Abend. Er teilte mir nebenbei mit, dass er seine Wohnung gekündigt habe. Ich sah ihn wütend und verständnislos an: „Wären da nicht noch einige Dinge zu klären gewesen?" Frank verstand mich wohl nicht so recht: „Melanie, zwischen uns ist doch alles klar." Ich kniff die Augen wütend zusammen und zischte ihm aggressiv entgegen: „Wenn Du hier einziehst, dann ziehe ich aus!"

Denn nichts war zwischen uns klar. Warum wollte Frank nach Hause? – Ich hatte meine Abhängigkeit zu ihm fast besiegt. Ja, ich war suchtkrank im Hinblick auf Frank und nun endlich annähernd clean! Würde ich meine Situation mit einer Alkoholsucht vergleichen, dann wäre ich stark rückfallgefährdet. Ich definiere es einfach mal so:

Ich würde mit einer Flasche auf dem Tisch vor mir durchaus leben können. Ich konnte in einem Supermarkt in der Spirituosenabteilung unbeirrt eine Auswahl treffen. Vielleicht konnte ich auch irgendwann einmal nach dem Essen ein Glas Wein vertragen. Aber wieder jeden Tag zu trinken, das würde zum Delirium führen. Ein langsames Sterben. Das war keinesfalls mein Bestreben!

Frank behauptete wieder einmal mit dem Brustton der Überzeugung, dass er keinen Kontakt zu Eva pflegen würde. Mit dieser Behauptung würde das Familiengericht einem erneuten Antrag meinerseits nicht entsprechen. Aber ich kannte Frank besser. Er sagte nicht die Wahrheit. Doch der Ernstfall forderte von mir den Beweis für meine Theorie. - Würde ich nun bald mein Zuhause und alles was ich liebte so sehr verlieren? Aber eine unbekannte Kraft überzeugte mich von der Notwendigkeit meines Handelns. Sofern Frank auf sein Vorhaben bestehen würde, musste ich zwangsläufig aus der gemeinsamen Wohnung ausziehen. Man sagt immer: Die Zeit heilt alle Wunden. Aber die Narben aus der Vergangenheit schmerzen ein ganzes Leben lang. Mich beruhigte die Tatsache, dass ich inzwischen über das alleinige Sorgerecht für Robin verfügte. Der Richter benötigte damals nur wenige Minuten, um seine Entscheidung zu treffen. Die nette Dame vom Jugendamt wurde gar nicht mehr gehört. Dieser Aspekt tat mir besonders gut. Richter Kowak entschied nach seinem Ermessen. Dennoch verhielt ich mich seinerzeit nicht ganz korrekt.

Ich bemühte mich stets um Fairness und Ehrlichkeit in diesem Verfahren. Aber ich unterlag bisher immer. Der Papierkrieg hätte noch mehrere Ordner gefüllt, wenn mir nicht dieser (Rache)Plan eingefallen wäre.

Frank sagte mir damals unmissverständlich, dass er nicht bereit sei auf das Sorgerecht für Robin zu verzichten. Ich konnte diese Forderung nicht nachvollziehen, da er sich nicht wirklich dieser Verantwortung stellte. Mir war durchaus bewusst, dass ich etwas Unrechtes tun würde, wenn ich meinen Plan in die Tat umsetzte. Frank lebte damals erst wenige Wochen in seiner eigenen Wohnung. Da ich ihm in vielen Dingen behilflich war, lud er mich eines Abends als Dank dafür zu einem gemeinsamen Essen ein.

Bei Kerzenschein und leiser Musik unterhielten wir uns über vergangene Zeiten. Wir beschränkten uns auf positive, gemeinsame Erlebnisse. Wir lachten und scherzten über die lustigen Streiche unserer Kinder. Ja, an diesem Abend verband uns erst einmal sehr viel. Bis Frank auf die gemeinsame elterliche Sorge für Robin zu sprechen kam. Ich fand diesen Ort und den Moment als nicht geeignet für solche Themen. Wir wussten doch beide, dass das Familiengericht in wenigen Tagen darüber entscheiden würde. Oder lag der Grund für die Großzügigkeit an diesem Abend in der Absicht mich zu manipulieren? Ich dachte: ‚Gut, dann werde ich nun meinen Plan in die Tat umsetzen. '

Frank sah mich noch immer fragend an. Nun sah ich ihm entschlossen in die Augen und sagte: „Ja Frank, ich habe mir das auch überlegt und bin zu dem Ergebnis gekommen, dass es für Robin die beste Lösung ist." Ich senkte den Blick, damit Frank die Lüge nicht von meinen Augen ablesen konnte. Ich spürte seine Hand auf der meinen. ‚Nein Melanie, Du hast jetzt kein schlechtes Gewissen! ' Frank hatte sichtlich nicht so schnell mit einem Erfolg gerechnet. Er konnte seine Freude über meine Zustimmung nicht verbergen. Wir redeten noch einige Minuten über unwesentliche Dinge. Es wunderte mich nicht, dass Frank schon bald müde wurde. Das nahm mir den Rest von Gewissensbissen für mein Vorhaben.

Wenige Tage später war es endlich soweit. Das Verhandlungszimmer war klein und schlecht gelüftet. Ich fühlte Unbehagen in mir. Frank saß mir gegenüber und neben ihm hatte sein Anwalt Platz genommen. Mein Rechtsbeistand saß an meiner Seite und Richter Kowak saß in seine Akten vertieft am Ende des langen Tisches. Ich dachte an Robin, der im Flur mit seinen drei Schwestern wartete. Er wusste, dass ich einen Antrag auf die alleinige Sorge für ihn anstrebte. Robin und seine Schwestern verstanden meine Gründe dafür. Aber würden sie auch verstehen, dass ich Frank angelogen hatte? Ich wurde aus meinen Gedanken gerissen, als mein Anwalt die Klageschrift verlas. Er hob den Blick, als Frank ihn hektisch unterbrach: „Einen Moment bitte, meine Frau und ich haben während einer Aussprache geklärt, dass wir nun doch die elterliche Sorge teilen möchten!" Franks Blick suchte flehend den meinen. Er sah mich hilfesuchend an. Nun spürte ich trotz meines festen Vorsatzes doch Skrupel. Musste ich wirklich zu solchen Mitteln greifen? Aber Frank war mir ein guter Lehrmeister gewesen. Nein, dieser Umstand rechtfertigte mein Handeln in diesem Moment nicht. Ich senkte meinen Blick, da mich ein Schamgefühl beschlich. Meine Unsicherheit und meine erstarrte Haltung sahen die Anwälte und der Richter als Unverständnis an. Franks Anwalt lehnte sich zurück und schaute gelangweilt an die Decke. Mein Anwalt schüttelte verärgert mit dem Kopf und machte so seine Entrüstung deutlich.

Richter Kowak reagierte empört: „Herr Körner, Sie haben sich in den vergangenen Jahren sehr viel einfallen lassen, um Ihrer Frau zu schaden. Sie glauben doch nicht im Ernst daran, dass Sie nun mit dieser Behauptung durchkommen?" Sein zorniges Gesicht richtete sich auf mich: „Das haben Sie doch sicher niemals geäußert?" Ich war mittlerweile erstarrt. Aber ich sah dem Richter in die Augen. - War es richtig, was ich hier tat? Würde Gott mich nicht dafür bestrafen? Aber ich hatte schon verneinend den Kopf geschüttelt. Der Richter klopfte mit der Hand auf den Tisch und verkündete mit lauter Stimme: „Ich übertrage die elterliche Sorge für das Kind Robin an Frau Körner!" Er verlas noch einige Punkte, die den Unterhalt und das Umgangsrecht betrafen. Aber ich hörte das alles nur von ganz weit weg. Nun suchte ich Franks Blick. Er wich mir selbstverständlich aus. Aber seine Gesichtsbräune wurde um einige Nuancen grauer. Nun sah er mich an. Seine Augen verrieten nichts. Kein Vorwurf, keinen Zorn, nur tiefe Traurigkeit. Was machten wir mit uns? Wir glaubten beide an das Neue Testament. Und nun hatte ich das Alte Testament in all seiner Härte genutzt: Auge um Auge – Zahn um Zahn...!

Den Glückwunsch meines Anwaltes nahm ich nur entfernt war. Ja, wir würden alles Weitere demnächst in seiner Kanzlei besprechen. In dem kahlen Flur des Gerichtsgebäudes sah ich meine drei Töchter und den kleinen Robin nahe beieinander auf einer Bank sitzen. So, als schützten sie sich gegenseitig. Sie sahen mir und Frank erwartungsvoll entgegen. Ich zeigte mit dem Daumen nach oben und versuchte zu lächeln. Frank kam unmittelbar hinter mir aus dem Raum. Er flüsterte gepresst die Worte, welche nur für mich bestimmt waren: „Das hätte ich Dir nie im Leben zugetraut." Ich blieb stehen und drehte mich langsam nach ihm um. Nun standen wir uns gegenüber und sahen uns an. Im Gegensatz zu Frank stand ich aufrecht. Triumphierend sah ich ihn an und sprach: „Endlich ging ein Punkt an mich! Und eines möchte ich Dir noch mit auf den Weg geben, mein Liebling. Es ist besser, wenn Du mich künftig nie wieder unterschätzt!" Frank fiel es schwer, seine Betroffenheit zu verbergen. Aber das war typisch für ihn: Er teilte gerne und gut aus. Aber wenn er eine Niederlage einstecken sollte, war er zutiefst gekränkt.

Ich lief nun schnell zu meinen Töchtern und Robin. Wider Erwarten war Frank mir gefolgt. Die Mädchen umarmten mich sichtlich erleichtert. Aber Robin schien nun doch etwas bedrückt. Er liebte schließlich seinen Vater sehr und dessen trauriges Gesicht verunsicherte ihn.

Sonja unterbreitete den Vorschlag, dass wir uns in der Eisdiele am Ende der Straße weiter unterhalten sollten. Wir alle stimmten Sonja erleichtert zu. Ich sah Frank an und fragte ihn spontan: „Möchtest Du uns zu einem Eis einladen?" Und er kam tatsächlich meiner Aufforderung nach, als wäre nichts geschehen.

Aber dieser Tag lag nun schon über ein Jahr zurück. Frank erwähnte die Verhandlung vor dem Familiengericht nie wieder. Mir war das mehr als recht. So wuchs Gras über meine Lüge. - Aber er befolgte meinen Rat nicht und unterschätzte mich doch weiterhin!

> Gott will, dass den Menschen geholfen wird, und sie zur
> Erkenntnis der Wahrheit kommen!

Timoteus 2 Vers 4

14. K a p i t e l

Der Abschied - 25 Jahre Verlust und Gewinn

Ende Juli 1995

Ich spüre nicht die laue Sommernacht, welche mich wie ein schützender Mantel umhüllt. Ich schaue nicht zu den Sternen am klaren Himmelszelt. Ich atme nicht die herrlichen Düfte des Sommers ein. Ich höre auch nicht das Zirpen der Grillen, denen ich in warmen Sommernächten auf meinem Balkon liebend gern lausche. Nein. Ich mache gar nichts – ich stehe nur vor unserem Haus und fühle gähnende Leere in mir. Ich weiß nicht genau, wie spät es ist. Aber Mitternacht scheint lange vorbei zu sein.

Vor mir sehe ich einen Rettungswagen mit Blaulicht und den Wagen eines Notarztes. Ich höre nur lautes, schmerzvolles Stöhnen von Frank. Dazwischen vernehme ich die leisen Stimmen der Sanitäter. Mich quälen entsetzliche Ängste! - Frank erlitt heute Nacht einen schweren Herzanfall. In seinem Bett in unserer gemeinsamen Wohnung. Dabei hatte der Tag doch gar nicht schlecht begonnen...!

Meine Erinnerungen schweifen in die ereignisreichen letzten Monate. Sonja und Nathalie haben geheiratet. Im letzten Mai, erst vor einigen Wochen wurde mein erstes Enkelkind Vanessa geboren. Als ich sie wenige Minuten nach ihrer Geburt das erste Mal sah, sprang sofort ein Teil meines Herzens zu ihr über. Und Sonja würde im kommenden November auch ihr erstes Baby bekommen. Ich freute mich auf mein zweites Enkelkind. Denn der Gedanke Großmutter zu sein, erweckte neue Perspektiven in mir.

Frank wohnte bereits wieder zu Hause, als Vanessa geboren wurde. Anfangs gefiel es Frank nicht so gut, Großvater zu sein. Doch als er die kleine Vanessa im Arm hielt, war der Bann gebrochen. Er trug sie, wie seinerzeit seinen kleinen Sohn liebend gern ständig mit verklärtem Gesicht durch unsere Wohnung. Nathalie gab ihrem Vater erneut eine Chance!

Wir feierten Robins erste heilige Kommunion drei Wochen nach Vanessas Geburt im Kreise der Familie. Alles hätte anders kommen können. Denn die fröhlichen Gesichter meiner Kinder stimmten mich manchmal versöhnlich.

Aber Frank plagten andere Sorgen. Bereits am Tage seines Einzuges kam seine erste Lüge ans Tageslicht. Natürlich hatte er sich nicht von Eva getrennt. Er versuchte auch gar nicht, es zu leugnen. Ich fand beim Einräumen seiner Sachen einen Garantieschein. Dieser belegte die Tatsache, dass Eva kürzlich einen Funkwecker erworben hatte. Aber dass Frank mir diesen zu Ostern schenkte, empfand ich als geschmacklos. Später schloss ich sein Telefon an. Ich folgte einer Intuition und drückte die Wahlwiederholung. Und wer meldete sich am anderen Ende? Eva. – Ich legte den Hörer erschrocken auf. Auf die Frage von Marlene, was geschehen sei, drückte ich den Knopf noch einmal. Sie lauschte, erschrak ebenfalls und legte wortlos wieder auf. Das war Franks erster Tag zu Hause. - Die Konsequenzen waren für mich klar. Ich würde mit Marlene und Robin ausziehen. Aber ich hütete mich davor, überstürzt zu handeln. Wenige Tage nach Franks Einzug hielt ich den Brief einer fremden Sparkasse in den Händen. Da dieser an Robin adressiert war, öffnete ich ihn ohne Skrupel. Aber es war lediglich ein Antragsformular über eine Zinsbefreiung. Aber was hatte Frank mit dieser Institution zu tun?

Sie hatte ihren Sitz in einem benachbarten Kreisgebiet. War es Zufall, dass auch Eva dort in der Nähe wohnte? Ein Anruf von mir genügte.

Mit einer vorher durchdachten Ausrede bekam ich alle Informationen, die ich benötigte. Frank unterhielt mit Eva zusammen dort ein gemeinsames Sparkonto auf Robins Namen.

Da ich die alleinige elterliche Sorge besaß, bekam ich auf nicht ganz legalem Weg durch ein Telefonat alle Kontenbewegungen mitgeteilt. Als ich den Hörer auflegte, wusste ich, wo all das vermisste Geld geblieben war. Aber das Konto wurde zwei Wochen vor Franks Heimkehr aufgelöst. - Mir war auch trotzdem klar, dass ich nie mehr einen Cent davon sehen oder gar bekommen würde. Warum tat Frank mir auch das noch an? Schließlich teilte ich in den frühen Jahren die Armut und den Verzicht mit ihm. Diesen Betrug traf mich sehr hart.

Noch immer bemühen sich die Ärzte um Frank. Und ich stehe starr vor Entsetzen vor dem Wagen. Hoffentlich stabilisiert sich sein Zustand bald. Dann können sie endlich losfahren. Die Tür des Rettungswagens wird nun geöffnet. Der Arzt kommt mit ernster Miene auf mich zu. Seine Stimme klingt nicht gerade freundlich. Aber ich schiebe diesen Umstand auf die vorangegangene Situation: „Ihr Mann ist außer Gefahr. Wir fahren ihn nun in die Klinik." Ja, was geschah in dieser Nacht? – Frank hatte wieder einmal viel zu viel getrunken. Der übermäßige Alkoholgenuss und die seit Monaten andauernde psychische Überforderung führten zu diesem Anfall. Frank litt seit geraumer Zeit unter Herzbeschwerden. Aber er hielt sich nicht an das Alkoholverbot. Er änderte auch seine extrem belastenden Lebensumstände nicht. –

Ich bleibe immer noch stehen. Auch als der Rettungswagen längst außer Sicht ist. Ich weiß nicht, was ich denken soll. Nur eines ist mir klar. Wenn Frank und ich unser Ehedesaster nicht bald beenden, wird es uns eines Tages zur ernsthaften Tragödie führen. Ich glaube fest an Gottes Wort. Der Priester gab uns in Gottes Namen am Tag der Trauung die Worte ‚bis dass der Tod euch scheidet' mit auf den Weg. Aber er meinte sicher nicht, dass wir uns gegenseitig zerstören mussten, um diesem Gebot gerecht zu werden. Ich denke, wir haben bereits alle verbliebenen guten Gefühle getötet. – Ich weiß, dass Gott tief in mein Herz schaut. Und er wird mit seiner väterlichen Liebe auch verstehen und verzeihen, dass Frank und ich getrennte Wege gehen müssen.

Im Haus warten Sonja und Robin verzweifelt auf mich. Sie werden von Jana, unserer Mieterin beruhigt. Sonja wollte das Wochenende mit uns verbringen, da ihr Mann als Zeitsoldat in einem Manöver weilte. - Ja, der Tag begann eigentlich gar nicht so schlecht. Den Nachmittag verbrachten Sonja, Robin und ich im Kreise von Nathalies kleiner Familie. Es drehte sich in diesen Stunden alles um die kleine Vanessa. Mit ihr kam ein Sonnenstrahl in unsere Familie. - Fröhlich und guter Dinge kamen wir am Abend zu Hause an. Sonja fasste ihre Idee in Worte: „Wollen wir nicht heute Abend alle gemeinsam ein Grillfest veranstalten?" Sie sah auch ihren Vater einladend an. Doch seine Haltung und der trübe Blick seiner Augen verrieten, dass Frank an diesem Tag nicht nur den Rasen mit Flüssigkeit versorgte, sondern auch sich selbst. Lediglich mit dem Unterschied, dass die Grashalme noch geradestanden. Dennoch bemühte er sich, seinen Zustand zu verbergen: „Ich bin heute Abend bei meinem Bruder zu einem Grillfest eingeladen." Er erzählte uns, dass er sich freuen würde, einen Teil seiner Geschwister einmal wieder zu sehen. Sonja fragte ihn verständnislos: „Warum sind wir nicht auch eingeladen?"

Frank aber wandte sich ohne Worte von ihr ab. Was sollte er auch sagen? Seine Geschwister glaubten noch immer, dass Frank das Gästezimmer unseres Hauses bewohnen würde. Dass wir als Ehepaar zusammenlebten, verschwiegen wir wohlweislich. Denn dass ich es war, die den Fortbestand unserer Ehe sehr kritisch betrachtete, würde Frank niemals zugeben.

Sonja, Robin und ich nutzten den herrlichen Sommerabend zu einem gemütlichen Spaziergang. Als wir zurück kamen verzichteten wir auf Grillspeisen. Aber wir richteten uns ein gemeinsames Abendessen her. Später saßen wir auf unserem Balkon, der uns eine herrliche Aussicht ermöglichte. Nichts deutete darauf hin, dass dieser Tag alles verändern würde. Diese wunderschöne Sommernacht sollte unserer verbliebenen Liebe, unserem Hoffen, dem ständigen Bangen, den Lügen und dem letzten bisschen Vertrauen ein Ende setzen!

Langsam löst sich die Starre in mir. Eigentlich müsste ich in das Haus gehen. Aber ich fühle mich noch immer nicht dazu in der Lage. Mein Blick fällt auf das geöffnete Fenster meiner Nachbarn. Neugierig hatten sie den Rettungseinsatz verfolgt. Aber niemand zeigte ehrliches Mitgefühl. Dieser Umstand schmerzte mich nun. Waren das die Menschen, von denen ich künftig noch umgeben sein möchte?

Ich fühle mich in diesem Moment so einsam und verloren. Warum hilft mir niemand? Auch die Familie von Frank wohnt nur wenige Meter entfernt. Ich schaue hinüber. Aber ich sehe lediglich bedrückende Finsternis. Die Grillparty wurde wohl durch das Eintreffen des Notarztes jäh beendet. Ein schmerzlicher Gedanke beschäftigt mich: ‚Sicher glaubten alle, dass nicht Frank betroffen sei, sondern ich! Wahrscheinlich wieder einmal mit Prellungen und Hämatomen. ʻ

Aber ich war nicht mehr Mitglied dieser Familie. Meine Traurigkeit und meine Enttäuschung stiegen nun ins Unermessliche. Weil Frank es so wünschte, verhielt ich mich seiner Familie gegenüber defensiv. Aber dass nicht einmal dieser Notfall eine familiäre Annäherung zulässt, öffnet mir schmerzlich die Augen. Von nun an bin ich allein. Den Traum von einem erfüllten Leben mit Frank werde ich Eva schenken. Vielleicht träumte sie in anderen Farben.

Meine Gedanken erreichen Frank. Mittlerweile sitze ich auf einer von Sträuchern geschützten Steinmauer und rauche sicher die fünfte Zigarette. Ich sehe dem Rauch nach, der langsam in der Dunkelheit verschwindet und wie meine Hoffnung zum Nichts wird.

Ähnlich wie der Rauch meiner Zigarette löste sich auch dieser so harmonisch verlaufene Abend in ein Nichts auf. Sonja und ich unterhielten uns angeregt. Wir vernahmen auch die ausgelassene Stimmung der Party meines Schwagers, an der Frank teilnahm. Aber ich hatte in den vergangenen Jahren gelernt, mein Leben auch jenseits des Trubels zu genießen. Nur manchmal tat es ein klein wenig weh! Außerdem waren ja Sonja und Robin da. Sonja freute sich auf ihr Baby. Wir unterhielten uns angeregt über dieses unerschöpfliche Thema. Robin konnte es kaum erwarten, wieder ‚Onkel' zu werden. Aber irgendwann wurde es uns draußen zu kühl. Da wir noch nicht müde waren, wollten wir es uns noch ein wenig im Wohnzimmer gemütlich machen.

Als wir gerade eine angenehme Atmosphäre geschaffen hatten, hörten wir Frank kommen. Seine ungleichmäßigen Schritte im Treppenhaus verrieten uns seinen Zustand. Die Tür zum Flur stand offen und so sahen wir ihm entgegen. Er nahm uns nicht wirklich wahr! Der Ausdruck seines Gesichtes flößte uns Angst ein. Schwankend kam er auf mich zu. Was würde jetzt passieren?

Frank sagte kein Wort. Er sah mich drohend an. Aber dann fiel sein Blick auf Sonja. Sie hielt diesem scheinbar furchtlos stand. Robin versteckte sich ängstlich. Weinend suchte er neben dem Sofa Schutz.

Franks hohes Potential an Aggressivität lähmte mein Denken. Aber Sonjas Anwesenheit und ihr warnender Blick schützten mich vor Franks Übergriffen.

Der widerliche Geruch von Alkohol breitete sich im Wohnzimmer aus. Ich wusste nicht, wie lange ich diese Situation noch ertragen konnte. – Doch wider Erwarten wendete Frank sich schwankend von uns ab und torkelte in den Flur. Als ich hörte, dass die Tür unseres Schlafzimmers von innen ins Schloss fiel, atmete ich erleichtert auf. Nun löste sich die Angst von mir und ich lief zu Robin. Ich nahm ihn in die Arme und versuchte, ihn zu trösten. Sonja wich jede Farbe aus ihrem Gesicht: „Was war das denn?" Sie stellte sich diese Frage eher selbst. Ich sorgte mich um meine schwangere Tochter: „Er schläft gleich ein. Ich kenne den Ablauf zur Genüge. Er wird mir jetzt nichts mehr tun!" Ich bemühte mich, überzeugend zu klingen. Sonja wurde nun etwas ruhiger. Aber Robin weinte noch immer bitterlich. – In diese dramatische Szene drängten sich plötzlich qualvolle Schreie von nebenan: „Melanie, Melanie...!" Ich ignorierte das Gefühl der aufkommenden Angst und lief hinüber zu Frank. Mir bot sich ein erbärmliches Bild. Frank krümmte sich vor Schmerzen und stöhnte laut. Sonja stand bereits fassungslos neben mir. Ich rief ihr zu: „Bring Robin nach unten zu Jana!" Robin pflegte zu ihr eine innige Beziehung. Jana würde ihn ablenken können. In ihr fand ich nicht nur eine Freundin. Wir waren auch Kolleginnen.

Unterdessen hielt ich Franks Hand und versuchte ihn zu beruhigen. Ich vermochte die Situation nicht so recht einzuschätzen. Meine lähmende Angst ließ mich nicht sofort handeln. - Als Sonja ebenfalls neben Frank kniete, presste er plötzlich seine Fäuste auf den Brustkorb. Er konnte nur mit großer Mühe atmen. Nun endlich erkannte ich die Gefahr: „Sonja, wir müssen den Notdienst anrufen!" Wir sahen uns einen Bruchteil von Sekunden fest in die Augen. Ich vermochte Sonjas Gedanken zu lesen: „Nein Sonja, damit können wir nicht leben." Sie nickte mir erleichtert zu und schaute zu ihrem Vater. Unsere wortlose Zwiesprache entsprang den vielen Ängsten und Enttäuschungen im Verlauf von fünfundzwanzig Jahren. Ich eilte zum Telefon und leitete den Rettungseinsatz ein. Ich bemühte mich um Sachlichkeit und schilderte in kurzen Sätzen den Zustand meines Mannes. Ich legte den Hörer zurück mit der Gewissheit, dass der Arzt unterwegs war.

Wie im Trance erlebte ich die folgenden Minuten. Erfolglos versuchte ich Frank zu beruhigen. Die Atemnot zeichnete inzwischen sein bläulich gefärbtes Gesicht. Der stechende Schmerz im Brustbereich trieb ihm Tränen in sein Gesicht. Er drohte zu ersticken. Erfolglos bemühte ich mich permanent, ihm seine Qualen zu erleichtern.

Endlich traf der Arzt ein. Noch vor der Erstversorgung forderte er einen Rettungswagen an. Während Frank durch eine Injektion etwas Erleichterung fand, verlor Sonja das Bewusstsein! - Das eingetroffene Rettungsteam eilte nun zwischen Frank und Sonja hin und her. Ich stand einfach da und flüchtete mich in die Zwiesprache mit Gott. Er führte mich bis zu dieser Minute auf einer mir bekannten Straße. Doch nun sah ich deutlich, dass dieser Weg sich gabelte. Gottes Zeigefinger erhob sich vor mir und wies mir deutlich, dass ich einen neuen Weg gehen musste. Ich würde diesen mit Gottes Hilfe beschreiten. Und würde er noch so steinig werden. Gott schenkte mir auch in diesen Minuten die Kraft. Ich würde diese Situation bewältigen.

Sonja lag nun auf dem Sofa und weinte leise vor sich hin. Sie war dieser Aufregung nicht gewachsen. Ich schämte mich zutiefst vor meiner schwangeren Tochter. Ihre eigenen Eltern brachten sie und ihr ungeborenes Kind in Gefahr. Ich streichelte verzweifelt ihr ängstliches Gesicht und bat Jana, sich auch um Sonja zu kümmern.

Der Arzt fragte mich nach meinem Befinden. Ich fühlte mich überhaupt nicht mehr anwesend. Es war so, als würde ich das Geschehen auf einer Leinwand betrachten. Ich war dankbar, dass mein Körper und meine Seele sich in diesen Minuten zu schützen wussten.

Es war mir lediglich sehr unangenehm, als die Sanitäter unser Schlafzimmer betraten. Frank war inzwischen wieder ansprechbar. Aber er lallte und verstand nicht, was hier geschah.

Ein Sanitäter sagte amüsiert: „Oh, hat hier jemand zu viel gefeiert?" Ich beantwortete diese unqualifizierte Frage nicht. Schließlich roch es im Raum tatsächlich stark nach Alkohol. Als der Sanitäter sich über Frank beugte, sagte er verlegen: „Ich dachte gerade Sie zu kennen. Sie sehen einem Bekannten von mir sehr ähnlich! Aber der arbeitet im psychiatrischen Krankenhaus auf der Suchtstation." Ich wunderte mich sehr, als ich Frank leise reden hörte: „Du hast Dich nicht geirrt. Ich bin es." Dann ging auf einmal alles sehr schnell. Frank erlitt einen neuen Anfall. Viel schlimmer als der Vorherige. Routiniert brachten die

Männer Frank in den Rettungswagen. Hier hatten sie bessere Möglichkeiten ihm zu helfen. Zwei Notärzte bemühten sich sehr lange, bevor der Wagen startete.

Ich saß noch immer regungslos auf der kühlen Mauer. Was sollte ich tun? Wie sollte ich meinen Kindern in die Augen sehen? Wo lag meine Mitschuld an diesem tragischen Geschehen? Aber diese Frage konnte ich in dieser Nacht nicht klären. Frank und ich suchten beide stets nach Auswegen. Aber wir wurden niemals fündig. Nun mussten wir die Konsequenzen aus unserer Unfähigkeit ziehen.

Wir überschätzten unsere Möglichkeiten und überschritten bisher alle Grenzen. Auch unsere Kinder litten zu sehr darunter. Ich schwor mir in diesem Moment, dass der kleine Robin nie wieder unter den Fehlentscheidungen seiner Eltern leiden sollte. Ich würde den Jungen vor weiteren seelischen Schäden schützen. Das war ich meinem Wunschkind schuldig. Ich sah in eine ungewisse Zukunft, zu der Frank nicht mehr gehören würde. Den Schmerz, die Trauer und die Liebe würde ich mitnehmen. Die Wunden würden mit der Zeit verheilen, wenn auch der Narbenschmerz mir ein Leben lang erhalten blieb.

Nun erhob ich mich langsam von dem mittlerweile kalten Stein. Noch einmal erhob ich den Blick flehend zum Himmel. Diese sternenklare Nacht prägte sich in diesem Moment wie eine Fotografie tief in mein Herz ein. Ich würde das Bild wie all die anderen meiner Sammlung hinzufügen.

Wenige Minuten später betrat ich die Wohnung von Jana. Sie saß auf einem Sessel und hielt Robin in ihrem Arm. Sonja lag in eine Decke gehüllt auf Janas Couch. Als auch ich mich erschöpft in einen Sessel fallen ließ, kam Robin weinend zu mir. Er kniete hilflos vor mir nieder. Der völlig verstörte Junge faltete seine Hände und flehte mich weinend an: „Mama, ich bitte Dich, lass Papa nicht mehr zu uns kommen!" Ich spürte die Verzweiflung meines Kindes und ich sah die entsetzten Blicke von Sonja und Jana. Die beiden jungen Frauen sahen mich nun ebenfalls fordernd an. Ich musste nicht lange überlegen und nickte Robin fest entschlossen zu. Zärtlich wiegte ich nun meinen kleinen Sohn in den Armen. Ich liebkoste sein ängstliches Gesicht: „Mein Liebling, Du hast mein Wort. Ich werde ihm nie wieder nachgeben!"

Nachwort

25.06.1996

Unsere Ehe wurde heute geschieden.

Unter mehr als 25 Jahre zog Richter Kowak mit nüchternen Worten und ausdrucksloser Mimik einen Strich. Wie Peitschenhiebe vernahm ich seine Stimme: „Im Namen des Volkes...!"
Ich bemühte mich diese Worte ohne sichtbare Gefühlsregung zur Kenntnis zu nehmen. Frank und mich verband nun nichts mehr! Die ungesunde Nähe von einst war einer vom Verstand geprägten Distanz gewichen.
Ich bezog im Herbst des letzten Jahres mit Robin eine kleine Wohnung in einer Nachbargemeinde. Marlene entschied sich für ein Apartment nur eine Straße von uns entfernt. Hier versucht sie ihre Emotionen zu ordnen.
Selbstverständlich durfte Frank sofort bei Eva einziehen. Er begann nach seiner Genesung die Arbeiten an der Außenanlage, welche Jens nicht mehr zu erledigen vermochte.
Frank hat alle Kontakte zu mir und den Kindern abgebrochen. Das war vorauszusehen. Eva hatte ihre Forderungen klar definiert.
Er trat noch einmal kurz in Erscheinung, als Sonja nach der Entbindung des kleinen Dominik lebensgefährlich erkrankte. Aber die Hoffnung auf weitere, tragfähige Kontakte erfüllte sich nicht.
Unser gemeinsames Haus, die geliebte Heimat unserer Kinder wird in Kürze verkauft. Diese traurige Maßnahme ist das Resultat der Unversöhnlichkeit.
Seit August letzten Jahres habe ich einen Freund. Er schenkt mir die Kraft zum Durchhalten. Er fängt mich liebevoll auf, wenn mich die Vergangenheit quält und ein Rückfall droht.
Aber Claus akzeptiert mich so wie ich bin. Er ist unkompliziert und frei von Neurosen. Dies ist eine völlig neue Erfahrung für mich. Ich werde irgendwann mit ihm einen Neubeginn wagen.

Vorläufiges Ende einer langen Geschichte

Wir feierten im letzten Monat Vanessas ersten Geburtstag. Der sieben Monate alte Dominik entwickelt sich prächtig. Und wir wissen bereits, dass Nathalie im kommenden September wieder einem Mädchen das Leben schenken wird.

Wir beten zu Gott, dass die kleine Rebecca gesund und ebenso fröhlich in die Sonne lacht wie ihre Schwester Vanessa und ihr Cousin Dominik.

Manchmal sehe ich in das zarte Gesicht meines kleinen Sohnes und dann weiß ich, dass meine Entscheidung richtig war.

Denn mit jedem neuen Tag leuchten Robins dunkle Augen ein klein wenig mehr. Und manchmal lässt ein erfrischendes Lachen von ihm mein Herz höherschlagen.

In Liebe und Dankbarkeit
für
Vanessa, Dominik und Rebecca

Eine grüne Wiese und ein Fliederbaum.
Blühende Blumen und ein Tagestraum,
In diesem Traum drei Kinder leben,
die täglich neue Kraft und Liebe mir geben.

Ich träume davon, dass das Glück ihnen hold
und wünsche den Dreien ein Herz aus Gold.
Ich bete zu Gott, dass er sie bewahre
und den drei Schätzen das Unheil erspare.

Ihr werdet getragen von Gottes Hand.
Hütet in eurer Seele dies unsichtbare Band.
Haltet die Herzen in seinem Sinne rein.
So wird euch sein Segen stets sicher sein.

Für
Sonja, Nathalie,
Marlene und Robin

Ich bete zum Herrn, dass er euch führt
in ein Leben, das euch zur Heimat wird.
Meine Liebe wird euch begleiten tagaus, tagein.
Auch in meinem Herzen seid ihr immer daheim.

Anmerkung der Autorin

Im Jahr 2000 brachte ich Melanie Körners Erzählungen zu Papier.

Der Titel

Bis dass der Tod (oder die Geliebte) euch scheidet

wurde ein viel gefragtes und gelesenes Buch. Ich denke, dass sich sehr viele Frauen mit dieser Geschichte, diesem Titel, wenn auch nur auszugsweise identifizieren konnten.
Und immer wieder erreichten die Autorin Anfragen, wie denn das Leben von Melanie Körner weiterging.
Ja, Melanie erzählte der Autorin im Verlauf von über zwanzig Jahren immer wieder von ihren Höhen und Tiefen. Von ihren Hoffnungen, ihren phantasiereichen Träumereien und ihren Niederlagen.
So entschieden sich die Erzählerin und die Autorin weitere, spannende Geschichten von Melanie in Form von Kurzgeschichten in ein weiteres Buch zu schreiben.

In Kürze erscheint diese Geschichten in einem weiteren Band:

Auf rote Rosen fallen Tränen

Hier eine kurze Zusammenfassung dieser tragischen Erzählung:

Nachdem Melanie 14 Jahre lang keinen persönlichen Kontakt zu Frank Körner hatte, trat dieser am Verlobungstag von Robin wieder in ihr Leben. Bis zu jenem verhängnisvollen Tag war sehr viel in ihrem Leben geschehen. Und Melanie hoffte wieder einmal, dass nur Frank sie verstehen würde.
Kurzum, nur wenige Monate später trat sie zum zweiten Mal mit ihm vor den Traualtar.
Melanies Liebe zu Frank war niemals erloschen. Und an diesem Tag der Trauung wurden all ihre Hoffnungen, Wünsche und Träume wahr.

Doch schon bald wurden beide von der Vergangenheit eingeholt.
Zudem brachte Melanie zu viel Stress in Franks eher beschauliches Leben. Schon bald glitten beide in alte Verhaltensmuster und das Ende dieser nur kurzen Ehe war vorauszusehen.
Doch dieses Mal nahm Frank alles mit, woran Melanies Herz am meisten hing: nämlich ihre Kinder!

Sonja, Nathalie und Marlene akzeptierten Melanies Entscheidungen nicht. – Sie vergaßen all die guten Jahre mit ihrer Mutter und brachen jeglichen Kontakt zu Melanie ab.

Liebe Leserinnen und Leser. Wir laden Sie ein, weiterhin an Melanie Körner Leben teilzunehmen. Wir freuen uns, Sie auch im nächsten Band der Reihe ‚Sichtweisen' begrüßen zu dürfen.